TITAN
Confusion

DE LA MÊME AUTRICE
AUX ÉDITIONS J'AI LU

Le sang et la cendre
1 – *Le sang et la cendre*

Lux
1 – *Obsidienne*
1.5 – *Oubli* (numérique)
2 – *Onyx*
3 – *Opale*
4 – *Origine*
5 – *Opposition*

Obsession

Covenant
1 – *Sang-mêlé*
2 – *Sang-pur*
3 – *Éveil*
3.5 – *Élixir* (numérique)
4 – *Apollyon*
5 – *Sentinelle*

Dark elements
1 – *Baiser brûlant*
2 – *Toucher glaçant*
3 – *Ultime soupir*

Le Précurseur
1 – *La foudre et la fureur*

Ombre et mystère
1 – *Envoûtée*
2 – *Troublée*
3 – *Fascinée*

Origine
1 – *Étoile noire*
2 – *Flamme obscure*

À huis clos
À demi mots
Jeu de patience
Jeu d'innocence
Jeu d'indulgence
Jeu d'imprudence
Jeu d'attirance
Jeu d'inconscience
L'éternité, c'est compliqué
Si demain n'existe pas
Ne te retourne pas

Jeu de confiance (numérique)
Jeu de méfiance (numérique)

Traduit de l'anglais (États-Unis)
par Paola Appelius

JENNIFER L. ARMENTROUT

TITAN

Confusion

J'AI LU

Titre original
THE RETURN

Éditeur original
Spencer Hill Press, Contoocook, USA

Ce livre est destiné à un public de jeunes adultes avertis.

Il raconte les aventures d'un garçon ultra sexy et chaud bouillant, bourré de talents, qui sera décrit avec moult détails à se pâmer. Même les scènes où il évolue torse nu – ce qui arrive souvent – peuvent s'avérer trop torrides pour de jeunes lectrices. Vous voilà prévenues.

À toutes les groupies de Seth…
Attention les yeux.

Irrité contre ses enfants,
contre ceux qu'il avait fait naître,
Ouranos les appela Titans,
exprimant par ce mot leur œuvre coupable,
et les menaçant pour l'avenir d'un châtiment.

La Théogonie d'Hésiode[1]

1. Traduction de M. Patin. (*N.d.T.*)

1

La demeure vibrait du même silence que j'appelais de mes vœux à l'intérieur de mon crâne. Pas un bruit – pas le moindre soupir ni même un murmure. Un merveilleux silence.

Apaisant.

Ce qui s'offrait à mes yeux, en revanche, était une tout autre histoire.

De là où je me trouvais, au sommet du grand escalier, on aurait dit qu'un camion avait enfoncé les portes de bronze de l'immense rez-de-chaussée et déversé des tonnes de spaghettis à la tomate sur le sol. Un magma infâme et sanguinolent recouvrait tout, comme si une flotte de canons avait pulvérisé des murs au plafond un flot de raviolis – une avalanche de grumeaux et de matières diverses que l'on trouvait habituellement à l'intérieur des corps.

Je ne regarderais plus jamais du même œil une boîte de raviolis.

Pourtant, pas une goutte de sang ne m'avait atteint. Mes bottes noires étaient parfaitement lustrées ; mon treillis et mon maillot noirs, l'uniforme des Sentinelles, exempts de la moindre sanie. J'étais doué de talents… très spéciaux.

Je balayai du regard la pièce qui s'étendait à mes pieds. C'était, de loin, l'une de mes meilleures opérations de *Réhabilitation* – qui consistaient à débusquer et à éliminer les traîtres qui avaient soutenu Arès l'année précédente quand il avait tenté de s'approprier le monde des mortels.

Les pauvres bougres n'avaient pas la moindre chance d'en réchapper.

Des cadavres de mortels ordinaires qui avaient choisi le mauvais camp côtoyaient ceux des rejetons des Olympiens, mais la plupart des corps qui jonchaient le sol étaient des sang-pur. Officiellement appelés Hématoï. Je levai les yeux au ciel. Aussi prétentieux que le suggérait leur nom. Ils étaient le produit des amours de deux demi-dieux. Le sang qui coulait dans leurs veines était considéré comme *pur* par opposition à celui des sang-mêlé, issus des galipettes d'un mortel et d'un pur. Génétiquement parlant, les sang-mêlé étaient plus faibles que les purs parce qu'ils possédaient moins d'éther, cette substance qui entourait l'Olympe et se trouvait être aussi la force vive qui animait les dieux et leurs créations.

C'était l'éther qui nous permettait de nous reconnaître entre nous. Les purs en avaient davantage que les sang-mêlé, ce qui les rendait capables de maîtriser les éléments à l'instar des dieux, contrairement aux sang-mêlé. Notre société était stratifiée depuis des milliers d'années parce que les purs se considéraient comme supérieurs aux sang-mêlé, qu'ils avaient carrément réduits en esclavage jusqu'à l'année dernière pour la seule raison que leurs gènes leur conféraient davantage d'éther.

Dans la mort, cependant, ils étaient tous égaux : rien de plus que des cadavres fétides et répugnants.

Mon regard se reporta sur les portes béantes. Des Sentinelles se tenaient sur le seuil. Je sentais leur réticence à pénétrer dans le bâtiment, goûtais leur anxiété sur le bout de ma langue. Un petit sourire étira les commissures de mes lèvres. Ils savaient que j'étais là. Ils percevaient aussi ma présence, mais nous n'étions pas de la même espèce.

J'étais certes un sang-mêlé, mais aussi un Apollyon, le bâtard d'une pure et d'un sang-mêlé. Depuis la nuit des temps, leur union était interdite, parce que leurs rejetons étaient dotés d'une force incommensurable, bien supérieure à celle d'un pur ou d'un sang-mêlé.

Et j'arrivais toujours dans les planques avant eux, laissant aux Sentinelles la corvée de nettoyage, ce qui devait les ravir.

La première à entrer fut une femme sang-mêlé vêtue d'une tenue identique à la mienne. Ses cheveux noirs étaient tirés, rassemblés en haut de son crâne. Elle était plus âgée que moi, la trentaine bien sonnée. Il était rare qu'une Sentinelle atteigne cet âge avancé. Sa peau sombre pâlit alors qu'elle s'immobilisait à l'intérieur, cramponnée à ses dagues de titane comme si elle s'attendait à ce qu'une créature maléfique jaillisse de la masse de corps ensanglantés.

La Sentinelle leva la tête, et la lumière du plafonnier éclaira ses larges pommettes. Elle arborait une cicatrice irrégulière sous l'œil droit, plus claire que sa peau. Elle me vit et se figea.

Mon sourire s'élargit.

Derrière elle, une seconde Sentinelle – un homme cette fois – déboula dans la pièce, manquant la renverser. Il me vit et murmura : « Seth. »

Il avait prononcé mon nom comme si j'étais le monstre sous son lit, ce qui n'était pas pour me déplaire. Deux autres Sentinelles entrèrent à sa suite. La cinquième avisa ma décoration intérieure et rendit son dîner, les mains plaquées sur les genoux.

Cool.

Notre société existait à l'insu des mortels, organisée depuis des milliers d'années selon la loi de la

Hiérarchie du sang. Cette hiérarchie avait été abolie, ce qui signifiait que les sang-mêlé n'étaient plus obligés de choisir entre devenir des Sentinelles – c'est-à-dire des soldats qui combattaient des créatures violentes pour protéger les purs, maintenaient l'ordre et avaient une fâcheuse tendance à tomber comme des mouches – ou des serviteurs effectuant un travail qui tenait davantage de l'esclavage. Depuis cette abolition, beaucoup de purs dorlotés depuis le berceau s'étaient engagés dans le corps des Sentinelles pour compenser la perte des sang-mêlé qui avaient jeté l'éponge.

Et ce n'était pas forcément une bonne chose.

Par exemple, l'abruti qui était en train de rendre tripes et boyaux sur mon sol recouvert de sang était un pur. Quand il se redressa, le teint verdâtre, il recula en secouant la tête.

— Je ne peux pas, hoqueta-t-il. C'est au-dessus de mes forces.

Puis il fit demi-tour et prit ses jambes à son cou. Je poussai un soupir. Le métier se perdait.

La femme Sentinelle en avait plus dans le pantalon que tous les hommes qui l'accompagnaient. Elle s'avança, évitant une jambe qui appartenait au type près de... Non, sa jambe à lui se trouvait en bas de l'escalier. Je ne savais pas d'où venait celle-ci. La femme ouvrit la bouche comme si elle allait parler, et j'étais curieux d'entendre ce qu'elle avait à dire, quand soudain l'air dans la pièce se chargea d'électricité, agité par une vague d'énergie. Les glyphes anciens apparurent sur ma peau en tourbillonnant, formant des sorts de protection tout le long de mon corps.

À deux mètres de la Sentinelle, une colonne de lumière bleue scintillante fusa du plafond cathédrale jusqu'au sol. Puis la lumière s'estompa, révélant un dieu.

Les Sentinelles s'empressèrent de reculer. Certains tombèrent même à genoux sur le sol souillé. Pour ma part, je levai la main droite et me grattai le sourcil de mon majeur tendu.

La personne que je détestais le plus dans le royaume des mortels, l'Olympe et le Tartare m'adressa un petit sourire sarcastique tout en croisant les bras sur sa poitrine. Levant sa face de pédant suffisant et inutile, il me dévisagea de ses yeux entièrement blancs – sans pupilles ni iris. Toujours aussi flippant.

— Je sens une perturbation dans la force, dit-il.

Je plissai les yeux et laissai échapper un soupir exaspéré.

— Tu viens vraiment de citer *Star Wars* ?

Apollon, le dieu du Soleil et de plusieurs autres bricoles malheureusement importantes qui le rendaient pratiquement increvable sous peine de détruire le monde, haussa une épaule.

— Peut-être bien.

Jusque-là, je passais une bonne soirée. Chateaubriand et homard au dîner. J'avais massacré des gens, effrayé quelques purs et sang-mêlé. Je comptais faire une petite visite à l'université réservée aux filles que j'avais découverte trois mois plus tôt. Ces filles-là frétillaient dès qu'elles voyaient un mec. Mais maintenant qu'*il* était là, je pouvais sans doute faire une croix sur mes projets.

L'irritation me picota la peau, et mes glyphes tourbillonnèrent de plus belle. Apollon et moi, nous avions un passif. Un très mauvais passif. Il ne pouvait pas me tuer. Je ne savais pas très bien comment les Olympiens pourraient s'y prendre, mais je savais qu'ils finiraient par m'éliminer. Mais pas tout de suite – ils avaient encore besoin de moi.

— Qu'est-ce que tu veux ?

Il pencha la tête sur le côté.

— Un de ces jours, tu t'adresseras à moi avec respect, Apollyon.

— Un de ces jours, tu comprendras que je n'ai aucun respect pour toi.

Les Sentinelles me dévisagèrent comme si je venais de baisser mon pantalon pour leur agiter sous le nez mes bijoux de famille.

Un petit sourire cruel apparut sur les lèvres du dieu, du genre qui signifiait « tous aux abris, les femmes et les enfants d'abord », mais ne possédant ni l'un ni l'autre, je ne fus pas intimidé.

— Il faut qu'on parle.

Avant que je puisse répondre, il claqua des doigts et je me retrouvai soudain à l'extérieur du manoir, mes pieds bottés foulant le sable, le parfum iodé de la mer assaillant mes narines tandis que l'océan grondait derrière moi.

Un grognement hargneux s'échappa de ma gorge.

— Je déteste quand tu fais ça.

Son sourire s'agrandit.

— Je sais.

Je ne supportais pas ce tour de passe-passe et cet enfoiré ne ratait jamais une occasion de me l'infliger – généralement toutes les cinq minutes, de préférence sans raison. Il lui arrivait parfois de me téléporter de pièce en pièce rien que pour m'emmerder. Les douze derniers mois de ma vie avaient mis ma patience à rude épreuve.

— Il faut qu'on parle de quoi ? bougonnai-je en croisant les bras pour ne pas le bombarder d'une salve d'*akasha*, le cinquième et ultime élément que seuls les dieux et l'Apollyon pouvaient manipuler.

Ce ne serait pas mortel pour lui, mais il le sentirait passer.

Apollon porta son regard sur les flots sombres de l'océan.

— Tu es toujours obligé de faire les choses aussi salement ?

— Hein ? demandai-je en haussant les sourcils.

— Je parle de ce massacre, répondit-il avec un mouvement du menton en direction de la demeure dont les lumières scintillaient au loin. Es-tu obligé de te débarrasser de ceux qui nous ont trahis de manière aussi sanglante ?

— Si j'y suis *obligé* ? Non.

— Alors pourquoi ?

Son regard se posa sur moi. Les tuer de cette façon n'était pas nécessaire. J'aurais pu les pulvériser d'un coup d'un seul et sans douleur, mais ce n'était pas dans mon ADN. Au début, j'étais peut-être moins… brutal, mais plus maintenant que ma seule raison de vivre était de me taper le sale boulot des dieux. Parce que chaque fois que je voyais leurs visages, je me souvenais de mes propres ratés, et il y en avait un paquet, et aussi d'… J'interrompis le cours de mes pensées. Pas question d'emprunter cette pente ce soir sans une bouteille de whisky.

— Vous avez fait de moi un Terminator. Qu'est-ce que vous espériez ? répondis-je avec un haussement d'épaules. C'est de ça que tu voulais parler ? De ma façon d'exécuter tes ordres ? J'aurais pensé que tu avais mieux à faire que de te téléporter pour me reprocher de faire les choses salement.

— Il n'y a pas que ça, Seth, et tu le sais. Le problème, c'est *toi*.

Un muscle se mit à palpiter sur ma mâchoire. Je savais ce qu'il voulait dire.

— C'est ce que je suis aujourd'hui. Il faut t'y faire.

Je fis mine de lui tourner le dos.

— Si tu as terminé, je file. J'ai des filles à…

— Ce n'est pas la raison qui m'amène.

Fermant les yeux, je ravalai une bordée de jurons. J'aurais dû m'en douter. Je lui fis de nouveau face.

— Quoi ?

Apollon ne répondit pas immédiatement.

— Tu te souviens de Persès ?

— Euh. Non. Je n'ai aucun souvenir du Titan de plus de deux mètres que j'ai contribué à libérer du Tartare. J'ai comme un blanc.

Ma voix dégoulinait de sarcasme, et si j'en croyais l'étincelle qui crépita dans ses yeux entièrement blancs, ça ne lui avait pas échappé. Ce qui me fit jubiler au plus haut degré.

— Vous l'avez retrouvé ?

— Pas exactement.

Je levai les yeux au ciel.

— Quelle surprise...

La libération de Persès avait été notre dernier recours dans la guerre contre Arès. Le Titan était sans doute l'unique créature que craignait le dieu de la guerre, mais nous avions pris un gros risque en le lâchant sur Terre. On lui avait promis l'éternité aux Champs-Élysées en échange de son aide – à condition qu'il se comporte bien. Évidemment, il n'avait pas tenu parole et s'était volatilisé dès qu'Arès avait été mis hors de combat. Il pouvait être n'importe où, à faire ce que faisaient les anciennes divinités après un sommeil de plusieurs millénaires.

Ce qui devait impliquer de s'envoyer en l'air à la chaîne.

— Merci de m'épargner tes sarcasmes et ta trou-de-ballité.

Je lui adressai un grand sourire.

— Je ne crois pas que ce mot existe.

— Il existe si je le décide.

Apollon prit une profonde inspiration, signal qu'il était sur le point de me balancer dans l'océan.

— Persès a commis l'impensable.

Il y avait un certain nombre de choses qui correspondaient à cette définition, genre la moitié de ce que les dieux faisaient chaque jour.

— Tu vas devoir être plus précis.

Il cligna les paupières et, lorsqu'il les rouvrit, ses yeux étaient presque normaux. Pas tout à fait, mais ils présentaient maintenant des iris et des pupilles. Des iris d'un bleu profond lumineux qu'il plongea dans mes yeux couleur d'ambre.

— Il a libéré d'autres Titans.

— Ce n'est pas... *Attends*. Répète ?

— Il a libéré d'autres Titans, Seth.

À présent, il avait toute mon attention.

— *Tous* les Titans ?

— Sept d'entre eux, confirma Apollon. Dont Cronos.

Par tous les démons des enfers. Si je m'attendais à *ça*. Je reculai d'un pas, mains sur les hanches, le temps de digérer cette information.

— Comment c'est arrivé ? Hadès pionçait ou quoi ?

— Oui, Seth, il faisait une petite sieste et Persès en a profité pour se faufiler par la porte de derrière et les faire sortir. Ils ont ensuite traversé le Champ des Larmes, où ils ont pique-niqué, puis ont décidé tranquillement de quitter les enfers. Et pendant tout ce temps, Hadès se tournait les pouces.

J'y croyais presque.

— Non, reprit-il sèchement, ses yeux bleus lançant des éclairs. Hadès ne « pionçait » pas. Aucun de nous ne ferait ça, espèce de petit con.

Je haussai un sourcil.

— Toi aussi, tu aurais pu m'épargner *ça*.

Apollon ne releva pas.

— Fais marcher tes méninges, Seth, pour changer. Tu es un garçon intelligent. Et tu savais parfaitement que la mort d'Arès aurait des conséquences.

— En effet. Ça, c'est un truc dont je me souviens.

Il recula de plusieurs pas – sans nul doute pour se retenir de me balancer son poing en pleine face.

— Nous savions qu'il y aurait des répercussions. C'était un risque à prendre – comme celui de libérer Persès. La mort d'Arès nous a tous affaiblis d'une manière ou d'une autre. Ce que nous n'avions pas prévu, c'est que les sorts maintenant les Titans au tombeau seraient fragilisés. Comment Persès l'a su et s'est arrangé pour revenir dans le Tartare les libérer, nous l'ignorons, et ce n'est pas ce qui importe. Certains d'entre eux sont libres. Et des âmes des morts avec eux – des spectres. Et pas n'importe lesquelles, des âmes antiques qui accompagnaient les Titans quand ils étaient aux affaires.

Abasourdi, je dévisageai le dieu.

— Tu es en train de me dire qu'aucun de vous n'a anticipé que ça pouvait se produire ?

Il soutint mon regard.

Je laissai échapper un petit rire sans joie.

— C'est génial, Apollon. Nous avons donc des Titans en vadrouille ?

— Ils sont là, quelque part, mais nous ne savons pas où. Nous ne pouvons pas les percevoir.

Il plongea une main dans ses cheveux blonds.

— Ils conspirent pour nous renverser.

— Tu crois ? À tous les coups, ils en veulent encore à Zeus et sa bande de petits bras.

J'avais presque envie de rire, mais ce n'était pas drôle. Et si j'en avais eu quelque chose à foutre, j'aurais été plus inquiet qu'ennuyé.

— Et vous voulez que je les retrouve pour vous, c'est ça ?

C'était forcément la raison de sa venue. Et, si tordu que ça puisse paraître, j'étais plutôt content. Je commençais sérieusement à me lasser de mes travaux d'intérêt général et chasser les Titans me vaudrait certainement de cesser d'exister sur ce plan. En dépit de ma puissance et de mes talents, je ne pourrais pas me débarrasser d'une bande de Titans sans y laisser la vie. Ce qui signifiait que j'allais mourir plus tôt que prévu.

Bah.

Compte tenu du marché que j'avais passé un an plus tôt, mettant ma tête sur le billot des éternels à la place de celle du type que je détestais le plus après Apollon, mes jours étaient comptés. Quand les dieux n'auraient plus besoin de moi, ils trouveraient le moyen de mettre un terme à mon existence et je deviendrais pour l'éternité le serviteur d'Hadès. Mais ce marché… Oui, ça en valait la peine. Par pour lui, mais je le lui devais, à *elle*.

Apollon m'étudiait.

— Non.

Je plissai les yeux.

— Non, quoi ?

— Je ne veux pas que tu les retrouves. Pas encore, dit-il, me clouant le bec – un véritable exploit. J'ai une autre mission pour toi. Tu pars dans le sud de la Virginie. J'avais l'intention d'y téléporter ta ravissante carcasse, mais, puisque tu m'as énervé, tu vas y aller en voiture. Un peu plus de vingt heures de route.

OK. C'était agaçant, mais je n'avais rien contre un road-trip, alors pourquoi pas.

— Et il y a quoi dans le sud de la Virginie ?

— L'université de Radford.

J'attendais la suite.

J'attendis un moment, puis poussai un soupir.

— D'accord. Tu veux que je m'inscrive à la fac ?

Renversant la tête en arrière, Apollon éclata d'un rire si franc qu'il semblait presque heureux. Je fronçai les sourcils.

— Qu'est-ce que j'ai dit de drôle ?

— Toi. À l'université. Te servir de ta tête. Voilà ce qui est drôle.

J'étais sur le point de l'exploser sous un torrent d'*akasha,* mais son sourire s'effaça.

— Il y a là-bas quelqu'un d'important que tu dois protéger à tout prix, Seth.

Mes lèvres s'incurvèrent en un sourire moqueur. M'envoyer jouer les gardes du corps – quel cliché.

— Je vais avoir besoin d'un peu plus d'informations.

Le sourire d'Apollon revint.

— Tu sauras de qui il s'agit dès que tu verras la personne.

Il agita la main et un panache de fumée apparut. Quand il se dissipa dans la nuit sombre, je vis qu'il tenait un papier entre ses doigts. Classe.

— Voilà son emploi du temps. Tu ne devrais avoir aucun mal à la trouver.

Je pris le document en fronçant les sourcils et y jetai un coup d'œil. C'était une liste de cours – des cours très ennuyeux de psychologie et sociologie.

— Très bien. Et que suis-je censé faire avec cette personne, exactement ?

— La garder en vie.

Je soupirai bruyamment.

— Sans blague, Apollon.

— Tu la conduiras au Covenant du Dakota du Sud – à l'Université.

Je me raidis comme si on m'avait soulevé avec un cric. C'était le dernier endroit où je voulais aller.

Il y avait des gens là-bas que je n'avais aucune envie de voir.

— Pourquoi ? Qui est cette personne ?

Apollon sourit de nouveau, me fit un clin d'œil et disparut. Sans autre avertissement. Pouf. En un battement de cils, il n'était plus là. Ça aussi, ça me foutait en rogne. Très agacé, je baissai les yeux sur la feuille que je tenais à la main. Des initiales y étaient inscrites.

J.B.

Ça sentait le prénom débile.

Me retournant vers l'océan, je maudis Apollon. Tandis que le vent soulevait les mèches plus courtes qui s'étaient échappées du lien de cuir qui retenait mes cheveux en catogan, j'aurais juré l'avoir entendu s'esclaffer.

À vrai dire, je n'étais pas surpris qu'Apollon ne m'ait pas donné d'os à ronger. C'était dans les habitudes de cet abruti de fournir très peu d'informations, ou de ne délivrer ce qu'il savait qu'à petites doses au moment le moins opportun, généralement *après* qu'on en avait besoin.

Un truc était certain : qui que soit la personne que je devais protéger, elle n'avait pas tiré le bon numéro. Le dernier en date à qui j'avais servi de garde du corps avait fini avec une balle en titane entre les deux yeux.

2

Maman lâcha un gros soupir et la ligne crépita dans mon oreille.

— Ma petite chérie, j'aimerais tellement que tu ne sois pas si loin pour pouvoir t'aider ou être avec toi quand tu as besoin de moi.

Ma mère était mentalement dérangée.

Et pas dans le genre « haha, elle est complètement barge, celle-là ! ». Non. Elle était intimement convaincue que, vingt ans plus tôt, un ange tout ce qu'il y avait de réel était venu lui rendre visite au milieu de la nuit pour lui faire un enfant.

Ouais.

On lui avait diagnostiqué un trouble schizophrénique et le traitement qu'elle suivait depuis deux ans l'avait stabilisée, mais toutes les années précédentes avaient été difficiles, parfois flippantes et toujours épuisantes.

Ça n'avait pas aidé qu'elle tombe enceinte de moi très jeune – elle avait à peine dix-sept ans. Dans la petite bourgade où j'avais grandi, les gens n'étaient pas tendres avec les filles mères. Et ils ne comprenaient pas non plus ses troubles mentaux.

— Maman, il faut vraiment que j'y aille, dis-je dans le téléphone en me tournant vers la porte du dortoir qui s'ouvrait.

Erin Fore entra dans la pièce d'une démarche chaloupée, la peau luisante de son jogging matinal dans la New River Valley, nichée au cœur des montagnes Bleues. Elle préférait courir dehors plutôt que dans le gymnase de Muse Hall, la résidence universitaire où nous étions logées. Pour ma part, j'aimais mieux lambiner sur le vélo elliptique. Au diable la course en extérieur – c'était trop d'efforts pour moi.

— J'aurais tellement voulu que tu rentres à la maison. Tu es à l'autre bout du monde, répondit ma mère.

Je réprimai mon envie de soupirer. Ce n'était pas facile pour elle. Je me le répétais sans cesse.

— Je ne suis pas « à l'autre bout du monde ». Tu es dans le Missouri et moi en Virginie. Ce n'est pas si loin, maman.

Les yeux marron d'Erin croisèrent les miens, emplis de compassion. Nous partagions la même chambre depuis les trois derniers semestres. Elle était au courant des problèmes de ma mère et comprenait pourquoi j'avais choisi d'étudier la psychologie. J'étais totalement fascinée par le fonctionnement de l'esprit humain – et ses dysfonctionnements. Grandir en côtoyant la maladie de ma mère m'avait offert une perspective unique quant aux répercussions des troubles psychiatriques sur les autres membres de la famille. Je voulais aider les malades, et je voulais aussi aider les aidants.

Mais ce n'était pas tout. Peut-être que si je parvenais à comprendre les rouages du cerveau, cela me permettrait d'échapper au sort de ma mère.

— Je me sentirais mieux si tu rentrais chez nous, poursuivit-elle comme si je n'avais rien dit. Il y a de bonnes universités ici. Quand tu es repartie cet été, je l'ai très mal vécu, Joséphine. Je veux que tu sois avec moi. Ça ne va pas.

Je m'immobilisai tandis que j'enfilais mes sandales, pliée en deux, mes longs cheveux châtain clair tombant en rideau devant mon visage. J'observai leurs mèches d'un blond presque blanc mêlées à d'autres plus foncées. Je ne les avais pas décolorées. Elles étaient apparues à l'école primaire.

Ma mère disait que c'était la grâce angélique de mon père qui se révélait chez moi. Plutôt cool comme théorie, mais je les devais sans doute aux étés passés au bord du lac. Étrangement, elles étaient restées, et comme je les aimais bien, je les avais gardées.

La culpabilité me retourna l'estomac et je me répétai ce que je me disais tous les jours depuis que j'étais partie à l'université. *Je n'aurais pas dû la laisser seule.* Mais je ne supportais plus notre petite ville. Il fallait que je parte, que je profite, et mes grands-parents m'avaient soutenue. Ils souhaitaient que je connaisse une vie normale, et avaient économisé sou par sou pour m'envoyer étudier, pour me soustraire à la bigoterie et à la responsabilité étouffante d'être la fille de ma mère.

— Joséphine, murmura-t-elle.

Il n'y avait qu'elle qui m'appelait par mon nom complet, mais ce ne fut pas ce qui me serra le cœur. Je me redressai, tournant le dos à Erin pour me diriger vers la minuscule commode sur laquelle je prélevai un bracelet doré. Je baissai la voix à la recherche d'un semblant d'intimité, même si c'était illusoire dans cette chambre de dortoir exiguë.

— Qu'est-ce qui ne va pas ?

— Le monde arrive à sa fin.

En dépit des paroles sinistres qu'elle venait de prononcer à mi-voix, je sentis la tension quitter mes épaules. Rien de nouveau sous le soleil.

— Souviens-toi de ce qui est arrivé l'année dernière.

Aucune personne saine d'esprit ne pouvait avoir oublié les cataclysmes qui avaient secoué la planète. Un cyclone venu de la mer avait ravagé de grands morceaux de la côte en Caroline du Nord. Des volcans s'étaient réveillés, des tremblements de terre et des tsunamis avaient détruit des villes entières. La Troisième Guerre mondiale avait failli éclater. La fin du monde avait paru si proche que j'avais presque cru que ma mère avait raison depuis le début, et puis tout s'était arrêté, d'un seul coup. Depuis, le monde entier se tenait par la main dans l'amour de son prochain. Des pays en conflit depuis toujours avaient cessé le feu et la paix générale régnait désormais sur la planète.

Il avait fallu que des millions de gens périssent pour provoquer ce sursaut, mais on n'avait pas fini comme dans le film *2012*. Notre monde était toujours là. Ce n'était que Mère Nature qui avait donné une bonne correction à l'humanité.

— Voyons, maman, ce n'est pas la fin du monde.

J'attrapai un second bracelet, couleur d'or terni, et l'enfilai sur mon poignet gauche.

— Tout va bien. Je vais bien. Et toi aussi, non ?

— Oui, ma chérie, c'est juste que j'ai... un mauvais pressentiment, souffla-t-elle dans le téléphone, et mes épaules se crispèrent de nouveau. Tu vois ce que je veux dire, un *très* mauvais pressentiment.

La gorge sèche, je fermai les yeux. « Mauvais pressentiment » était notre code pour « rechute » : hallucinations auditives et visuelles, risque d'échapper à la surveillance de mes grands-parents et de se mettre en danger involontairement. Mon cœur se mit à battre plus vite. Quand je me retournai, Erin était assise sur son lit étroit et retirait ses baskets. L'inquiétude marquait son beau visage.

— Quel genre de « mauvais pressentiment » ?

Ma mère me débita alors qu'elle rêvait de mon père.

— De grands changements sont en marche. Tout le monde sera…

Tandis qu'elle continuait de parler, Erin forma silencieusement les mots : « Ça va ? »

Je secouai la tête, le cœur serré. Quand je raccrochai enfin, je savais que j'allais être en retard à mon cours de troubles mentaux si je ne me dépêchais pas, mais j'avais envie de me rouler en boule sur mon lit, pelotonnée sous la courtepointe en patchwork que m'avait cousue ma grand-mère.

— Elle fait une rechute ? me demanda Erin, retirant son chouchou.

Sa chevelure noire et souple cascada sur ses épaules. L'élastique n'avait même pas marqué ses cheveux.

Erin était juste parfaite. Elle était aussi adorable.

— Oui.

J'écartai mes cheveux – épais et raides comme des baguettes de tambour mais qui marquaient instantanément si je les attachais en queue-de-cheval – avant de ramasser mon sac sur le sol.

— J'appellerai ma grand-mère après les cours. Ils sont sûrement déjà au courant, mais ne voulaient pas m'inquiéter.

Erin se leva d'un mouvement gracieux, exhibant des gambettes brunes incroyablement longues et lisses. J'étais sérieusement convaincue que les poils ne poussaient pas sur ses jambes.

— Je peux faire quelque chose pour t'aider ?

— M'apporter une bouteille de tequila ce soir ?

Je jetai la bandoulière de mon sac sur mon épaule.

Les lèvres pulpeuses d'Erin se retroussèrent en un sourire.

— Tu peux compter sur moi pour trouver de la bonne came.

C'était vrai. C'était même bizarre, puisqu'elle avait vingt ans – comme moi – et n'était pas en âge de se procurer de l'alcool. Où s'approvisionnait-elle ? Sans doute lui suffisait-il de se présenter dans n'importe quel débit de boissons et d'exhiber ses jambes de folie et son beau sourire étincelant pour qu'on lui donne tout ce qu'elle voulait.

Moi, en revanche, on m'aurait ri au nez avant de me montrer la porte.

— Je vais nous prendre aussi de quoi grignoter – genre de la glace aux chamallows, des chips au romarin et… tiens, des bretzels au chocolat. Qu'est-ce que tu en dis ? demanda-t-elle en m'ouvrant la porte.

— Tu es la meilleure.

Me précipitant vers elle, je la serrai brièvement contre moi avant de me reculer, le feu aux joues. Non, mais quelle gourde… C'était franchement gênant, parfois.

Erin me gratifia seulement de son sourire lumineux. Mais elle ne pouvait pas comprendre. Elle avait grandi dans la banlieue de Washington, dans une grande ville, une famille nombreuse, entourée de ses amis de l'équipe d'athlétisme. Moi, j'avais vécu toute mon enfance dans un patelin paumé qui considérait la fille d'une mère célibataire comme la fille du diable. Voilà pourquoi mon amitié avec Erin était si précieuse.

Avant de me ridiculiser encore davantage en me jetant à ses pieds pour la remercier d'être mon amie, je lui adressai un petit signe de la main et sortis de la chambre. Alors que je me hâtais dans le couloir, je mis de l'ordre dans mes idées, refoulant dans un coin de ma tête ce qui venait de se passer avec ma mère. Je m'en occuperais plus tard. Je devais être attentive aujourd'hui. C'était notre dernier cours magistral avant l'exam de vendredi.

Je quittai la résidence, serrant les pans de mon cardigan tandis que je posais les pieds sur la route pavée. Le printemps était dans l'air et de petites feuilles minuscules bourgeonnaient sur les branches, mais les températures étaient encore hivernales sur le campus. Le dortoir de Muse Hall était super – mixte, festif, avec sa propre cafétéria –, mais cela faisait une trotte jusqu'à Russell Hall, où se trouvait l'amphi de mon cours de psycho, et j'avais l'impression que le vent allait m'emporter dans les arbres avant que je puisse y arriver.

Un courant d'air balayait la vallée, repoussant les cheveux de mon visage. Je me recroquevillai sur moi-même et baissai le menton quand je passai sous l'arche de pierre, indifférente à la foule d'étudiants rassemblés dans l'entrée ou posés sur les bancs. Dans mes bons jours, j'étais facilement distraite, mais quand j'étais nerveuse ou stressée, le moindre truc attirait mon regard et j'avais la concentration d'un poisson rouge. Je ne pouvais pas me permettre de me laisser happer dans une conversation, ou je raterais mon cours.

Je suivis l'allée qui entourait le parc parfaitement entretenu. Quand le temps s'y prêtait, je révisais sous les grands chênes noirs. Le campus était magnifique. C'était l'une des raisons qui avaient guidé mon choix vers Radford.

Et aussi que personne ne me connaissait, ni moi ni ma mère.

Les bras serrés sur la poitrine, je venais d'arriver à mi-parcours quand j'éprouvai… une sensation *étrange, familière* et *malvenue*. Une sorte de frisson à la base de ma colonne vertébrale qui remonta jusqu'à ma nuque et mes épaules. Tous les poils de mon corps se hérissèrent et je trébuchai sur le sol régulier. Le malaise se répandit dans mon ventre comme de la mauvaise herbe. Je regardai derrière moi, scrutant les branches agitées par le vent et les bancs, sans rien voir d'anormal. Il n'y avait que des étudiants, qui bavardaient en petits groupes ou vaquaient à leurs occupations, mais je fus incapable de me débarrasser de l'impression que des yeux étaient rivés sur moi, perçant ma peau, mes muscles et mes os.

Pourtant, personne ne m'accordait la moindre attention. C'était toujours comme ça. Tout était dans ma tête.

J'accélérai l'allure, mais mon inconfort grandissait et la panique me nouait la gorge. Mon rythme cardiaque s'accéléra, et j'avais les mains moites.

— Merde, marmonnai-je.

Je m'arrêtai pour respirer profondément, mais un étau me comprimait la poitrine. Les frissons remontèrent à l'arrière de mon crâne. Voilà que ça recommençait... Était-ce un signe annonciateur ? C'était donc ainsi que les choses avaient commencé pour maman ? Des tas d'études montraient que les maladies mentales étaient génétiques. J'avais environ vingt-cinq pour cent de chances de développer une schizophrénie. Et j'étais dans la tranche d'âge où les premiers signes avant-coureurs pouvaient apparaître.

Je ne suis pas malade. Je ne suis pas malade.

Fermant les yeux, j'enroulai une main tremblante sur la bandoulière de mon sac. Ce n'était pas un symptôme de maladie mentale. J'étais juste fatiguée. Stressée. Tout allait bien. Il ne m'arriverait rien.

Il le fallait.

Finalement, je rejoignis mon cours à l'heure et parvins à rester concentrée tout du long. J'étais prête pour mon examen de vendredi. Lorsque Jesse Colbert, un autre étudiant de psycho qui avait pas mal de cours avec moi, s'attarda sur le siège à côté du mien pendant que je rangeais mes affaires, je m'efforçai de ne pas avoir l'air d'une parfaite idiote.

Il avait environ mon âge, il était grand avec des cheveux noirs et lisses comme de l'obsidienne. Beau gosse. Sympa. Des pommettes saillantes. Vraiment mignon et toujours souriant. De belles mains élégantes. Je flashais toujours sur les mains des garçons et les siennes étaient viriles, avec de longs doigts. Tout à fait mon style.

Écartant ces pensées plus ou moins fétichistes, je lui adressai un sourire forcé en priant pour que ça ne passe pas pour un rictus flippant.

— Salut.

Ramassant ses livres, il me sourit aussi.

— On se voit toujours demain ?

Je me levai et fourrai mon énorme cahier dans mon sac.

— Bien sûr. On a un rendez-vous à la bibliothèque…

Je grimaçai mentalement, tentant de me rattraper.

— Enfin, pas un vrai *rendez-vous*. Genre sortir ensemble pour aller dîner ou autre. Bref.

Les joues en feu, je fixai ses épaules.

— Un rendez-vous pour réviser, quoi, rien d'autre.

Oh, mon Dieu ! Il fallait que je la boucle, parce que c'était justement pour ça que je n'avais jamais de *rendez-vous*. Seigneur, cette fois j'étais rouge comme une pivoine parce que je me tenais là, devant Jesse, en train de ressasser pourquoi j'étais toujours vierge. Dommage que mon cerveau ne soit pas doté d'un interrupteur.

Il me regarda tout le temps de mon bavardage et, quand je la fermai enfin, il gloussa.

— Oui, je sais, Josie. À 6 heures demain ?

— Oui. 6 heures du soir, c'est ça ?

Que quelqu'un m'achève.

— Bien sûr. Parfait.

Il hésita quelques instants, puis ses lèvres s'incurvèrent et il s'éloigna. Avec un soupir, je listai mentalement toutes les raisons qui faisaient de moi la Reine des Cruches tandis que je me dirigeais vers la sortie. Je fis un détour par les toilettes, ce qui n'était qu'un prétexte pour retarder le moment d'appeler mes grands-parents. Je n'étais pas prête à entendre ce que je savais déjà, et je détestais ça, parce que je n'étais qu'une dégonflée. Je me lavai les mains deux fois, brossai mes cheveux décoiffés par le vent, appliquai une couche de gloss, puis m'engageai lentement dans le couloir.

Les cours suivants avaient commencé et je me dirigeai vers l'escalier le plus proche, laissant la porte claquer derrière moi. Mes pensées me ramenèrent de nouveau vers ma mère. Il fallait que j'appelle ma grand-mère. Autant être débarrassée au plus vite. Je fis tourner mon sac pour y prendre mon téléphone.

Je serais bien en peine d'expliquer ce qui arriva ensuite.

Il me restait quelques marches à descendre pour atteindre le premier étage quand un courant d'air froid s'engouffra dans la cage d'escalier et me frappa de plein fouet, assez fort pour me faire vaciller. Dans un sursaut, je tendis la main pour me retenir à la rampe et mon sac glissa de mon épaule, heurta le sol à mes pieds, puis rebondit jusqu'au palier.

C'était quoi ce délire ?

Pendant quelques secondes, je contemplai mon sac, puis je me retournai. Qu'est-ce que je m'attendais à voir, au juste ? Casper le fantôme, peut-être ? Un peu étourdie, je pivotai de nouveau et faillis tomber à la renverse.

Un garçon se tenait devant moi – ou plutôt se baissait pour ramasser mon sac. Comment était-il là ? Je n'avais entendu personne monter les marches et puis personne n'aurait pu arriver aussi vite... à moins d'avoir des ailes, ce qui était très improbable.

Je ne le voyais qu'à moitié, mais je devinais qu'il était grand. Je n'étais moi-même pas petite, atteignant un bon mètre soixante-quinze, mais ce garçon me donnait l'impression d'être une petite chose *délicate* à côté de lui.

Un tee-shirt boutonné à manches longues d'un brun profond, tendu sur de larges épaules et des bras extrêmement bien dessinés. Des cheveux blonds noués en catogan sur la nuque avec un lien de cuir. Des mèches plus courtes s'en étaient échappées, dissimulant son visage, tandis que ses longs doigts se refermaient sur la bandoulière de mon sac.

Bonté divine... Il avait des mains sublimes.

Ses manches retroussées laissaient apparaître des avant-bras dorés. Je n'avais jamais vu cette couleur de peau. Il n'était pas juste bronzé, c'était autre chose. Quand il se redressa, je cessai de respirer.

Le mec le plus canon de l'univers.

Un menton volontaire, presque buté, des mâchoires taillées à la serpe. Sa lèvre supérieure était légèrement plus fine que sa lèvre inférieure et les mèches blondes libérées caressaient à présent ses pommettes dorées, larges et hautes.

Et puis je vis ses yeux.

Je reculai d'un pas, perdant l'équilibre, et mes fesses heurtèrent la marche derrière moi. Je serais sans doute gênée plus tard, mais, dans l'immédiat, je ne pouvais que le dévisager fixement.

C'était le plus beau garçon que j'aie jamais vu, et j'étais sérieuse. Personne à la télé, dans les films ou les magazines ne lui arrivait à la cheville. Sa beauté virile était à la fois délicate et brutale, lisse et rugueuse, une énigme splendide. Quant à ses yeux…

Ils avaient une couleur étrange d'ambre mordoré. Impossible que ce soit naturel. Mais ces lentilles lui allaient à ravir et se mariaient bien à ses cils sombres et fournis et à ses sourcils un peu plus foncés que ses cheveux.

Je me demandai soudain s'il était possible d'avoir un orgasme visuel, parce que je crois bien que c'était ce que j'étais en train de vivre, sauf que… cet homme d'une beauté irréelle m'observait de ses yeux couleur de miel qui s'arrondissaient comme des soucoupes.

Et ce n'était pas bon – il avait presque l'air de ne pas croire ce qu'il voyait, comme si j'avais soudain deux têtes. Je savais bien que je n'étais pas près de porter l'écharpe de Miss Amérique avec mes hanches beaucoup trop larges, mais je ne voyais pas pourquoi il me regardait comme s'il avait envie de dégobiller.

Ou de frapper quelque chose.

— Pas possible, dit-il en lâchant mon sac, qui tomba de nouveau sur le sol avec un bruit sourd.

Si je n'avais pas déjà été assise, j'en serais restée sur le cul. Sa voix… Je secouai lentement la tête. Je voulais qu'il parle encore, parce que c'était la voix la plus grave et la plus veloutée que j'aie jamais entendue, avec un léger accent étranger que je ne reconnaissais pas.

Il fallait que je dise quelque chose, mais j'étais paralysée sur cette fichue marche, émerveillée par sa beauté. Dire que je portais du gloss pour tout maquillage alors que j'étais le genre de fille qui avait besoin de blush et de mascara… et d'un ravalement total de façade.

— Quel est ton nom ? demanda-t-il.

Ma bouche s'assécha alors que je le dévorais toujours des yeux comme si mon cerveau avait subi un court-circuit, ce qui était une possibilité. J'avais carrément l'impression d'avoir perdu des neurones, peut-être même quelques synapses et d'autres trucs essentiels.

Il bondit en avant, aussi rapide que le serpent à sonnette que j'avais vu un jour près du lac à côté de chez moi – si vite que je fus incapable de réagir. L'une de ses mains atterrit sur la rampe près de ma tête, l'autre deux marches au-dessus de moi, et il se pencha en avant, assez proche pour respirer le même oxygène que moi. Le grand escalier et ses murs rouge brique parurent se rétrécir. Nos regards se verrouillèrent et… c'était peut-être complètement dingue, mais j'avais l'impression que ses yeux luisaient de l'intérieur.

— Est-ce que tes initiales sont J.B. ?

Tout au fond de mon cerveau, je pris conscience que c'était une question qui visait extrêmement juste.

— Comment tu le sais ? On ne s'est jamais rencontrés. J'en suis sûre et certaine, parce que je m'en souviendrais.

C'était reparti pour un tour, moi et mes papotages débiles.

— Je veux dire, j'ai la mémoire des visages.

Et surtout des visages extraordinairement beaux. Non, je ne l'aurais pas oublié.

Ses longs cils s'abaissèrent, dissimulant brièvement ses yeux tandis qu'il murmurait.

— Merde.

Je battis des paupières.

— Pardon ?

— Comment tu t'appelles ?

J'avais envie de lui retourner la question, mais il m'avait prise de court et je répondis.

— Josie. Josie Bethel.

Ses yeux plongèrent de nouveau dans les miens et il garda le silence pendant un long moment. Un sentiment d'exaltation parcourut ma peau, me donnant la chair de poule. La tension s'épaissit, palpable, comme si on l'avait déversée sur nous. Mon pouls s'accéléra et j'inspirai difficilement. Un muscle palpita sur sa mâchoire, puis ses lèvres s'entrouvrirent.

— Tu es *quoi*, par les enfers ?

3

Mes yeux devaient me jouer des tours, comme une sorte de vision déformée de ce que j'aurais voulu voir. Ses cheveux n'étaient pas de la bonne couleur. Par les enfers, je n'étais même pas sûr de la couleur des cheveux de cette fille. Châtain clair ? Blonds ? Blond polaire ? Toutes ces couleurs mélangées ? Et son nez était trop petit, mais elle ressemblait...

J'étais incapable d'aller au bout de cette pensée. Ses yeux, d'un bleu profond d'une familiarité dérangeante, étaient fixés sur moi. En l'absence de réponse à ma question, je décidai d'opter pour une approche plus physique. Mon bras se détendit et je lui attrapai le poignet.

Je m'attendais à un signe – un éclair, une faille d'énergie qui m'aurait révélé sa nature. Rien.

Ses yeux s'agrandirent, dévorant presque son visage. Son regard, soudain méfiant, reflétait une innocence que je n'avais plus vue depuis longtemps.

— Que... Qu'est-ce que tu fais ?

Elle tira sur son bras, sans grand résultat, et sa question passa à la trappe. J'étais trop occupé à essayer de comprendre ce qu'elle était et ce que je fichais ici.

Je n'avais pas décelé sa présence quand je m'étais engagé dans l'escalier – en retard, d'après son emploi du temps. Je ne m'étais pas attendu à trouver la personne aux mystérieuses initiales après ce cours. Merde, je ne l'avais même pas sentie avant de me propulser sur les marches à une vitesse qu'un humain ne pouvait percevoir et d'avoir failli la renverser sur mon passage. Cette fille n'était ni une pure ni une sang-mêlé – j'aurais détecté son éther. Ce n'était donc pas l'une d'entre nous qui se cachait dans le monde des mortels comme certains l'avaient fait par le passé. Mais quand je m'étais redressé et que j'avais vu son visage… j'avais *su* immédiatement et sans l'ombre d'un doute que c'était la personne qu'Apollon m'avait envoyé chercher, ce que ses initiales avaient confirmé.

Pas de flux d'énergie passant de sa peau à la mienne, aucune sensation qui la rendrait unique. Pour moi, elle avait la qualité d'une *mortelle,* mais ça ne pouvait pas être le cas. Il n'y avait aucune raison qu'Apollon me donne pour mission la protection d'une banale étudiante. À moins que ce ne soit une sorte de punition perverse, ce qui ne m'aurait pas étonné.

— Tu me fais mal, murmura-t-elle.

Le son de sa voix me ramena à la réalité. Je baissai les yeux sur mes doigts qui retenaient son poignet mince. Sa peau avait blanchi. Bon sang, je la serrais trop fort. Je la lâchai aussitôt comme si elle me brûlait. La surprise m'envahit, mais je n'aurais su dire si je regrettais vraiment de l'avoir violentée ou si ce n'était qu'un vœu pieux. Parfois, je ne parvenais plus à distinguer mes véritables intentions.

— Et *toi,* tu es quoi ? demanda-t-elle en fronçant le nez. À part un giga beau gosse caractériel qui a du mal à respecter l'espace personnel d'autrui ?

Je clignai les yeux. Elle trouvait que j'étais un giga beau gosse ? Bah, ce n'était pas la seule.

— C'est bien ma chance, poursuivit-elle en se massant le poignet tout en me jetant un regard méfiant. Pourquoi faut-il toujours que les beaux mecs soient des crétins finis ?

Elle se releva. Ses yeux croisèrent les miens alors qu'elle s'écartait, plaquée contre le mur.

— Qu'est-ce que tu veux ?

« Seth, qu'est-ce que tu veux ? »

Ces mots surgirent du passé, accompagnés d'une paire d'yeux couleur whisky bouillonnant de colère. Je reculai si vite que je manquai me démettre les vertèbres.

— Tu sais quoi ? Ne réponds pas à cette question. Ça vaut sans doute mieux. Maintenant, si tu veux bien, je vais reprendre mon sac et continuer mon chemin. D'accord ? Oui, je crois que c'est une bonne idée.

Elle descendit les marches, toujours collée au mur.

— Voilà, je suis partie.

Une étrange sensation de déjà-vu me traversa quand elle me bouscula en passant – elle cogna carrément son épaule contre la mienne – pour ramasser son sac.

— Bande de tarés, chuchota-t-elle entre ses dents. On dirait que je les attire.

Je me retournai pour la regarder s'éloigner rapidement dans l'escalier, comme si j'étais le genre de forcené que personne ne voulait croiser dans une ruelle sombre, ce qui n'était pas très éloigné de la vérité. Certains auraient sans doute préféré se retrouver en face d'une harpie.

Arrivée sur le palier, elle s'arrêta et me jeta un dernier regard par-dessus son épaule. Je fus à nouveau frappé par la familiarité de ses yeux d'un bleu profond, la courbe de son menton volontaire, le dessin de ses lèvres pulpeuses en forme d'arc. De là où j'étais, je la voyais à présent entièrement. Malgré ce gilet informe qui me cachait ses fesses, j'étais presque certain qu'elles avaient la même forme de cœur que son visage.

C'était comme si on avait mélangé les traits de deux personnes que je connaissais pour en former une nouvelle, et c'était très troublant.

Ensuite, elle disparut, se glissant dans l'ouverture de la porte, et je restai planté là comme un parfait idiot.

« Seth, qu'est-ce que tu veux ? »

Tout, n'importe quoi, rien du tout ?

C'était à peu près ça. Je serrai les poings. Fermant les yeux, je tentai de reprendre mes esprits, mais je ne pouvais me débarrasser du sentiment d'avoir déjà vécu une scène identique, mais avec une autre personne.

Le fracas du tonnerre dehors résonna dans tout l'escalier et à l'intérieur de mon crâne. Un orage se préparait, comme en écho aux émotions qui me traversaient.

« Qu'est-ce que tu veux ? »

Quand je rouvris les yeux, la cage d'escalier avait pris la couleur de l'ambre. Merde, pas ça. Je reculai contre le mur en vacillant. Cela n'avait aucun sens mais j'avais bien vécu la même scène par le passé.

Par les enfers.

J'allais commettre un déicide sur la personne d'Apollon.

Encore secouée par ma rencontre avec ce garçon effrayant, bien qu'extraordinairement beau, je n'appelai finalement pas ma grand-mère avant le début de mon cours de statistiques. J'aurais d'ailleurs mieux fait de le sécher, parce que, au bout des cinquante minutes, j'avais l'impression que je venais tout juste de m'asseoir et d'ouvrir mon cahier.

Je n'avais écrit que deux lignes et m'étais retrouvée à gribouiller ce qui ressemblait à un zombie dans la marge de ma feuille. Mes compétences en prise de notes étaient à revoir.

Une fois sortie, plus abrutie qu'éclairée par ce cours, j'appelai mes grands-parents. Sans surprise, ils étaient parfaitement au courant de l'état de ma mère et la surveillaient de près. Ma grand-mère me conseilla de ne pas m'inquiéter – plus facile à dire qu'à faire, mais ça me rassura un peu. Maman n'était pas seule. Ils s'occupaient d'elle.

Alors que je regagnais ma chambre au dortoir, mes pensées revinrent dans l'escalier de Russell Hall. Qui était ce garçon et pourquoi diable m'avait-il demandé ce que j'étais ? Comme si je pouvais être autre chose qu'humaine ? C'était bien la question la plus étrange qu'on m'ait jamais posée, et on m'avait pourtant demandé un tas de trucs bizarres dans ma vie.

Mon Dieu, j'attirais vraiment les dingos.

J'avais une longue expérience en la matière, à commencer par Bob. Il ne m'avait jamais dit son nom de famille, ce qui valait sans doute mieux, puisque j'étais un aimant à tarés. Mais, quand j'étais petite, celui-là m'avait fascinée tout un été.

Je passais alors mes journées au lac derrière les saules pleureurs et les chênes dorés qui bordaient la propriété de mes grands-parents. Du haut de mes huit ans, le lac me faisait l'effet d'un océan. C'était là que j'avais rencontré Bob.

Il avait débarqué un jour alors que je jouais sur la berge boueuse semée de cailloux – un après-midi à marquer d'une pierre blanche pour moi. L'une des filles de l'école avait organisé une grande soirée pyjama pour célébrer le début des vacances d'été. Je n'avais pas été conviée – on ne m'invitait jamais – et j'en étais très malheureuse parce que je désirais par-dessus tout l'amitié des autres enfants. Ce n'est qu'au lycée que les garçons avaient commencé à s'intéresser à moi – pour de mauvaises raisons.

Lorsque j'avais vu Bob pour la première fois, j'avais eu la peur de ma vie, totalement paralysée quand il avait surgi des arbres. Avec ses cheveux sombres et des yeux de la couleur du ciel, il était aussi imposant que les super-héros de la collection de BD que mon grand-père conservait dans son bureau et qu'il m'interdisait de toucher.

Je les touchais tout le temps.

Bob avait prétendu habiter plus loin, sur les berges du lac, et je l'avais cru. Le monde me paraissait alors trop vaste pour que je sache que la seule maison dans cette zone était celle de mes grands-parents. Ce jour-là, il m'avait parlé des poissons-chats qui vivaient dans le lac et des plus gros poissons qu'il avait vus dans l'océan, et raconté des tas d'histoires qui m'avaient fascinée. Il m'avait plu, et j'avais été ravie de le voir revenir la semaine suivante, le même jour à la même heure. Il m'avait apporté des bonbons. Nous avions alors instauré ce rituel hebdomadaire. Je n'avais pas beaucoup d'amis, à l'exception des nouveaux qui arrivaient en ville et qui ne tardaient pas à me tourner le dos ou à déménager. En l'espace d'un été, Bob était devenu mon meilleur ami.

Et les poupées qu'il m'avait offertes n'y étaient pas pour rien.

Même à mes yeux d'enfant, elles semblaient rares et chères, comme s'il était allé les chercher autour du monde, parce que leurs jolis minois colorés provenaient de cultures diverses dont je n'avais jamais entendu parler.

Avec du recul, je me rendais compte aujourd'hui que cette rencontre était totalement flippante, mais à l'époque, j'étais tellement en manque d'amis que j'aurais sans doute accueilli la Grande Faucheuse en personne si elle m'avait adressé un signe amical de sa main osseuse.

C'était la vérité vraie.

Notre amitié avait pris fin quand mon grand-père nous avait surpris. Bob était assis en tailleur juste à côté de moi. Il m'apprenait à siffler avec un brin d'herbe. Il va sans dire que papi était monté sur ses grands chevaux et que j'avais été privée de sorties au lac. Mes grands-parents avaient découvert mes poupées, qui avaient toutes fini à la poubelle. Maman avait fondu en larmes sans raison apparente et j'avais eu droit à un sermon sur les étrangers, dont il fallait se méfier.

Je n'avais jamais revu Bob.

Ma collection de gens bizarres ne s'arrêtait pas là. Il y avait aussi la vieille dame qui était toujours à l'épicerie quand j'allais m'y approvisionner en friandises parce que mes grands-parents ne juraient que par les fruits et légumes. On avait fini par devenir copines – moi, elle et ses neuf chats. Et puis il y avait eu la bibliothécaire du lycée, sans doute la seule « meilleure amie » que j'aie jamais eue.

Et la liste ne s'arrêtait pas là. Si absurde que cela puisse paraître, je me demandais parfois si les dingos ne se reconnaissaient pas entre eux, attirés comme les bateaux par un phare. Je n'aurais donc pas dû m'étonner que le premier taré venu – certes canon – tombe sur moi au milieu des milliers d'étudiants du campus.

J'entrai dans le dortoir et pris l'ascenseur jusqu'au dixième étage, me balançant d'un pied sur l'autre en tripotant mes bracelets, impatiente d'arriver dans ma chambre. Quand la cabine s'immobilisa, je m'engouffrai comme une fusée dans le couloir et faillis renverser une fille plus petite que moi. Elle recula, se rattrapant au mur d'en face.

— Oh, pardon, dis-je avec une grimace tandis qu'elle reprenait son équilibre. Je suis vraiment désolée.

— Pas de souci, répondit-elle en montant dans l'ascenseur.

Secouant la tête, je pivotai sur mes talons et remontai le couloir jusqu'à ma chambre. Alors que j'arrivais devant la porte, j'éprouvai de nouveau ce frisson à la base de ma colonne vertébrale qui remonta le long de mon dos et s'étendit à mes épaules. Mon cœur sombra et je fermai les yeux.

Deux fois dans la même journée.

Mon Dieu.

Ça ne m'arrivait jamais plus d'une fois par semaine. Je déglutis, attrapai le loquet, bien décidée à ne pas me retourner pour examiner le couloir. Sûr et certain, il n'y avait personne.

Respirant un grand coup, j'ouvris la porte et entrai dans ma chambre. J'écarquillai les yeux et oubliai tout le reste alors que je refermais derrière moi.

Erin était à quatre pattes sur le sol, mains à plat sur son tapis de yoga, son postérieur habillé de Lycra tendu vers le ciel. Elle tourna la tête pour me jeter un coup d'œil par-dessous son aisselle.

Son *aisselle*.

— Comment tu peux te tordre le cou comme ça sans te briser la nuque ? lui demandai-je.

— Le talent, meuf.

Erin pratiquait religieusement le yoga et la méditation. Elle prétendait que ça lui permettait de réconcilier son yin et son yang, ou quelque chose comme ça. Elle m'avait dit un jour qu'elle était colérique et que se contorsionner dans des positions impossibles l'aidait à s'entourer de « bonnes vibrations ». Je trouvais ça bizarre parce que je ne l'avais jamais vue perdre son calme depuis deux ans que je la fréquentais.

Erin abandonna la posture du chien tête en bas et me sourit.

— Regarde sous ton lit.

Curieuse, je posai mon sac par terre et enjambai ses cuisses. Je me baissai, soulevai le dessus-de-lit et ouvris des yeux ronds en voyant la bouteille. Je m'en emparai et la serrai contre mon cœur en me retournant vers elle.

— Jose Cuervo, mon amour !

Son sourire s'agrandit.

— Le seul mec qui ne nous décevra jamais.

Debout au milieu de ma suite au dernier étage de l'hôtel où je m'étais installé, pas très loin de Radford, je hurlai le nom d'Apollon pour la quatrième fois depuis que j'avais franchi le seuil.

Enfin, j'obtins une réponse sous la forme d'une onde d'énergie qui se déploya dans la pièce. Je sentis un souffle chaud sur ma nuque et me retournai. Je poussai un juron en découvrant Apollon *juste* derrière moi. Il n'aurait littéralement pas pu se téléporter plus près.

— Par les dieux ! aboyai-je. Cette pièce doit faire quatre-vingts mètres carrés, mon pote. Rien ne t'obligeait à te coller à moi comme ça.

Apollon ricana en croisant les bras.

— Tu m'as appelé ?

Je me campai face à lui. Nous mesurions pratiquement la même taille, même s'il culminait à quelques centimètres au-dessus de mon mètre quatre-vingt-treize.

— Qui est cette fille ?

Silence.

— Joséphine Bethel.

Je le bombardai du regard, sentant monter l'irritation comme un cyclone.

— Ça, j'ai trouvé tout seul. Merci.

— Ah bon ? Et comment tu t'en sors, comme garde du corps ? Tu fais ça à distance ? C'est l'un de tes nouveaux talents ?

Il se détourna, penchant la tête sur le côté, apparemment captivé par la chaîne suspendue au plafond sous le ventilateur. Au bout de quelques secondes, il confirma son intérêt en tirant dessus.

La lumière s'alluma.

Il tira de nouveau sur la chaîne.

La lumière s'éteignit.

Oh, pour l'amour des dieux, ce gars-là souffrait vraiment d'un déficit de l'attention.

— Apollon, le rappelai-je à l'ordre.

Comme s'il avait oublié pourquoi il se trouvait dans la même pièce que moi, il laissa lentement retomber sa main.

— Tu n'as pas posé la bonne question, Apollyon.

Je reculai d'un pas pour m'abstenir de puiser dans l'air élémentaire, d'enrouler la chaîne dorée autour de son cou épais et de le faire tournoyer comme une *piñata* à l'effigie du dieu du Soleil.

— Ce n'est ni une pure ni une sang-mêlé. Je la perçois comme une mortelle, mais elle...

Je secouai la tête et me détournai.

Je m'éloignai jusqu'à la baie vitrée dont j'écartai le rideau. La nuit était tombée, habillant de brouillard le sommet des montagnes boisées.

— Quoi, Seth ? me demanda doucement Apollon.

J'avais du mal à croire que j'allais avouer une chose pareille, mais Apollon ne me fournirait pas d'informations si je ne me mouillais pas. Ce n'était pas son mode de fonctionnement.

Relâchant le rideau, je fermai les yeux.

— Elle ressemble… Elle me rappelle Alex.

Alex.

Alexandria Andros.

La fille que j'avais d'abord prise pour une sang-mêlé ordinaire, et puis qui s'était révélée être un autre Apollyon – le *véritable* Apollyon. C'était moi qui n'aurais jamais dû exister, même si j'étais né le premier. Je devais ma naissance à Arès, qui avait eu l'intention de prendre le pouvoir sur l'Olympe à travers moi. Et je n'étais pas seulement l'un de ses descendants : il avait presque réussi à faire de moi le Tueur de Dieux, l'être suprême que devenait un Apollyon qui absorbe les pouvoirs de l'autre. Une bonne raison d'interdire l'existence de deux Apollyons dans la même génération.

Et je m'étais laissé prendre au jeu d'Arès. J'avais merdé, et, résultat des courses, Alex devait passer une partie de l'année – de chaque année pour l'éternité – dans les enfers. Une chose que je ne pourrais jamais me pardonner. Et peu importaient mes regrets ou les marchés que j'avais passés pour me rattraper.

Je m'éclaircis la voix avant de poursuivre.

— Pas exactement. Elle n'a pas les mêmes cheveux, pas le même nez ni les mêmes yeux, mais j'ai presque cru l'entendre parler pendant une seconde.

Je lâchai un rire sec qui m'écorcha la gorge.

— À croire qu'elles sont parentes, mais ce n'est pas possible, n'est-ce pas ?

Sans répondre, Apollon continua de me dévisager.

Je perdis alors mon sang-froid.

Les glyphes apparurent sur ma peau. La lampe posée sur le bureau explosa en une gerbe d'étincelles dans un bruit de verre brisé. Une odeur d'ozone brûlé emplit l'air. Le vent se leva, emportant les pense-bêtes sur la table de nuit.

— Ce n'est pas possible, Apollon.

Il haussa un sourcil doré.

— Je ne suis pas surpris qu'elle te rappelle Alexandria.

L'espace d'un instant, je restai muet, totalement figé. Mes lèvres se retroussèrent et je reculai d'un pas chancelant. J'attendais qu'il dise autre chose, n'importe quoi. L'appréhension me picotait la nuque.

— Qu'est-ce qu'elle est ? sifflai-je entre mes dents, les épaules tendues.

Une pulsion destructrice me traversa comme une onde de choc.

Apollon baissa le menton et plusieurs secondes s'écoulèrent avant qu'il reprenne la parole.

— Une demi-déesse.

4

Là, j'étais scié.

— Une demi-déesse ? répétai-je comme si je venais d'apprendre à parler. Une véritable demi-déesse vivante ?

— Par opposition à une fausse demi-déesse morte ? ricana Apollon, très content de lui, avant de pousser un soupir quand je le mitraillai du regard. Avant, tu avais le sens de l'humour, Seth.

— Beaucoup de choses ont changé, rétorquai-je.

Son visage se durcit et il ouvrit la bouche comme s'il souhaitait s'étendre sur la question, mais ce n'était pas le sujet qui nous occupait.

— Il n'y a plus de demi-dieux depuis des millénaires, le devançai-je, depuis que les mortels ne vénèrent plus les dieux.

— Exact. Nous avons accepté de ne plus en créer quand nous nous sommes retirés sur l'Olympe, mais, la vérité, c'est qu'elle n'est pas la seule.

Je le dévisageai longuement avant de lâcher un rire bref.

— Il y a des demi-dieux qui vadrouillent sur Terre ? Tu sais, ça nous aurait été utile de le savoir l'année dernière, quand on se faisait massacrer.

À l'instar de l'Apollyon, les demi-dieux étaient dotés de pouvoirs égalant presque ceux des dieux. C'étaient des combattants hors pair. Mais, comme Pégase, le fameux cheval ailé qui existait sur l'Olympe, on n'en voyait jamais dans le monde des mortels.

— Attends une minute. Ça n'a aucun sens. Je n'ai rien senti de spécial à proximité de cette fille. Elle ne s'est certainement pas comportée comme une demi-déesse, et ça n'explique pas pourquoi elle me rappelle...

Je n'eus pas le cœur d'achever ma phrase.

— C'est si difficile que ça de prononcer son nom ? demanda Apollon. Je crois que tu l'as nommée tout à l'heure pour la première fois depuis que vous avez combattu Arès.

Je serrai les dents à m'en faire mal à la mâchoire.

— À ta guise, continua Apollon, qui reporta son attention sur cette foutue chaîne de ventilateur. N'en parle pas. Garde tes problèmes.

Je respirai à fond. Aucun résultat.

— Je n'ai *pas* de problèmes.

Renversant la tête en arrière, il éclata d'un rire tonitruant. Les tableaux représentant les montagnes Bleues voisines s'entrechoquèrent.

— Tu en as plus que Pythagore. Non, pire que ça. Tu as plus de problèmes que Méduse, et à côté de cette fille-là, l'intérieur de la tête d'une femme à chats ressemble à un havre de paix.

— Je te déteste.

— Tu me brises le cœur, camarade.

J'arrivais aux limites de ma patience, comme Cerbère quand on lui enlevait l'un de ses jouets qui couinent.

— Tu vas me dire qui est cette fille, Apollon ?

Il se laissa tomber dans le fauteuil en cuir, qui disparut presque derrière sa carcasse imposante.

— C'est une longue histoire.

— Sans blague.

Il ne releva pas.

— Tout a commencé par ta naissance, et tu peux donc ajouter ça à tous tes autres maux.

S'il existait un répulsif anti-dieux, il fallait que je m'en procure, et vite.

— Quand tu es né, nous avons su qu'un Tueur de Dieux pouvait exister, puisqu'il était déjà prévu qu'Alexandria pointe son nez quelques années plus tard. Nous ne savions pas lequel d'entre nous était responsable de ta naissance, mais nous étions sûrs et certains qu'il ou elle avait l'intention de t'utiliser à son avantage.

— Ce petit rappel historique m'ennuie profondément.

Sans se laisser impressionner, il se rapprocha du lit, sur lequel il posa ses pieds bottés et allongea ses jambes vêtues de cuir.

— Le risque que vous soyez réunis nous a donc forcés à imaginer une solution d'urgence au cas où les choses tourneraient au vinaigre. Les Douze se sont mis d'accord sur un plan.

Les Douze étaient les maîtres de l'Olympe. Il y avait d'innombrables autres dieux, ceux-ci se reproduisant comme des lapins, mais ceux-là détenaient le pouvoir.

— Nous avons alors décidé de faire une chose que nous ne faisions plus depuis des millénaires. Nous avons créé douze demi-dieux.

Douze ? Par les testicules enflammés d'Hadès.

— OK. Laisse-moi deviner : Toi, Zeus, Héphaïstos, Dionysos, Poséidon, Hermès et Arès…

J'éructai le nom de ce bâtard avant de continuer.

— Vous avez culbuté des humaines, pendant qu'Héra, Artémis, Athéna, Aphrodite et Déméter se sont fait mettre en cloque ?

— C'est effectivement comme ça qu'on fait les bébés, répondit-il avec sarcasme. Une fois les ovules de nos déesses fécondés, elles ont transplanté leurs rejetons dans la matrice d'une mortelle. Avant la naissance de ces demi-dieux, nous avons inhibé leurs pouvoirs de sorte qu'ils soient de simples mortels jusqu'à ce qu'on ait besoin d'eux. On ne pouvait pas laisser des demi-dieux en liberté dans le royaume des mortels.

Je levai les yeux au ciel.

— Les demi-dieux sont plus puissants que les purs. Tu le sais, Seth. L'éther qui coule dans leurs veines n'est pas dilué. Ils sont capables de manipuler tous les éléments, y compris l'*akasha*. On ne pouvait pas leur laisser les mains libres.

— Bien sûr, grommelai-je.

— Deux d'entre eux furent tués immédiatement. Par jalousie, Zeus s'est débarrassé de l'enfant d'Héra et elle a éliminé le sien pour se venger. Tu sais comment sont ces deux tourtereaux.

Jusque-là, rien d'étonnant.

— Il en restait donc dix. Bien sûr, comme tu le sais, Arès avait un balai dans le cul et prévoyait de faire du royaume des mortels son terrain de jeux personnel. Il connaissait le plan. Il y a participé. Il en a dégommé quatre de plus pendant son éphémère règne de terreur, ce qui nous en laissait six. Bien entendu, son propre rejeton ne faisait pas partie de ceux qu'il a tués.

Un muscle se mit à palpiter sur ma joue. Durant le temps que j'avais passé avec Arès, il n'avait rien mentionné de tout ça. Ce qui ne m'étonnait pas. Il m'avait caché tant de choses, et je ne posais pas de questions parce que je n'en avais rien à foutre. Au début, en tout cas. Mes épaules se crispèrent à nouveau.

— Si vous disposiez de six demi-dieux, pourquoi ne pas les avoir utilisés pour mettre Arès hors d'état de nuire ?

Apollon agita un pied botté.

— Tout ce que nous faisons a une contrepartie cosmique. C'est la Loi de l'équilibre. Les pouvoirs des demi-dieux ne peuvent être libérés que de deux façons. Au moins six d'entre eux doivent se trouver réunis au même endroit, et c'est l'équivalent d'une télécommande universelle. Tous leurs pouvoirs sont débridés naturellement, comme un système qui atteint sa masse critique. La seconde façon consiste à libérer leurs pouvoirs individuellement, mais c'est… assez sanglant et chacun de nous ne peut désinhiber que celui qui lui appartient. Le processus nous affaiblit considérablement, et il nous faut un certain temps pour récupérer. Encore une fois, c'est une affaire d'équilibre cosmique.

Je secouai les épaules pour tenter de les dénouer.

— Je ne comprends toujours pas pourquoi vous n'avez pas fait intervenir les demi-dieux dans le combat contre Arès. Ils auraient pu changer le…

— Le résultat n'aurait pas été différent. Alex aurait subi le même sort. Oublie ça. Ce qui importe aujourd'hui, poursuivit-il, c'est que nous avons besoin d'eux pour renvoyer les Titans au tombeau. Nous ne sommes plus douze et nous ne possédons plus l'énergie nécessaire pour le faire nous-mêmes. Maintenant qu'ils se sont échappés, nous ne pouvons pas les ramener. C'est à ceux qui ont hérité de notre sang que revient cette tâche. Ce ne sera pas facile. Ils devront accomplir certaines choses avant ça. Toujours la Loi de l'équilibre, Seth.

Je me fichais pas mal de sa Loi de l'équilibre.

— Vous n'avez qu'à les réunir, réveiller leurs pouvoirs comme dans Super Mario, et on n'en parle plus.

— Ce n'est pas si simple. Nous ne savons pas où ils sont tous, même si nous avons des indices.

— Comment ça, vous ne savez pas où ils sont ?

— Lorsque nous avons bridé leurs pouvoirs, nous avons aussi inhibé notre capacité à les sentir. Au fil des ans, nous avons pu garder la trace d'une partie d'entre eux. Selon qui était leur géniteur et l'intérêt qu'il ou elle portait à son rejeton. Beaucoup ne s'en sont jamais souciés.

— Vous êtes des parents modèles.

Il m'adressa un petit sourire en coin en croisant les chevilles.

— Tu marques un point. Mais nous cherchons activement à les localiser. Deux de ceux que nous suivions manquent à l'appel depuis trois semaines. Ils ont disparu. Pouf. D'un seul coup.

Il me donnait mal à la tête.

— Comment pouvez-vous savoir qu'il n'en reste pas seulement quatre ?

— Parce qu'Athéna et Hermès auraient senti qu'ils étaient morts. Ce n'est pas le cas. Mais nous pensons que les Titans ont quelque chose à voir avec leur disparition. Ce n'est pas parce que *toi*, tu ne sens pas leurs pouvoirs bridés que c'est pareil pour les Titans.

— Pourquoi les Titans détiendraient-ils deux demi-dieux, les seules créatures capables de les renvoyer dans le Tartare, au lieu de les éliminer ?

— Encore un coup de la Loi de l'équilibre, Seth.

Il poussa un soupir et fit glisser sa main sur sa chemise blanche, inspectant un bouton doré avec un intérêt qui frisait l'irrationnel.

— C'est pour la même raison que nous ne pouvions pas tuer les Titans lorsque nous les avons renversés. Nos pouvoirs nous viennent d'eux. Ils sont nos pères et nos mères, après tout, et cela fonctionne dans les deux sens. Ils sont restés au tombeau pendant plusieurs milliers d'années, Seth. Ils sont affaiblis et ont besoin de se recharger pour entrer dans l'Olympe. Il leur faut l'énergie d'un dieu ou d'un être équivalent pour ce faire.

— De quelqu'un dont l'énergie n'est pas diluée ?

Apollon acquiesça.

— Ils peuvent se nourrir des demi-dieux, absorber leur éther à la manière des démons, même si leurs méthodes sont moins sanglantes. Tu sais qu'il existe plusieurs façons de siphonner l'éther, n'est-ce pas ?

Je reculai avec un hoquet. Je le savais, en effet, merci de me le rappeler. Abruti.

— Ainsi, ils n'ont pas intérêt à les tuer. Ils vont les capturer et se nourrir d'eux jusqu'à ce qu'ils aient retrouvé leur pleine puissance. Alors les demi-dieux... Eh bien, ils ne seront plus que des enveloppes vidées de leur substance.

Il retira ses pieds du lit et se leva.

— Ils détiennent déjà deux d'entre eux, et Joséphine doit être mise à l'abri au Covenant.

— Parce que c'est une demi-déesse ?

Je n'arrivais toujours pas à y croire – une foutue demi-déesse !

— Une demi-déesse sans entraînement, faible et pour ainsi dire mortelle ?

— Les mortels ne sont pas toujours faibles, Seth. Tu serais bien avisé de comprendre ça. Et ce n'est pas la seule raison qui justifie que Joséphine soit impérativement mise à l'abri.

— Si tu le dis. C'est toi le patron.

Je lui tournai le dos, ramassai mon sac sur la chaise et le jetai sur le lit. J'en sortis le Glock chargé de balles blindées au titane et le fourrai dans la ceinture de mon jean.

Alors que je rabattais mon tee-shirt sur la crosse du pistolet, une chose me frappa. Je me retournai lentement vers Apollon, qui dut lire quelque chose dans mon regard, car il haussa un sourcil.

L'enfoiré...

— Ses yeux, repris-je en faisant un pas vers lui. Je me disais bien qu'ils m'étaient familiers.

Un sourire se forma lentement sur ses lèvres et il cligna les paupières. Quand il les rouvrit, je laissai échapper un juron. Ses iris étaient maintenant du bleu profond, presque normal, de ses yeux de mortel. Les mêmes yeux abrités par une frange d'épais cils noirs qui m'avaient observé dans cette cage d'escalier. Les yeux de Joséphine Bethel.

— C'est la tienne, n'est-ce pas ? Cette fille, là-bas, dis-je en levant le bras, l'index pointé dans la direction du campus.

Une sensation étrange prit naissance dans ma poitrine. Elle était inhabituelle pour moi, mais je la reconnus. L'effroi.

— C'est ta fille ?

Le sourire d'Apollon s'agrandit, dévoilant des dents blanches et régulières.

— Oui. Et quand ses pouvoirs seront débloqués, elle possédera toutes mes capacités, pas comme Hercule ou Persée ou les autres demi-dieux originels qui ne disposaient que d'une partie de nos talents – nous avons appris comment nous y prendre depuis cette époque. Ce qui veut dire qu'elle pourrait te transformer en buisson qui sent le pipi de chat. Ne l'oublie pas quand tu seras en sa présence.

Mmm, quelle serait sa réaction s'il savait que j'avais maté le cul de sa *fille* ? Mais elle pouvait bien me transformer en kraken, je n'en avais rien à braire. Ce qui m'importait vraiment, c'est qu'elle soit une parente... d'Alex. Ça expliquait leur ressemblance. Apollon était l'arrière-arrière, mille fois arrière-grand-père d'Alex, et ils partageaient tous les trois la même nature d'éther. Et même si les pouvoirs de cette fille étaient inhibés, je percevais quand même quelque chose.

Je le regardai dans les yeux.

— C'est complètement tordu, Apollon. Tu en as conscience, n'est-ce pas ?

Il inclina la tête.

— Je comprends que ça puisse être quelque peu... gênant pour toi.

Gênant ? Je faillis éclater de rire, mais j'étais surtout tenté de lui balancer mon poing dans la figure. Je n'avais aucune envie qu'on me rappelle constamment mes défaillances et tous les choix merdiques que j'avais faits, et cette fille serait comme un nœud à mon mouchoir. Je sentis ma poitrine se comprimer sous l'effet de la colère et de l'impuissance, parce que je ne pouvais rien y faire. Je n'étais qu'un outil entre les mains des dieux, celles d'Apollon en particulier. Je pouvais me rebeller, mais ils avaient les moyens de m'obliger à exécuter leurs ordres, et ça ne serait pas beau à voir. Tel était le marché que j'avais passé avec eux.

Apollon se détourna, exposant son profil, une expression lointaine traversant ses traits.

— Je l'ai protégée toutes ces années au mieux de mes capacités, mais avec les Titans, je... je crains que ça ne suffise plus.

Son corps massif fut secoué par la respiration qu'il prit ensuite.

— Tu penses que *nous* sommes mauvais. Tu penses que *nous* nous fichons de tout, mais les Titans sont de véritables monstres, d'une profonde cruauté, et le seul os qu'ils ont eu à ronger pendant des millénaires, c'est leur soif de vengeance. J'ai bien peur que certains d'entre eux se fichent pas mal de nous reprendre l'Olympe. Ils voudront surtout nous faire payer.

Était-ce de l'appréhension qui émanait d'Apollon ? Par les enfers, je ne le pensais même pas capable d'un tel sentiment.

— J'ai combattu Hypérion. C'est moi qui l'ai mis au tombeau. La bataille fut sanglante et... Bah, disons seulement qu'Hypérion a toutes les raisons de se venger de moi. Dès qu'il apprendra que nous avons des demi-dieux sur Terre, il traquera ma descendance.

Il se tourna vers moi.

— Il ne se contentera pas de se nourrir d'elle. Il la *détruira* pour m'atteindre. C'est ma fille, Seth. Protège-la et je ne l'oublierai pas.

Waouh. Je le dévisageai sans rien dire. Ce devait être les paroles les plus empathiques que j'aie jamais entendues dans la bouche d'Apollon – ou de n'importe quel dieu.

Sur quoi il disparut, à la façon de tous les dieux quand une conversation était arrivée à son terme.

Rejetant la tête en arrière, je fermai les yeux et exhalai lentement.

— C'est vraiment tordu.

5

Le soleil couchant cédait déjà sa place au crépuscule et je ne pus retenir un bâillement tandis que je traversais la pelouse à la hâte, en retard pour mon rendez-vous qui n'était pas un *rendez-vous* avec Jesse. Je m'étais couchée tard la veille, faisant durer la soirée avec Erin et ma bouteille de Jose Cuervo. Résultat des courses : je m'étais traînée toute la journée, le cerveau embrumé. Je ne voyais même pas quels bénéfices cette séance de révision pourrait bien m'apporter. Enfin, ce serait au moins l'occasion de mater Jesse, ce qui n'était déjà pas si mal et toujours mieux que de penser à ce méga beau gosse pas très net que j'avais rencontré hier soir.

Je coupai à travers des buissons qui dégageaient une odeur entêtante, puis sautai sur la galerie qui longeait la bibliothèque. Du coin de l'œil, je vis que quelqu'un était appuyé contre le mur extérieur, une haute silhouette qui s'en détacha quand je rejoignis l'allée pavée de cailloux.

— Joséphine.

Je cessai de respirer au son de cette voix que je n'étais pas près d'oublier, et me retournai.

C'était *lui* – le méga beau gosse pas très net qui rôdait dans les escaliers. Même dans la pénombre, impossible de se tromper. La seule pensée qui me vint bêtement à l'esprit fut que son jean déchiré ressemblait à une œuvre d'art sur ses jambes interminables, parce que, bien sûr, c'était un détail important. Il portait encore une fois un tee-shirt boutonné à manches longues, qu'il avait retroussées jusqu'au coude, mais, cette fois, il était noir. Encore un détail essentiel.

Mon regard remonta jusqu'à son visage et je fus prise d'un léger vertige. Il était encore mille fois plus beau que dans mes souvenirs. Chaque angle et chaque méplat de ses traits, chaque centimètre carré était une perfection. N'importe quel artiste se serait damné pour avoir un tel modèle. Sa beauté était... irréelle. Il n'y avait pas d'autre mot pour la décrire.

— Nous ne sommes pas partis sur de bonnes bases, hier.

Le méga beau gosse pas très net me tendit une main aux longs doigts élégants.

— Je m'appelle Seth.

Je regardai sa main, puis de nouveau son visage.

Il haussa un sourcil doré.

— Là, tu me serres la main et tu réponds : « Bonjour, Seth, ravie de te rencontrer ailleurs que dans un escalier. »

Sa voix était taquine et caressante, ce qui me mit mal à l'aise alors qu'il laissait retomber sa main.

— Ou pas.

Mon cœur se mit à battre plus vite et je reculai.

— Désolée, mais je suis en retard et je... je ne te connais pas.

— Nous nous sommes déjà vus. Dans l'escalier. Hier.

— Ça ne compte pas.

Je reculai encore d'un pas.

— Pour moi, si.

Il pencha la tête sur le côté et une mèche de cheveux blonds s'échappa de son catogan, effleurant la courbe de sa pommette.

— Il faut qu'on parle.

— Je ne sais même pas qui tu es, à part le méga beau gosse pas très net de l'escalier. On n'a rien à se dire.

Le petit sourire en coin de Seth s'accentua.

— Tu me trouves méga beau.

Le feu me monta aux joues. Oui, j'avais dit ça, parce que je n'étais qu'une idiote qui avait tendance à babiller en situation de stress.

— J'ai aussi dit que tu n'étais pas très net.

— J'ai une audition sélective, mais il faut *vraiment* que je te parle, Joséphine.

— Josie, le corrigeai-je machinalement.

— Et si je t'appelais Joe ?

Je fronçai les sourcils.

— Quoi ? Non, je ne veux pas que tu m'appelles Joe.

Je secouai la tête.

— Je ne sais même pas pourquoi je t'écoute. Je dois...

— Salut, Josie, je te cherchais. Qu'est-ce que tu... ?

Je pivotai en direction de la voix de Jesse. Il se tenait derrière moi, son manuel au bout des doigts. Il ne me regardait pas et il avait cessé de parler.

Confuse, je jetai un coup d'œil à Seth, qui toisait Jesse. Je me retournai vers ce dernier : il restait planté là, les bras le long du corps.

— Dégage, dit Seth d'une voix sourde.

Jesse cligna lentement les yeux, ses lèvres formant un mot qui ne sortit jamais, puis il pivota sur ses talons et repartit d'un pas raide. C'était quoi, ce délire ?

J'en restai bouche bée et mon cœur s'emballa. Jesse venait sérieusement de s'en aller et de me laisser seule avec le méga beau gosse pas très net ! Je me tournai de nouveau vers Seth, qui n'était plus qu'à une trentaine de centimètres de moi.

Il me fit un clin d'œil.

Waouh. La plupart des garçons avaient l'air de crétins finis quand ils faisaient ça, ou de bellâtres sortis tout droit d'une comédie débile. En clair, les clins d'œil, c'était nul et ça n'aurait pas dû exister. Seth, pourtant, s'en tirait très bien. Ça le rendait sexy et sûr de lui. Mais, et c'était le plus important, il y avait quelque chose de *vraiment* pas net chez lui qui me donnait la chair de poule.

— Je déteste qu'on m'interrompe.

Il me regarda par en dessous d'un air angélique. Je ne mordais pas à l'hameçon.

— Alors, *Josie*...

Ses yeux parcoururent lentement mon visage, si intenses qu'on aurait dit une caresse. Il avança la main, soulevant une mèche de mes cheveux.

Je me tétanisai. Tous mes muscles. Chacune de mes cellules. Je cessai même de respirer. C'était vraiment bizarre et totalement flippant.

Il fit glisser mes cheveux entre trois de ses doigts.

— Tu as des cheveux très intéressants. Blonds. Châtains. Dorés. Avec des mèches tellement claires qu'on dirait qu'elles sont blanches. Et tout ça mélangé. Je n'ai jamais vu des cheveux comme les tiens, et j'ai pourtant vu beaucoup de choses.

Je n'en revenais pas. Il était en train de... me *tripoter* les cheveux ? C'était de ça qu'il voulait qu'on parle ? Mes yeux remontèrent de sa main jusqu'à son visage. Nos regards se verrouillèrent et mon cœur sombra. Ses yeux... Leur couleur ocre n'était vraiment pas naturelle, mais je n'étais soudain plus si sûre que ce soit dû à des lentilles.

Mon instinct prit le dessus. Il fallait que je file d'ici, et fissa. La sensation que j'éprouvais parfois sans raison, celle d'être observée, n'était rien en comparaison de ce qui m'étreignait maintenant. Comme un étau qui me comprimait la poitrine. Une série de frissons glacés descendirent le long de mon échine. Je lui arrachai mes cheveux et lui tournai le dos, sans prendre la peine de... *Bonté divine,* il était devant moi.

Je reculai en chancelant, la bouche ouverte. Comment pouvait-il être ici alors qu'il était derrière moi il y avait une seconde ?

— J'ai comme l'impression que tu t'obstines à m'échapper.

Il affichait un sourire de façade. Non seulement il avait des yeux d'une couleur très étrange, mais son regard était à présent glacé comme les premiers flocons de neige.

La peur couvrit ma peau d'une pellicule de sueur froide, et je sentis monter... ma colère. Je m'y abandonnai tandis que mes doigts se resserraient sur la bandoulière de mon sac.

— Tu me suis, ou quoi ?

— Ce n'est pas la première fois qu'on me dit ça. Et c'est même assez drôle que tu me le demandes, compte tenu de la dernière personne à m'avoir posé cette question.

Son visage incroyable se tendit.

— Une parente à toi. Une cousine, je crois. Ou peut-être une sœur ? poursuivit-il avec une moue pensive. Honnêtement, je ne sais pas comment ça marche, mais c'est vraiment très perturbant.

— Je n'ai pas de sœur. Je n'ai même pas de cousine.

Ma mère était fille unique.

— Tu ne...

Soudain, je poussai un cri. Une seconde plus tôt, il était à un bon mètre de moi, et voilà qu'il se tenait juste devant mon nez. Je ne l'avais même pas vu bouger. Je reculai, plaquant mon dos contre le mur de la bibliothèque. Mon sac glissa de mon épaule et atterrit à mes pieds.

— Bon Dieu, comment tu as fait ça ?

— Je sais faire beaucoup de choses.

Il posa une main à plat sur le mur à côté de ma tête. Seigneur, qu'il était grand.

— Je fais certaines choses très vite. Et d'autres *très* lentement.

J'ouvris la bouche, sidérée.

— C'était un sous-entendu sexuel ?

Ses lèvres frémirent.

— On peut dire ça.

J'avais de nouveau le visage et le cou en feu malgré la fraîcheur du mur que je sentais à travers le fin tissu de mon pull.

— Eh bien, c'était nul.

— Je peux faire mieux, proposa-t-il.

Tout à coup, ses yeux d'or se réchauffèrent enfin.

Je respirai à fond. Grossière erreur, parce que son odeur m'emplit les narines. Une odeur sauvage – un mélange de grand air et d'un parfum plus lourd, très sensuel.

— Ne te fatigue pas. Merci.

Il lâcha un rire grave, très masculin, qui aurait pu être séduisant dans d'autres circonstances.

— Bon. Nous prenons encore un mauvais départ. C'est toujours l'effet que j'ai sur les gens.

— Je comprends pourquoi.

Je fis pivoter mon buste dans l'intention de me glisser par l'ouverture, mais il plaqua son autre main sur le mur, m'emprisonnant. Je reportai mon regard sur lui.

— Ce n'est pas cool, dis-je d'une voix rauque, à peine plus élevée qu'un murmure.

— J'en ai conscience.

Son regard fauve plongea dans le mien.

— J'ai aussi un problème avec ce qu'on appelle l'espace personnel. Ce n'est pas un concept auquel je crois vraiment.

— Si tu le sais, c'est déjà un progrès.

Mon cœur s'était accéléré.

— Recule, ordonnai-je.

Il secoua lentement la tête.

Je respirai à fond et levai une main pour le repousser, mais la sienne jaillit et il enroula ses doigts autour de mon avant-bras. Je hoquetai, surprise par ses réflexes et… la *chaleur* de sa main.

— Par les dieux, ne me dis pas que tu es du genre violente, toi aussi.

Ma bouche se referma. Par *les* dieux ? Au pluriel ? Ses yeux se posèrent sur mon bras qu'il tenait entre nous et sa bouche s'ouvrit.

— Tu as des bleus.

Quoi ? Je suivis son regard et ne vis rien du tout, mais je me rendis compte qu'il m'avait agrippé le même bras qu'hier. Et je savais que j'avais des marques à cet endroit-là : l'empreinte de ses doigts que je distinguais à peine dans la pénombre.

— Comment tu peux les voir ?

— C'est moi qui t'ai fait ça.

Une émotion tournoyait dans ses yeux quand il les plongea de nouveau dans les miens.

— Je suis désolé.

Sans me laisser le temps de lui répondre, il porta mon bras à ses lèvres et m'embrassa doucement l'intérieur du poignet. Je poussai un petit soupir.

Mon bras tout entier fourmillait, alors que le contact était rompu. Il fit glisser ses doigts tout le long de mon bras, s'arrêtant juste à mon poignet. Il caressa de la pulpe du pouce la zone qu'il venait d'embrasser.

Ma respiration s'accéléra.

— Que… Qu'est-ce que tu fais ?

Il haussa un sourcil.

— Je vais t'annoncer ça d'un coup, comme on enlève un pansement.

Je me raidis. Pas très rassurant.

— Connais-tu les dieux grecs ?

Fichtre. Ce n'était pas une question à laquelle j'avais prévu de répondre aujourd'hui. Et je ne voyais pas pourquoi je devrais y répondre. Mieux valait trouver le moyen de m'extirper de cette situation, mais son pouce me caressait toujours le poignet en cercles lents.

— Josie ?

— Oui. Je les connais.

Je m'humectai les lèvres et ses yeux parurent s'illuminer alors qu'ils se posaient sur ma bouche. Par tous les saints, ce garçon transpirait la puissance, le danger et la folie.

— Est-ce que tu peux me lâcher et reculer, maintenant ?

— Pas encore. Je suis sûr que tu connais la mythologie, alors ? Les histoires des dieux ? Mais ce que tu ne sais sûrement pas, c'est qu'il y a très longtemps, les dieux fricotaient avec les mortels.

— Euh…

— Et quand ils fabriquaient de jolis petits bébés ensemble, ces gosses étaient des demi-dieux. Et puis ceux-là se sont reproduits, et leur progéniture a été appelée les sang-pur. Et ces purs, à leur tour, ont batifolé avec des mortels et ils ont ainsi créé les sang-mêlé, poursuivit-il. Et parfois, pas toujours, on ne sait pas comment ni pourquoi, quand une pure et un sang-mêlé fricotent ensemble, ils produisent un Apollyon.

— D'accord...

Son petit sourire en coin inquiétant apparut de nouveau sur ses lèvres.

— Je suis un Apollyon.

J'ouvris la bouche puis la refermai aussitôt, mais il fallait que je dise quelque chose.

— Tu es un... Napoléon ?

— Un Apollyon, me corrigea Seth – ou Napotruc. Et toi, Josie, tu es quelque chose qu'on n'a pas vu depuis très longtemps.

— Ah oui ?

— Oui.

Il se pencha vers moi, presque à me toucher, et une onde de chaleur enflamma le devant de mon corps.

— Tu es une demi-déesse.

Je le dévisageai. J'avais sûrement mal entendu, mais il me rendit mon regard, attendant visiblement une réponse, et je compris que c'était bien ce qu'il avait dit.

— Une demi-déesse ?

Il acquiesça.

Mon rire fusa et il recula légèrement, la tête penchée sur le côté, puis me lâcha le bras. Ses traits étaient crispés.

— Très bien. C'est une blague ? Quelqu'un t'a envoyé ? C'est la seule explica...

— Quelqu'un m'a bien envoyé, mais ce n'est pas ce que tu penses, me coupa-t-il, et son visage se détendit. C'est ton père qui m'a confié cette tâche.

— Mon père ?

Un autre rire m'échappa, plus rauque. Mon père que je ne connaissais pas ? De mieux en mieux !

— Oui, ton petit papounet. Il me tape vraiment sur les nerfs, figure-toi – et je ne suis sûrement pas le seul. Il s'appelle Apollon, c'est le dieu du Soleil, et c'est un con fini.

— Apollon ?

Un nouveau rire se forma dans ma gorge, et ses yeux s'étrécirent.

— Les dieux existent vraiment, Josie. Et il y a parmi les mortels un monde dont tu ignores tout, très éloigné de ce que tu considères comme « normal ».

Soudain, je n'avais plus du tout envie de rire.

— Si j'ai bien compris, tu es en train d'affirmer que je suis une demi-déesse, que tu es un Harpoléon ou je ne sais quoi et que mon père est Apollon ?

— Un Apollyon, me corrigea-t-il encore. Et maintenant nous avons un point commun en la personne d'un foutu dieu de deux mètres de haut.

Je le considérai un long moment avant de retrouver l'usage de la parole.

— Tu es sérieux.

— Aussi sérieux que les Titans échappés du Tartare – oui, ça existe aussi – qui en ont après tes jolies fesses.

Mon cerveau se bloqua quelque part entre les Titans et mes jolies fesses. Je n'arrivais pas à croire que j'étais mêlée à cette conversation.

— Tu… tu es mentalement dérangé.

Il se pencha de nouveau, si près de moi que je sentis son haleine sur ma joue, ce qui provoqua toutes sortes de choses en moi.

— Si seulement. Ce serait bien plus amusant. Malheureusement, je ne suis pas fou. En tout cas, pas encore. Et je sais que c'est un gros morceau à avaler, et ce serait très cool que tu aies le temps de le digérer, mais mon petit doigt me dit que nous n'aurons pas ce luxe.

C'était *tellement* tordu. Je fermai les yeux, mais Seth était toujours là quand je les rouvris. J'avais les mains moites et, tout au fond de mon cerveau, une petite voix se fit entendre. *Tu viens de basculer dans la folie. Ça y est. Tu es complètement barge.*

— C'est réel ?

Il se rembrunit.

— Tout ce qu'il y a de plus réel.

Impossible. Rien de tout ça ne pouvait être vrai. Je pris une inspiration, qui resta bloquée dans ma gorge, et je regardai frénétiquement autour de moi tandis qu'une bouffée de panique me comprimait la poitrine. Nous étions à l'extérieur, mais des murs invisibles se refermaient sur moi. La schizophrénie. L'un des principaux symptômes de cette maladie était les hallucinations – voir des choses qui n'existaient pas. Je pouvais très bien avoir imaginé un méga beau gosse qui pensait être un Popolion.

— J'ai besoin d'air.

Il fronça les sourcils.

— Il y en a bien assez ici. Tu…

— Non ! hurlai-je. J'ai besoin d'air. D'espace. J'ai besoin *d'espace* !

Pendant quelques secondes, il resta immobile et le pincement de la panique se transforma en étau, comme les serres d'un oiseau de proie qui me broyaient de l'intérieur. Il dut voir quelque chose dans mes yeux, parce qu'il recula.

M'écartant du mur, je fis un pas sur la gauche et trébuchai sur mon sac, que j'avais oublié. Je tournai sur moi-même, et mon pied se prit dans la sangle. Seth bondit en avant, me rattrapant par le bras avant que je m'étale de tout mon long.

— Ne bouge pas, dit-il d'un ton bourru en se baissant.

En une seconde, il libéra mon pied de la sangle.

— Voilà.

Dès que je fus debout, je dégageai mon bras. Je reculai lentement, m'efforçant de faire fonctionner ma gorge et mes poumons.

— Ce n'est pas réel.

Toute cette scène n'était qu'une hallucination. Ce Seth n'était que le produit de mon imagination. Je n'avais peut-être même pas rendez-vous avec Jesse à la bibliothèque. Peut-être que *rien* n'était réel. Je savais – je savais *pertinemment* – que c'était possible. J'avais été le témoin de longs épisodes où ma mère croyait être en Chine ou à New York alors que nous n'avions pas quitté la maison. Je l'avais même vue parler à des gens qui n'étaient pas là, et leur faire la conversation comme si de rien n'était.

Ramassant mon sac, il se redressa.

— Josie...

Je lui tournai le dos et détalai à toutes jambes. Jamais je n'avais couru aussi vite. Peut-être même plus vite qu'Erin. Et pas une seule fois je ne regardai en arrière pour voir si le poléon me suivait. Je sentais l'effort de mes muscles et le battement de mes bras. Les gens que je croisais défilaient comme dans un brouillard. Je crus entendre quelqu'un crier mon nom. Je ne m'arrêtai pas de courir pour monter les marches de mon dortoir, ni quand je dépassai les canapés occupés dans le hall. Je ne ralentis qu'après avoir cogné de toutes mes forces sur le bouton d'appel de l'ascenseur.

J'étais en train de devenir folle. Mon cerveau venait officiellement de péter un plomb.

6

Tu as des cheveux *très intéressants* ? J'avais vraiment dit ça ? Oui, c'était bien ce qui était sorti de ma bouche, et je me serais fracassé les bijoux de famille si je n'avais pas été aussi pressé. Hélas, mon petit exposé s'était aussi mal déroulé que si je m'étais pointé dans le palais d'Hadès avec un collier de steaks en appelant ses « toutous » pour jouer avec moi.

J'aurais peut-être dû m'y prendre autrement. Mais comment annoncer à quelqu'un ce genre de nouvelles ? Autour d'une tasse de thé et de petits gâteaux ? Mon estomac laissa échapper un gargouillis. Par les dieux, j'avais faim.

Le sac de Josie toujours à la main, je descendis de la galerie qui entourait la bibliothèque et traversai la pelouse. Je savais où se trouvait son dortoir, à quel étage était sa chambre, et le numéro de celle-ci. J'aurais pu lui laisser le temps de digérer ce que je lui avais annoncé, mais j'avais vu la panique dans ses yeux bleus – puissante et primitive, presque palpable. Laisser le temps faire son ouvrage serait contre-productif. Elle l'utiliserait pour se convaincre que tout ça n'était qu'une hallucination.

Je serrai plus fort la sangle de son sac. Je regrettais de ne pas pouvoir lui transférer le savoir et la vérité de notre monde d'un coup de baguette magique sur la tête. Ce genre de tour de passe-passe aurait été bien pratique dans les circonstances actuelles.

Et ce qui était encore plus tordu, c'est que je retrouvais le goût de sa peau en mordant ma lèvre inférieure et que cela mettait en joie toutes mes parties sensibles. Notons qu'il ne m'en fallait pas beaucoup. Un coup de vent pouvait avoir le même effet, et Josie... n'était pas le genre de fille que je kiffais d'habitude. Je préférais les bombes plus tape-à-l'œil. Pas les *jolies* filles ordinaires.

Pourtant, ses cheveux n'étaient pas ordinaires.

Ni sa bouche aux lèvres pleines, bien dessinées, appétissantes.

Ni ses yeux. Bien qu'elle les tienne clairement de son père, il y avait toujours un truc très sexy dans une paire de mirettes d'un bleu profond.

Et elle avait l'air bien foutue sous ses pulls informes.

Merde. Voilà que mes parties sensibles étaient *vraiment* en joie.

J'arrivais au milieu de la longue pelouse quand une sensation visqueuse me parcourut soudain la peau. Je m'immobilisai, examinant les arbres et les étudiants pressés qui se hâtaient dans la nuit froide. Mon regard se posa sur un homme d'âge mûr avec une mallette. Mes glyphes apparurent comme un avertissement, mais je n'en avais pas besoin pour savoir que quelque chose clochait chez ce type.

Il s'était arrêté au milieu de la pelouse et me rendait mon regard. Dans le clair de lune, je le vis retrousser les lèvres.

Intéressant. Il avait l'apparence d'un mortel, mais j'aurais parié mon bras droit qu'il n'en était pas un – du moins plus maintenant.

L'homme se détourna et s'éloigna rapidement dans la direction opposée. Après un bref regard en direction de la résidence de Josie qui se dessinait au loin, je lui emboîtai le pas. Je le rattrapai rapidement dans un bosquet de chênes. Abandonnant le sac de Josie, j'empoignai l'homme par l'épaule. Une décharge électrique remonta le long de mon bras et la sensation visqueuse s'intensifia.

Décidément, il y avait un truc pas clair chez ce type. Je le fis pivoter vers moi et plongeai mon regard dans des yeux vitreux délavés. Je captai un relent vaseux et fétide qui me rappela les enfers. Plaquant une main sur son sternum, je le poussai contre le tronc épais d'un chêne pour nous mettre à l'abri des regards indiscrets.

— Tu pues la mort.

La créature dans le corps de l'homme pencha la tête sur le côté, éclatant d'un rire plaintif suraigu qui ne pouvait pas passer inaperçu.

— C'est curieux que tu le sentes, dit-il d'une voix déformée comme s'il était au bout d'un long tunnel. Parce que tu empestes la mort aussi.

Je levai les yeux au ciel.

— Waouh. Quel sens de la repartie.

— Va te faire foutre, grogna-t-il.

— De mieux en mieux. Tu m'as l'air très doué pour la conversation. On enchaîne sur l'économie qui fout le camp ?

La créature sourit.

— Et moi, je parie qu'Hadès va beaucoup s'amuser à t'enfoncer toutes sortes d'objets entre les fesses quand tu iras enfin aux enfers et qu'il fera de toi son souffre-douleur personnel.

Il éclata de rire quand ma main se referma sur le col de sa chemise.

— Quoi ? Tout le monde est au courant du marché que tu as passé, Apollyon.

Je l'examinai plus attentivement. Pourquoi dégageait-il cette odeur de charogne comme s'il s'était roulé partout dans les enfers et parfumé à la vase du Styx ? Je le dévisageai, songeant à ce qu'Apollon m'avait dit à propos de l'évasion des Titans.

— Tu es un foutu *spectre*.

Il haussa un sourcil et ses yeux délavés devinrent entièrement noirs.

— Et toi, tu arrives trop tard.

La créature rejeta la tête en arrière si violemment que le crâne de l'homme se fendit dans un bruit de tonnerre. Elle ouvrit la bouche, comme dans un épisode de *Supernatural* – cette série que Deacon regardait tout le temps. De la fumée noire s'en échappa en tournoyant, obscurcissant les branches des arbres avant de se fondre dans la nuit. Je laissai retomber mon bras et le type s'écroula sur le sol, raide mort.

Je baissai les yeux sur son cadavre, près duquel sa mallette était tombée. Un nom y était gravé – suivi de l'inscription « Docteur en philosophie ».

— Et merde.

Pivotant sur moi-même, je ramassai le sac de Josie et accélérai l'allure. Des spectres étaient présents sur le campus, et je ne doutais pas une seule seconde qu'il s'agissait de ceux qui s'étaient échappés avec les Titans. Il y avait donc de très grandes chances que ceux-ci aient localisé Josie.

Dans l'ombre, je me propulsai à une vitesse que les yeux des mortels ne pouvaient suivre, aussi rapide que le vent, jusqu'à l'allée pavée qui menait à Muse Hall.

Ralentissant l'allure, je gravis les marches en courant et pénétrai dans la résidence. J'espérais que Josie s'était calmée. Je n'avais pas besoin qu'elle pique une crise et s'enfuie en hurlant dans les montagnes alors que des spectres rôdaient sur le campus, ou, pire encore, des Titans.

Alors que je filais vers l'ascenseur, une brune assise sur le bras d'un fauteuil se retourna pour me suivre des yeux. Ses lèvres peintes se relevèrent et elle se pencha en avant, les bras croisés sous ses seins, m'offrant une vue plongeante sur son décolleté. Et il y avait largement de quoi éveiller mon intérêt.

Presque un attentat à la pudeur. Le sourire aux lèvres, je m'engouffrai dans l'ascenseur et me tournai face à la porte qui se refermait. La fille me reluquait toujours et j'agitai les doigts avant de me concentrer sur un sujet moins stimulant, mais hélas plus urgent. Comment convaincre Josie que je lui avais dit la vérité et que nous n'étions pas fous avant qu'un autre spectre ou pire débarque ici ?

D'après ce que je savais d'eux, les spectres étaient capables de posséder le corps des mortels et de les manipuler à leur guise. Mais ils étaient également dangereux sous leur forme d'esprits vaporeux. Ils pouvaient tuer les mortels, ce qui soulevait une autre question : pourquoi Josie était-elle toujours en vie si les spectres étaient déjà là ? Pourquoi ne l'avaient-ils pas éliminée ? Ils avaient peut-être reçu l'ordre de ne pas tuer les demi-dieux.

Ou le corps de Josie gisait déjà quelque part, puisque le spectre avait dit que j'arrivais trop tard.

— Merde, sifflai-je entre mes dents, tenté de défoncer la paroi de l'ascenseur avec son sac.

Apollon ne serait pas content que j'aie failli à ma mission. Un étrange malaise me serra l'estomac. Très franchement, moi non plus. Si je faisais abstraction de sa réaction hystérique et de son insistance à m'appeler Popo-Léon, elle avait l'air d'une fille plutôt cool.

Une fille plutôt cool à l'espérance de vie très courte, si les Titans en avaient après elle.

Dès que la porte s'ouvrit, je m'élançai dans le couloir au bout duquel se trouvait sa chambre. J'étais à quelques pas quand je décelai la présence d'une créature qui regorgeait d'éther. Davantage qu'un pur et même davantage que moi.

Cela signifiait que quelque part à cet étage rôdait un être apparenté à un dieu. Pas un pur ou un sang-mêlé, et certainement pas un autre Apollyon puisque j'étais le seul à la surface en ce moment. Et c'était différent de ce que j'avais capté en perçevant le spectre. La sensation s'accentuait au fur et à mesure que je me rapprochais de la porte de Josie et je laissai échapper un juron quand je posai la main sur la poignée. Oui, une créature bourrée d'éther se trouvait dans sa chambre. Et j'éprouvai ce vide dans l'estomac qui exigeait d'être rempli, cette faim d'énergie que seul *l'éther* pouvait assouvir. Je parvenais généralement à en faire abstraction en présence d'Apollon, parce qu'il était tellement pénible que ça couvrait tout le reste.

Mais je ne devais pas me voiler la face. J'étais comme un foutu démon, en manque de sa drogue. Et c'était un problème.

Je tournai la poignée, faisant appel au feu élémentaire pour fondre le mécanisme de la serrure. Sésame, ouvre-toi. Je fus accueilli par un hurlement quand j'entrai dans la chambre, refermant la porte derrière moi. Je repérai tout de suite Josie dans la pièce minuscule. Elle était assise sur un lit, le dos contre le mur, les yeux écarquillés, ses cheveux multicolores lâchés sur ses épaules lui arrivant sous les seins. Son visage était aussi pâle que celui d'un démon.

— Je t'ai rapporté ton sac, annonçai-je en le jetant sur un tapis de yoga bleu posé en biais sur le sol.

— Oh non, murmura-t-elle, clignant plusieurs fois les paupières. Tu n'es pas réel. Tu n'es pas réel.

Je soupirai, croisant les bras, jambes écartées.

— On ne va pas recommencer.

Elle s'apprêtait à répondre, mais la porte étroite au pied de son lit s'ouvrit. J'avais cru à tort que c'était un placard, ou alors une fille à moitié nue y était cachée.

Si c'était le cas, j'adorais ce dortoir.

Mais à l'instant où je vis cette fille de haute taille vêtue d'un short dissimulant à peine ses attributs et d'une brassière de sport, je compris que j'avais trouvé la source de tout cet éther.

Elle semblait du même âge que Josie, à savoir une vingtaine d'années d'après ce qu'Apollon m'avait dit. Sa tête pivota vers moi dans un mouvement semblable à celui d'un serpent.

Mes muscles se contractèrent. Nous nous mesurâmes du regard, tels deux taureaux prêts au combat.

— Est-ce que tu le vois ? demanda Josie, cramponnée à sa couverture. Tu le vois, Erin ?

— Oui, je le vois.

La fille se plaça face à moi en position de combat et la fureur qui irradiait d'elle était presque palpable.

— On se connaît ?

Son visage se durcit et elle montra les dents – aiguisées comme celles d'un requin.

— Tu as tué l'une de mes sœurs.

— Quoi ? s'écria Josie.

Je considérai la fille, songeur.

Dans ma période Arès, j'avais tué beaucoup de gens. Des purs. Des sang-mêlé. Même des mortels. Tous ceux qui se dressaient en travers de sa route.

Ça ne changeait pas beaucoup de ce que je faisais maintenant pour les autres dieux.

— Il va falloir que tu sois un peu plus précise.

Elle recula comme si je l'avais giflée. OK, j'aurais pu faire preuve d'un peu plus de tact, mais j'étais un crétin – et ce n'était apparemment un secret pour personne.

Le sourire qui apparut sur son visage était presque beau – hormis les dents pointues et son expression carnassière. Puis la fille qui se faisait appeler Erin avança sur moi, se dépouillant de son apparence mortelle.

Le brun lumineux de sa peau céda la place à un gris terreux. Des ailes grises se déployèrent dans son dos, atteignant une impressionnante envergure de presque deux mètres. Ses doigts s'allongèrent, formant des griffes capables d'éviscérer quelqu'un d'un seul mouvement de poignet. Ses cheveux noirs se dressèrent tout autour de sa tête – un millier de serpents minuscules qui fouettaient l'air. Ses yeux sombres devinrent des globes entièrement blancs.

— Oh, mon Dieu, gémit Josie, qui semblait vouloir se fondre dans le mur derrière elle. Oh, mon Dieu. Oh, mon Dieu.

— Une Furie, grognai-je. Sérieux ?

Erin – je goûtais maintenant l'ironie de son prénom : en grec, ces divinités infernales s'appelaient les *Erinyes* – s'éleva au-dessus du sol.

— Ouais, cracha-t-elle. Sérieux.

Le soupçon de culpabilité que j'avais éprouvé pour sa sœur s'évanouit aussitôt. Saloperies de Furies. Oui, j'en avais tué une quand j'étais shooté à l'éther, mais ces garces en avaient après moi longtemps avant ça. Les Furies étaient l'instrument des dieux qui les envoyaient traquer ceux qui avaient éveillé leur courroux pour les punir. Leur arrivée était le signe d'un panthéon très énervé. Il ne pouvait y avoir qu'une seule raison à la présence de celle-ci : elle était là pour protéger Josie et j'allais devoir m'en souvenir.

— D'accord. J'ai effectivement tué ta sœur. Mais tu en as sûrement beaucoup d'autres. Des centaines ?

Elle laissa échapper un grognement d'avertissement.

— Je vais t'arracher les boyaux et en faire une guirlande.

Je haussai les sourcils.

— Très sympa comme déco.

— Ce n'est pas réel, dit Josie qui rampa le long du mur, posant un pied sur le sol. Ce n'est pas réel.

— Oh si, c'est bien réel. Ta copine est une Furie.

La créature flotta latéralement, interceptant Josie qui se levait pour l'obliger à reculer, loin de moi. J'avais vu juste.

— Et c'est Apollon qui t'a envoyée.

La Furie avança la tête, dénudant ses dents de requin.

— Oh, waouh, tu es intelligent pour un Apollyon.

L'*akasha* courut sur ma peau, enveloppant mon avant-bras d'une lumière ambrée miroitante.

— Tu as envie de rejoindre ta sœur ?

— J'aimerais voir ça, siffla-t-elle.

— C'est quoi, ce délire ? murmura Josie.

Une onde d'énergie quitta mon corps. La lumière du plafonnier vacilla et des feuilles de papier s'envolèrent. La Furie bondit en avant, balayant l'espace devant elle de ses griffes acérées. Je plongeai sous son aile pour me relever derrière elle, Josie dans mon dos.

— Tu commences vraiment à m'agacer, grognai-je alors que j'esquivais son coup de pied.

Je m'avançai sur elle, saisissant son talon. Je libérai juste assez d'*akasha* pour lui envoyer une décharge qui traversa son corps en crépitant. Avec un grondement, elle riposta d'un coup de poing. Lâchant son talon, j'interceptai sa main avant qu'elle atteigne mon visage.

— Arrête ça.

Rageusement, elle revint à l'attaque avec son autre bras. Je le bloquai aussi, la tirant vers le sol.

— C'est quoi, ce délire ? répéta Josie dans un hurlement.

Je me laissai tomber et balayai les jambes de la Furie sous elle. Ses ailes se replièrent quand elle heurta le sol sur le dos. Je me jetai sur elle et lui immobilisai les jambes avec mes genoux, puis je lui attrapai les poignets pour les plaquer au sol, maintenant ses griffes à bonne distance de mon visage.

— Tu dois être très jeune pour te laisser avoir aussi facilement.

— Je suis la plus jeune de mes sœurs, abruti, répliqua-t-elle. Mais ce n'est pas ce qui va m'empêcher…

— Merde.

Je tournai vivement la tête tandis que Josie nous contournait précipitamment pour ouvrir la porte à la volée. Soudain, elle s'arrêta tout net.

Sous moi, la Furie profita de cette distraction. Se servant du levier de son bassin, elle se débarrassa de moi alors que l'odeur puissante de la mort envahissait la pièce. Un spectre.

Je heurtai le sol sur le flanc et roulai loin d'Erin, dont les griffes se plantèrent dans le tapis à l'endroit où je m'étais trouvé. Par les enfers, elle m'en voulait *vraiment*. Je me relevai d'un bond et reculai aussitôt comme elle saisissait mon tee-shirt de ses griffes tranchantes, l'ouvrant en deux sur mes abdominaux. Une douleur fulgurante m'incendia le ventre.

J'en avais soupé de ses conneries.

Levant un bras, je libérai un éclair d'*akasha*. La lumière bleue scintillante crépita comme la foudre en atteignant sa jambe, la projetant en arrière. Elle percuta le mur près du lit. Quand elle se releva, le plâtre se fendilla. Anticipant son attaque, je plongeai au sol en me retournant et la Furie passa au-dessus de ma tête.

— Josie ! hurlai-je en la voyant se ruer vers la créature qui venait d'entrer dans la pièce comme si c'était son sauveur. Non !

Elle pivota vers moi tandis que le garçon, qui avait l'apparence d'un étudiant normal, tendait les bras vers elle.

— Viens avec moi, dit-il en la saisissant par le poignet.

Il lui tordit le bras, les yeux entièrement noirs, et elle poussa un cri en se débattant contre lui.

Je fonçai sur eux alors qu'Erin finissait par comprendre que la situation avait changé. Tournoyant sur elle-même, elle fonça sur le spectre à pleine vitesse au moment où Josie se libérait. L'une de ses ailes cueillit malencontreusement la jeune femme à la poitrine, la soulevant du sol. Je me précipitai, en vain. Josie s'écrasa contre le store qui couvrait l'étroite fenêtre. Le verre se fêla sous l'impact et elle s'effondra, tête la première. Lâchant un juron, je glissai sur le sol et la rattrapai par la taille avant qu'elle heurte le sol. Je la pris dans mes bras et l'allongeai sur le tapis, une main soutenant sa tête.

Une frange épaisse de cils bruns caressait le haut de ses pommettes et sa peau était pâle quand je plaquai une main au-dessus de ses seins. Sous ma paume, son cœur battait régulièrement. Je fis rapidement courir mes doigts sur sa poitrine, faisant abstraction de ses courbes moelleuses, pour examiner sa cage thoracique. Je devrais plutôt dire en

« essayant » de faire abstraction de la rondeur de ses seins, qui étaient plus volumineux que ce à quoi je m'étais attendu.

J'étais carrément pervers, par moments.

Les dents serrées, j'écartai de son front la masse épaisse de ses cheveux. Aucune marque. Elle était dans les vapes, mais bien vivante – pour le moment.

Je relevai la tête à l'instant même où la Furie frappait le spectre à l'estomac. Le sang gicla, quelques organes aussi. Rejetant la tête en arrière, le spectre se libéra sous la forme d'une fumée noire qui percuta le plafond, faisant trembler les murs.

— Ah, non, tu ne vas pas t'en tirer comme ça.

La Furie s'envola, la gueule ouverte. Sa poitrine se souleva et elle inspira. La masse noire s'immobilisa, son centre tremblotant tandis que de minuscules filaments, semblables à des doigts, se tendaient en avant.

La Furie inhala encore, et le spectre fut aspiré, avalé dans sa grande bouche. Sa gorge se gonfla quand le dernier ruban de fumée noire ondula en se débattant avant de disparaître dans son estomac.

— Eh bien, murmurai-je, les doigts figés dans les cheveux de Josie. Ça, c'était… dégueulasse.

Elle se tourna vers moi avec une expression haineuse, mais ses yeux s'arrêtèrent sur le corps inerte de Josie. Immédiatement, elle reprit forme humaine et s'accroupit à côté d'elle. Elle voulut la prendre dans ses bras, mais pour une raison qui m'échappait, je plaçai une main sur la nuque de Josie, l'autre sous son bassin et la hissai sur mes genoux. Le regard que je lançai à la Furie devait être éloquent, car elle recula. On se toisa une fois de plus, puis elle soupira, les épaules tremblantes, et baissa la tête.

— Ils l'ont trouvée.

7

Je savais que c'était un rêve parce que j'étais chez moi, assise à la table de chêne blond dans la vieille cuisine de style western de mes grands-parents, et j'étais vêtue d'une version adulte de la tenue de cow-girl que j'adorais tant. Je l'avais portée presque tous les jours pendant plusieurs mois, jusqu'à ce que ma grand-mère me la confisque. Une jupe rouge à volants blancs et une chemise avec gilet intégré également décorée de volants blancs en forme de « V » de chaque côté. Une tenue adorable sur une petite fille de quatre ans, mais à vingt ans, c'était moins évident.

Maman était assise en face de moi, l'air aussi juvénile que vulnérable, le regard plongé dans son thé. Alors qu'elle inclinait sa tasse, je cessai de respirer.

Mon Dieu, je me rappelais parfaitement ce matin-là. Je ne pourrais jamais l'oublier.

Je fermai les yeux et quand je les rouvris, ma mère me regardait. Elle ouvrit la bouche et tous les muscles de mon corps se contractèrent, me hurlant de décamper, mais j'étais clouée sur ma chaise dans ma fichue robe à volants, revivant cette scène qui s'était déroulée seize ans plus tôt.

— Un grand destin t'attend, ma chérie.

Ses yeux d'un brun profond parcoururent mon visage sans paraître me voir.

— Il ne peut en être autrement. Il y a forcément une raison pour que tu sois là. Pour que ma vie se soit arrêtée lorsque la tienne a commencé. Ça ne peut pas être pour rien.

Comme alors, quand j'avais entendu ces mots pour la première fois, une souffrance bien réelle s'insinua dans ma poitrine, pour y planter de profondes racines. À quatre ans, je ne comprenais pas qu'ils signifiaient que j'étais un accident, mais je l'avais *senti*, et j'avais su à ce moment-là que ma mère ne m'avait pas *désirée*.

La cuisine se brouilla tandis que le rêve s'effaçait avant l'arrivée de ma grand-mère. Alors même que je restais suspendue entre le sommeil et l'éveil, je me rappelais que ma grand-mère l'avait entendue et elle n'avait pas laissé passer ça. Mes grands-parents m'avaient ensuite emmenée manger une glace pendant que ma mère avait passé le reste de la journée dans sa chambre.

Je repris peu à peu conscience, inspirant difficilement. L'air resta coincé dans ma gorge, où une énorme boule s'était installée, et j'avais le pressentiment qu'il y avait bien plus préoccupant que le souvenir des paroles de ma mère en cet instant.

Un bruit de pas résonna à mes oreilles et je parvins à ouvrir les yeux, clignant les paupières pour ajuster ma vision. Je ne reconnus pas le plafond. D'un blanc satiné, orné de poutres apparentes en bois ciré, il était bien plus chic que le faux plafond de ma chambre au dortoir. Je notai la présence d'un énorme ventilateur, puis mes yeux descendirent sur un écran plat géant encastré dans le mur et un grand bureau au-dessous.

Ce n'était pas ma chambre à la résidence et, maintenant que j'y pensais, mon lit n'était pas aussi douillet, pas plus que la couette tirée pratiquement jusqu'à mon menton.

Bon Dieu.

Sur la gauche, je remarquai une porte ouverte. Une immense salle de bains. Le cœur battant, je regardai sur ma droite et restai bouche bée.

Seth se tenait devant une grande baie vitrée. Les stores étaient relevés et les rideaux tirés. Dehors, il faisait nuit, mais je m'en fichais complètement. Il était torse nu et observait par la fenêtre. Il me tournait le dos. Toute cette peau dorée s'offrait à mes regards.

Les muscles de son dos et de ses épaules roulaient, se contractaient, exécutaient tout un tas de mouvements fascinants alors qu'il se séchait la tête avec une serviette blanche. Quand il baissa les bras, les pointes de ses cheveux blonds caressèrent ses épaules. Il se retourna alors, et, bonté divine, le survêtement en nylon qu'il portait descendait si bas sur ses hanches que c'en était presque indécent.

Ce gars-là faisait de la muscu – et pas qu'un peu !

De chaque côté de son bassin, des muscles dessinaient un « V » qui ne demandait qu'à être caressé, et puis il y avait ses abdos. À ce niveau-là, on ne pouvait même plus parler de tablettes de chocolat. C'était du béton armé. Une peau soyeuse tendue sur des muscles dessinés. Ce corps presque parfait – non, carrément parfait – affichait aussi des pectoraux. Je n'avais jamais vu un garçon dans la vraie vie avec des pectoraux. C'était carrément irréel, mais totalement…

— Tu veux toucher ?

Surprise, je relevai les yeux vers son visage, le corps en feu.

— P… Pardon ?

Ses lèvres s'incurvèrent et son biceps se contracta alors qu'il lançait la serviette dans la chambre. Il était maintenant au pied du lit, les bras le long du corps, parfaitement à l'aise avec sa semi-nudité. Tout bien considéré, je me baladerais carrément à poil si j'étais un garçon avec un corps pareil.

— Tu me regardais avec tant d'insistance que j'ai demandé si tu voulais toucher, répéta-t-il.

Mes joues s'enflammèrent.

— Non, je ne veux pas toucher. Et je ne te regardais pas avec insistance.

Son petit sourire s'agrandit.

— Ah non ?

Je secouai la tête.

— Non. J'étais... perdue dans mes pensées.

Écartant mes cheveux de mon visage en soufflant dessus, je me redressai dans le lit.

— Et c'est très mal élevé de faire remarquer à quelqu'un qu'il vous regarde avec insistance.

Il haussa les sourcils tout en croisant les bras sur sa poitrine. Mmm ! Encore un mouvement très intéressant avec tous ces muscles.

— Ce n'est pas plutôt de regarder quelqu'un avec insistance qui est très mal élevé ?

J'aperçus un téton qui me faisait de l'œil au-dessus de ses bras. Qui aurait cru que le téton d'un garçon pouvait être aussi... attirant ? L'aréole était plate et sombre et le...

— C'est bien ce qu'il me semblait, railla-t-il. En plus, voilà que tu recommences. Tu me reluques.

Bon sang ! Il avait raison. Je détournai les yeux et les posai sur l'édredon vert foncé.

— Je ne te reluquais pas. J'étais distraite. J'ai un problème de concentration. Alors ne va pas te faire des idées.

— Oh, des idées, j'en ai plein.

Je lâchai un grognement pour toute réponse.

— Laisse-moi deviner, reprit-il. Tu aimes les trucs qui brillent ?

— Quoi ?

Je le regardai de nouveau, dans les yeux, cette fois.

— Les trucs qui brillent ?

Il affichait désormais un grand sourire.

— Oui, les trucs qui brillent. Genre un déficit de l'attention. Ton père est sévèrement atteint.

— Mon père...

Je m'interrompis alors que les deux dernières heures me revenaient comme un boomerang.

— Oh, mon Dieu !

J'étais là, assise dans un lit, à mater ce garçon, en train de parler de trucs qui brillent alors que tout mon univers avait basculé dans la folie.

Seth se rapprocha du lit.

— Tu vas encore péter un câble et partir en courant ? Si c'est le cas, laisse-moi le temps de mettre des chaussures.

Sans lui répondre, j'appuyai ma paume sur mon front, baissant les yeux sur l'édredon. J'avais la tête qui tournait comme si je m'étais enfilé la moitié d'une bouteille de tequila en moins d'une heure. Mon estomac faisait des siennes et je dus ravaler la nausée qui m'assaillit brusquement. Je me revoyais devant la bibliothèque, l'air bizarre de Jesse quand Seth l'avait envoyé balader. Je me rappelai tous les trucs insensés que Seth avait dits et comment je m'étais enfuie en courant pour retourner dans ma chambre et retrouver Erin... et bon Dieu, en quoi s'était-elle transformée ? En chauve-souris géante ?

Une chose à la fois, m'intimai-je alors que mon rythme cardiaque s'accélérait. *Chaque chose en son temps.*

— Où je suis ?

— Dans ma chambre d'hôtel. À environ un kilomètre du campus. Tu es à l'abri ici.

À l'abri de quoi ? Ah oui, des créatures volantes, des Titans et des étudiants aux yeux entièrement noirs super flippants.

— Je... je me suis évanouie ?

Plutôt gênant.

Il opina.

— Tu t'es cogné la tête. Plus exactement : tu as fait une mauvaise rencontre avec une aile. Je sais que ça fait beaucoup, poursuivit-il d'une voix sourde, comme s'il craignait qu'un son trop bruyant me fasse décamper en pleine panique. Tout ce que tu pensais savoir sur le monde est faux, bla-bla-bla, mais on manque vraiment de temps pour une autre crise de nerfs. Je te le répète : tu es en sécurité pour l'instant. Ce que tu as vu dans ta chambre, c'était un spectre, une âme qui s'est échappée du Tartare en même temps que les Titans. Ils sont une menace sous leur forme spirituelle et ils peuvent posséder le corps des mortels. Il n'y avait pas que celui-là, mais peu importe. Il sait que tu es ici, donc *ils* le savent aussi.

Laissant retomber mon bras, je lui lançai un regard pénétrant.

— Waouh.

Il haussa une épaule.

— Ce n'est que la vérité.

Mes yeux descendirent sur son torse et je fis la moue.

— Tu peux mettre un tee-shirt ?

Le petit sourire réapparut.

— Non.

Un mélange de contrariété et de confusion m'envahit tandis que mon cerveau s'efforçait d'assimiler ce qui venait de me tomber dessus. Sur le point d'exploser et de tout rejeter en bloc, je me contentai finalement de détourner les yeux en secouant la tête.

— Tu as l'impression d'halluciner, pas vrai ? demanda-t-il.

Le lit se creusa quand il s'assit à côté de moi. Je ne l'avais même pas entendu se déplacer.

— Tu es éveillée. Et tu es en train de me parler.

Il fit courir ses doigts sur mon avant-bras.

— Ça, tu le sens, n'est-ce pas ? C'est la réalité.

Je retins mon souffle. Oui, je sentais la vague de petits frissons jusqu'au bout de mes doigts.

— Ma mère est malade, lâchai-je brusquement, et il retira sa main, la tête penchée sur le côté.

Plusieurs mèches de cheveux humides restèrent collées sur sa joue. Mes doigts se refermèrent sur l'édredon vert.

— Elle souffre d'une pathologie mentale – la schizophrénie. Il lui arrive parfois d'avoir des crises qui durent plusieurs jours, au cours desquelles elle a des hallucinations. Elle croit voir des gens et des lieux. Et c'est une maladie… qui peut être héréditaire.

Son regard d'ambre parcourut mon visage, intense et étrange.

— Et tu crois que c'est ça ? Un symptôme de sa maladie ?

Plusieurs secondes s'écoulèrent, et je sentis le feu me monter aux joues. Développer la même pathologie que ma mère était ma plus grande peur, parce que je savais d'expérience combien cette maladie était difficile à gérer.

— Je ne sais pas ce que je dois croire.

J'avais l'esprit confus et la gorge sèche. Je me souvenais d'avoir heurté un mur.

— Je souffre peut-être d'une commotion cérébrale.

— Tu n'as rien. Nous avons vérifié.

Nous. Un frisson glacé me traversa alors que les derniers événements repassaient dans ma tête.

— Erin. Oh, mon Dieu. Que... Quelle créature est-elle ?

Seth posa une main sur le lit à côté de mes jambes et leva l'autre, enfouissant ses doigts dans sa chevelure humide.

— C'est une Furie. Elles pourchassent généralement ceux qui ont échappé au jugement des dieux qui les utilisent comme un avertissement. Ta copine peut se montrer très féroce, comme tu as pu le constater. On ne plaisante pas avec les Furies. Elles ont une dent contre moi.

Une Furie. Mon amie, ma camarade de chambre était une Furie. Je laissai échapper un rire, qui se tarit bien vite, et mon cœur se serra.

— Est-elle vraiment mon amie ?

Il arrondit les yeux.

— Je dirais que oui. Elle s'est montrée très protectrice. Tu aurais dû voir sa réaction quand je t'ai emmenée. Il y avait de quoi flipper.

Je ne répondis rien, parce qu'il ne comprendrait certainement pas. Tout ce que m'avait dit Erin ne pouvait être qu'un mensonge si elle était une Furie. Devais-je en rire ou en pleurer ?

— Où est-elle ?

— Il y avait du ménage à faire, et elle rassemble tes affaires, mais ce n'est pas le plus important dans l'immédiat.

Il s'approcha de moi et nos regards se croisèrent.

— Je vais tout reprendre à zéro, d'accord ?

Serrant les lèvres, j'acquiesçai. Je commençais à avoir mal aux jointures à force d'agripper l'édredon.

— Tu es la fille d'Apollon, ce qui fait de toi une demi-déesse.

— Mais... je n'ai rien de spécial.

Ma réflexion lui tira un sourire, et je me rendis compte que j'étais pitoyable.

— Je veux dire, les demi-dieux ont des pouvoirs, non ? Je me souviens de mes lectures à propos d'Hercule et d'autres héros comme lui. Ils étaient super forts, et moi, je ne peux même pas courir un kilomètre sans être essoufflée ou avoir des crampes.

— C'est bon à savoir, au cas où on aurait besoin de décamper.

Il me lança un regard impénétrable.

— Tes pouvoirs ont été inhibés à la naissance, comme ceux des autres.

— Les autres ?

Il hocha la tête.

— Je ne sais pas ce que tu connais de la mythologie grecque, mais la moitié seulement de ce qu'on apprend aux mortels reflète la vérité. Si tu dois savoir une chose, c'est que les dieux sont très puissants, mais que ce sont des brêles en raisonnement.

— Mmm. Je vois.

Une migraine commençait à pulser dans mes tempes.

— Ils agissent sans réfléchir, et c'est pour ça que nous en sommes là, poursuivit-il, tournant les yeux vers la fenêtre ouverte.

Je n'étais pas sûre d'être prête à entendre ce qu'il allait dire.

— Et toi, tu n'es pas un demi-dieu. Tu es le pollen-ion.

— L'Apollyon, soupira-t-il. Comme je te l'ai expliqué, ma mère était une pure et mon père un sang-mêlé. Je ne l'ai pas connu.

— Je ne connais pas mon père non plus.

Quand il me regarda, je me sentis rougir.

— Oui, bon. Ça, tu le sais déjà, marmonnai-je.

— Eh bien, j'imagine que ça nous fait un point commun.

Ses yeux d'ambre étincelèrent et l'intensité de son regard me surprit.

— On a peut-être des choses en commun, prévint-il, mais nous ne sommes pas semblables et rien ne nous rapproche.

Je reculai contre la tête du lit, blessée sans raison précise, si ce n'est la dureté de son ton.

— Je n'essayais pas de me rapprocher de toi, protestai-je.

Il détourna les yeux vers la fenêtre et ne dit plus rien pendant un long moment.

— Un Apollyon ne naît pas chaque fois qu'un pur et un sang-mêlé font un enfant. Cela implique généralement l'intervention des dieux, mais les relations entre purs et sang-mêlé étaient interdites à cause du risque de donner naissance à un Apollyon.

Faisant abstraction de ses paroles qui m'avaient vexée, je me concentrai sur l'essentiel.

— Pourquoi ?

— Il ne peut y avoir qu'un Apollyon par génération. Nous sommes aussi puissants que les demi-dieux, capables de contrôler les quatre éléments – l'air, l'eau, le feu et la terre – et le cinquième : l'*akasha*. Lorsque deux Apollyons coexistent, ils partagent une connexion qui est difficile à expliquer. Nous pouvons puiser dans l'énergie de l'autre, et, à la faveur d'un certain rituel exécuté sur l'autre, devenir un Tueur de Dieux, avec les conséquences que tu devines. Il va sans dire que les dieux ne sont pas ravis quand il y a deux Apollyons, à cause de cette possibilité.

Pour moi, c'était du grec. Au sens propre. Mais c'était fascinant.

Il me fit de nouveau face.

— Je vais te donner la version courte de ce qui est arrivé avec moi.

J'étais surprise qu'il n'ait pas dit la version pour les nuls, mais je tins ma langue.

— Je n'aurais pas dû naître, déclara-t-il sans détour.

Mes yeux s'arrondirent.

— Waouh… C'est un peu dur.

Et ça ressemblait un peu trop à ma propre histoire à mon goût. Il haussa les épaules, mais sa mâchoire se contracta, signe que cela l'affectait davantage qu'il ne voulait le laisser paraître.

— La naissance d'un autre Apollyon était déjà prévue. Tous les Apollyons sont des descendants d'Apollon, d'une façon ou d'une autre. Mais je suis né le premier… avant elle, et on m'a élevé pour devenir l'Apollyon. J'ai été formé, entraîné au combat dès que j'ai su marcher. Mon devoir était d'intervenir dans les situations que les Sentinelles n'étaient pas capables de maîtriser.

— Les Sentinelles ? Comme le Transformer ?

Il gloussa, ses lèvres formant un léger sourire.

— Les Sentinelles sont des sang-mêlé ou des purs entraînés au maintien de l'ordre – ils font en sorte que rien ne dérape et que le monde des mortels demeure aveugle au nôtre. Toute une société existe : écoles, universités, communautés, clubs… Tout ce que tu veux. Cette société vit sur Terre et les mortels n'en ont pas la moindre idée, Joe.

Je fronçai les sourcils.

— Ne m'appelle pas Joe. C'est un nom de garçon.

Seth ne releva pas.

— Bref, j'ai toujours été persuadé d'être le seul Apollyon. Jusqu'à mon arrivée sur l'île des Dieux, un petit bout de terre au large de la Caroline du Nord. C'est là que j'ai rencontré l'autre et… Disons qu'à partir de là, tout a dégénéré. Les dieux savaient que je n'aurais pas dû naître, et que l'un des leurs cherchait à les trahir. Il se trouve qu'Arès, qui est à l'origine de mon existence, voulait dominer le monde et le ramener à l'époque glorieuse où les dieux ne régnaient pas seulement sur l'Olympe mais aussi sur le royaume des mortels.

J'étais abasourdie. Arès existait pour de vrai ? Mon Dieu.

— À ma naissance, les dieux ont pris leurs précautions. Conscients qu'ils auraient besoin d'un plan B si l'un des Apollyons devenait le Tueur de Dieux, ils ont créé douze demi-dieux, ont bridé leurs pouvoirs et les ont laissés sur Terre. Tu es l'un d'eux.

Ma tête se remit à tourner.

— Alors, je suis le plan B ?

— Disons plutôt le plan C.

Mince alors. Ma naissance était un plan de secours ?

— Il y a un an, nous avons combattu Arès. L'un des moyens que nous avons employés pour l'affronter a été de libérer un Titan du Tartare, expliqua-t-il.

Donc, le Tartare existe aussi ? Et le gars qui conduit le bateau ?

— Ce plan sentait mauvais depuis le début. Nous avons tué Arès, mais, au bout du compte, Persès a profité que les dieux étaient affaiblis par la mort de l'un des leurs pour libérer d'autres Titans. En raison d'une stupide règle cosmique, seuls les demi-dieux peuvent les renvoyer d'où ils viennent. Le plan C est donc activé.

— Euh… et je suis censée faire quoi ? Renvoyer un Titan en enfer ?

— Le Tartare, ce n'est pas l'enfer. C'est un mélange de bien, de mal et de ce qu'il y a entre les deux. Mais en effet. Quand les six demi-dieux restants seront réunis, vos pouvoirs seront débridés.

— Attends. Six ? Je croyais qu'il y en avait douze ?

— Il y en avait douze au départ. Arès en a éliminé quelques-uns.

Il posa une main sur la mienne, me faisant sursauter. Un petit sourire compatissant apparut sur ses lèvres alors qu'il détachait mes doigts de la couette puis, très lentement, passait à l'autre, qu'il ne lâcha pas. Ce léger contact me tira des frissons.

— Il en reste six, mais tout porte à croire que les Titans en ont trouvé deux. Ils ne sont pas morts. Pas encore.

Même si je n'étais pas sûre de vouloir connaître la réponse, je posai la question qui me brûlait les lèvres.

— Qu'est-ce qu'ils font d'eux, alors ?

Ses cils s'abaissèrent, dissimulant ses yeux.

— Les Titans sont affaiblis, et ils peuvent se nourrir des dieux et des demi-dieux pour retrouver leur force.

— Se nourrir d'eux ? Oh, mon Dieu !

— Ils absorbent l'éther qui coule dans leurs veines. C'est ce qui nous rend différents des mortels. Ce sont les dieux qui en ont le plus, suivis des demi-dieux, puis de l'Apollyon, des purs et enfin des sang-mêlé.

Maintenant que je ne me cramponnais plus à la couette et qu'il tenait l'une de mes mains, je ne savais plus quoi faire.

— Ça fait beaucoup à avaler.

— Oui, mais il faut que tu l'acceptes.

— J'essaie.

Sa main remonta sur mon poignet et cette simple caresse déclencha une onde de chaleur tout le long de mon bras.

— Je n'arrive pas à savoir si tu es sérieuse ou si tu continues à croire que tu vois des éléphants roses. Ou plutôt un Pégase rose dans ton cas. Parce que oui, Pégase existe vraiment. Je ne l'ai jamais vu personnellement, mais il se balade quelque part.

— Je n'aurais jamais dû te parler de ces histoires d'hallucinations, répliquai-je tandis qu'il dessinait des cercles avec son pouce sur l'intérieur de mon poignet. Et tu peux arrêter de me toucher ?

Son sourire s'agrandit alors qu'il retirait lentement sa main. Quelques secondes s'écoulèrent, puis il se pencha en avant. Je hoquetai. Son odeur… Elle était enivrante. Il était beaucoup trop près, si proche que nos nez se seraient touchés si je m'étais avancée d'un centimètre. Et ce ne serait pas les seules parties de nos corps qui entreraient en contact.

— Je veux que tu comprennes bien tout ce que je te raconte, dit-il, son regard étincelant plongeant dans le mien. Parce qu'ils savent que tu es ici. C'est pour cette raison qu'il y a des spectres sur le campus - qu'il y en avait un dans ta chambre.

— C'était un étudiant. Je crois… qu'il habite au sixième étage.

— Il n'est plus rien maintenant.

Je tressaillis et mon estomac se noua. Un muscle palpita sur la mâchoire de Seth.

— Ce n'était pas très délicat de ma part.

Il marqua une pause et parut prononcer les paroles suivantes avec difficulté.

— Est-ce qu'il était ton ami ?

— Je ne le connaissais pas très bien, mais ça ne change rien. C'était un être vivant, de chair et d'os, et maintenant…

Comme il venait de le dire, maintenant, il n'était plus rien.

— Ce n'est pas une bonne nouvelle. Tout ce que tu m'as raconté… Ce n'est pas bon signe.

Il secoua la tête et ses cheveux caressèrent ses pommettes. Ce mouvement le rapprocha encore un peu plus de moi.

— Non, Josie, ça ne présage rien de bon, et j'ai autre chose à te dire.

— Autre chose ? Comment est-ce possible ? Tu vas me dire que les Transformers existent aussi ? Ou les extraterrestres ? Ou peut-être les fées et les vampires et…

— Josie…, murmura-t-il.

— Quoi ?

J'avais envie de lever les mains au ciel, mais je l'aurais frappé au passage tellement il était près.

— Je ne croyais pas à l'existence des dieux et pourtant… Alors pourquoi pas d'autres trucs ?

Il haussa un sourcil.

— Ton père redoute qu'Hypérion en ait spécialement après toi. Car c'est l'un des Titans qu'il a mis au tombeau.

Mon ventre se tordit.

— C'est pour ça que ce… spectre était là ?

— Le spectre a pu être envoyé par n'importe quel Titan. Ils sont à la recherche de tous les demi-dieux pour en faire leur casse-croûte.

Je fis la grimace à ce mot, mais il demeura impassible.

— Mais Hypérion désire se venger d'Apollon et il y a de grandes chances qu'il s'en prenne à toi. Tu ne veux pas que ça arrive.

— Non, approuvai-je, et ma tête se remit à tourner, tandis que les murs semblaient se rapprocher. Ça veut dire quoi ?

— Ça veut dire que ta vie va changer à partir d'aujourd'hui. Tu dois partir d'ici et c'est là que j'interviens. Je suis chargé de t'emmener au Covenant, un lieu sécurisé dans le Dakota du Sud, où Apollon pense que tu seras à l'abri.

Ma tête cessa de tourner aussi sec. Une chape de plomb venait de s'abattre sur moi.

— Le Dakota du Sud ? Je ne suis même pas sûre de pouvoir le situer sur une carte.

Ses lèvres s'incurvèrent de nouveau.

— C'est entre Pétaouchnock et Trifouillis-les-Oies.

Un gloussement surpris m'échappa. Seth... pouvait être très drôle, mais je me repris aussitôt, car si je commençais à rire, je deviendrais hystérique et ne pourrais plus m'arrêter.

Fermant les yeux, je m'efforçai d'assimiler tout ce qu'il venait de m'apprendre, mais j'avais l'impression que mon cerveau allait déborder. Une peur naissante me glaçait les veines. Je la muselai avant qu'elle se transforme en panique, de celles qui laissent les gens recroquevillés dans un coin à se balancer d'avant en arrière. Si je ne voulais pas mourir, j'allais devoir gérer ma peur.

— Donc, je ne peux pas rester ici et la vie que je menais jusqu'à présent est pour ainsi dire finie.

— Ou c'est une nouvelle vie qui commence, suggéra-t-il. Tu peux le voir comme ça.

Je voulus reculer, mais j'étais déjà contre la tête de lit.

— Il faut que je prenne une douche, balbutiai-je.

Il fronça les sourcils.

— Tu veux prendre une douche ?

— Oui, exactement. J'ai besoin d'une douche. Ça m'éclaircira les idées, continuai-je, les mots se bousculant dans ma bouche. Et j'en ai franchement besoin, parce que ça fait beaucoup d'informations. Donc je veux prendre une douche. Très chaude. Ça m'aide à réfléchir.

L'espace d'un instant, je crus qu'il allait refuser, mais il se recula et se leva. Soudain glacée, je le regardai s'éloigner du lit, mais c'était agréable de pouvoir respirer.

— Il y a une baignoire à remous.

Après une seconde d'hésitation, je repoussai la couette et descendis du lit. Je me dirigeai vers la salle de bains, la tête bourdonnant de pensées presque au point d'exploser.

— Joe.

Je me retournai vers lui, les poings serrés.

— Ne m'appelle pas Joe, *Sethie*.

— Sethie ?

Un rire lui échappa. Je croisai les bras sur ma poitrine, refusant de me laisser charmer par son rire, très séduisant, surtout pour un type qui n'était même pas humain. Mais bon, s'il disait vrai, je n'étais pas complètement humaine non plus.

— Quoi ?

Son torse dénudé se souleva et je m'efforçai de le regarder dans les yeux.

— Je...

Il secoua la tête.

— Non, rien. Je t'attends ici. N'y reste pas des heures.

Je le suivis des yeux alors qu'il se tournait vers un sac posé sur un large fauteuil, croisant les doigts pour qu'il en sorte un tee-shirt. Je pénétrai ensuite dans l'immense salle de bains, plus grande que ma chambre d'étudiante, puis je refermai derrière moi.

Adossée à la porte, les paupières closes, je prêtai l'oreille au silence total de la chambre d'hôtel. Si Seth se déplaçait dans la pièce voisine, il était à moitié fantôme. Un trop-plein d'informations se bousculait dans mon esprit. Une partie de moi ne voulait pas y croire, mais... il m'avait forcément dit la vérité, et je sentais la panique qui menaçait de me submerger. Je me mis à trembler. Des demi-dieux. Des dieux. Un Apollyon. Des Titans. Même Pégase. Toutes ces créatures existaient, et j'étais l'une d'entre elles ? Et tout ça… me paraissait trop réel pour ne pas être vrai.

Je rouvris les yeux, contemplant la baignoire gigantesque.

Pitié, faites que Seth ait trouvé un tee-shirt.

8

Lorsque j'entendis l'eau couler dans la salle de bains, je soufflai bruyamment, puis enfilai le tee-shirt que j'avais sorti de mon sac. La salle de bains étant dépourvue de fenêtres, elle n'avait aucun moyen de s'enfuir. Elle pouvait profiter de ce tête-à-tête avec elle-même pour se convaincre à nouveau que rien de tout ça n'était réel, mais au moins elle serait ici et pas en train de retourner au campus en hurlant.

Cette conversation s'était mieux déroulée que la précédente, ce qui constituait un progrès.

Avec un soupir, je refermai mon sac et me dirigeai vers le minibar. J'en sortis une bière et la décapsulai. Pas la peine d'essayer d'invoquer Apollon. Je savais qu'il ne se montrerait pas.

Je bus une longue gorgée avant de me laisser tomber dans le fauteuil en brocart sur lequel j'avais passé tout mon temps depuis que j'avais emmené Josie à l'hôtel. J'y étais resté plusieurs heures à la regarder dormir comme une sorte de pervers avant d'aller prendre une douche pour me débarrasser de l'odeur des enfers qui me collait à la peau. Mais j'avais une raison valable de la surveiller. Elle s'était cogné la tête plutôt violemment. C'était sans doute grâce au sang qui coulait dans ses veines, en dépit de ses pouvoirs bridés, qu'elle n'avait pas fini aux urgences.

Portant la bouteille à mes lèvres, je me demandai si elle avait déjà échappé par le passé à des blessures ou des accidents graves presque sans une égratignure. Elle avait peut-être mis ça sur le compte de la chance.

Et savait-elle aussi qu'elle dormait comme une souche ?

Depuis que je l'avais allongée dans ce lit, la couette remontée sur elle, elle n'avait pas bougé une seule fois. Elle ne s'était pas retournée sur le côté ou sur le ventre. Pas même un tressaillement.

Le tambourinement de l'eau dans la pièce voisine cessa enfin. La baignoire devait être assez pleine pour qu'elle s'y noie.

Je posai la bouteille sur le bras du fauteuil et tournai un regard soupçonneux vers la salle de bains. Elle n'irait quand même pas faire ça…

Je ne la connaissais pas du tout et j'ignorais de quoi elle était capable. Elle avait dit qu'elle s'inquiétait de souffrir de la même pathologie mentale que sa mère, et c'était peut-être le cas.

Merde.

Je me levai, déposai ma bouteille sur le comptoir en bois et me dirigeai vers la porte de la salle de bains. Une sensation de malaise prit naissance au creux de mon ventre et remonta. Je tournai la poignée. Verrouillée. Pas de problème. Le feu élémentaire descendit le long de mon bras, gagna ma paume, puis la poignée et l'intérieur du mécanisme.

Abracadabra. Plus de serrure.

Mentalement prêt à tout, je poussai la porte, mais je n'étais certainement pas préparé à ce qui s'offrit à ma vue.

Josie était dans la baignoire, et pas en train de se noyer, ce qui était un point positif. Ce qui l'était moins, c'est qu'elle était entièrement nue. Bon, ce n'était peut-être pas une mauvaise chose. OK. Tout bien considéré, ce n'était pas mauvais *du tout*.

Elle se figea dans la baignoire à jets pendant quelques secondes – qui me parurent à la fois interminables et beaucoup trop courtes. Elle s'était calée dans un coin arrondi de la baignoire, ses genoux relevés émergeant de l'eau tourbillonnante. Ses cheveux étaient attachés, mais de fines mèches blondes et châtain clair serpentaient sur son cou, collées à sa peau humide. Je suivis des yeux les plus longues, qui descendaient plus bas que ses épaules. Avec ma taille, j'avais une vue plongeante sur l'intérieur de la baignoire. J'aurais dû détourner les yeux. Peut-être m'excuser. C'est ce que quelqu'un de bien aurait fait.

Mais je n'étais pas quelqu'un de bien.

Alors j'en profitai.

Je ne m'étais pas trompé. Elle cachait des trésors sous ses pulls informes. Par les dieux, le haut de son corps était parfait. Des seins plantureux, mais pas trop gros, leurs rondeurs crémeuses surmontées de pointes rosées.

Charmant fut le mot qui me vint à l'esprit. Tout ce que je voyais était *charmant*.

Puis elle bougea.

Josie poussa un cri, et ses bras jaillirent de l'eau pour couvrir ses seins. Un geyser gicla comme si une petite fusée venait de s'écraser dans la baignoire. Elle se ramassa sur elle-même, les genoux pressés contre ses bras pour cacher toute cette peau ravissante.

— Oh, mon Dieu ! Mais qu'est-ce que tu fais ?

Bonne question. L'espace de quelques instants, j'avais oublié la raison de mon irruption.

— Je voulais m'assurer que tu ne t'étais pas noyée.

Ma voix était plus grave, plus éraillée. Elle se tourna vers moi, étrécissant les yeux.

— Eh bien, comme tu le vois, je ne me suis pas noyée.

Non, en effet.

— On ne t'a jamais appris à frapper avant d'entrer ? demanda-t-elle tandis que son regard balayait la pièce. Et je croyais avoir fermé la porte à clé.

— Frapper avant d'entrer, c'est... nul. Et les serrures, c'est agaçant.

Elle haussa les sourcils et je me trouvai fasciné par la rougeur qui enflammait ses joues et son cou. J'étais prêt à parier qu'elle descendait jusqu'à ses seins, hélas dorénavant cachés à mes regards. Un moment s'écoula.

— Tu es encore là, dit-elle.

— C'est vrai.

— Tu ne devrais pas. C'est mal élevé.

— Ah oui ?

Je m'adossai au cadre de la porte, prenant mes aises.

— Oui ! Je suis dans une baignoire. Toute nue !

Mes lèvres s'incurvèrent.

— Ça oui, tu es nue.

— C'est exactement le problème ! cria-t-elle, et mon sourire s'agrandit. Qu'est-ce qu'il y a ? Les rolly-pollys n'ont pas de manières et aucune notion de ce qu'est l'espace personnel, ou quoi ?

— Apollyon, la corrigeai-je machinalement. Et je te l'ai déjà dit, j'ai du mal avec l'espace personnel.

— Je ne veux pas le savoir.

Sa voix était montée dans les aigus. Un gloussement m'échappa, à ma grande surprise. Il fallait que je sorte d'ici avant... avant quoi ? Que je me déshabille et la rejoigne dans la baignoire ? Une idée qui plaisait beaucoup à certaines parties de mon anatomie, mais cela n'aurait pas été très futé de ma part.

Josie n'était pas une conquête d'un soir.

Prenant sur moi, je tournai les talons, mais sa voix m'arrêta.
— Seth ?
Je lui jetai un coup d'œil par-dessus mon épaule. Elle s'humecta la lèvre inférieure et je ravalai un grognement. Elle ne se rendait pas compte.
— Tes yeux... Ils sont presque fluorescents.
— Ça m'arrive quelquefois.
Elle sembla vouloir dire autre chose, avant de se rappeler qu'elle était nue dans la baignoire. Il fallait vraiment que je sorte.
Je saisis la poignée devenue inutile et quittai la salle de bains, refermant la porte derrière moi.
— Merde, grommelai-je.
J'avais une érection aussi dure que la première fois que j'avais vu des seins, et ça remontait à très loin. Je bandais peut-être même davantage.
C'était quoi, mon problème ?
Sortir de la salle de bains n'y changea rien, pas plus que de desserrer mon pantalon. Je retournai vers le comptoir où j'avais laissé ma bouteille, et descendis une longue lampée de bière. Comment j'en étais arrivé là ? Une fille à poil à quelques mètres de moi et je n'étais *pas* avec elle ?
Ma vie m'échappait complètement.
Avec un rire, je m'affalai dans le fauteuil et posai les pieds sur le lit, calant la bière entre mes jambes. Ça devenait franchement risible. Depuis le jour de ma naissance, je n'avais jamais eu une once de contrôle sur ma propre existence. On m'avait élevé pour devenir l'Apollyon, ce qui signifiait que j'avais été entraîné comme toutes les Sentinelles.
À vrai dire, si Apollon me libérait demain du marché que j'avais passé et me laissait libre de mes choix, je ne saurais pas quoi faire de ma vie. Je ne savais même plus qui j'étais.

Le recours à l'Élixir, une potion spéciale utilisée comme sédatif pour les sang-mêlé destinés à la servitude, avait été aboli. Tout comme beaucoup de règles, mais comme je ne fréquentais plus les Covenants ni les communautés d'Hématoïs, j'ignorais à quel point les choses avaient changé. À mon avis, pas tant que ça. J'allais pouvoir le vérifier très bientôt.

Je tournai la tête vers la salle de bains en soupirant. Elle barbotait depuis si longtemps dans cette baignoire qu'elle serait ridée comme un pruneau quand elle en sortirait. Un vrai gâchis de friper toute cette jolie peau.

Voilà. Maintenant, je ne pensais plus qu'à ça. Et j'en avais eu un généreux aperçu.

Je l'avais vraiment trouvée ordinaire au début ? Une jolie fille quelconque ? Je songeais qu'il était grand temps de réviser mon jugement quand la porte de la salle de bains s'ouvrit enfin et que Josie en sortit.

Oh, pour l'amour des dieux planqués sur l'Olympe, elle portait un peignoir. Et pas un de ces trucs épais et unisexes que l'on trouvait dans beaucoup d'hôtels. Ce n'était pas le genre de la maison. Elle avait revêtu un peignoir léger et soyeux accroché à la porte et l'avait ceinturé d'une façon qui attirait le regard sur sa taille fine et l'ampleur de ses hanches.

Le peignoir beige était humide à des endroits très suggestifs : sous son nombril, juste au-dessus de la ceinture, et dans la vallée séparant ses seins. Elle était nulle pour s'essuyer. Mais je ne m'en plaignais pas. Mes yeux descendirent sur sa poitrine, dont les tétons étaient nettement visibles, pointant contre le tissu fin.

Par les dieux.

J'écartai les genoux, espérant qu'elle n'aurait pas l'idée de jeter un coup d'œil au milieu. Les survêtements en nylon n'étaient pas spécialement indiqués pour cacher une érection.

Elle me rejoignit et s'assit au bord du lit.

— Je n'ai pas voulu remettre mes vêtements, dit-elle en m'observant entre ses cils fournis. Tu… C'est toi qui me reluques avec insistance, maintenant.

Plus que ça : je la buvais des yeux.

— En effet.

Son regard croisa le mien une seconde.

— C'est mal élevé, murmura-t-elle.

Je lui souris.

— Ta copine a prévu d'apporter tes vêtements ici. Elle en aura sans doute pour un moment. Quelques mortels étaient trop près de ta chambre pendant que nous y étions et elle doit veiller à ce que tous ceux qui pourraient penser avoir vu ou entendu quelque chose ne le répètent pas… ou l'oublient.

La mine inquiète, elle aspira sa lèvre inférieure entre ses dents.

— Comment elle va s'y prendre ?

Je laissai retomber mes pieds sur le sol et reposai la bouteille vide.

— Elle utilisera un sort de compulsion pour effacer leurs souvenirs, ou bien les remplacer par d'autres.

Cette dernière information sembla piquer sa curiosité. Elle fronça les sourcils et son visage se pinça d'une façon qui était presque… mignonne. J'eus un mouvement de recul. *Mignonne* ?

— Alors, un sort de compulsion, c'est une sorte de contrôle mental ?

— Oui.

Je repoussai mes cheveux de mon visage.

— Les purs possèdent ce pouvoir. Toutes les divinités aussi. Mais pas les sang-mêlé. Ils y sont aussi vulnérables que les mortels.

Elle parut réfléchir.
— Toi, tu as ce pouvoir ?
Je hochai la tête.
Ses doigts jouaient nerveusement avec la ceinture de son peignoir.
— Est-ce que les sorts de compulsion marchent sur moi ?
— Normalement non. Mais tes pouvoirs ont été inhibés, alors qui sait ? Je peux faire le test.
L'expression de son visage laissait entendre qu'elle n'y tenait pas, mais il en fallait plus pour m'arrêter. Je plongeai les yeux dans les siens et soutins son regard.
— Enlève ton peignoir.
Ses lèvres s'entrouvrirent, puis sa bouche s'arrondit.
— Qu'est-ce qui te prend ?
Quelle déception.
— Je suppose que ça ne marche pas sur toi.
— Tu es un pervers.
Je haussai les épaules.
— On m'a déjà accusé de bien pire.
— Je m'en doute, grommela-t-elle.
— Tu n'as pas idée.
Je me levai, étirant les bras au-dessus de ma tête. Sa question suivante me surprit.
— Tu as dit que tu étais capable de te servir des éléments. Tu peux… me montrer ?
Laissant retomber mes bras, je la dévisageai.
— Tu veux une démonstration ?
Elle hésita, puis acquiesça.
Je songeai d'abord à refuser, parce que je m'étais suffisamment donné en spectacle dans ma vie, mais je changeai d'avis. Je tendis un bras dans sa direction et ouvris la main, paume vers le ciel. Alors que les purs ne maîtrisaient généralement qu'un unique

élément, le plus souvent héréditaire, invoquer n'importe lequel était chez moi une seconde nature. Ce serait sans doute pareil pour elle une fois qu'elle pourrait puiser dans ses pouvoirs.

Je n'avais même pas besoin de me concentrer.

La chaleur roula sur ma peau, léchant l'air autour de moi. Une étincelle apparut en surplomb de ma paume, suivie par une légère odeur d'ozone brûlé. Une seconde plus tard, une petite boule de flammes ambrées se matérialisa autour de ma main.

— Nom de waouh ! s'exclama Josie en bondissant du lit. Ta main est carrément en feu.

Mes lèvres frémirent.

— Ça ne me fait pas mal.

Je déplaçai ma main, abaissant puis levant ma paume.

— Et je le dirige où je veux.

— Waouh..., répéta-t-elle en contournant le lit pour se rapprocher.

Elle s'arrêta à environ un mètre et la lueur du feu se refléta sur ses joues humides.

— C'est juste... Waouh.

Je refermai les doigts, étouffant les flammes, et soutins son regard émerveillé.

— Tu seras sans doute capable d'en faire autant.

Elle secoua la tête tandis que ses doigts jouaient à nouveau avec sa ceinture.

— Je n'arrive pas à m'y faire.

Les bords de son peignoir commençaient à bâiller sur sa gorge et j'eus un aperçu de sa peau claire.

— Ça viendra. Il le faudra bien.

Un silence, puis :

— J'ai réfléchi.

— C'est ça que tu as fait dans cette baignoire pendant vingt heures ?

— Je n'y suis pas restée vingt heures.

Elle laissa retomber ses bras le long de son corps et le tissu s'écarta davantage, révélant la courbe d'un sein. Charmant, encore une fois.

— Tu as dit que je devais aller dans le Dakota du Sud.

Je fis l'effort de la regarder dans les yeux.

— Oui.

— Et ensuite, tu me laisseras là-bas ?

Je n'avais pas la réponse. Les ordres d'Apollon étaient de la conduire au Covenant. Rien de plus. Et je n'avais pas l'intention de m'éterniser.

Elle ferma les yeux et sa poitrine se souleva rapidement, tirant sur le tissu. Par les enfers. Sérieux. Cette fille m'était défendue pour une multitude de raisons, à commencer par l'identité de son père. Et même si j'aurais adoré contrarier Apollon, je n'avais aucune envie qu'un éclair divin vienne me griller les fesses. Pourtant, les doigts me démangeaient de toucher sa peau, de glisser mes mains sous ce peignoir.

— Ma vie ici compte pour moi. Et tous les efforts que j'ai fournis pour y arriver ne signifient plus rien aujourd'hui – mes études, ce que je voulais faire plus tard.

Il fallait vraiment que j'arrête de mater ses seins. Et vite.

— Tu es une demi-déesse. Tu vas devoir sauver le monde et tout le pataquès. C'est plus important que… Qu'est-ce que tu étudiais, au juste ?

— La psychologie, répondit-elle avec un petit rire désabusé. Je me doute que pour toi c'est insignifiant, mais pas pour moi. Ça compte beaucoup à mes yeux et maintenant, on m'a enlevé ça et je…

Elle s'interrompit, le regard soudain lointain. Maintenant, elle n'avait plus le choix. Son destin l'attendait. Un destin dont elle n'avait jamais rien su, dont elle ne voulait sûrement pas, et qui la conduirait sans doute à la mort. J'étais bien placé pour comprendre son désarroi. Sans raison, mon cœur s'accéléra.

— Je suis désolé.

Elle battit des paupières comme si elle était surprise, puis se détourna, me présentant son profil. Toute cette peau exposée était en train de me tuer.

— Je viens de comprendre un truc.

Je ne l'écoutais plus. Je m'avançai vers elle avant qu'elle puisse dire autre chose et saisis les bords du peignoir. Le dos de mes doigts effleura sa peau, et mon cœur s'emballa. Elle cessa de respirer et se raidit. Elle rejeta la tête en arrière et planta ses yeux écarquillés au fond des miens. Il y avait une telle profondeur dans son regard, bien plus que je ne l'avais remarqué jusqu'ici. Ils étaient emplis d'émotions. La confusion. L'embarras. L'innocence. Et autre chose encore. La peur était bien là, mais aussi la curiosité. Une part de moi, incorrigible, brûlait de faire glisser le peignoir de ses épaules pour voir sa réaction, pour découvrir jusqu'où allait cette innocence et si la curiosité que je lisais dans son regard, sur ses lèvres entrouvertes, l'emporterait sur la peur.

Je refermai les bords du peignoir.

— Ça me distrait, murmurai-je.

Elle poussa un petit soupir tandis que ses joues s'enflammaient. Comme pour s'assurer qu'il ne risquerait pas de s'ouvrir, elle saisit les bords du peignoir, juste en dessous de là où je le tenais. Nos mains ne se touchaient pas, mais mes phalanges étaient pressées contre sa peau, qui me brûlait les doigts. Pendant plusieurs secondes, nous ne bougeâmes ni l'un ni l'autre, comme si le temps s'était arrêté.

— Tes yeux sont encore fluorescents, chuchota-t-elle.

Ils luisaient de cette façon quand j'éprouvais des émotions intenses, et je ressentais beaucoup de choses en cet instant – toutes inappropriées. Je lâchai le peignoir et reculai. À contrecœur.

— Tu disais que tu avais compris quelque chose ?

Plusieurs secondes s'écoulèrent encore avant qu'elle reprenne la parole, et je notai que sa voix s'était modifiée. Plus caressante et plus rauque à la fois. Intéressant.

— Je ne suis plus si certaine que ma mère soit folle, dit-elle, et cette mention de sa génitrice eut raison de mon érection. Elle disait que mon père était un ange qui lui était apparu. Ce n'était pas un ange. C'était... Mon Dieu, je n'arrive pas à croire que je vais dire ça tellement ça a l'air dingue, mais c'était Apollon.

— Oui, c'était lui, qui s'est glissé en douce dans le lit d'une jeune fille, grommelai-je, tournant les yeux vers le bar.

J'avais envie d'une autre bière, mais Josie continua.

— Et elle disait que tout ce qui est arrivé l'année dernière, toutes ces catastrophes, ces guerres sur le point d'éclater, c'était un signe que la fin du monde approchait. Elle avait raison, n'est-ce pas ?

Je hochai la tête.

— C'étaient en quelque sorte les dieux qui jouaient au bowling avec la Terre.

— Je... Il a dû y avoir de nombreuses occasions où je pensais qu'elle avait des hallucinations... alors que c'était sûrement vrai, et nous... Mes grands-parents lui ont fait prendre des médicaments. Des antipsychotiques. Et ces médicaments, qui traitent la schizophrénie, ils... ils ont des effets sur le cerveau. Oh, mon Dieu...

Elle se laissa retomber sur le lit et son visage se décomposa.

— Il y a des chances qu'on ait aggravé son état.

Mon ventre se noua alors que je la regardais, impuissant. Ses yeux brillaient et je compris qu'elle était sur le point de fondre en larmes. Je n'étais pas doué dans ce domaine. Les émotions et moi... ça faisait deux. Pourtant, je m'avançai vers elle.

Elle leva le menton et prit une profonde inspiration, carrant les épaules. Ses yeux étaient toujours humides, mais elle ne versa pas de larmes. Je m'arrêtai à mi-chemin, coupé dans mon élan pour... quoi faire, au juste ? Elle laissa échapper un long soupir tremblant.

— Je veux rentrer chez moi. Il *faut* que je rentre chez moi. Maintenant.

9

— Tu veux rentrer chez toi ? répéta Seth.

Il me dévisageait comme si je venais de proférer la chose la plus dingue de la soirée. Pourtant, la barre était haute.

J'avais consacré tout mon temps dans cette baignoire – cette baignoire *fantastique* – à essayer de garder la tête froide, et j'avais eu bien du mal à y parvenir. Son entrée fracassante dans la salle de bains n'avait pas aidé. J'avais toujours du mal à croire qu'il ait pu imaginer que j'étais en train de me noyer. Et encore plus que je m'étais retrouvée entièrement nue dans la même pièce que lui. J'étais toujours plus ou moins dévêtue dans ce peignoir qui laissait si peu de place à l'imagination, mais je préférais ne pas y penser. De toute façon, il avait déjà maté mes seins dans la salle de bains.

Au moins, il se tenait à présent à un mètre de moi et me dévisageait comme si j'étais devenue folle. Toujours mieux que de l'avoir *juste* sous le nez, les doigts enroulés sur les bords de mon peignoir, ses phalanges touchant ma peau, en train de me reluquer comme si… Rien que d'y penser, je manquai d'air et une étrange palpitation prit naissance dans mon ventre. Il me regardait avec ses yeux légèrement lumineux, comme s'il avait *faim*.

Je n'avais pas le souvenir d'avoir jamais suscité ce genre d'attention chez un garçon, pas à moins de transporter un seau de poulet frit. Mais tout à l'heure, quand ses doigts m'incendiaient la peau, s'il avait abaissé sa bouche vers la mienne, je l'aurais certainement laissé faire.

Qu'est-ce que cela disait de moi ?

Écartant ces pensées, je me levai, vérifiant que ma ceinture était bien nouée.

— Il faut que je rentre chez moi pour voir ma mère. J'ai besoin de lui parler.

La culpabilité se frayait un chemin en moi, même si j'avais conscience que c'était ridicule. Qui aurait pu penser que ce qu'elle racontait depuis des années était la vérité ?

Seth me considéra, les bras croisés.

— Tu ne pourrais pas simplement lui passer un coup de fil, par exemple ?

— Je pourrais, en effet, mais je veux la voir.

Frustrée et traversée d'un millier d'émotions, je levai les bras pour détacher mes cheveux, mais je m'interrompis quand ce fichu peignoir s'écarta de nouveau. J'en agrippai fermement les pans et mon ventre palpita de plus belle quand je notai que Seth semblait respirer plus fort. Il fallait que je me concentre – et pas sur cette palpitation.

— Je ne m'attends pas à ta compréhension ou à ta compassion, et je ne vais pas t'expliquer les millions de raisons pour lesquelles ce que j'ai à dire à ma mère – les tonnes d'excuses que je lui dois, accompagnées d'une brouette de fleurs – ne peut pas être fait par téléphone. Je veux être avec elle, la serrer dans mes bras. OK ? Donc je dois la voir. Pas lui téléphoner.

Ses élégants sourcils formèrent lentement un arc.

— Tu te rends compte que tu parles beaucoup ?

Le feu me monta aux joues.

— C'est la première fois qu'on me le dit.

— Je trouve ça difficile à croire, railla-t-il.

Je lui lançai un regard noir, et il me renvoya un sourire moqueur. J'avais à la fois envie de lui faire ravaler et… de lui rendre son sourire. C'était très agaçant.

— Tu es censé me conduire dans le Dakota du Sud. Pourquoi ce ne serait pas possible de faire un arrêt dans le Missouri pour voir ma mère ?

— Je n'ai jamais dit que ce n'était pas possible.

— Alors je vais voir ma mère avant que tu te débarrasses de moi au milieu de nulle part.

Il inclina la tête sur le côté et ses cheveux, qui avaient formé des vagues souples en séchant, effleurèrent son visage.

— Je pense que c'est une mauvaise idée.

— Je ne t'ai pas demandé ton avis.

Il haussa un sourcil.

Je lui tins tête et respirai à fond, cramponnée aux bords de mon peignoir.

— Tu ne peux pas m'en empêcher.

Il me contempla un moment avant de renverser la tête en arrière en éclatant de rire. Un frisson descendit le long de ma colonne vertébrale. Son rire était vraiment très séduisant.

— Je ne peux pas t'en empêcher ? C'est toi qui ne peux rien contre moi, Joe.

— Arrête de m'appeler Joe !

Il baissa le menton et ses lèvres s'incurvèrent.

— Oups, désolé, *Joe*… sie.

— Qu'est-ce que tu peux être agaçant ! grommelai-je en longeant le lit. C'est quoi, cette mission, au juste ? Je veux dire, pourquoi tu es ici avec moi ? Tu es mon baby-sitter, c'est ça ?

Son regard d'ambre suivait mes mouvements avec une intensité troublante. Regardait-il toujours les gens comme s'il pouvait lire dans leurs pensées les plus intimes ?

— Je préfère « garde du corps » à « baby-sitter ». Mon boulot, c'est de te garder en vie, pas de te donner à manger et de t'occuper avec des dessins animés.

— Comme tu voudras. Tu es donc un baby-sitter sexy aux talents de ninja qui doit me *protéger*, corrigeai-je, distraite quelques instants par un éclat soudain dans ses yeux d'ocre. Parce que ce sont les ordres de mon… père. Et comme c'est le grand Apollon en personne, j'imagine qu'il est super balèze et que tu n'as pas envie de le contrarier. Et je suppose aussi, puisqu'il a envoyé d'autres… personnes pour me surveiller, qu'il tient à ce que je reste vivante, et que ça le contrarierait beaucoup que je passe l'arme à gauche, je me trompe ?

Il fit la moue et la lueur fluorescente s'éteignit dans ses yeux.

— On peut dire ça.

— Alors, pour te faciliter la tâche, tu ferais mieux de me laisser voir ma mère. Dans le cas contraire, tu vas passer la moitié de ton temps à t'inquiéter des créatures mythologiques qui cherchent à me tuer, parce que je saisirai la moindre occasion d'échapper à ta surveillance. Ça, je te le garantis, *Sethie*. Et qu'est-ce qui arrivera si je suis lâchée dans la nature sans protection ?

Après quelques secondes d'un silence tendu, il me surprit encore en éclatant de rire.

— Tu es maligne.

Je tentai en vain de dissimuler un sourire triomphant.

— Je trouve aussi.

— Ce n'est pas une bonne idée, ajouta-t-il dans un haussement d'épaules. Mais après tout, qu'est-ce qui pourrait arriver de pire ? Que tu te fasses tuer et qu'on me punisse jusqu'à ce que je regrette d'être encore en vie. Ou alors que les Titans et les spectres te suivent jusque chez toi et que toute ta famille se retrouve en danger. C'est un risque à courir, mais si tu y tiens tellement...

Mon sourire s'effaça. Mince, dans quoi je me fourrais ?

Se dirigeant vers l'autre côté du lit, il s'empara d'un oreiller, le tapota puis le reposa contre la tête de lit. Il remit ensuite la couette en place.

— On part quand ? demandai-je. Tout de suite ? Si c'est le cas, il me faut des vêtements.

Il m'en aurait déjà fallu cinq minutes plus tôt.

— Et puis aussi mon sac et mon portable. Et sûrement mes papiers d'identité. On ne sait jamais quand...

— Ta copine apportera tout ça d'ici quelques heures. En plus de faire le ménage, elle doit aussi vérifier qu'aucune créature ne rôde autour de cet hôtel.

J'allais donc devoir porter ce peignoir pendant encore plusieurs heures ? J'aurais pu remettre mes vêtements de la veille, mais ils avaient une drôle d'odeur – de froid et de moisi.

Seth me lança un coup d'œil.

— Donc tu n'iras nulle part avant demain matin.

— Demain matin ?

— Ouais.

Il se laissa tomber sur le lit, rebondissant sur le matelas avec une grâce étonnante. Allongé sur le dos, il croisa les bras derrière sa tête. Beaux biceps. Cette position les mettait vraiment en valeur.

— Qu'est-ce que tu fais ?

Il remua les hanches.

— À ton avis ?

Aucune idée, mais c'était agréable à regarder.

Ses lèvres s'étirèrent dans un autre de ses sourires. Il ne manquerait plus qu'il lise dans les pensées… Il faudrait que je lui pose la question.

— Contrairement à une certaine personne que je ne nommerai pas, commença-t-il avec un regard entendu, je n'ai pas fait de sieste. Alors, je vais utiliser ces quelques heures pour prendre du repos.

J'ouvris la bouche et la refermai aussitôt. Je ne pouvais pas lui reprocher de vouloir dormir. C'était grossier. Mais moi, j'étais censée faire quoi pendant qu'il piquait un somme ? Cramponnée aux bords de mon peignoir comme si ma vie en dépendait, je me dandinai d'un pied sur l'autre en balayant la grande chambre du regard.

— Josie.

Je tournai la tête vers lui, le souffle court. Comment quelqu'un pouvait être aussi beau allongé dans un lit ?

— Quoi ?

Ses yeux étaient mi-clos, attirant mon regard sur ses longs cils fournis.

— Viens par ici.

Un frisson parcourut ma peau.

— Tu essaies encore ce truc de contrôle mental ? Je te préviens : ça ne marche pas.

Il s'esclaffa.

— Non, ne t'en fais pas. Allez, viens.

Mon cœur s'affola.

— Je ne crois pas que ce soit une bonne idée.

— Ah bon ? murmura-t-il avec un sourire paresseux. Pourquoi ?

Je n'avais pas de réponse à cette question, parce que ce qui me passait par la tête était présomptueux.

Comme je ne répondais pas, il étendit le bras à travers l'espace vide entre nous.

— Viens par ici, répéta-t-il.

Butée, je secouai la tête.

— Pourquoi tu veux que je vienne ?

— Parce que je me sentirai mieux.

— Ce n'est pas une raison suffisante.

Il rit de nouveau.

— Ce n'est pas très gentil, Joe.

— Je te déteste, murmurai-je.

Il se fendit d'un large sourire qui transforma tout son visage, adoucissant les angles durs de sa beauté.

— Écoute, je ne vais pas attenter à ta pudeur ni rien de ce genre.

Il agita les doigts tandis que je m'efforçais de réprimer un très étrange et très gênant sentiment de déception, qui frisait la pathologie.

— J'ai besoin de sommeil pour être vigilant demain, mais je ne peux pas me reposer si tu as l'air prête à filer. Tout ce que je te demande, c'est de t'asseoir ici. Tu peux regarder la télé si tu veux. Ça ne m'empêchera pas de dormir, mais je te veux ici, à côté de moi.

« Je te veux. »

Je me mordis la lèvre inférieure. Bien sûr, ça ne signifiait pas vraiment qu'il me *voulait,* mais je sentis quand même une dangereuse lourdeur s'immiscer dans mon bas-ventre. Je me giflai mentalement. Je devais contrôler mes hormones. Je ne savais pas qui était ce garçon. Je ne savais même plus qui j'étais *moi-même*. Toutes ces pensées salaces auraient dû être très loin de mon esprit.

Le lit était énorme. Je pouvais très bien m'asseoir d'un côté pendant qu'il dormirait de l'autre. Ses arguments tenaient la route et je n'allais pas bêtement m'enfuir tant qu'il se comportait correctement.

J'avais conscience d'être sans défense. Je ne possédais pas des pouvoirs super cool comme celui d'enflammer ma main, moi.

J'avais *besoin* de lui, et c'était nul.

Rassemblant mon courage, je refusai la main qu'il me tendait et grimpai sur le lit, serrant toujours les bords de mon peignoir. J'hésitai un instant.

Sans avertissement, Seth se retrouva sur moi avant même que j'enregistre qu'il avait bougé. La seconde d'avant, il était couché sur le lit, totalement détendu, et la suivante, j'étais allongée sur le dos, les yeux écarquillés, sa jambe en travers des miennes pour me maintenir en place.

La respiration saccadée, je tournai la tête vers lui. Il avait les yeux mi-clos et un sourire malicieux aux lèvres. Il déplaça sa main, agitant sous mon nez un objet noir et plat. La télécommande ! Comment s'était-il débrouillé pour l'attraper alors qu'il n'avait pas bougé du lit, si ce n'est pour me faire une prise de catch ?

Ce mec était un *vrai* ninja !

— Tu veux regarder la télé ? demanda-t-il.

Je commençai à compter jusqu'à dix. Je m'arrêtai à trois.

— Tu n'avais pas besoin de faire ça.

— Je crois que si.

Je sentais monter mon indignation.

— Je n'irai nulle part.

— Je sais.

Avec un clin d'œil, il plaça la télécommande sous mes mains crispées, juste sur mes seins.

Je le regardai, bouche bée.

— Espèce de crétin arrogant complètement…

— Dodo, m'interrompit-il. Regarde la télé. Ou pas. Regarde-moi tant que tu veux, ou pas, mais moi, je vais faire dodo.

Ma frustration était telle que j'avais l'impression que ma tête allait se détacher de mon corps. Je tentai de me libérer de sa jambe, mais ce gros débile pesait une tonne.

— Dégage, lui ordonnai-je aussi dignement que possible. Dégage ta foutue...

— Je ne peux pas dormir quand tu parles. Et j'ai besoin de repos. Sinon, je finirai dans le fossé en nous conduisant à l'aéroport demain.

Tous les muscles de mon corps se tétanisèrent. J'oubliai carrément sa jambe sur la mienne.

— L'aéroport ?

— Mmm-hmm.

Ses yeux étaient fermés.

— Comment comptes-tu aller dans le Bistouri sinon ?

— Le Missouri, le corrigeai-je.

— C'est la même chose.

Je ne relevai pas.

— C'est une petite ville qui s'appelle Osborn. Enfin, plutôt un village, mais on peut y aller en voiture. J'en ai une.

Il soupira.

— Moi aussi.

— Super, m'empressai-je d'approuver, car ma vieille guimbarde aurait bien eu besoin d'une cure de jeunesse avant de parcourir une telle distance. On en a seulement pour treize heures et...

— Treize heures de route ? Tu as fumé, ou quoi ?

Il ouvrit un œil d'ambre.

— Pas question que je conduise pendant treize heures.

Je sentis la panique m'envahir.

— Alors je conduirai ! J'ai mon permis. Je l'ai fait un million de fois.

— C'est ça, dit-il platement. En avion, on en a pour une heure ou deux. On va prendre l'avion.

— Non. Pas question. Je ne prendrai pas l'avion. Je refuse d'être enfermée dans une boîte de conserve qui peut tomber du ciel à tout moment. Oublie ça. Tu ne t'es jamais demandé comment les avions peuvent quitter la terre ferme et rester suspendus en l'air ? Non ? Moi si. Ça implique des tas de trucs scientifiques qui m'échappent complètement.

Ses deux yeux étaient maintenant ouverts.

— Tu as peur de prendre l'avion.

J'envisageai brièvement de lui mentir, mais ça aurait été stupide.

— Oui, ça ne m'a jamais intéressée.

Seth me considéra un court instant, puis marmonna quelques mots à mi-voix qui ressemblaient à une langue étrangère.

— Très bien. On ira en voiture.

Je lâchai un soupir et ma tension s'envola.

— Merci.

Apparemment, ce n'était pas la chose à dire. Son petit sourire moqueur avait disparu, ainsi que la lueur d'agacement dans ses yeux. Le visage à présent de marbre, il me considérait, sans aucune expression.

— Que… Qu'est-ce que j'ai dit ?

Son regard soutint le mien quelques instants, puis il ferma les yeux.

— Rien, murmura-t-il.

Après quoi il se tut. Moi aussi. Sans bouger, je l'observai jusqu'à ce qu'il s'endorme. Son visage se détendit et sa bouche s'entrouvrit. Et je continuai à le regarder. Dans son sommeil, il avait l'air… plus *jeune*. Vulnérable. Pas vraiment normal, parce que, même au repos, ses traits dégageaient quelque chose de surnaturel, mais... Il semblait différent. Toujours incroyablement beau, mais avec une certaine dose d'humanité. C'était pour moi un soulagement, parce que je savais que ma vie reposait entre ses mains.

10

Par miracle, je m'étais assoupie en regardant Seth dormir – le summum de la perversion. Si c'était une discipline olympique, mater quelqu'un pendant son sommeil mériterait la médaille d'or.

Je ne me rendis compte que je m'étais endormie que lorsque je découvris la douce lumière matinale qui filtrait à travers les rideaux entrouverts.

Euh... n'étaient-ils pas fermés quand j'avais été catapultée sur le lit ? Et mon oreiller était nul. Dur comme un sac de pierre, et pourtant incroyablement doux au toucher. Il palpitait aussi étrangement, comme un cœur qui bat.

Minute. Les oreillers n'avaient pas de cœur.

Le mien s'accéléra quand je compris ce qui se trouvait sous ma tête. J'étais couchée sur Seth. Disons plutôt que j'étais cramponnée à lui comme une pieuvre. Ma tête reposait sur son torse, mon bras droit lové contre son flanc, mon autre main sur ses abdos en béton. L'une de mes jambes était glissée sous la sienne, l'autre repliée sur sa cuisse et carrément fourrée dans son entrejambe. Ma propre cuisse était vraiment très proche d'une partie de son anatomie où elle n'avait rien à faire.

Oh.

L'une de ses mains était enfouie dans mes cheveux, qui avaient dû se libérer à un moment donné, et la couette tirée sur moi, alors que je m'étais endormie *dessus*. Voilà qui était gênant. Je m'étais collée contre lui comme une sangsue durant mon sommeil.

Oups.

Sa poitrine se soulevait et s'abaissait sous ma joue en longues séquences régulières. Il dormait encore. Il fallait donc que je me détache avant qu'il se réveille et s'aperçoive que je m'étais servie de lui comme d'un doudou.

Et puisqu'on en parlait, le doudou de mon enfance me manquait carrément. Une coccinelle en peluche que j'emportais partout, même au lac. Elle était avec moi un jour où Bob était venu et il l'avait regardée comme s'il s'agissait d'une créature mystique. Mes grands-parents l'avaient peut-être encore quelque part – oui, bon, je m'en fichais de cette peluche, non ? Levant les yeux au ciel, je m'efforçai de me concentrer. Comment j'allais pouvoir retirer sa main de mes cheveux ? Et ma jambe de sous la sienne ? Sans lui donner accidentellement un coup de genou dans les…

J'entendis clairement un raclement de gorge.

Mon cœur fit un bond tandis que je balayais la pièce des yeux, arrêtant mon regard sur la grande fille à la peau sombre assise dans le fauteuil devant le bureau.

Oh, mon Dieu.

Erin était là, les bras croisés sur la poitrine. Elle avait l'apparence de la fille que j'avais rencontrée deux ans plus tôt quand j'avais débarqué en résidence universitaire – sans mon doudou. Pas d'ailes de chauve-souris ni d'yeux entièrement blancs. Sa peau lisse était sans défaut, et non pas grise, et ses doigts n'étaient pas prolongés de griffes acérées. Elle avait l'air humaine. Nos regards se croisèrent et je ressentis un vide au niveau de l'estomac. Tout ce qu'elle m'avait raconté n'était que mensonge.

— Bon, dit Erin en croisant une jambe fuselée sur l'autre. Même si sa réputation le précède, je dois dire que je ne l'aurais pas cru aussi doué.

Pendant quelques secondes, je ne compris pas de quoi elle parlait, puis je me rappelai où j'étais et sur *qui* j'étais allongée. La honte.

— Ce n'est pas ce que tu crois.

Lorsque je me redressai pour m'asseoir, la main qui était dans mes cheveux glissa lentement le long de mon dos. Je cessai de respirer et mes orteils se recroquevillèrent.

— C'est totalement ce que tu crois, dit une voix grave.

Erin haussa un sourcil et je tournai la tête. Seth m'adressa un sourire paresseux, la tête appuyée sur les oreillers.

— Tu es réveillé !

— En effet.

— Depuis un moment, ajouta Erin. On se demandait s'il fallait te réveiller ou pas. Surtout quand tu faisais ces petits bruits.

— Des bruits ?

La main de Seth pesait lourdement sur mon flanc.

— Oui, des sortes de petits râles.

Je sentis mes joues s'empourprer.

— Je… je ne fais pas de bruit en dormant.

— Si, je t'assure.

Erin pianota distraitement sur l'accoudoir de son fauteuil.

— Des bruits de bébé chat.

J'en restai bouche bée. Elle haussa les épaules.

— C'est trop mignon.

Non, c'était *mortifiant*.

Prenant appui sur l'estomac de Seth, je me redressai. Son ventre ne s'enfonça pas d'un iota. C'était comme s'appuyer contre un mur. Ajustant les bords de mon peignoir, je reculai à l'autre bout du lit.

Seth s'assit à son tour, étirant les bras au-dessus de sa tête. Puis il fit pivoter sa taille et craquer ses articulations. Quand il eut terminé, il posa son regard sur moi, ses yeux s'attardant à l'endroit où je serrais les pans de mon peignoir avant de se tourner vers Erin.

— J'ai envie d'un petit déjeuner, annonça-t-il, les traits encore ensommeillés. Pas toi ?

J'avais toujours faim, donc je hochai la tête.

— Parfait.

Il posa les pieds sur le sol et s'étira encore. Cette fois, quand il leva les bras, son tee-shirt suivit le mouvement. J'avais déjà vu tout ça la veille, alors qu'il paradait torse nu, mais cet aperçu de ses abdos en béton retint mon attention.

Et celle d'Erin.

Il se dirigea vers la salle de bains d'un pas nonchalant, passant à côté d'elle.

— Je t'aurais bien demandé si tu voulais aussi manger, mais j'imagine que tu t'es gavée de bébés cette nuit.

Mes yeux s'arrondirent d'horreur.

— Tu... te nourris de bébés ?

Elle poussa un soupir exaspéré.

— Non.

Elle lança un regard noir à Seth tandis qu'il gloussait.

— Trouduc.

Il disparut dans la salle de bains. Je ne trouvai rien à dire à Erin dans le silence qui s'ensuivit et il revint quelques secondes plus tard, les cheveux mouillés autour du visage. Il les ramena en arrière pour les nouer sur sa nuque tout en enfilant une paire de baskets que je n'avais pas encore remarquées.

— Je reviens, dit-il en se dirigeant vers la porte. Avec du bacon, des pancakes, des œufs, des saucisses. Peut-être aussi des fruits, poursuivit-il en ouvrant la porte. Et des gaufres. Oh, et des omelettes. Avec plein de fromage et de poivrons...

La porte se referma derrière lui. Comment allait-il rapporter tout ça ?

Le silence retomba.

Lissant mes cheveux d'une main, je me tournai vers Erin, qui avait les yeux braqués sur la porte.

— J'ai entendu beaucoup de choses à son sujet, dit-elle doucement. Des rumeurs. Certaines étaient sans doute fondées. D'autres pas. Il a bien tué l'une de mes sœurs.

Elle se tourna vers moi.

— Bon, elles voulaient le tuer aussi.

Pas sûre que ce soit mieux.

Décroisant les jambes, elle reposa les deux pieds par terre et se pencha en avant.

— C'est juste que... Il n'est pas comme je l'imaginais.

— Qu'est-ce que tu veux dire ?

Erin haussa les épaules.

— Peu importe. Je t'ai apporté tous les vêtements que j'ai pu prendre, et d'autres affaires à toi.

Par terre, sous le bureau, se trouvaient plusieurs sacs de sport et sacs à dos qui paraissaient pleins à craquer.

— Merci, articulai-je difficilement.

Son visage s'assombrit.

— Il faut qu'on parle avant qu'il revienne et me mette en colère. Je sais que tu dois te sentir perdue.

— Perdue ?

Je lâchai un rire aussi sec que le désert.

— Il y a vingt-quatre heures, je pensais que les dieux grecs appartenaient à la mythologie, et maintenant…

— Et maintenant, tu sais que tu en fais partie, acheva-t-elle pour moi. Tu es une demi-déesse – et pas n'importe laquelle. Non seulement il n'y a plus eu de demi-dieu depuis, disons, très longtemps, mais tu es la fille d'*Apollon*. Ton père est le foutu dieu du Soleil.

Mon père. Je n'arrivais toujours pas à me faire à cette idée, mais, ce qui était certain, c'est que ça me mettait mal à l'aise.

— S'il te plaît, cesse de dire qu'il est mon père. C'est peut-être mon géniteur, mais ça ne va pas plus loin. Mon grand-père est ce qui se rapproche le plus d'un père pour moi, parce qu'il m'a élevée. Parce qu'il m'aime.

Erin fronça les sourcils.

— Apollon t'aime, lui aussi. Je sais que c'est difficile à croire, mais c'est la vérité. Il s'est assuré de ta sécurité. De ta protection.

Certes, mais ce n'était pas ce dont j'avais besoin dans mon enfance. Ou alors je ne m'étais rendu compte de rien. J'avais besoin d'un papa. Mon grand-père était génial et il avait fait son maximum, mais ce n'était pas pareil.

J'écartai ces pensées.

— C'est lui qui t'a envoyée.

Elle ouvrit la bouche, mais aucun mot n'en sortit. Alors qu'elle acquiesçait, mon ventre se noua.

— Tu ne viens pas vraiment de Washington, n'est-ce pas ? Et tu n'as jamais fait partie de l'équipe d'athlétisme de ton lycée.

Elle secoua la tête et mon cœur se serra.

— J'ai grandi sur l'Olympe, mais je suis allée plusieurs fois à Washington. J'adore les musées, dit-elle d'un air contrit. Je sais que ce n'est pas ce que je t'ai raconté.

Est-ce qu'ils avaient même des lycées, sur l'Olympe ?

— Tu as raison. Tout ce qui te concerne – tout ce qui *nous* concerne – n'était que mensonge.

Elle se leva, renvoyant sa queue-de-cheval bouclée par-dessus son épaule.

— Je ne pouvais pas te dire la vérité. Tu ne m'aurais pas crue.

Là aussi, elle avait raison, mais ce n'était pas le problème.

— Tu sais que je n'avais pas d'amis quand j'étais petite, hein ?

Tournant les yeux vers la fenêtre, elle opina du chef.

— Oui, je sais.

— Les autres enfants n'étaient pas gentils avec moi, parce que leurs parents n'étaient pas gentils avec ma famille, dis-je en ravalant le nœud qui se formait dans ma gorge. Quand je suis arrivée ici, je m'attendais au même traitement. C'était tout ce que je connaissais, et puis je t'ai rencontrée et tu étais tellement sympa, tellement ouverte, et...

Je serrai les lèvres et secouai la tête.

— Mais c'était ton boulot de devenir mon amie.

Elle ouvrit de grands yeux et se tourna vivement vers moi.

— Mon boulot était de rester près de toi, oui, mais ça ne m'a pas empêchée de t'apprécier sincèrement.

Elle fit un pas vers moi.

— Là-dessus, je ne faisais pas semblant.

Au fond, je le comprenais mais... Quelle relation aurions-nous eue si elle avait été... une fille normale ?

— Je suis désolée, dit-elle doucement.

Je l'examinai. Son beau visage et ses yeux expressifs semblaient profondément sincères. Quand je la voyais ainsi, j'avais du mal à croire qu'elle pouvait se changer en une sorte de chauve-souris géante à la tête couverte de serpents.

— Je te connais, et je sais que tu es blessée. J'aurais aimé pouvoir t'expliquer qui je suis et pourquoi j'étais là, mais j'avais l'ordre de ne rien dire. Et, pour ton bien, j'espérais que tu ne connaîtrais jamais la vérité. Non. Ne t'imagine pas que ça me plaisait, dit-elle alors que je m'apprêtais à m'insurger. Ce n'est pas que j'aurais préféré continuer à te mentir, mais si tu avais passé le restant de tes jours dans l'ignorance, cela aurait signifié que tu étais en sécurité. Aucun de nous ne pouvait deviner ce qui allait se produire avec les Titans. Nous nous préparions à…

— À quoi ? la pressai-je quand elle s'interrompit.

Erin jeta un regard à la porte fermée.

— À combattre le Tueur de Dieux. Il t'a dit ce qu'il aurait pu devenir, non ?

Je hochai la tête.

— Il m'en a touché quelques mots.

Elle était tendue tout à coup quand elle croisa les bras sur sa poitrine.

— C'était pour une autre bataille que nous nous préparions. Nous n'avions pas prévu les Titans ni…

Son front se plissa et ses épaules se contractèrent.

— Apollon a confiance en l'Apollyon – Seth. Il t'a remise entre ses mains.

Ma peau se hérissa. Ce n'était pas bon signe.

— Dois-je m'inquiéter d'autre chose que des Titans ?

Elle ne répondit pas tout de suite, puis secoua la tête.

— Il y a certaines choses à propos de nous, de notre monde, que tu ne peux pas comprendre et que tu jugerais selon des normes sociales et des critères humains. Et, de toute façon, tu pars dans quelques heures, pas vrai ? Où vas-tu aller ? Moi aussi, je m'en vais. J'ai été rappelée maintenant que Seth est ici.

— Rappelée ? Et tes cours ? demandai-je bêtement.

Elle ramassa l'un de mes sacs pour le poser au pied du lit.

— Je n'ai plus rien à faire à Radford.

— Mais tu ne peux pas disparaître comme ça.

Un second sac rejoignit le premier.

— Je ferai comme toi. Les gens penseront que tu es rentrée chez toi. Une urgence familiale. Après tout, il y a tout le temps des gens qui arrêtent leurs études.

Elle haussa les épaules comme si c'était sans importance.

— Alors, où tu vas ?

— On va d'abord voir ma mère, répondis-je, distraite par ce qu'elle venait de dire et la façon dont elle alignait mes bagages. Ensuite, je crois qu'on ira quelque part dans le Dakota du Sud.

— Ah, l'Université. C'est un peu comme Radford, mais en plus cool. Elle est remplie de purs et de sang-mêlé, et il y a peut-être un dieu ou deux.

Ouvrant un sac, elle en sortit un jean, qu'elle jeta sur le lit. Elle éclata soudain d'un rire cristallin.

— Pardon. J'étais en train d'imaginer Seth à Osborn. Je trouve ça très cool que tu ailles voir ta mère. Et maintenant, avec ce que tu sais, tu pourras sans doute mieux la comprendre. Et tu arrêteras de t'inquiéter de développer une pathologie mentale. Ça n'arrivera pas.

— Oui, je suppose que c'est un souci en moins.

J'attrapai au vol le soutien-gorge et la petite culotte qu'elle me lançait.

— Tu ne viens pas avec nous, alors ?

Elle secoua la tête.

— Je finirais certainement par amocher Seth si c'était le cas, et il ne pourrait plus te protéger. Mais ne t'inquiète pas, on se reverra. Je dois aider à localiser les autres demi-dieux. Ils ont aussi besoin de protection.

Je les avais déjà oubliés, ceux-là. Debout à côté du lit, mes sous-vêtements serrés sur ma poitrine, je regardai Erin sortir un pull rose léger comme une plume et je me rappelai qu'on attendait de moi que je combatte les Titans pour les renvoyer au tombeau quelque part dans le pays de la sauce Tartare.

— Bon sang, murmurai-je.

Erin me lança un regard acéré.

— Quoi ?

— Je ne suis même pas capable de marcher droit à jeun, mais je suis censée être une arme ultime, n'est-ce pas ? Et les autres demi-dieux aussi. Je vais devoir affronter un Titan.

Son regard croisa brièvement le mien, puis elle détourna les yeux.

— Ça va aller, Josie.

Ah oui ? C'était comme dire à quelqu'un qui s'apprête à sauter dans des eaux infestées de requins que tout irait bien.

Elle contourna le lit pour me fourrer dans les bras le jean et le pull.

— Tu devrais te doucher et t'habiller avant le retour de Seth. Sauf si tu veux qu'il te voie encore dans ce peignoir, qui, soit dit en passant, ne cache rien de tes formes.

Bonté divine.

Je la laissai docilement me pousser vers la salle de bains, m'arrêtant sur le seuil pour me retourner vers elle. Nos regards se croisèrent et je compris – je sentis – qu'une fois que j'aurais fermé la porte, elle disparaîtrait, et je n'étais pas certaine, quoi qu'elle en dise, de la revoir un jour.

Notre amitié avait été bâtie sur des mensonges. C'était un fait, mais au cours des deux années qui venaient de s'écouler… elle avait été là pour moi, l'étudiante apeurée et naïve qui quittait sa famille pour faire des études. Elle était là la première fois que je m'étais soûlée à la tequila et elle m'avait tenu les cheveux quand j'avais rendu tripes et boyaux. Elle était là quand j'avais eu mon premier rendez-vous avec le garçon de mon cours de sociologie, et elle était venue à mon secours quand il avait parlé de me présenter sa mère au bout de cinq minutes de notre dîner trop bizarre. Elle était aussi là quand ma mère avait fait une terrible rechute, disparaissant pendant plusieurs jours avant qu'on la retrouve au Tennessee. Elle était devenue ma meilleure amie, et je ne pourrais jamais l'oublier. Même si je souffrais de savoir que les fondations de notre amitié reposaient sur des mensonges, ça ne changeait rien à tout ce qu'elle avait fait pour moi.

J'étais incapable de lui en vouloir.

Laissant tomber mes vêtements par terre, je me précipitai sur elle. Elle ouvrit de grands yeux quand je la pris dans mes bras et la serrai très fort. Je ne prononçai pas un mot, et elle me rendit mon étreinte sans rien dire non plus. Nous restâmes debout dans les bras l'une de l'autre pendant quelques minutes et, lorsque nous nous séparâmes, ses yeux étaient brillants de larmes contenues.

— Va te préparer, dit-elle d'une voix rauque accompagnée d'un faible sourire.

Le nœud qui me serrait la gorge m'empêchait de parler, aussi hochai-je la tête en reculant. J'eus besoin de respirer un grand coup avant de pouvoir retrouver la parole.

— Quoi qu'il arrive, tu es toujours ma meilleure amie.

Elle ferma brièvement les yeux avant de murmurer :

— Tu es ma meilleure amie aussi. Le reste ne compte pas.

Puis elle recula, me souriant plus franchement tout en m'adressant le signe de la paix. Connaissant maintenant sa vraie nature, ça me tira un rire alors que j'empoignais le loquet. Mais ce ne fut qu'une fois la porte refermée que je pris vraiment conscience qu'elle allait s'en aller et je… je voulais la serrer dans mes bras une dernière fois.

J'ouvris la porte à la volée et mes épaules s'affaissèrent. Comme je l'avais anticipé, la chambre d'hôtel était vide. Erin était partie.

11

Il était déjà tard. Quelque treize heures de route nous attendaient et je me tenais derrière la Porsche Cayenne argentée que j'avais *empruntée,* matant les fesses de Josie.

Pour ma défense, j'étais un mec, et quand mes yeux avaient le choix entre un bosquet ou les fesses d'une fille, il n'y avait pas photo. Et les fesses en question étaient très agréables à regarder. Rebondies. Je n'avais aucun mal à m'imaginer retirer ce jean qui les moulait, ainsi que les cuisses voluptueuses en dessous. Le pull rose qu'elle portait se releva, dévoilant une bande de peau sur ses reins. Tiens. Voilà une partie du corps féminin très intéressante à laquelle je n'avais encore jamais prêté attention.

Je tendis la main avant même de prendre conscience de mon geste. Mes doigts s'arrêtèrent au-dessus de l'ourlet, que je m'apprêtais à tirer, mais je me ravisai. Une série de picotements dansa sur mes doigts, comme si ma peau protestait de ne pas pouvoir entrer en contact avec la sienne.

Qu'est-ce qui me prenait ?

En quête de distraction, je fouillai une nouvelle fois des yeux le parking de l'hôtel. Pas de spectres vengeurs qui rôdaient alentour – dommage. Mon regard revint sur Josie et sur son postérieur qui se trémoussait tandis qu'elle s'étirait davantage.

Je poussai un soupir. Peut-être même un grognement, parce que le postérieur en question s'immobilisa et je ne savais pas trop si je devais en éprouver du soulagement ou de la déception.

— Pourquoi tu ne montes pas carrément dans le coffre pendant que tu y es ? suggérai-je.

Elle se figea.

— J'en ai pour une seconde.

— Qu'est-ce que tu cherches là-dedans ? Des réponses existentielles ?

— Ah, ah, répondit-elle, la voix étouffée. C'est Erin qui a fait mes bagages, et je ne sais pas où elle a mis mes affaires. Ah ! J'ai trouvé ! s'exclama-t-elle, victorieuse.

— Quoi ? Elle a mis des cœurs de bœuf dans ton sac par inadvertance ?

Josie sortit comme une fusée de l'arrière du 4 × 4, serrant dans sa main un petit accessoire électronique de forme rectangulaire. Elle fit un pas dans ma direction et l'appareil s'abattit sur mon bras.

— Hé !

Je reculai, plaquant ma main à l'endroit de l'impact. Elle m'avait frappé. Elle m'avait donné une tape avec sa machine. Je n'en revenais pas.

— Pourquoi tu as fait ça ?

— Elle ne mange pas de bébés ni de cœurs de bœuf !

— Qu'est-ce que tu en sais ? la provoquai-je, alors que je savais très bien que les Furies ne se nourrissaient ni de l'un ni de l'autre.

Son pull était décolleté en « V ». Évidemment. Sa poitrine affolante défiait les limites du tissu. Je changeai de position, étirant mes jambes. Ça devenait ridicule.

— Tu as cherché sur Google ce que mangent les Furies ? C'est ça que tu faisais pendant tout ce temps sur la banquette arrière ?

— Erin est végétarienne, gros malin.

Elle fit la moue et son nez se plissa de nouveau de cette façon très mignonne. *Mignonne* ? Achevez-moi.

— En tout cas, je ne l'ai jamais vue manger autre chose que des légumes. Et non, je n'étais pas sur Google. Je cherchais ma liseuse, que j'ai trouvée. Indispensable pour les longs trajets en voiture.

— Madame est une intello.

Elle prit son élan pour me frapper de nouveau, cette fois sur la tête. J'interceptai son bras avant qu'elle atteigne sa cible.

— Ne refais plus jamais ça.

Ses yeux bleus étincelèrent.

— Je le referai si je veux.

— Si tu me frappes encore une fois avec ce truc, je t'allonge sur la banquette arrière, sous les yeux de tout le monde et de tous les dieux, et je te donne la fessée que ta mère aurait dû te donner.

Sa bouche s'arrondit.

— Tu n'oserais pas.

Sans avoir besoin de faire usage de ma force, je la tirai vers moi et lui entourai la taille de mon bras pour la maintenir en place. Mon corps s'échauffa aussitôt à tous les points de contact. Elle faisait une bonne tête de moins que moi, mais nous étions bien alignés à tous les endroits qui comptaient. J'étais tellement absorbé par les rondeurs moelleuses écrasées contre moi que j'en avais oublié ce que je voulais faire. Lui donner la fessée ?

Une idée réjouissante.

— J'oserais totalement, répondis-je d'une voix sourde. Et je dirais même que ça me plairait vraiment beaucoup.

Elle pencha la tête en arrière, la bouche entrouverte, et nos regards se verrouillèrent.

— Moi, ça ne me plairait pas *du tout*.

J'avançai la tête vers elle, presque au point de l'embrasser, soudain traversé d'une bouffée de désir.

— Je crois plutôt que la rougeur qui colore tes joues me dit au contraire que ça te plairait autant qu'à moi. Peut-être même davantage.

Le soupir qu'elle exhala déclencha une nouvelle onde de désir alors que son souffle dansait sur mes lèvres.

— Tu te trompes, se défendit-elle. Le vent est glacial et j'ai la peau sensible. Je prends très facilement des coups de soleil, ce qui est quand même curieux si l'on pense que je suis la fille du dieu du Soleil. Va comprendre...

Je plaçai le bout de mes doigts sur sa joue pour mettre fin à son babil. Ses yeux s'écarquillèrent et s'assombrirent au point que j'aurais pu m'y noyer et faire quelque chose de très stupide.

Et les idées stupides qui me venaient à l'esprit à cet instant étaient nombreuses.

Je laissai descendre mes doigts jusqu'à sa bouche, l'effleurant à peine. Quand j'atteignis ses lèvres entrouvertes, leur douceur sous mes doigts attisa mon désir, alluma en moi une pulsion primale, violente. Je lui fermai la bouche d'un geste lent, seulement mon petit manège s'était retourné contre moi car certaines parties de mon corps se languissaient désespérément de son contact.

— Menteuse, lui dis-je.

Josie recula subitement, mais sa poitrine se soulevait et s'abaissait plus vite.

— Je ne t'aime pas.

Je me mordis la lèvre inférieure, sans cesser de sourire.

— Je ne t'aime pas non plus.

Elle me lança un regard noir par-dessus son épaule tout en contournant le véhicule pour se diriger vers la portière côté passager.

Ce voyage s'annonçait très long.

Nous roulions depuis trois heures et j'avais déjà hâte d'être arrivé. Nous avions perdu trop de temps ce matin à traîner et nous ne pourrions jamais atteindre Osborn avant la nuit. Il faudrait qu'on s'arrête quelque part sur l'autoroute 64, parce que c'était une très mauvaise idée de faire le trajet d'un seul coup alors que les risques de mauvaises rencontres étaient aussi élevés.

Josie se tenait tranquille, rivée à sa liseuse depuis que je m'étais installé derrière le volant, ce qui m'allait très bien, mais je me demandais ce qu'elle lisait. Sûrement un roman sentimental. Ou alors *Harry Potter*. C'était bien le genre de fille à être fan des sorciers. Ce n'est qu'en quittant la Virginie-Occidentale pour entrer dans le Kentucky qu'elle éteignit sa machine et tourna la tête vers la vitre.

Je pianotai sur le volant. Elle venait d'encaisser beaucoup de choses en peu de temps, et elle tenait le coup comme une championne. Comme…

Comme Alex.

Merde.

Si j'avais pu effacer tous ces souvenirs, toutes ces horreurs que j'avais provoquées et tout ce qui me rappelait Alex, j'aurais pu être plus objectif. Il ne m'avait pas échappé que Josie possédait la force d'Alex. Pas sur le plan physique, bien sûr, mais il n'y avait pas que les muscles et l'aptitude au combat. Josie possédait le plus important : la force mentale. Cette fille avait du cran. La plupart des mortels, après avoir découvert qu'ils ne l'étaient pas vraiment, que des esprits et des Titans en avaient après eux et que leur père était un dieu aussi légendaire qu'insupportable, auraient déjà pété un câble à ce stade.

Josie, elle, se contentait de regarder par la fenêtre d'un air pensif, légèrement distant. J'aurais peut-être dû dire quelque chose, lui faire remarquer à quel point elle assurait, par exemple – du renforcement positif ou je ne sais quoi. Mais les mots me manquaient, et chaque fois que je la regardais, son expression demeurait inchangée.

Tandis que la route défilait, mon esprit revenait à ces moments à l'extérieur du SUV pendant lesquels son corps était plaqué contre le mien. Je ne pouvais pas nier qu'elle m'attirait physiquement, et même si elle n'était pas mon genre de fille, je n'étais pas surpris d'avoir envie de me glisser entre ses jambes.

Seulement c'était une mauvaise idée, et on ne pouvait pas dire que je m'en tirais très bien pour calmer mes ardeurs. Ça ne faisait que quelques jours que je l'avais vue pour la première fois et à peine quelques heures que j'étais avec elle, et je sentais déjà que j'arrivais à mes fragiles limites. Je n'étais pas réputé pour mon self-control, surtout quand il était question de ce que je désirais.

Parce que oui, je la désirais. D'une façon purement physique, inhérente à ce que j'étais. Et c'était officiel. Apollon était un crétin fini, encore plus que je l'imaginais, de laisser *sa fille* entre mes mains, connaissant mes penchants.

Cette pensée me tira un rire.

— Qu'est-ce qu'il y a ? demanda Josie.

Je secouai la tête en souriant.

— Rien.

Elle resta silencieuse quelques instants, puis lâcha tout à coup :

— J'ai pardonné à Erin.

Cette déclaration me prit de court et je la regardai à nouveau. Ses yeux étaient braqués sur moi et ses joues rosissaient.

— D'accord.

— Tu crois que je pardonne trop facilement ?

Alors que je doublais une caravane qui se traînait comme un escargot, j'eus un sourire moqueur.

— Je ne suis sans doute pas bien placé pour répondre à cette question, Joe.

— Pourquoi, *Sethie* ?

Mon petit sourire s'agrandit.

— Je suis très rancunier. Je prends soin de mes ressentiments et je les arrose chaque jour jusqu'à en faire de jolis champs d'amertume.

— Charmant.

Elle changea de position sur son siège, étirant ses jambes.

— Moi, je ne vois pas l'intérêt, parce qu'un jour ou l'autre, tes champs d'amertume se retourneront contre toi et te dévoreront de l'intérieur.

C'était déjà le cas.

— Je lui en veux de m'avoir menti, mais elle reste mon amie. Et elle a été là pour moi. C'est ce qui compte. Et finalement, je trouve ça plutôt cool, poursuivit-elle. Cet univers qui coexiste avec le nôtre à notre insu... On se croirait dans un livre ou un film. Comme si Poudlard existait vraiment.

J'en étais sûr. C'était une fille à sorciers.

— Tu as lu *Harry Potter*, n'est-ce pas ?

— Non, reniflai-je avec dédain.

— Tu as vu les films ?

— Non plus.

— Le parc d'attractions d'Orlando ?

J'éclatai de rire.

— J'ai bien peur que non.

— Je n'y suis jamais allée non plus, mais bon.

Elle se tourna vers moi, si vite qu'elle aurait pu s'étrangler avec sa ceinture de sécurité.

— Tu vis dans une grotte ou quoi ?

— J'avais d'autres chats à fouetter, répliquai-je en jetant un coup d'œil dans le rétroviseur. Genre combattre des automates et sauver le monde.

— Des automates ?

— Tu n'as pas besoin de savoir ce que c'est, répondis-je, mais elle grogna et je poussai un soupir résigné. Ce sont des créations d'Héphaïstos, qui est le forgeron ultime, capable de fabriquer à peu près n'importe quoi. Ses automates sont des créatures hybrides, moitié taureaux moitié robots, et ils crachent des boules de feu.

Elle reporta son attention sur le pare-brise.

— Ça n'a pas l'air très cool. Comment tu prononces son nom, exactement ? Je peux l'appeler Hippo ?

Je lâchai un rire.

— On l'appelle Hep. Il déteste ça, autant qu'il détestait Arès avec qui sa femme Aphrodite l'avait trompé. Tu as entendu parler de ses filets d'acier indestructibles ? Ils existent vraiment. Il s'en est servi pour les attraper pendant qu'ils jouaient à la bête à deux dos.

— Oh. Je... je croyais qu'Aphrodite était avec Adonis, ou quelque chose comme ça ?

— Aphrodite est très accueillante. Elle a même séduit une Sentinelle que je connais, qui a fini avec une belle cicatrice pour lui rappeler de garder ses mains dans ses poches.

— Les Sentinelles... Tu en as déjà parlé, dit-elle en tapotant la liseuse sur ses genoux. Tu as dit que c'étaient surtout des sang-mêlé, c'est bien ça ?

— Oui. Aujourd'hui, il y a aussi des purs dans leurs rangs.

— Et les Sentinelles sont l'équivalent de l'armée pour les dieux ?

— En quelque sorte. Tous les sang-mêlé passent devant le Conseil – enfin, passaient. Beaucoup de choses ont été abolies l'année dernière, mais avant ça, à l'âge de huit ans, tous les sang-mêlé devaient se présenter devant le Conseil. Le Conseil consiste en douze purs qui chapeautent chacun des Covenants, des centres de formation existant à proximité des plus grandes communautés. Ils décidaient alors si nous serions entraînés pour devenir des Sentinelles ou bien placés en servitude. En ce qui me concerne, tu te doutes que j'ai été entraîné. Nous avions quelques cours de culture générale, mais notre formation était surtout centrée sur différents styles de combat et d'autodéfense, depuis le combat à mains nues, comme la lutte ou le krav maga, en passant par les arts martiaux et la maîtrise des armes blanches et des armes à feu. Le corps des Sentinelles compte plusieurs milliers d'hommes et de femmes. Il y en avait davantage avant…

Avant que je contribue à en éliminer une tripotée.

— Tu es donc une Sentinelle, toi aussi ?

— Oui et non. Avant toute chose, je suis l'Apollyon, mais j'ai reçu l'entraînement des Sentinelles, sans doute poussé à l'extrême. Et je n'étais jamais vraiment avec eux. Même quand j'allais en cours avec les autres, j'étais toujours à part d'une façon ou d'une autre.

— Pourquoi ? demanda-t-elle.

Visiblement, elle avait maintenant envie de parler. Une immense partie de moi ignorait pourquoi je me montrais si loquace.

— Les sang-mêlé et les purs connaissaient ma nature. Ils savaient que je n'étais pas comme eux. J'aurais pu très facilement leur coller une bonne raclée et ça les mettait mal à l'aise. Y compris les purs. Tout le monde avait les yeux braqués sur moi quand j'étais dans le coin, mais personne n'osait s'approcher.

Sauf les représentantes de la gent féminine, la plupart des purs et des sang-mêlé gardaient leurs distances. À l'exception des rares « amis » que je m'étais faits au Covenant de l'île des Dieux, et que je n'avais pas revus depuis plus d'un an.

Sur les genoux de Josie, la liseuse s'immobilisa.

— Tu n'avais pas d'amis quand tu étais petit ?

— Je n'avais personne, avouai-je à ma propre surprise.

— Personne ? murmura-t-elle.

Je tournai la tête vers elle. Elle me dévisageait. Pas par curiosité ; elle avait un vrai désir de comprendre, de nouer un lien. C'était écrit sur ses traits. C'était peut-être la raison qui m'incitait à continuer, à lui dire des choses que je n'avais jamais partagées qu'avec une seule autre personne. Peut-être parce que je pensais que cette fille, contrairement à tous les gens que je connaissais, pouvait me comprendre.

— À la seconde où j'ai ouvert la bouche pour prendre mon premier souffle, ma mère au sang pur – et le mot « mère » en ce qui la concerne est une vaste plaisanterie – m'a confié à une nourrice aussi chaleureuse que Méduse. Elle ne m'avait pas désiré. Comme je te l'ai dit, les relations entre les purs et les sang-mêlé étaient interdites. À cause du risque d'engendrer un Apollyon, mais également parce que les sang-mêlé étaient considérés comme des êtres inférieurs, mais ma mère... Il n'était pas question d'amour entre elle et qui qu'ait été mon père. Elle aimait fricoter avec les serviteurs, jusqu'à ce qu'elle tombe enceinte de l'un d'eux. Ensuite, ça lui a passé. Elle m'aurait volontiers noyé dans la mer Méditerranée.

Elle poussa un petit cri horrifié.

— Non, elle n'aurait sûrement pas fait ça.

— Les purs ne se gênaient pas pour ce genre de choses, Josie, et tel aurait été mon sort sans le dieu qui s'est présenté à elle avant ma naissance pour l'informer de ce que j'étais.

— Mais c'est affreux.

Ma main se crispa sur le volant.

— À compter de ce jour, elle s'est servie de moi pour se faire mousser. Pendant des années, je ne l'ai vue que selon ses propres termes – deux fois par semaine pour le dîner et chaque fois qu'elle voulait exhiber dans les soirées son fils *exceptionnel*, l'Apollyon. Ce n'était pas encore le nom qu'on me donnait à l'époque, mais tous ceux qui me voyaient savaient ce que j'étais. À cause de la couleur de mes yeux. Je n'étais qu'un accessoire, l'équivalent d'un sac à main unique et hors de prix. On me dévisageait. On chuchotait sur mon passage. On me touchait. On me caressait. Et puis elle me rangeait jusqu'à la prochaine occasion d'impressionner ses amis au sang pur, qui la méprisaient depuis qu'elle s'était fait engrosser par un sang-mêlé mais mouraient d'envie de voir la petite merveille. Il va sans dire que je n'ai pas mis longtemps à haïr les purs.

Je m'interrompis pour respirer un grand coup avant de poursuivre.

— Je n'avais pas le droit de l'appeler « maman », seulement par son prénom, Callista. Ma chère daronne aurait fait une attaque si elle avait su la vérité – que je n'étais pas censé être l'Apollyon. Ou peut-être qu'elle le savait. Quoi qu'il en soit, je n'avais pas d'amis. Les seuls jouets auxquels j'avais droit étaient de vieux rebuts dont aucun enfant ne voulait, et puis je suis passé devant le Conseil du Covenant. Il leur a suffi de me voir pour savoir ce que j'étais et j'ai quitté les Cyclades. J'ai été envoyé dans un Covenant en Angleterre, où j'ai commencé mon entraînement. De là, j'ai été transféré au Covenant de Nashville.

Je marquai une pause, plongé dans mes souvenirs. Je n'avais jamais aimé cet endroit.

— Je ne suis jamais retourné dans ces îles et j'avais dix-huit ans quand un Magistrat du Covenant de Nashville m'a annoncé qu'on avait trouvé le corps de ma mère.

Cela m'avait causé un choc. Elle avait beau ne jamais avoir eu un comportement maternel, elle était ma seule famille. Elle comptait à mes yeux, même si je n'avais jamais rien été pour elle.

Dans le silence, je sentais le regard de Josie sur moi. Je refusais de tourner la tête, parce que je savais que j'y lirais de la pitié. J'aurais mieux fait de me taire.

— Alors... c'est pour ça que tu as un accent ? demanda-t-elle.

Le soulagement allégea la tension dans mes épaules. C'était... très cool de sa part.

— Oui, c'est pour ça.

Elle changea de nouveau de position sur son siège.

— Et il y a beaucoup de Sentinelles ? Il y a vraiment autant de menaces ?

— Oui, Josie, ce monde est dangereux.

Je poussai un soupir tandis que la Porsche reprenait de la vitesse.

— Il y a les démons, des purs ou des sang-mêlé devenus accros à l'éther qui coule dans nos veines. C'est la substance qui nous confère nos pouvoirs – comme je te l'ai déjà dit, ce sont les dieux qui en possèdent le plus, puis les demi-dieux et les Apollyons, les diverses créatures des dieux et les divinités inférieures, puis viennent les purs et enfin les sang-mêlé. Les purs qui développent une addiction à l'éther changent totalement d'apparence. Aux yeux des mortels, ils ont l'air normaux, mais les sang-mêlé possèdent l'étrange capacité de les voir tels qu'ils sont vraiment, dont les purs sont dépourvus. En ce qui te concerne, j'ignore si tu le peux, puisque tes pouvoirs sont bridés.

— Et à quoi ressemblent-ils vraiment ?

— Leur visage est livide, ils n'ont pas d'yeux et une bouche emplie de dents qui rendraient un requin jaloux.

— Beurk.

Elle recula en frissonnant.

— Laisse-moi deviner, ils se servent de leurs dents pour se nourrir ?

— Oui. Ce n'est pas la seule façon de siphonner l'éther, mais les démons ont une légère tendance sadique.

Je plissai les yeux dans le soleil déjà déclinant. Le Kentucky était un État très ennuyeux à traverser.

— Ils pourchassent aussi les mortels, juste pour le plaisir. C'est sûrement de là que vient la légende des vampires. Mais il existe aussi des purs assoiffés de pouvoir sans passer par l'éther. Dans notre société, comme dans le monde des mortels, il y a des criminels.

Elle tripota sa liseuse, qu'elle retourna plusieurs fois entre ses mains.

— Je suis désolée, Seth.

Ma tête pivota vers elle.

— De quoi donc es-tu désolée ?

— Tu as eu une enfance très solitaire, et c'est… terrible. Je n'avais pas non plus d'amis, mais j'ai quand même eu une enfance. J'ai connu l'insouciance.

Ses grands yeux se reportèrent sur la route, me rappelant que je conduisais.

— Un jour, quand j'étais petite… ma mère m'a dit qu'il y avait forcément une raison pour que sa vie se soit arrêtée quand la mienne avait commencé.

Un truc formidable à dire à sa fille…

— Mais elle m'aimait quand même, ajouta-t-elle doucement.

Ses yeux ne déviaient pas de la route devant elle, sa liseuse pressée sur le cœur.

— Ce n'était pas toujours facile, mais au moins, je n'en ai jamais douté. Je n'ai pas l'impression que tu puisses en dire autant de la tienne. Et j'en suis désolée pour toi.

Mon cœur se serra violemment, rouvrant des blessures que j'avais oubliées ou sur lesquelles j'avais fermé les yeux pendant toutes ces années. Oui, j'avais eu une enfance malheureuse, mais je ne méritais aucune compassion. Pas après tout le mal que j'avais fait.

12

Nous restâmes silencieux après que j'avais dit à Seth que j'étais désolée pour l'enfance qu'il avait vécue, ou, d'une certaine façon, dont il avait été privé. C'était compliqué avec ma mère, mais je pouvais compter sur mes grands-parents, contrairement à Seth, qui visiblement n'avait personne. J'avais beaucoup de peine pour lui. Je savais à quel point c'était douloureux de ne pas avoir été désiré, d'éprouver cette blessure quotidienne et cuisante de n'être qu'un accident. Vivre tous les jours en sachant que celle qui nous avait mis au monde regrettait de ne pas pouvoir revenir en arrière… C'était une plaie qui ne se refermait jamais, et qui m'avait rongée de l'intérieur, même si je savais malgré tout que ma mère m'aimait.

Dehors, le crépuscule céda sa place à la nuit. Nous n'avions échangé que quelques mots quand nous nous arrêtâmes finalement pour dîner. Mon burger me resta sur l'estomac et encore une heure s'écoula avant que Seth reprenne la parole.

Il était presque 21 heures quand sa voix grave et son léger accent résonnèrent dans l'habitacle obscur.

— Je crois qu'on devrait s'arrêter pour ce soir. Après une nuit de sommeil, on repartira tôt demain matin pour arriver chez toi dans l'après-midi.

Je me redressai brusquement sur mon siège, le ventre noué.

— Je préférerais continuer de rouler. J'ai encore une clé de la maison, donc pas de problème pour entrer, et il y a une chambre d'amis où tu pourras t'installer. On n'est plus très loin de Saint-Louis, et après c'est une affaire de quatre heures.

— Ça fait neuf heures que je conduis. J'en ai marre.

— Je peux prendre le relais.

Il partit d'un rire moqueur.

— Certainement pas.

Je plissai les yeux.

— Pourquoi ? Tu penses que je ne sais pas conduire ? Je conduis très bien. Je pourrais faire des circuits si je voulais.

Ses lèvres frémirent alors qu'il secouait la tête.

— Ce n'est pas ça. Je suis fatigué. Je dois être en pleine possession de mes moyens et ce ne sera pas le cas si je dors sur le siège passager pendant que tu joues à la pilote de course avec une Porsche.

Il me lança un long regard en biais, les traits assombris par l'obscurité de l'habitacle.

— Tu es nerveuse à l'idée de passer une autre nuit avec moi, Josie ?

Bam. Il avait mis dans le mille.

Il ramena les yeux sur la route tout en se rabattant sur la voie de droite.

— Parce que ce ne sera pas la seule. Tu es coincée avec moi, bébé, du moins jusqu'à ce qu'on soit arrivés dans le Dakota du Sud.

L'irritation me picotait le cuir chevelu comme si une armée de fourmis rouges s'étaient mises à danser sur mon crâne.

— Je ne t'aime vraiment pas.

Il lâcha un rire sardonique.

— Tu n'as pas besoin de m'aimer.

Je levai les yeux au ciel.

— Je t'ai vue.

— Non, impossible ! m'exclamai-je en me frappant les cuisses. Sauf si tu as des yeux de chat.

— Je vois mieux dans le noir que les mortels, répliqua-t-il.

Il afficha à nouveau son air de monsieur-je-sais-tout quand je lui lançai un regard noir.

— Je crois qu'ici, ce sera très bien.

Alors qu'il s'engageait sur la sortie, je croisai les bras et me reculai contre mon dossier, résistant à l'envie de piquer une crise de colère dont un bébé de deux ans aurait été fier. Il s'arrêta dans le premier établissement venu.

— Ce n'est même pas un hôtel, lui fis-je remarquer alors qu'il se garait dans le parking couvert de gravier. C'est un motel, avec les portes qui donnent sur l'extérieur. Le genre de portes que les tueurs en série défoncent d'un coup de pied pendant qu'on dort.

— Ça fera l'affaire. Il n'y a pas beaucoup de passage. Il n'y a que deux autres voitures, et si un tueur en série défonce notre porte d'un coup de pied, ce sera la dernière porte qu'il ouvrira.

— On se croirait au Bates Motel, grommelai-je, et Seth éclata de rire.

Je détestais son rire. Enfin, je ne le détestais pas vraiment. À vrai dire, je le trouvais agréable à entendre, très grave. Le temps que je détache ma ceinture, il était déjà descendu et frappait à ma vitre, l'air impatient. Je levai une fois de plus les yeux au ciel, ce à quoi il répondit en ouvrant ma portière.

— Tu as besoin d'aide ? proposa-t-il. Je peux te jeter sur mon épaule et te porter à l'intérieur.

Il se pencha dans l'habitacle, posant une main à côté de ma jambe. Une mèche de ses cheveux se libéra, rebiquant vers sa bouche.

— On fera semblant d'être de jeunes mariés.

— Dans tes rêves ! m'écriai-je, atterrée.

— Ils ont peut-être une suite nuptiale. Oh, ça, c'est une idée, dit-il en reculant. J'espère qu'ils ont un lit en forme de cœur.

Je me laissai glisser au sol et claquai *doucement* la portière avant de passer devant lui, le bousculant au passage. Il y avait vraiment des hôtels avec des lits en forme de cœur ? C'était de très mauvais goût.

Il me rattrapa en quelques longues enjambées.

— Reste près de moi.

Je ne répondis pas alors qu'il ouvrait la porte surmontée d'une pancarte lumineuse de couleur rose qui indiquait « ouvert ». L'entrée était petite, étonnamment propre et douillette, avec un décor campagnard. Des tas de paniers, des fruits rouges, des guirlandes de lierre artificiel et de petites échelles de bois étaient disposés partout. Il flottait une odeur agréable de vanille et de fruit.

Seth se dirigea tout droit vers le comptoir et frappa la sonnette. Une porte blanche s'ouvrit et une femme d'âge mûr apparut, refermant un magazine. Dès qu'elle le vit, la stupeur se lut sur son visage. Il appuya sa hanche contre le comptoir, ses lèvres formant un sourire indolent qui devait donner chaud à la pauvre mamie.

— J'ai besoin d'une chambre pour ma copine et moi, dit-il de sa voix profonde.

Levant les yeux au ciel une fois de plus, j'entrepris d'inspecter le panier le plus proche. Il était rempli de petites bouteilles de shampoing et de gel douche. Trop mignon. Je poursuivis mon investigation le long de l'étagère jusqu'à des paniers qui semblaient vides.

— Eh bien, mon joli, nous avons effectivement des chambres ce soir, c'est votre jour de chance, répondit la femme.

Seth ajouta quelque chose à mi-voix que je ne saisis pas.

Mes doigts glissèrent sur un objet lisse, que je pris, et ma bouche s'arrondit. Les paniers étaient remplis de préservatifs.

Oh, mon Dieu. Quel genre de motel mettait des préservatifs dans des paniers d'osier à disposition de ses clients ? J'examinai l'emballage : « Extra large et strié pour stimuler son plaisir ». Non, mais où étions-nous tombés ?

— Josie.

Je me retournai vers Seth. Lorsque ses yeux descendirent sur ma main, il haussa les sourcils et son petit sourire se mua en un grand sourire éclatant qui gagna ses yeux, les illumina et les réchauffa. Quand Seth était sérieux ou moqueur, il était déjà beau, mais quand il souriait vraiment ? À couper le souffle.

Et je tenais toujours les préservatifs.

Je sentis mon visage s'enflammer.

— C'est la maison qui offre, ma chérie, intervint la femme derrière le comptoir. Prenez-en autant que vous voudrez.

Et, avec un clin d'œil, elle ajouta :

— Si j'étais vous, je n'hésiterais pas.

Oh, mon Dieu.

Je lâchai les préservatifs comme s'ils allaient me mordre et croisai les bras, résolue à ne plus toucher à rien.

Seth récupéra la clé d'une chambre. Bizarrement, je ne le vis sortir ni pièce d'identité ni argent avant de me rejoindre.

— Tu as pris assez de préservatifs, *ma chérie* ?

— La ferme, sifflai-je en m'engouffrant par la porte qu'il me tenait si galamment. Est-ce que tu l'as payée ? lui demandai-je quand nous fûmes tous les deux dehors.

Son rire fusa.

— Non. C'est ce qui est cool avec les sorts de compulsion. On a plein de trucs gratuits. Comme cette magnifique Porsche.

Je faillis trébucher.

— C'est carrément… malhonnête.

— Tu dis ça parce que tu es jalouse de ne pas pouvoir encore le faire.

OK. J'étais peut-être un peu jalouse. Je le suivis et nous dépassâmes plusieurs portes avant d'atteindre la dernière, qui se trouvait juste à côté d'un champ et d'un épais bosquet. J'étais sûre qu'il avait choisi cette chambre pour des raisons de ninja. Quand la porte s'ouvrit, je fus soulagée de constater que ce n'était pas une suite nuptiale.

La déco était à l'avenant de celle de la réception : tonalité campagnarde. Des paniers d'osier. Des échelles de bois couvertes de baies rouges et de verdure. Une odeur épicée de citrouille nous accueillit.

Et… il n'y avait qu'un seul lit.

Même pas grand.

Et pas de canapé.

— Il n'y a qu'un lit ! m'écriai-je.

— En effet, répondit Seth. Il n'y en avait qu'un hier soir et on s'est débrouillés. Enfin, tu t'es servie de moi comme d'un traversin, mais on a survécu.

Mon Dieu. Je fermai les yeux, respirant un grand coup avant de les rouvrir.

— C'est inacceptable. Il nous faut deux lits.

— Ça ira très bien. Reste ici, je vais chercher nos bagages.

Et sur ce, il sortit. Je tapai du pied de frustration. Une fois. Puis deux, comme un enfant de cinq ans, mais je me fichais pas mal d'avoir l'air bête. Pas question de dormir dans le même lit que lui cette nuit encore, parce que j'étais apparemment une sangsue, et je refusais de l'être encore.

Je balayai du regard la chambre douillette. Une porte étroite menait à une salle de bains qui n'avait rien à voir avec celle de la chambre d'hôtel à côté de Radford. Il y avait une seconde porte avec un petit panneau vitré à côté de la commode. Je m'en approchai, écartai le rideau bordeaux. Elle donnait sur une petite terrasse séparée de celle des chambres voisines par des parois.

J'entendis la porte s'ouvrir et je me retournai. Seth entra dans la chambre, laissa tomber par terre son gros sac et déposa sur le lit les trois sacs qu'Erin avait préparés pour moi. Pas de commentaire sarcastique de sa part. Étonnant. Il se contenta de fouiller dans son sac et d'en tirer un pantalon de survêtement avant de s'éclipser dans la salle de bains.

J'avais envie de me cogner la tête contre les murs, mais songeai qu'il serait plus productif de me chercher une tenue pour la nuit. J'ouvris le premier sac, rempli de vêtements. Le second était plein à craquer de débardeurs, de petites culottes et de soutien-gorge. Dans le troisième, encore des vêtements et des chaussures, mais rien qui puisse me servir de pyjama.

Mince alors. Je revins au premier sac, que je fouillai désespérément, le ventre noué.

— Tu as l'air paniquée.

Je sursautai au son de la voix de Seth. Il se tenait derrière moi alors que je n'avais même pas entendu la porte s'ouvrir.

— Bon Dieu, comment peux-tu te déplacer aussi silencieusement ?

Ses lèvres s'incurvèrent dans un sourire en coin tandis qu'il jetait ses vêtements sur le sol.

— Des années d'entraînement.

Dans ce cas, je voulais m'entraîner aussi, moi qui avais l'impression de piétiner avec mes gros sabots comme une mule à trois pattes. Puis mes yeux descendirent. Il était torse nu. Encore. Le survêtement qu'il portait semblait accroché sur ses hanches étroites par la grâce de Dieu. Était-il né avec des gènes incroyables ou devait-il travailler ses abdos comme le commun des mortels ?

— J'aime bien quand tu as les cheveux détachés, lâchai-je avant de me gifler mentalement.

« J'aime bien quand tu as les cheveux détachés » ? Qui disait ce genre de trucs à un garçon ? Mais c'était vrai. Peu de garçons portaient bien les cheveux longs, mais c'était son cas. Ça lui donnait un air sauvage.

Seth me dévisagea, la tête penchée sur le côté. Il garda le silence, mais franchement, qu'aurait-il pu répondre ? Mortifiée, je retournai à mes sacs, dans lesquels je ne trouvai aucune tenue potable pour la nuit.

— Je vais tuer Erin.

Il s'approcha et fit courir un doigt sur la bandoulière de l'un des sacs.

— Je ne vois rien à y redire, mais je croyais que tu lui avais pardonné.

Je suivis du regard le mouvement de sa main.

— Je n'ai rien à me mettre pour la nuit dans ces sacs.

— Tu n'as qu'à dormir nue, suggéra-t-il. Je ne m'en plaindrai pas. Et je dormirai nu aussi si ça peut te mettre à l'aise.

Mes épaules s'affaissèrent et je lui lançai un regard tranchant.

— Merci de te montrer aussi compréhensif et accommodant.

Avec un gloussement, il se dirigea vers son sac, dont il sortit un tee-shirt.

— Tu peux mettre ça.

Il me le lança et je le rattrapai au vol juste avant de me le prendre en pleine figure.

— Ou tu dors toute nue. C'est toi qui vois.

Tenant le tee-shirt devant moi, je devais lui concéder que ce vêtement faisait mieux l'affaire que tout ce qu'il y avait dans mes bagages. Je grommelai un « merci » en continuant de fouiller jusqu'à ce que je mette la main sur la petite trousse qui contenait mon nécessaire de toilette. Je m'engouffrai dans la salle de bains, concentrée sur les étapes de mes ablutions avant d'aller au lit : remonter mes cheveux en queue-de-cheval, me laver la figure et me brosser les dents. Je refusais de laisser mon esprit vagabonder.

Quand je ressortis de la salle de bains, Seth avait reposé mes sacs par terre et rabattu les couvertures d'un côté du lit étroit. Plantée là, j'hésitais, me mordillant nerveusement la lèvre.

Lorsqu'il se redressa, il sembla oublier ce qu'il était en train de faire pour me détailler de la tête aux pieds. Son tee-shirt m'arrivait presque aux genoux. Il ne laissait rien deviner de mes formes, mais ses yeux se mirent soudain à luire d'un éclat fauve qui me donna l'impression d'être nue.

— Merci... euh... pour le tee-shirt, répétai-je.

Les doigts serrés sur l'ourlet, je fouillai la pièce du regard avant de le poser de nouveau sur lui. Il me contemplait toujours.

— Je devrais pouvoir récupérer des affaires chez moi, et je ne serai plus obligée de t'emprunter des vêtements.

Il déglutit lentement, mais ne répondit rien, se contentant de hocher brièvement la tête. Il laissa retomber l'oreiller et fit mine de se tourner vers le lit, puis se ravisa, me scrutant de nouveau du même regard intense.

— Je n'ai pas souvent l'occasion de voir des filles porter mes vêtements.

Sans trop savoir pourquoi, ça me fit plaisir, ce qui était stupide parce que je me fichais bien qu'un dortoir tout entier de filles porte ses vêtements.

— Eh bien, je n'ai pas l'habitude non plus de porter les vêtements d'un garçon...

Ses lèvres frémirent.

— C'est bon à savoir.

Je transférai mon poids d'un pied sur l'autre alors qu'une série de frissons couraient sur ma peau. Il ne me quittait pas des yeux.

— Je n'avais jamais compris avant.

— Compris quoi ?

Une expression étrange passa sur son visage, et ses traits se tendirent.

— Pourquoi c'est tellement excitant de voir une fille dans nos vêtements.

Mes yeux s'arrondirent, au point que j'avais l'impression qu'ils allaient me sortir de la tête. Il inclina le menton et des mèches de cheveux vinrent caresser sa mâchoire.

— C'est *vraiment* excitant.

Une onde de chaleur grisante déferla dans mes veines. Incapable de soutenir plus longtemps son regard, je détournai les yeux et pris une longue inspiration, qui resta bloquée dans ma gorge. Je repensai à la nuit dernière, quand il avait rassemblé les bords de mon peignoir. Comme attiré par un aimant, mon regard revint sur lui.

Sans avertissement, il se retrouva devant moi, si proche que ses pieds nus touchaient les miens. Je retins mon souffle quand il plaça le bout de ses doigts sur mon cou, à l'endroit précis où mon pouls battait la chamade. Un contact léger comme une plume, mais que je ressentis dans toutes les parties de mon corps.

— Ça te met mal à l'aise ? demanda-t-il d'une voix grave et sourde.

Oui. Non.

— Je ne sais pas, reconnus-je.

Ses doigts descendirent sur mon cou, jusqu'à l'encolure du tee-shirt. Mon cœur battait comme un tambour quand il glissa deux doigts sous le tissu, suivant la ligne de ma clavicule. Que faisait-il ? Avais-je envie de l'arrêter ou qu'il continue de me toucher ? Logiquement, j'aurais dû vouloir l'arrêter.

Il tapota du bout d'un doigt l'extrémité de ma clavicule, puis sa main remonta sur ma nuque. Son pouce était posé sur mon pouls, qui s'emballa quand il m'inclina la tête en arrière. Il abaissa sa bouche juste au-dessus de la mienne, si près que je sentais son haleine mentholée.

Le temps parut s'arrêter, puis il pencha la tête sur le côté.

— Moi, ça me met mal à l'aise, chuchota-t-il tandis que ses lèvres effleuraient le coin des miennes, déclenchant une explosion de sensations.

La panique. La confusion. Le désir. Il s'approcha encore, ses jambes touchant les miennes. Quand il reprit la parole, sa bouche était tout contre mon oreille.

— Uniquement parce que je dois lutter contre ma nature.

Je frissonnai, secouée par cette proximité, par la caresse de ses cheveux contre ma joue et la pression de son pouce sur mon pouls. Une lourdeur presque douloureuse s'installa dans mes seins puis descendit plus bas, beaucoup plus bas. Mes mains se mirent à trembler alors que j'envisageais tout d'un coup de les poser sur son torse.

— Quand je veux quelque chose, je le prends, poursuivit-il de la même voix rauque. Je n'y pense même pas à deux fois, mais avec toi… je dois faire marcher mon cerveau.

Ses lèvres effleurèrent un point étonnamment sensible juste sous mon oreille. Je sursautai alors qu'un râle minuscule s'échappait de ma gorge.

— Ce qui fait de toi une fille très chanceuse.

Seth recula et ses yeux s'attardèrent quelques instants sur moi avant qu'il me tourne le dos, me laissant plantée là, totalement perdue. Qu'est-ce qui venait de se passer ? Étrangement, j'aurais préféré avoir moins de chance.

Je relâchai mon souffle, sans avoir eu conscience de l'avoir retenu. J'avais la gorge nouée et mon cœur battait comme un forcené dans ma poitrine. Même s'il s'était éloigné, la tension demeurait palpable et le tee-shirt que je portais me semblait trop lourd. C'était la première fois que j'avais une réaction aussi… viscérale devant un garçon, que je connaissais depuis seulement deux jours, qui plus est.

Deux jours, et j'avais déjà dormi dans le même lit que lui, et j'allais remettre ça alors que je n'avais jamais partagé un lit avec personne jusqu'ici. Deux jours depuis que ma vie avait commencé à partir en sucette au moment où je l'avais rencontré dans cet escalier ; un jour seulement depuis que je connaissais la vérité sur le monde et sur moi-même, mais j'avais l'impression que ça faisait beaucoup plus longtemps. C'était peut-être cette course effrénée qui accentuait tout ce que j'éprouvais. J'avais été précipitée dans cette aventure, dans le monde de Seth. À force de passer tout mon temps avec lui, dans ce tourbillon constant, mon corps réagissait sans doute différemment.

Mais rien de tout ça n'avait d'importance.

Quand nous serions arrivés dans le Dakota du Sud, il s'en irait et je me retrouverais entourée d'inconnus. Même si nous venions tout juste de nous rencontrer, je ne considérais plus Seth comme un étranger. Mes genoux se mirent à trembler.

Il s'assit sur le lit, plongeant une main dans ses cheveux tout en me considérant.

— Est-ce que tu serais plus à l'aise si je passais la nuit dans l'un de ces fauteuils ?

La surprise me traversa. Je ne m'attendais pas à cette proposition, surtout après son comportement de la veille, mais cette délicatesse de sa part me détendit légèrement.

— Non, répondis-je, obligeant mes pieds à bouger pour me diriger de l'autre côté du lit. Ce n'est pas la peine. Tu es un grand garçon et je suis une grande fille.

Il haussa un sourcil, mais resta silencieux tandis que je glissais mes jambes nues sous les draps. Quand je m'allongeai sur le dos, les jambes serrées et les mains croisées sur la poitrine, il se leva et se dirigea vers l'interrupteur. À l'instant où la chambre fut plongée dans l'obscurité, je commençai à douter de ma résolution. Quand le lit se creusa sous le poids de son corps, je cessai de respirer. Et quand il roula sur le flanc pour se tourner vers moi, j'eus l'impression de faire une mini-crise cardiaque.

— Josie ? demanda-t-il avec douceur.

— Oui ? répondis-je d'une voix éraillée.

Un silence.

— Si tu veux te servir de moi comme d'un traversin cette nuit encore, ça ne me dérange pas.

Un rire étouffé m'échappa. Légèrement gênée et un peu amusée, je tournai la tête vers lui. À mesure que ma vision s'adaptait à l'obscurité, je distinguais peu à peu les reliefs de son visage.

— Merci.

— Je voulais juste te le dire. En fait, je suis très câlin comme garçon. Et j'adore ce qui vient généralement avant et après les câlins, poursuivit-il, me tirant malgré moi un sourire idiot. Je parie qu'il y a des préservatifs dans les paniers sur la commode.

— Oh, mon Dieu, m'esclaffai-je alors que je détournais les yeux, le visage enfoui dans mes mains. Dans quel genre de motels trouve-t-on des préservatifs à la réception ?

Seth répondit par un gloussement et me prit la main. Sans rien dire, il plaça nos mains jointes dans l'étroit espace entre nous, ses doigts serrant à peine les miens. Je ne savais pas quelles étaient ses intentions, mais alors que le silence s'éternisait et que sa respiration s'approfondissait, il ne me lâcha pas.

La dernière pensée qui me traversa l'esprit avant de sombrer à mon tour fut qu'il me serait impossible de fermer l'œil cette nuit.

13

Et voilà. Je m'étais encore servie de Seth comme d'un traversin géant.

Quand je m'éveillai avant l'aube, je n'étais plus sur le dos. Non. Pendant la nuit, Seth avait changé de position et moi aussi. J'étais maintenant *sur* lui, jambes et bras entremêlés et ma tête blottie dans un endroit étonnamment douillet au creux de son coude.

Et il ne dormait pas non plus, parce que sa main – celle qui prolongeait le bras qui me servait d'oreiller – était sur mon épaule, mais certainement pas immobile. Ses doigts traçaient d'étranges symboles que je ne reconnaissais pas – plus complexes que de simples cercles ou carrés. J'ignorais cependant depuis combien de temps ce manège avait commencé, ou pourquoi il ne m'avait pas repoussée afin de vaquer à ses occupations au lieu de rester allongé et d'attendre patiemment mon réveil.

Quand j'avais enfin trouvé le courage de me détacher de lui, il ne m'avait pas balancé de remarque ironique ou agaçante. Il s'était contenté de me regarder sans rien dire, et puis nous nous étions préparés à reprendre la route.

Je filai sous la douche la première. Ne voulant pas perdre de temps à me sécher les cheveux, je les essorai du mieux possible avec une serviette et les attachai en chignon souple. Toujours sans dire un mot, Seth disparut à son tour dans la salle de bains.

J'errai sans but dans la chambre. C'était trop calme et j'avais la bougeotte. Mes yeux se posèrent sur la porte quand j'entendis l'eau couler.

Derrière cette porte, il était totalement nu.

Je levai les yeux au ciel. Évidemment qu'il était nu ! Mais, maintenant… je le visualisais sous la douche et ce n'était pas bon. J'étais attirée par lui. C'était clair. Et stupide, étant donné que je le connaissais à peine, qu'il avait prévu de m'abandonner, et pour un tas d'autres raisons.

Dans le court laps de temps que j'avais passé avec lui, j'avais vu différentes facettes de sa personnalité. Tous les visages de Seth. En l'espace de quelques secondes, il était capable de passer de maussade et grave à moqueur et franchement agaçant, puis joueur et malicieux, ou encore séducteur et dangereusement trompeur. De ma vie, je n'avais jamais rencontré quelqu'un comme lui, et je doutais que beaucoup de gens, mortels ou non, puissent prétendre comprendre le fonctionnement de son cerveau.

Quoi qu'il en soit, je n'étais vraiment pas dans les bonnes dispositions pour entreprendre ce travail monumental.

Les pensées se bousculaient dans ma tête alors que j'étais plantée au milieu de la chambre silencieuse. Le peu de calme et de contrôle dont j'avais su faire preuve depuis que ma vie avait implosé était en train de m'échapper. Oh, j'avais bien pris la mesure des ennuis dans lesquels je me trouvais, mais jusque-là je n'avais pas laissé cette idée me pénétrer. Mais là, tout me tombait dessus.

Ça avait commencé lorsque j'avais songé que j'allais rater mon examen, et mon ventre s'était noué quand j'avais pris pleinement conscience que c'était le cadet de mes soucis. Je ne retournerais pas à Radford. Pour moi, finis les examens. Finis les cours et les stages.

Parce que j'étais une créature mythologique.

Je laissai tomber ma tête entre mes mains, ravalant l'envie de hurler comme une hystérique. Mon rythme cardiaque s'emballa. Envahie par l'angoisse, je tentai de respirer à fond, en vain.

Me rappelant la petite terrasse que j'avais vue la veille, je me dirigeai vers la porte et me ruai dehors, refermant derrière moi. Dans l'obscurité qui précédait l'aube, une applique murale jetait une lumière jaunâtre sur la petite estrade et sur l'herbe.

Le bois froid transforma très vite mes pieds nus en glaçons alors que je traversais la minuscule terrasse et respirais enfin profondément. Rien que pour la sensation de l'air dilatant mes poumons, ça valait le coup de me geler les orteils.

Les bras croisés sur la poitrine, je contemplai le carré de pelouse bien entretenue et les arbres immobiles qui le bordaient, me concentrant sur mon souffle et l'air froid vivifiant du petit matin qui me remettait la tête à l'endroit.

Je n'avais jamais fait de crise d'angoisse totale – du moins pas sans raison valable, comme quand Erin avait déployé ses ailes de chauve-souris et exhibé des dents vraiment pointues. Ça ne comptait pas. J'aimais à penser que la plupart des gens auraient pété un câble dans la même situation.

Mais là, la panique avait bien failli me submerger. Une demi-déesse impuissante en proie aux crises d'angoisse ? Je laissai échapper un rire désabusé. Peut-être que Seth, Erin et tout le monde s'étaient trompés à mon sujet. Peut-être que je n'étais pas la fille d'Apollon. Après tout, ce serait plus logique.

Un vœu pieux. Et totalement vain. Parce que même s'il s'agissait d'une erreur monumentale, je ne pourrais jamais oublier tout ça et reprendre le cours de ma vie. Impossible de revenir en arrière. Personne ne pouvait...

Dans le silence, j'entendis une brindille craquer, comme un coup de tonnerre, et je sursautai. Un second craquement résonna, puis un troisième. La gorge soudain sèche, je me balançai d'un pied sur l'autre. Il faisait encore nuit, et je doutais que des gens soient levés à cette heure matinale. Il était temps pour moi de rentrer, parce qu'il n'y avait que les dingos comme moi pour traîner dehors à cette heure-là. Je m'apprêtais à faire demi-tour, mais je ne fus pas assez rapide.

Quelqu'un jaillit de l'ombre devant le portail de la terrasse – une femme. Elle approchait la trentaine, avec des cheveux et des yeux noirs. Son visage était beau, mais même dans le halo pâle projeté par le petit lampadaire placé à côté de l'ouverture, je distinguais ses vêtements souillés et déchirés, les taches sombres sur son col et sur les genoux de son jean.

Machinalement, je lui souris tout en approchant la main de la porte derrière moi, comme mes grands-parents me l'avaient appris. La politesse avant tout.

La femme ne me rendit pas mon sourire, mais elle s'arrêta devant le portail, levant la tête tout en étirant son cou. Ses narines frémirent. Elle... *humait* l'air ? Euh...

Silencieux comme une ombre, un homme apparut derrière elle. Un peu plus âgé qu'elle sans doute, il était lui aussi très beau et ses vêtements étaient en sale état. Le petit sourire forcé qui aurait fait la fierté de ma grand-mère s'effaça de mon visage quand les yeux sombres de l'homme se posèrent sur moi. Il était vraiment temps que je rentre. Je saisis la poignée de la porte.

— Attends, dit la femme.

Quelque chose dans sa voix titilla mes terminaisons nerveuses. Tous les poils de mon corps se hérissèrent. Je n'attendis pas. Je commençais à tourner la poignée quand la terrasse craqua sous des pas qui n'étaient pas les miens.

Je n'eus pas le temps de réagir.

Une main attrapa la mienne, l'arrachant brutalement à la porte en même temps qu'une autre se plaquait sur ma bouche, étouffant mon cri. Immédiatement, un goût métallique m'emplit la bouche et le nez. Mes lèvres, écrasées contre mes dents, étaient douloureuses, mais l'odeur du sang… ne venait pas de moi.

Elle émanait de l'homme qui me tenait.

Mes pieds furent soulevés du sol alors qu'il s'éloignait de la porte. Une peur véritable, telle que je n'en avais jamais ressenti, explosa dans mon ventre comme un tir de chevrotine. Mon instinct prit le dessus et je perdis toute retenue, griffant la main qui me bâillonnait, lançant des coups de pied.

— Tiens-lui les jambes, grogna l'homme.

La femme gravit les deux marches de la plateforme et s'empara de ma cheville. Elle était étonnamment forte, mais je continuai de me débattre ; de mon pied libre, je la frappai à la poitrine.

Lâchant ma cheville, elle recula en chancelant et poussa un feulement. Un *feulement*, comme un chat en colère, les lèvres retroussées et montrant les dents. Une vague de terreur me submergea. Ce n'était pas normal. Pas normal du tout. Je plantai mes ongles dans la main moite et froide de l'homme pour tenter de me libérer alors qu'il atteignait les marches.

— Par les dieux, éructa-t-il, et mon cœur s'arrêta. *Les* dieux. Merde.

— Ce n'est qu'une stupide mortelle et tu n'es même pas fichue de lui tenir les jambes. Tu n'es vraiment bonne à rien.

Envahie par l'horreur, je cherchai à tâtons quelque chose, n'importe quoi, pour l'arrêter. Mes doigts glissèrent sur la paroi en plastique qui nous séparait de la terrasse voisine, se refermèrent sur le profilé. Je m'y agrippai de toutes mes forces tandis qu'il descendait les marches. Mes muscles s'étirèrent douloureusement quand il tira plus fort, me ceinturant d'un bras. Son autre main, toujours plaquée sur ma bouche, m'inclinait si violemment la tête en arrière que je craignais qu'il me brise la nuque.

— Il est à l'intérieur, entendis-je gémir la femme. Je le sens. Pourquoi perdre notre temps avec elle ? Je sens sa présence. Il faut...

— Parce que, répondit l'homme, me tirant à nouveau. Elle est imprégnée de l'odeur de l'Apollyon. On va se servir d'elle pour l'attirer dehors. Sauf si tu préfères aller le chercher toi-même. Dans ce cas, je te regarde.

Tout à coup, il me laissa tomber, coupant court à la réponse de la femme. Je lâchai la paroi et perdis l'équilibre, ravalant un hurlement alors que les marches venaient à ma rencontre. La douleur fusa dans mes genoux quand ils heurtèrent le sol et ma tempe rebondit sur le coin d'une marche. Des étoiles jaillirent sous mes paupières. Sonnée et frémissante jusqu'aux os, je restai paralysée alors que l'homme me faisait rouler sur le dos et me tirait jusqu'en bas des marches sans autre forme de procès. Avant même de pouvoir reprendre mon souffle, je me retrouvai allongée dans l'herbe humide.

En une seconde, il bondit sur moi sans que je puisse réagir, m'attrapa par le menton et poussa ma joue dans la terre. Ses ongles m'écorchèrent le cou alors qu'il saisissait l'encolure de mon pull, qu'il déchira.

— Elle va le faire sortir, dit-il, et sa tête plongea vers moi.

Ses lèvres froides effleurèrent la même zone que celles de Seth quelques heures plus tôt. La nausée me saisit quand sa bouche se nicha au creux de mon cou.

— Pas vrai, ma belle ?

Mon cœur bondit dans ma poitrine et je faillis défaillir quand je sentis *quelque chose* percer ma peau. C'était forcément une lame, parce que ça ne pouvait pas être ce que je croyais – ses *dents*. Une douleur ardente explosa en moi comme un coup de canon ; j'ouvris la bouche et poussai un hurlement.

J'étais en feu. Comme si on avait introduit une allumette dans mes veines remplies d'essence. Je brûlais littéralement. La douleur déferla dans chacune de mes cellules et j'éprouvai un tiraillement au plus profond de moi, un déchirement surgi de mes entrailles fait de feu et de glace. La femme prononça des mots que je ne comprenais pas. On aurait dit une langue étrangère.

L'homme se dégagea et ses jambes glissèrent sur les miennes tandis qu'il plantait ses deux mains dans l'herbe de chaque côté de ma tête. Je clignai les yeux et me focalisai sur son visage. Du sang – mon sang – maculait ses lèvres. Ensuite, ma vision se brouilla et…

— Qu'est-ce que tu es ? demanda-t-il d'une voix pâteuse.

Des doigts glacés s'enroulèrent autour de mon bras, et la sensation de lacération gagna mon poignet. J'avais cessé de hurler, incapable d'émettre un son.

Moins d'une minute après que j'avais quitté la douche pour m'essuyer, les glyphes se mirent à courir sur ma peau. J'attrapai aussi sec mon caleçon et mon jean dans le lavabo. La sensation qui me parcourait la colonne vertébrale était un signal, au même titre que les avertissements sur ma peau.

Je m'habillai en quatrième vitesse et ouvris la porte avec fracas. La chambre était vide. Alors que je pénétrais à l'intérieur, mon sixième sens affûté se déclencha. Le mouvement des glyphes s'accéléra.

Il y avait des démons dans les parages et Josie…

— Dites-moi que je rêve.

Je pivotai sur mes talons pour m'emparer d'une dague en titane sur la table de nuit. La poignée se réchauffa sous mes doigts.

Ses affaires n'avaient pas bougé de là où je les avais mises, près de la porte d'entrée. Le verrou était tiré, la chaîne en place. Mon regard se posa alors sur la porte de derrière. Moins d'une seconde plus tard, je l'ouvrais à la volée et sortais dans la nuit, découvrant une scène de cauchemar.

Deux démons maintenaient Josie au sol. Une femelle penchée sur son poignet et un mâle allongé sur elle, le visage enfoui dans son cou. Ils la ponctionnaient tous les deux, se nourrissant d'elle brutalement dans l'intention de la faire souffrir. Le corps du démon mâle la recouvrait totalement. Je ne voyais que l'une de ses jambes, immobile. Elle ne bougeait plus.

Une rage telle que je n'en avais jamais connu explosa en moi comme une réaction nucléaire tandis qu'une amertume métallique m'emplissait la bouche. Le monde autour de moi prit la teinte de l'ambre et je bondis de la terrasse. Touchant terre auprès du démon femelle, je l'empoignai par les cheveux et lui tirai la tête en arrière, l'arrachant à Josie. Le sort d'illusion qui dissimulait leur apparence dans le royaume des mortels n'avait pas d'effet sur moi.

Deux puits sombres là où des yeux auraient dû croiser les miens. Des veines noires sinueuses sous la peau livide. Sa bouche était ouverte, révélant une rangée de dents acérées couvertes de sang – le sang de Josie.

J'abattis la lame de titane dans l'un des puits sans fond, étouffant l'insupportable geignement aigu de la démone avant qu'elle puisse l'émettre. Les démons étaient hautement allergiques au titane. Au point que la moindre coupure les faisait passer de vie à trépas. Quand je retirai la lame, son visage se décomposa et elle implosa dans un panache de poussière scintillante.

Son acolyte bondit sur ses pieds en vacillant. Josie restait inerte. Son cou était ensanglanté et son pull déchiré révélait bien davantage que ce que cette ordure aurait dû voir de son corps.

— Elle a le goût d'un dieu.

Il tituba, s'entravant dans la jambe de Josie. Ses lèvres s'incurvèrent en un affreux sourire sanguinolent. Cet enfoiré était en transe.

— Le nirvana…

— Tu es mort, grognai-je.

Il renversa la tête en arrière et poussa un hurlement sinistre, entre le feulement d'un lynx écrasé et le vagissement d'un nouveau-né. Et puis l'abruti se rua sur moi. Survolté par l'éther caché qui devait imprégner le sang de Josie, le démon fonçait comme un train de marchandise. Je plongeai sous son bras pour me relever derrière lui. Le besoin de faire souffrir ce monstre, de le faire payer, prenait le pas sur les années d'entraînement qui enseignaient aux Sentinelles à ne pas jouer avec leurs proies. Le démon se retourna. J'allais lui briser la nuque. Puis les bras. Et les jambes. Et puis je trouverais une lame de métal rouillée et émoussée pour lui couper les couilles. Ensuite seulement, je le tuerais. À petit feu. Et il le sentirait passer. Je m'apprêtais à me débarrasser de ma dague lorsqu'il me chargea de nouveau.

Un faible gémissement s'éleva alors derrière moi, résonnant mille fois dans ma tête, plus puissant qu'un coup de feu ou qu'un coup de tonnerre. L'espace d'une seconde, une fraction de temps, je restai suspendu entre le désir de me perdre, de m'abandonner à la vengeance et à la cruauté, et la fille étendue sur le sol – la fille qui avait besoin de moi. Pris par l'urgence, je renonçai à ma frénésie de violence.

Je m'avançai vers le démon et l'interceptai dans sa course. L'attrapant d'une main par le cou, je le maintins à distance et plongeai mon regard dans les profondeurs sans âme de ses orbites.

— Tu peux dire que tu as de la chance.

J'enfonçai alors ma dague dans son thorax puis la retirai aussitôt. Je tournai le dos à cet enfoiré avant qu'il implose en poussière.

Je m'accroupis près de Josie, ma dague à portée de main, et repoussai les cheveux de sa joue. Son visage était trop pâle. Une ecchymose se formait sur sa tempe, rouge et boursoufflée.

— Qu'est-ce qui se passe, ici ?

Je me retournai. Un homme entre deux âges en peignoir et chaussons noirs se tenait à quelques mètres, ses yeux larmoyants passant de Josie à moi, s'imaginant les dieux savaient quoi. Pas de temps à perdre avec ces conneries.

— Tu n'as rien vu, rien entendu, sifflai-je entre mes dents, imprégnant mes paroles d'un puissant sort de compulsion. Ce n'est qu'un rêve. Rentre dans ta chambre. Retourne dormir.

L'homme ne cilla pas. Il se figea une seconde, puis pivota sur ses talons et traversa la pelouse d'un pas raide.

Le cœur battant, je reportai mon attention sur Josie. Écartant doucement les dernières mèches de ses cheveux, j'examinai attentivement son cou. La morsure en forme de croissant n'était pas profonde et avait déjà cessé de saigner. Je vérifiai aussi son poignet. Même chose.

— Merde, grommelai-je en changeant de position pour glisser un bras sous son corps.

Je la redressai en position assise. Sa tête roula en arrière et je la déplaçai rapidement pour l'appuyer contre mon torse.

— Putain de merde.

Pas d'autre gémissement. Et elle ne bougeait toujours pas.

— Ouvre les yeux, Josie. Allez, ma belle, ouvre les yeux.

Je passai mon autre bras sous ses genoux et me relevai, ramassant ma dague au passage. Mon cœur battait toujours à tout rompre. Une sensation de vide gagnait mon ventre. Je la ramenai à l'intérieur, la mâchoire douloureuse à force de serrer les dents. Qu'est-ce qui lui avait pris de sortir sur la terrasse ? Si elle avait été consciente, je l'aurais secouée pour lui passer un savon.

Mais je n'étais pas tout à fait juste.

Josie avait été brutalement projetée dans ce monde et possédait encore beaucoup de traits mortels. Elle n'avait sans doute pas imaginé une seule seconde qu'elle serait en danger à l'extérieur.

Je refermai la porte d'un coup de pied et elle bougea enfin, gémissant faiblement. Je m'immobilisai.

— Josie ?

Son visage se crispa et elle battit des paupières. Une vague de soulagement déferla en moi lorsqu'elle ouvrit lentement les yeux. Son regard était un peu trouble, mais elle avait repris connaissance.

— Tu m'entends ? lui demandai-je.

Elle entrouvrit la bouche et je vis la coupure rouge sur ses lèvres. La colère m'envahit, me traversa de part en part alors qu'elle exhalait un souffle haché.

— Je crois… je crois qu'ils m'ont mordue, coassa-t-elle.

— Oui, on peut dire qu'ils se sont goinfrés.

Elle referma les yeux, suffisamment longtemps pour que mon cœur se serre, mais elle les rouvrit.

— Ils… C'étaient des démons, n'est-ce pas ?

Hochant la tête, je la transportai dans la salle de bains.

— Tu es capable de tenir assise toute seule ?

Elle s'éclaircit la voix en grimaçant.

— Oui. Je crois, répondit-elle d'une voix pâteuse.

— Bien.

Je la déposai doucement sur le siège des toilettes avant de placer la dague sur le rebord du lavabo. Ses yeux se fermèrent à nouveau, et cela m'inquiétait. L'encolure déchirée de son pull glissait de son épaule, révélant une bretelle mauve et la dentelle délicate qui recouvrait ses seins. Mes yeux remontèrent jusqu'à la morsure dans son cou et j'inspirai profondément. Quelque chose flottait dans l'air, davantage que l'odeur du sang – un parfum puissant et délicieux. L'éther ? Merde. J'étais en train de perdre la tête. Je ne pouvais pas sentir l'odeur de l'éther comme les démons. En revanche, j'étais capable de percevoir sa présence. C'était peut-être ça. En tout cas, je devais agir avec circonspection, parce qu'un désir prenait naissance au creux de mon estomac, une faim profonde et prégnante qui me faisait monter l'eau à la bouche.

D'un geste brusque, je remontai son pull.

— Comment tu te sens ?

Ses cils se relevèrent.

— Comme une fille qui... s'est fait mordre.

— Les marques ne sont pas profondes, dis-je en me relevant. Mais tu as besoin de te réhydrater. Ne bouge pas.

Je n'étais pas certain que ça l'aiderait vraiment, mais je retournai dans la chambre et ouvris le minibar sous la télé tout en prenant plusieurs longues inspirations. Je m'emparai d'une boisson énergétique et retournai dans la salle de bains.

M'agenouillant devant Josie, je lui saisis le bras. Elle sursauta et se recroquevilla sur elle-même. Je sentis une acidité me brûler la poitrine, remplaçant la sensation de vide.

— Hé, murmurai-je. Tout va bien. Tu es en sécurité, Josie. Tu ne risques plus rien.

Soutenant mon regard, elle laissa échapper un soupir.

— D'accord...

Avec douceur, je relevai la manche de son pull.

— J'imagine que l'inhibition de tes pouvoirs t'a rendue vulnérable au sortilège d'illusion qu'ils utilisent – une magie ancienne qui leur permet de se dissimuler.

J'attrapai une serviette et l'humidifiai au robinet.

— Ou tu es peut-être comme les purs, qui sont incapables de voir au-delà de l'illusion.

Elle ne répondit rien et je lui tendis la bouteille.

— Bois ça. Tu te sentiras mieux.

Elle avança la main et j'aperçus ses doigts aux ongles sales et cassés.

— Ça va aller, dit-elle, portant le goulot à ses lèvres tandis que je la contemplais par en dessous.

Malgré les tremblements qui secouaient sa main, elle but une deuxième gorgée sans lâcher la bouteille.

— Tu sais, je... je n'ai jamais été vraiment malade ou blessée de ma vie jusqu'ici, même quand j'aurais dû.

Elle parcourut la pièce des yeux tandis que j'épongeais le sang sur son bras.

— Une fois... quand j'étais petite, je suis montée en haut d'un arbre.

Alors que je continuais à la nettoyer, l'image d'une Josie plus jeune se forma dans ma tête. Je l'imaginais dégingandée, avec une tignasse de cheveux multicolores, et sans doute des ennuis à la pelle.

— Je suis tombée et je me souviens que... j'avais très mal, poursuivit-elle tandis que j'attrapais une seconde serviette.

» Je croyais m'être cassé la jambe. J'étais sûre qu'elle était cassée, mais... le temps que mes grands-parents me conduisent à l'hôpital, je n'avais que des bleus. Les médecins ont dit que j'avais eu beaucoup de chance.

La chance n'avait rien à voir là-dedans. C'était à cause de sa nature. Je me levai pour mouiller la serviette et mes yeux croisèrent les siens. Je voulais dire quelque chose, mais je n'avais pas de mots.

— Je t'ai mis du sang partout, chuchota-t-elle.

Je baissai les yeux sur mon torse. Des traînées rouges maculaient ma poitrine nue. J'avais l'impression d'avoir avalé une boule de plomb.

— Ce n'est pas grave.

Elle ferma les yeux. Des cernes sombres les creusaient. L'attaque l'avait affaiblie. Je me penchai sur elle et lui posai la question qui me taraudait d'une voix sourde et tendue.

— Ils t'ont fait autre chose que... je ne peux pas voir ?

Ses cils se relevèrent. Je vis la confusion sur son visage, puis elle comprit. Les muscles de mon dos et de mon cou se contractèrent. Les démons ne pensaient qu'à l'éther, au moyen de se procurer leur prochaine dose, et ils étaient prêts à tout pour l'obtenir. Les sang-mêlé transformés en démons étaient les plus dangereux, mais ils étaient tous cruels et pervers.

— Non, répondit-elle doucement.

Quelque peu rassuré, je hochai la tête. Écartant précautionneusement le tissu déchiré, je sentis grossir la boule de plomb dans mon ventre, suffoqué comme si j'avais reçu un coup de poing.

Josie avait été marquée... au même endroit *qu'elle*... au même endroit qu'Alex. La coïncidence était plus que troublante. Cette idée résonnait en moi tandis que je passais la serviette humide autour de la marque de Josie. Les morsures de démons laissaient une cicatrice caractéristique sur toutes leurs victimes. Josie serait marquée comme *elle*... comme Alex, qui avait été bardée de ces cicatrices.

Ma main se mit à trembler. J'avais le cœur à vif. Je n'aimais pas ce sentiment, alors je laissai libre cours à la colère qui bouillonnait en moi comme du magma.

— Tu sais que ta stupidité a failli te coûter la vie ?

Elle cilla comme si je l'avais giflée. J'avais l'impression d'être un bel enfoiré, mais il fallait que ce soit dit.

— Qu'est-ce qui t'a pris de sortir alors que j'étais sous la douche ? Je vais devoir t'enchaîner au fauteuil la prochaine fois ?

Je jetai rageusement la serviette ensanglantée dans la baignoire, inspectant brièvement ses paumes, puis ouvris le placard sous le lavabo. Bingo : un kit de premiers soins. Il y avait peu de risques que ses blessures s'infectent mais, avec ma chance, mieux valait être prudent. Je sortis un paquet de lingettes désinfectantes.

— Tu as raison, répondit-elle, à ma grande surprise.

Je m'arrêtai à mi-chemin, une lingette à la main. Elle tourna les yeux vers la porte, puis son regard fatigué et tuméfié se posa de nouveau sur moi. Si j'avais cru tout à l'heure recevoir un coup de poing en pleine poitrine, je m'étais trompé. C'est ce regard-là qui me tua.

— Je n'ai pas réfléchi. Je ne tenais pas en place. La chambre était trop silencieuse. Je suis… sortie sans me poser de questions. Alors oui, c'était certainement stupide.

Cette fille ne cessait de m'étonner. M'agenouillant devant elle, je relevai les yeux.

— Ça va piquer un peu, prévins-je.

Je pressai dans sa paume la lingette imbibée d'alcool. Elle tressaillit, mais pas un son ne lui échappa. Je nettoyai doucement sa peau égratignée. Lorsque j'eus terminé, je me redressai pour la regarder dans les yeux.

— Je n'aurais pas dû me montrer aussi dur.

Ma voix était éraillée, étrange à mes propres oreilles.

— Tu continues de te comporter comme si rien n'avait changé. C'est normal. C'est juste… une leçon que j'aurais aimé t'épargner.

Je me remis debout, indifférent au regard curieux qu'elle me lança.

— Je vais te chercher un autre pull.

Elle me retint par le bras et je me retournai.

— Merci, dit-elle avant de me lâcher. Je… Laisse-moi quelques minutes. Je devrais me doucher.

J'hésitai un instant. Un sentiment déconcertant naquit en moi. Le besoin de la réconforter. Ce qu'elle venait de vivre l'avait visiblement traumatisée. Sans trop savoir ce que je faisais, je m'avançai vers elle. J'avais très envie de la prendre dans mes bras et de lui dire que tout irait bien, ce qui était faux. Les choses finiraient mal. Pour moi. Et pour elle. Elle n'était rien d'autre qu'un pion, l'arme de dernier recours contre les Titans, exactement comme *elle*… comme Alex.

Et voyez où ça l'avait menée. Où ça m'avait mené, moi. Je me figeai. Je refusais d'emprunter le même chemin avec elle. Dès qu'elle aurait vu sa mère, je la conduirais dans le Dakota du Sud, et ma mission serait terminée. Je pivotai sur mes talons et me dirigeai vers son sac dans la chambre, dont je sortis le premier pull qui me tomba sous la main pour le lui rapporter.

— Rejoins-moi quand tu seras prête, grommelai-je.

Refermant la porte derrière moi, je m'y adossai en jurant, les yeux clos. Si je n'avais pas perçu la présence des démons et que je n'étais pas sorti, ils auraient continué de se nourrir d'elle. Ils l'auraient vidée de tout son éther, comme le feraient les Titans s'ils parvenaient à s'emparer d'elle.

— Merde.

Rouvrant les paupières, je parcourus la pièce du regard sans la voir alors que j'entendais l'eau couler dans la salle de bains. Qu'est-ce que ces démons faisaient là, de toute façon ? Nous étions à proximité de Saint-Louis, où une communauté de purs vivait à proximité de la ville, mais ce n'était pas une raison. Bizarre. Ils n'auraient pas dû me sentir, à moins d'être déjà près du motel. Coïncidence ? Je ne croyais pas à ces conneries.

Il fallait qu'on se tire d'ici.

Je levai une main et m'arrêtai avant de la passer sur mon torse. Les traces rouges avaient séché – son sang. Alors que je m'éloignais de la porte, l'étrange sensation de tout à l'heure me tordit de nouveau les tripes. Je m'immobilisai devant un petit miroir poussiéreux au-dessus de la commode.

J'étais toujours planté là lorsque Josie sortit de la salle de bains, vêtue de son nouveau pull, ses cheveux multicolores encadrant son visage. Aucun de nous deux ne prononça un mot pendant un long moment.

— Reste ici, finis-je par dire. Il faut… il faut que j'aille me nettoyer.

Son regard parcourut la pièce sans s'arrêter sur moi tandis qu'elle s'asseyait au bord du lit et baissait le menton.

— Je ne bougerai pas.

Je restai debout sur le seuil de la salle de bains pendant quelques secondes. J'aurais voulu lui dire combien je regrettais qu'elle ait eu à connaître la morsure d'un démon, et qu'elle soit obligée de vivre avec ces cicatrices, mais les mots refusaient de sortir.

De toute façon, ils étaient vains, parce que j'étais certain que ce n'était pas la dernière chose que je ne souhaitais pas pour elle qu'elle aurait à subir. Ça ne faisait que commencer.

14

Nous montâmes dans la Porsche en silence. Nous avions encore quatre heures de route devant nous, et il ne restait rien à dire. J'avais déconné et j'avais failli y passer. Seth aurait pu être blessé. Alors que nous quittions le parking, j'étais heureuse de laisser le motel derrière nous. J'aurais voulu tout effacer de ma mémoire.

Très vite, mon esprit dériva. J'étais exténuée, encore secouée par ma frayeur de tout à l'heure. J'éprouvais aussi de la *déception*. Une profonde déception envers moi-même. Seth m'avait prévenue que ce monde était dangereux. Je l'avais cru, pourtant j'avais agi sans réfléchir. Mon cerveau était resté bloqué dans un monde où les démons, les dieux et les Titans n'existaient pas. Un monde où je pouvais sortir sur la terrasse sans m'inquiéter de me faire boulotter comme un gâteau à la crème. J'étais vraiment stupide.

Et j'avais appris ma leçon à la dure.

Quand j'avais vu mon cou et mon poignet, je n'avais pas su quoi en penser. La peau rougie était plissée autour des marques de morsure en forme de croissants. La zone était encore sensible et j'avais vaguement mal à la tête et aux genoux. Pourtant, ce n'était pas le souvenir douloureux de ces moments à l'extérieur ou du goût amer de la terreur qui me hantait, mais le sentiment d'impuissance.

Je n'avais rien pu faire.

Ils m'avaient attaquée si vite, et j'avais été incapable de les combattre. Je doutais que j'allais me transformer en ninja comme par magie quand mes pouvoirs seraient débridés. Et les Titans étaient forcément plus puissants que des spectres ou des démons.

J'étais *foutue*.

L'épuisement eut raison de moi et je sombrai dans le sommeil... et dans les rêves. Une main chaude m'effleura la joue, ramena mes cheveux derrière mon oreille, attentive à ne pas toucher la peau sensible dans mon cou. Je rêvais d'une caresse fantôme. Ce ne pouvait être qu'un rêve parce que, dans la vraie vie, il ne pouvait exister de contact aussi doux et délicat. Inconsciemment, je cherchai la caresse. Je m'y abandonnai et je crus entendre mon nom. La caresse se déplaça sur ma lèvre inférieure, s'arrêta juste avant la coupure au coin de ma bouche. C'était agréable – très agréable. Une vague de chaleur m'enveloppa, me plongea dans une douce torpeur. C'était un rêve très plaisant. J'avais envie qu'il ne s'arrête jamais.

La voix se fit entendre à nouveau, plus forte, et cette fois je distinguai des mots.

— Joe. Réveille-toi.

La brume de mon esprit se dissipa alors que je m'efforçais d'ouvrir les paupières et deux yeux couleur de miel rencontrèrent les miens. Bon sang, ce n'était pas un rêve.

La main immobile de Seth me tenait le menton, son pouce reposant sur ma lèvre inférieure. Le souffle court, je le dévisageai. La surprise me pénétra ; mon esprit embrumé ne parvenait pas à comprendre.

— Ça y est, tu es réveillée ? demanda-t-il en faisant glisser son pouce sur ma lèvre, éveillant une nuée de papillons hyperactifs au creux de mon ventre. Je peux refaire le tour du quartier si tu veux continuer à dormir.

— Hein ?

Un petit sourire orna ses lèvres et ces foutus papillons virevoltaient maintenant dans ma poitrine.

— Nous sommes arrivés chez toi, mais tu dormais toujours, alors j'ai continué de rouler, expliqua-t-il.

J'ouvris grand les yeux. Nous étions à Osborn ? J'avais dormi pendant tout le trajet ?

— Nous sommes environ à un kilomètre de ta maison. Je me suis dit que tu aurais besoin d'un peu de temps pour reprendre tes esprits.

Voilà qui était étonnamment attentionné de sa part. Mes lèvres s'incurvèrent en un sourire.

— Non, je suis bien réveillée.

— Comment tu te sens ?

— Ça va.

Je déglutis avec difficulté.

— Est-ce que j'ai l'air… d'avoir rencontré le requin des *Dents de la mer* ? Je ne veux pas que ma mère et mes grands-parents s'inquiètent.

Il m'inspecta.

— Non. Laisse tes cheveux lâchés. Ils cachent la cicatrice et ton pull fait le reste. Pour ta lèvre… ça ne se voit pas trop.

Ses yeux descendirent sur ma bouche, et waouh, les papillons se transformèrent en ptérodactyles. C'était ridicule. Comme tout le reste. Mais je me souvenais parfaitement de son regard quand j'étais sortie de la salle de bains vêtue de son tee-shirt, de ce qu'il m'avait dit et de ma main dans la sienne quand je m'étais endormie… Bref, de tout ce qui avait précédé le moment où j'avais failli me faire trucider.

— Tu as encore fait ces petits bruits en dormant, dit-il. Comme des murmures.

Mon Dieu, dites-moi que c'est une blague !

— Je ne t'aime vraiment pas.

Même moi, je n'y croyais pas, et son sourire s'agrandit. Il me tapota le bout du nez.

— Tu mens très mal.

Sur quoi il se recula, passa une vitesse et reprit la route. Je le contemplai encore un moment. Ses cheveux étaient de nouveau détachés, leurs pointes qui semblaient si soyeuses effleurant ses larges épaules, adoucissant les lignes dures de son visage.

Mon Dieu, il était réellement à tomber. Mais je devais me concentrer sur ce qui était important : dans quelques minutes, j'allais revoir ma mère. Je la verrais en chair et en os pour la première fois depuis que j'avais appris la vérité, et je devais reprendre mes esprits.

Mon ventre se noua tandis que nous roulions sur la route de campagne que je connaissais si bien. Le soleil filtrait à travers l'épais feuillage des arbres, jetant des ombres sur le capot de la Porsche et sur le pare-brise. Qu'est-ce que j'allais dire à ma mère ? Qu'est-ce que je *pouvais* dire ?

— Tu es nerveuse ? demanda Seth.

— Ça se voit tant que ça ?

— Tu gigotes sur ton siège comme si tu étais montée sur ressorts.

Oh. D'accord. Je m'efforçai de me tenir tranquille.

— Je ne sais pas quoi lui dire. Je ne sais même pas si elle comprendra.

Ses longs doigts se refermèrent sur le volant et il plissa les yeux. Plusieurs secondes s'écoulèrent.

— Tu es obligée de dire quelque chose ?

Dans un premier temps, je ne compris pas, puis ses paroles prirent sens. Alors que la voiture ralentissait, je pris conscience que je n'avais pas besoin d'entrer dans les détails. Il me suffisait de lui dire que je savais ou de la prendre dans mes bras pour le lui faire comprendre.

— Tu es une fille intelligente, dit-il en bifurquant sur le chemin menant à la maison. Tu vas très bien te débrouiller.

Je crois que je cessai de respirer quand je débouclai ma ceinture. Mon cœur battait comme un tambour quand la maison apparut. C'était une bâtisse ancienne, sur deux niveaux, qui avait dû être magnifique autrefois. La maison de mes grands-parents n'était pas décrépite ou délabrée, mais la peinture blanche de la façade en bois s'écaillait et la toiture avait besoin d'être remplacée, surtout au-dessus du porche. Quoi qu'il en soit, c'était chez moi et je la trouvais belle malgré son âge.

Son âge ? L'idée me traversa quand les graviers crissèrent sous les roues de la Porsche. Cesserais-je de prendre de l'âge quand mes superpouvoirs seraient débridés ? Je me tournai vers Seth.

— Est-ce que les demi-dieux vieillissent ?

Il fronça les sourcils en arrêtant le SUV près du vieux pick-up Ford de mon grand-père.

— Waouh. Je ne m'attendais pas à ça. Mais non, les demi-dieux ne vieillissent pas. Dans le temps, ils devaient passer des épreuves pour obtenir leur plein statut. Pour d'autres… ils sont créés tels quels et cessent de vieillir à partir de ce moment.

Fichtre. Je me tassai contre mon dossier, les yeux fixés sur la balançoire du porche qui ne devait plus supporter mon poids. Bonté divine. Je pouvais rester coincée entre vingt et vingt et un ans pour toujours. Genre, pour *l'éternité*.

— Et toi, tu vieillis ?

Un silence.

— Oui, mais ça ne sera pas vraiment un problème.

Je l'examinai attentivement. Je n'aimais pas la façon dont il disait ça.

— Pourquoi ?

Seth coupa le contact. La mâchoire crispée, il retira le lien de cuir qu'il portait au poignet pour nouer ses cheveux en catogan.

— Tu n'as pas besoin de te soucier de ça maintenant, Joe. Dépêche-toi d'entrer. Je regrette d'avoir à te le dire, mais nous sommes pressés. Nous devons reprendre la route, parce que ce n'était qu'un détour. Il faut que je t'emmène dans le Dakota du Sud.

— Où tu pourras te débarrasser de moi ?

La question m'avait échappé et il me regarda fixement. Je retins mon souffle. Pourquoi je lui avais demandé ça ?

— Et arrête de m'appeler Joe.

Il avait raison, mais je tentais de gagner du temps.

— C'est quand, ton anniversaire ? Tu as vingt et un ans, n'est-ce pas ?

Il me dévisagea, les commissures des lèvres frémissantes, comme s'il ne savait pas s'il devait sourire ou faire la grimace.

— Mon anniversaire est le 2 mai. J'aurai vingt-deux ans.

— Le mien, c'est le 13 octobre. Il tombe parfois un vendredi 13, et c'est trop bizarre. Comme si j'étais un chat noir qui traverse la route ou une échelle sous laquelle personne ne veut passer.

Il secoua la tête en soupirant.

— Tu veux que je t'attende ici ?

Bon. Il était temps de quitter la voiture. Une main sur la poignée de la portière, je m'apprêtais à répondre par l'affirmative, mais ce ne fut pas ce qui sortit de ma bouche.

— Non. Je veux dire, tu ne peux pas m'accompagner ? Mes grands-parents vont croire que tu es mon amoureux, mais je leur dirai que tu es un ami et ils ne feront pas de commentaires. Je crois qu'ils étaient des hippies dans leur jeunesse.

Ses lèvres frémirent à nouveau.

— Pourquoi pas ton amoureux ?

Je lui lançai un regard en biais.

— Parce que tu ne l'es pas.

Ça me paraissait évident, pourtant.

— Je suis ton ami ?

Il semblait sincèrement curieux, ce qui laissait supposer qu'il était encore pire que moi niveau relations sociales, et ça le rendait attendrissant.

— Oui, tu es mon ami, décrétai-je, et il haussa un sourcil doré parfaitement dessiné. Je me demande bien pourquoi, d'ailleurs. Tu as des sautes d'humeur, mais tu sais être drôle quand tu veux. Tu as quand même l'esprit mal placé. Mais tu es parfois gentil, et je sais qu'on ne se connaît que depuis deux jours, mais tu m'as sauvé la vie et j'ai l'impression… de te connaître aussi bien qu'Erin. Alors oui, on est amis.

Seth m'observa un moment, puis un rire secoua ses épaules.

— Descends de la voiture, Joe.

Je m'exécutai.

— Merci, *Sethie*.

Il me lança un regard amusé en contournant la Porsche. Levant les yeux vers la porte d'entrée, je sentis ma gorge se serrer. Je respirai un grand coup.

— Tu es sûr que je suis présentable ?

— Oui.

Malgré mes genoux douloureux après mon atterrissage forcé du matin, je m'élançai à toute allure sur les marches en bois qui craquèrent sous mes pieds. J'ouvris la moustiquaire et ne fus pas surprise que la porte derrière ne soit pas verrouillée. Les seuls criminels par ici étaient des voleurs de vaches. Je pénétrai dans le petit vestibule en appelant :

— Maman ? Mamie ?

Seth m'emboîta le pas, aussi silencieux qu'un foutu ninja, et referma la porte sans même faire retentir l'affreux grincement que j'avais provoqué en l'ouvrant.

Je m'étais engagée dans le couloir quand ma grand-mère sortit de la cuisine. À l'instant où je la vis, tous les événements du matin furent oubliés. Ce n'était pas encore une vieille dame, elle avait moins de soixante ans et se portait plutôt bien. Au milieu de son visage rond marqué par l'âge, ses yeux bruns étaient brillants et pleins de vie.

— Ma chérie, qu'est-ce que tu fais ici ?

S'essuyant les mains sur son jean, elle se rua sur moi et me prit dans ses bras sans me laisser le temps de répondre. Ses embrassades étaient toujours puissantes. Celle-ci fut un peu douloureuse, mais je m'en fichais. Ça m'avait manqué.

Elle recula, un grand sourire aux lèvres.

— Ça, pour une surprise ! Jimmy ! lança-t-elle pardessus son épaule. Notre Josie est ici !

Sa voix criarde me vrilla les tympans et je fis la grimace.

Ma grand-mère recula et me prit les mains. Ses yeux s'écarquillèrent en voyant que j'étais accompagnée.

— Et qui est-ce que tu nous amènes, ma chérie ?

Sentant le feu me monter aux joues, je me tournai vers Seth.

— Je te présente… euh… Seth…

Je me rendis compte que je ne connaissais pas son nom de famille.

— Un ami.

— Un ami ?

Ma grand-mère me lança un regard qui laissait entendre que j'avais bien tort et qui me donna envie de me cacher sous la petite table calée contre le mur. Elle fit un clin d'œil, qui ne m'était pas destiné, et je ravalai un grognement.

— Eh bien, entrez, tous les deux. Venez boire un verre de thé glacé. Il est bien frais, comme tu l'aimes, ma chérie. Jimmy est dans la cuisine en train de manger de la tarte, même si le docteur lui a prescrit davantage de légumes et moins de sucres et de viande à cause de son diabète, mais tu le connais. Je jure qu'il a déjà dévoré la moitié de la tarte aux pommes depuis que je l'ai sortie du four hier soir, alors si vous en voulez une part, je vous conseille d'aller chercher la carabine. Oh, et si vous voulez du café, il est encore chaud.

Je pinçai les lèvres tandis que ma grand-mère disparaissait dans la pièce voisine. Seth s'arrêta près de moi et me donna un coup d'épaule. Le sourire aux lèvres, il me murmura à l'oreille :

— Laisse-moi deviner : tu tiens de ta grand-mère.

— On n'est plus amis, grommelai-je.

Il laissa échapper un gloussement alors que je pénétrais dans la grande salle à manger. Un vase de tulipes, les fleurs préférées de ma mère, trônait au milieu de la table en chêne. Seth resta légèrement en retrait quand nous entrâmes dans la cuisine. Comme l'avait dit ma grand-mère, mon grand-père était attablé, une part de tarte aussi grosse que ma tête posée devant lui, un journal à la main. Il avait une impressionnante chevelure, héritée sans doute de gènes généreux, sans la moindre trace de gris dans sa tignasse châtain. Ou alors il se teignait.

Il nous jeta un regard curieux par-dessus la monture sombre de ses lunettes, reposa son journal et ses yeux noisette passèrent de moi à Seth.

— Qui est-ce ?

— Seth. Pas de nom de famille apparemment, en tout cas on ne m'en a pas donné, répondit ma grand-mère en attrapant deux tasses qu'elle posa à côté de deux verres. C'est un *ami*.

Je m'apprêtais à répondre, mais mon grand-père fut plus rapide.

— Vous aimez la tarte, mon garçon ?

Mon Dieu, avait-il sérieusement appelé Seth « mon garçon » en lui demandant s'il aimait la tarte ? Cette conversation ne se déroulait pas comme prévu.

Un rire étouffé résonna derrière moi.

— Oui, j'adore ça, monsieur.

Mon grand-père nous observa, les yeux plissés, et se cala contre son dossier, croisant les bras sur la chemise à carreaux que je l'avais toujours vu porter depuis que j'étais petite.

— Bien. Je me méfie des gens qui n'aiment pas la tarte.

Avant de le laisser poursuivre dans cette veine, j'intervins.

— Je ne vais pas pouvoir rester longtemps, mais il faut que je parle à maman. Elle est dans sa chambre ?

Ma grand-mère finit de verser une dixième cuillerée de sucre en poudre dans la tasse de mon grand-père, ce qui me tira un froncement de sourcils, car ce n'était pas indiqué pour son diabète, puis elle posa la tasse devant lui.

— Hilary n'est pas là, ma chérie.

— Pas là ?

Ça, c'était nouveau. Ma mère ne quittait jamais la maison sans l'un de mes grands-parents.

— Où est-elle ?

Avec un sourire, ma grand-mère pivota en direction du réfrigérateur dont elle sortit une grande carafe de thé.

— Avec un ami.

Les nœuds dans mon ventre étaient de retour, se multipliant comme des mogwaïs nourris après minuit. Je secouai la tête. Ma mère n'avait pas d'amis.

— Quel ami ?

— Un ami très sympathique. Ils sont partis en vacances pour quelques jours.

Elle se tourna vers mon grand-père tout en versant le thé.

— Ou quelque chose comme ça.

Seth se rapprocha de moi et je sentis sa tension envahir la cuisine douillette. Je pris une inspiration, qui resta coincée dans ma gorge.

— D'accord. Vous me faites marcher. Elle est en haut ?

— Elle est partie, répondit mon grand-père, qui reprit son journal. Quand a-t-elle dit qu'ils rentreraient, déjà ? Elle et ce jeune homme sympathique qui aimait aussi la tarte ?

Il fronça les sourcils.

— Je n'arrive pas à m'en souvenir…

Ma grand-mère haussa les épaules en s'asseyant avec nos verres.

— Ce ne sont pas nos affaires. Alors, vous allez le boire, ce thé ?

Je les dévisageai un moment sans rien dire, abasourdie. Il était impossible qu'ils aient laissé partir ma mère avec quelqu'un – surtout un homme – sans poser de questions. Je les regardai vaquer à leurs occupations pendant quelques secondes. Mon grand-père mangeait sa tarte. Ma grand-mère disposait les verres sur la table avec soin. Quelque chose clochait, très sérieusement.

Je reculai d'un pas et me cognai dans Seth.

— Josie, dit-il à voix basse.

Je quittai la cuisine en toute hâte et courus dans l'entrée. Bifurquant sur ma gauche, je m'engouffrai dans l'escalier, grimpant les marches deux à deux.

— Maman ? appelai-je en arrivant dans le couloir qui sentait vaguement l'antimite et les pommes à la cannelle.

Je dépassai comme une flèche les photos encadrées, mon ancienne chambre, celle de mes grands-parents, jusqu'à la dernière pièce tout au bout du couloir.

La porte était ouverte.

Je déboulai dans la chambre, le souffle court, et la balayai frénétiquement des yeux. Le lit vide était fait. Pas de médicaments sur la table de nuit. Les chaussons de ma mère n'étaient pas à leur place habituelle, à côté du lit.

Les mains tremblantes, je me dirigeai vers la commode et ouvris brutalement un tiroir. Vide. Je passai aux suivants. Tous étaient vides.

Ma mère n'était pas là.

Ce n'était pas normal. Il y avait un problème.

Je me précipitai vers la table de nuit et son petit tiroir. Quand je voulus l'ouvrir, quelque chose le bloquait. Son livre préféré – une romance historique de Joanna Lindsey qu'elle avait lue et relue jusqu'à ce que les pages se détachent – était resté ici, à côté d'un paquet de mouchoirs en papier. Les comprimés qu'elle prenait faisaient pleurer ses yeux.

Reculant d'un pas chancelant, je regardai fixement le petit livre de poche dans le tiroir. Qu'est-ce que ça voulait dire ?

— Josie ?

Je me retournai au son de la voix de Seth. Il se tenait sur le seuil.

— Où est-elle ?

Il ne répondit pas et je sentis la panique menacer de me faire perdre pied.

— Où est-elle, Seth ?

— Je ne sais pas, mais…

Lui tournant le dos, je courus vers la penderie, ouvrant les portes en grand. Ma mère ne possédait pas beaucoup de vêtements, essentiellement des tenues confortables comme des pantalons d'intérieur et des jeans délavés, mais elle avait quand même quelques robes.

Il n'y avait plus rien.

Seth prononça de nouveau mon nom, et cette fois il était plus près.

— Elle est forcément quelque part. Peut-être au lac.

Cela n'expliquait pas l'absence de ses vêtements et de ses médicaments, mais je m'accrochai à cette idée comme à une bouée.

— Elle aime y aller quelquefois. Et il fait plutôt doux aujourd'hui.

Il secoua la tête.

— Je ne crois pas qu'elle y sera.

— Non.

Je l'évitai alors qu'il tentait de me retenir et me précipitai vers la porte, mais il était juste derrière moi. Enroulant un bras autour de ma taille, il me tira contre son torse.

— Arrête-toi une seconde, Josie. Elle n'est pas…

Puisant dans une force physique que j'ignorais posséder, je m'arrachai à son étreinte. Il cria mon nom, mais je filai dans le couloir, les nerfs à fleur de peau tandis que la peur s'installait, plongeant profondément ses griffes en moi. J'y cédai et me mis à courir.

— Et merde.

La situation tournait à la cata. Il y avait clairement un problème, et pas seulement dans cette conversation sur la tarte.

Je suivis Josie. Par les enfers, cette fille était rapide quand elle le voulait, et forte aussi – elle avait fait usage d'une puissance anormale lorsqu'elle s'était libérée, surtout après ce qui s'était passé ce matin. Elle était déjà dans l'entrée et franchissait la porte extérieure. Jurant entre mes dents, je bondis du haut de l'escalier, atterrissant dans le vestibule.

— Jésus, Marie, Joseph.

Le grand-père de Josie recula contre le mur à côté de la porte, une main sur le cœur.

Merde et merde.

— Oubliez ce que vous avez vu.

Je me dirigeai vers la porte toujours ouverte, me retournant pour lui lancer un autre sort de compulsion.

— Et... Je ne sais pas... Reprenez une part de tarte.

J'étais maintenant dehors, et sautai en bas du porche. Atterrissant sur le gravier, je la repérai à la lisière des arbres. Je me lançai à sa poursuite au milieu des grands chênes et puis elle disparut dans une courbe du sentier. Accélérant l'allure, je débouchai sur une plage de galets couleur de sable et m'immobilisai, projetant une gerbe de petits cailloux.

Josie s'était arrêtée à deux pas de là, près d'une pile de bois flotté, les yeux rivés sur les eaux immobiles d'un lac immense. Ramenant derrière mon oreille une mèche de cheveux qui s'était échappée de mon catogan, je contemplai sa silhouette figée.

Par les dieux, je n'avais franchement pas besoin qu'elle détale comme ça, mais elle dégageait des émotions violentes, si tangibles dans la brise fraîche qu'elles formaient presque une troisième entité entre nous.

— Elle est vraiment partie, dit-elle en se retournant.

Ses yeux bleus brillants de larmes m'imploraient et mon cœur se serra de façon troublante, parce que j'étais incapable de répondre à sa supplique muette.

— Quelque chose ne va pas avec mes grands-parents. Ils n'accepteraient jamais qu'elle s'en aille... ou que quelqu'un l'emmène.

Je m'avançai d'un pas puis m'immobilisai quand l'expression de son visage m'avertit qu'elle s'apprêtait à fuir à nouveau.

— Je crois que tes grands-parents sont sous l'effet d'un sort de compulsion.

— Un sort de compulsion ? murmura-t-elle, ses mots emportés par le vent. Quelqu'un comme toi est venu ici ? Pour emmener ma mère et triturer l'esprit de mes grands-parents ?

J'anticipais déjà qu'elle le prendrait très mal, mais il était inutile de lui mentir.

— Peut-être un pur, ou un dieu, ou...

— Ou quoi ?

Elle recula, les poings serrés.

— Ou quoi ? hurla-t-elle.

Ou peut-être un Titan. Mais pourquoi enlever sa mère et soumettre ses grands-parents à un sort de compulsion ? S'ils connaissaient l'adresse de Josie, celle où vivait sa mère, ils n'auraient probablement épargné personne. Cela dit, le seul Titan que je connaissais était Persès, et si ses congénères étaient aussi tordus que lui, ils étaient capables de tout.

— Mon Dieu. Ce n'est pas juste. Ma mère n'a rien fait de mal.

— Je sais, dis-je le plus doucement possible. Je comprends.

— Tu comprends ?

Elle éclata de rire et plongea les mains dans ses cheveux.

— Comment tu peux comprendre, Seth ? Ça t'est déjà arrivé de voir ton univers s'écrouler ? Qu'on te raconte des choses que tu avais toujours crues impossibles ? Que ta mère soit enlevée par une créature mythologique ?

— Non.

Ce que je dis ensuite me surprit moi-même.

— Mais je connais quelqu'un à qui c'est arrivé. Je connaissais une fille qui a vu son monde s'effondrer, qui a perdu sa mère et des tas d'autres gens.

Je n'arrivais pas à croire que je parlais d'elle – Alex – mais je continuai.

— Donc j'ai déjà vu ça. Je sais que c'est difficile, mais il faut te reprendre. Tes grands-parents vont bien, ce qui me donne à penser que quiconque a emmené ta mère ne voulait pas les contrarier ou leur faire du mal. C'est bon signe.

Je la vis déglutir. Un peu de sa panique reflua, mais ses muscles se contractèrent et je sus qu'elle allait s'enfuir à nouveau. Je ne pouvais pas lui en vouloir. Elle venait de subir un choc et avait sûrement besoin d'espace et de temps, sans doute de quelqu'un pour la rassurer, mais j'étais nul pour ça et je ne pouvais pas lui courir après au milieu de nulle part indéfiniment.

Parce que le temps nous était compté.

Josie laissa échapper une plainte qui me déchira la poitrine aussi violemment que les griffes d'une Furie. Elle s'apprêtait à prendre le large. Je fis un pas en avant, me préparant à la plaquer au sol si nécessaire. C'est alors que le sol se mit à trembler sous mes pieds. Avant que je puisse réagir, un hurlement terrible se fit entendre, comme l'écho de mille cris du haut d'une montagne.

La sensation d'une présence descendit le long de ma colonne vertébrale tandis que les glyphes couraient sur ma peau en guise d'avertissement. Par les dieux, c'était vraiment de très mauvais augure.

15

Tout autour de nous, les arbres furent secoués par une nuée d'oiseaux qui s'envola précipitamment, s'élançant dans les airs dans un vacarme de battements d'ailes et de cris de panique. Ils envahirent le ciel, éclipsant le soleil.

Seth se précipita aussitôt à mes côtés.

— Cette fois, ça ne sent pas bon du tout.

Le sol frémit sous nos pieds tandis qu'un martèlement de sabots s'élevait en provenance du bosquet. Vacillante, je me plaquai contre un tronc lorsqu'un troupeau de chevreuils surgit d'entre les arbres. Il en arrivait par *centaines*. Lancés à toute allure, ils franchirent d'un bond la pente douce où l'herbe laissait place aux galets, remuant leurs petites queues blanches.

Parmi eux se hâtaient d'autres bestioles plus petites : lapins, écureuils, mouflettes. Stupéfaite, je regardai cette troupe d'animaux de la forêt tout droit sortie d'un Disney changer brusquement de direction pour suivre la berge du lac jusqu'à disparaître au loin.

Haussant les sourcils, Seth pivota vers moi, et je ravalai difficilement le nœud qui s'était formé dans ma gorge.

— Ce n'est pas normal…, balbutiai-je. Pas du tout.

— Ah bon ? Vous n'assistez pas à un exode massif d'animaux tous les week-ends, dans le coin ?

Avant que je puisse répondre à son sarcasme, un nouveau fracas retentit, m'arrachant un sursaut. Un rugissement interminable, plus assourdissant que le tonnerre, transperça le ciel bleu sans nuages et tous les poils de mon corps se hérissèrent. On aurait dit les trompettes de l'apocalypse.

Ou Godzilla.

Le rugissement provenait de l'endroit qu'avaient fui les animaux. De la maison…

— Mes grands-parents…

Seth me saisit par la main au moment où je quittai l'arbre contre lequel je m'étais appuyée. Mais au lieu d'essayer de me retenir, il s'élança avec moi vers le bruit. Au-dessus de nos têtes, des branches pleuvaient des arbres, accrochant mes vêtements et mes cheveux dans leur chute. Le pied sûr, Seth évitait tous les rochers et les racines qui se dressaient sur son passage. Quand nous déboulâmes du bosquet, la maison de mes grands-parents était toujours là, ainsi que la Porsche garée près de la Ford. Tout semblait normal, à l'exception des buissons que mon grand-père avait plantés le long de l'allée quelques années plus tôt, désormais piétinés. Tournant au coin de la maison, j'avisai le porche. La porte d'entrée était grande ouverte, la moustiquaire sortie de ses gonds.

Oh non. *Non*.

La main de Seth se resserra sur la mienne et il m'obligea à m'arrêter.

— Il y a un problème.

La peur dominait toutes mes pensées.

— Je veux m'assurer que mes grands-parents n'ont rien. Lâche-moi.

De sa main libre, il tira l'une de ces dagues menaçantes qu'il avait rangées je ne sais où.

— Pas question que tu entres dans cette maison.

Je me retournai brusquement vers lui mais capitulai aussitôt en voyant son regard. Je secouai la tête.

— Non. Pas...

Soudain, Seth m'attira contre lui et se laissa tomber à genoux sur le sol tandis qu'une nouvelle détonation retentissait. Le pare-brise de la Ford explosa en une pluie d'éclats de verre.

— Par les dieux, grommela-t-il en me poussant sur le sol, contre la Porsche. Reste à terre.

Il se redressa et se faufila entre les voitures tandis qu'un nouveau projectile atteignait le capot du pick-up. Je me relevai à quatre pattes.

Mon grand-père apparut sur le seuil, armé d'une carabine. Je bondis sur mes pieds lorsque je le vis la braquer sur Seth.

— Papi ! Non !

Sourd à mes cris, il descendit les marches, pressant de nouveau la détente. Je me mis à hurler tandis que Seth plongeait sur la droite, évitant de peu la volée de plomb.

Il sauta sur les marches, aussi rapide qu'une panthère dans la jungle. Empoignant le canon de la carabine, il l'arracha des mains de mon grand-père et la jeta au sol, devant la Porsche. La dague qu'il brandissait soudain étincela dans le soleil.

— Non ! m'écriai-je, surgissant d'entre les voitures. Seth, ne fais pas ça !

Il lança un coup d'œil dans ma direction, hésita une fraction de seconde. Profitant de sa distraction, mon grand-père fit un pas de côté, leva la jambe et frappa Seth d'un violent coup de pied à l'estomac qui le projeta en arrière. Avec un grognement, Seth percuta la rampe de bois de l'escalier, qui céda sous son poids.

— Qu'est-ce que...

Je m'immobilisai au pied des marches et dévisageai mon grand-père. Je ne m'étais certainement pas attendue à *ça*.

Il se tourna vers moi.

— Josie, recule ! hurla Seth.

C'est alors que je vis les yeux de mon grand-père… ou plutôt, le vide qui les remplaçait. Ils étaient entièrement noirs. Pas de pupilles. Rien que deux puits obscurs. Je fis un pas en arrière, pris une brusque inspiration, et une odeur de charogne envahit mes narines.

Il sourit.

— Nous te cherchions, fille d'Apollon.

Oh non.

— Ce n'est pas ton grand-père, dit Seth qui jaillit soudain devant moi, m'obligeant à battre en retraite. Il n'est plus là.

Cette idée m'était inconcevable. Je saisissais le sens de ses paroles, je le voyais de mes propres yeux, mais je refusais de l'admettre. C'était *impossible*.

Alors que mon grand-père continuait d'avancer, Seth se raidit devant moi.

— Ne regarde pas, Josie, dit-il à mi-voix. Ferme les yeux.

La gorge serrée, j'étais incapable de détourner le regard. Seth avait raison. Il avait essayé de me prévenir que c'était trop risqué de rentrer chez moi, mais je ne l'avais pas écouté.

J'avais conduit ces… ces créatures tout droit à ma famille.

— Il est trop tard.

Mon grand-père éclata d'un rire qui n'avait rien de commun avec le sien. Froid comme la mort, évoquant l'atmosphère humide d'une galerie souterraine.

— Il est ici.

Un frisson glacé me parcourut l'échine.

Quand Seth fit un pas dans sa direction, je compris ce qui allait arriver. Un hurlement monta douloureusement dans ma gorge, mais avant qu'il franchisse mes lèvres, mon grand-père rejeta la tête en arrière et un panache de fumée noire jaillit de sa bouche, épaisse et visqueuse comme du pétrole. Je ne vis même pas où elle se dissipa.

Mon grand-père s'effondra comme un pantin désarticulé. Je voulus contourner Seth, mais il m'intercepta par la taille, me soulevant du sol. La vision brouillée par mes larmes, je contemplai le corps inerte, tas informe de peau et de vêtements. Mon cœur se brisa.

— Papi ? murmurai-je, tendant désespérément les bras vers lui.

— Il n'est plus là, répéta Seth à mon oreille. Il est mort, Josie, et on ne peut pas rester ici. Nous devons partir avant que...

Le toit s'écroula brusquement dans un nuage de poussière. Les fenêtres de la maison explosèrent les unes après les autres. Des morceaux de verre furent projetés dans les airs comme autant de missiles minuscules qui fondaient droit sur nous. Je cessai de respirer lorsque Seth se plaça devant moi pour me faire un rempart de son corps, mais les éclats de verre se figèrent. Ils restèrent suspendus plusieurs secondes, brillant comme des diamants dans le soleil, avant de retomber sur le sol.

Ébranlant la charpente et le porche, quelque chose – non, *quelqu'un* – franchit le seuil déformé de la maison. Les planches de bois se rompirent sous le poids de pieds bottés. Des jambes vêtues de cuir apparurent, aussi massives que des troncs et surmontées d'un torse puissant habillé d'une chemise blanche à moitié boutonnée.

C'était un homme – un colosse de deux mètres de haut biberonné aux stéroïdes. Le crâne entièrement rasé, les yeux en amande, une grande bouche encadrée de larges pommettes et une étrange couleur de peau. Impossible de déterminer son origine : ni blanc, ni noir, ni hispanique, sa peau paraissait un véritable mélange de toutes les couleurs. Lorsqu'il avança, le toit au-dessus du porche s'ouvrit en deux, comme fendu par la lame d'un ouvre-boîte. Je trouvais cet homme très beau jusqu'à ce que je distingue ses yeux – deux puits noirs et sans âme.

Pas besoin d'être experte en mythologie pour deviner qu'il s'agissait d'une divinité. *Faites qu'il soit amical. Faites qu'il soit amical.*

Les muscles ramassés, Seth continuait à me faire reculer.

— Hypérion.

Raté.

Hypérion s'immobilisa sur la première marche, la tête penchée sur le côté.

— Écarte-toi, Apollyon, tonna-t-il d'une voix qui résonna à travers tout mon corps. Ou j'anéantirai tout ce qui t'est cher.

— Ça a l'air amusant, répliqua Seth, me faisant écran de son corps. Mais sans façon.

En une seconde, le Titan disparut des marches pour se dresser devant nous. Lâchant un chapelet de jurons, Seth pivota sur lui-même mais, malgré sa vitesse hors du commun, il ne fut pas assez rapide.

Le colosse l'empoigna par les épaules et le rejeta sur le côté comme s'il ne pesait pas plus lourd qu'un paquet de chips. Un paquet de chips *à moitié vide*. Horrifiée, je vis Seth percuter le mur de la maison qui se fissura, puis s'écrouler au sol, où il ne bougea plus.

Hypérion se pencha vers moi.

— Tu es plutôt... sans intérêt, pour une demi-déesse. Mais tu es imprégnée de l'odeur de ton père.

Mon instinct me guida. Je tournai les talons et détalai entre les véhicules. Où comptais-je aller ? Pas question d'abandonner Seth. Je pouvais faire le tour de la maison, et après ? Appeler à l'aide ? Je n'en eus pas l'occasion, car Hypérion se matérialisa devant moi lorsque j'atteignis la cour. Poussant un cri de surprise, je dérapai dans les graviers et reculai.

Un sourire en coin étira ses lèvres.

— On ne fuit pas les gens. C'est malpoli.

Cause toujours.

Je lui tournai le dos et repartis à toutes jambes entre les voitures, mais, une fois de plus, il me barra la route. Incapable de m'arrêter à temps, je poussai un cri strident et rebondis contre son torse en béton armé. Je tombai à la renverse et atterris sur les fesses.

Il me regarda de haut sans se départir de son insupportable sourire satisfait.

— Et ça ne sert à rien, petite. Je suis un Titan.

Le cœur battant la chamade, je reculai sur les graviers tandis qu'il avançait nonchalamment vers moi à grandes enjambées. Son bras se détendit et il m'empoigna par les cheveux. Une douleur cuisante se propagea dans mon cuir chevelu quand il me hissa sur mes pieds. Agrippant son poignet épais, je plantai mes ongles dans sa peau.

Il baissa la tête sans ciller.

— Sais-tu depuis combien de temps j'attends ce moment ? demanda-t-il, un éclair argenté traversant ses yeux noirs. Voilà des millénaires que je suis retenu prisonnier avec pour unique consolation ma soif de vengeance. C'est la seule chose qui m'ait empêché de perdre la raison.

Il souleva son bras et mon dos se cambra alors qu'il se penchait sur moi.

— Enfin, ça reste à voir.

Une main chaude se referma autour de mon cou, me coupant la respiration.

— Tu ne sais même pas pourquoi, n'est-ce pas ?

J'ouvris la bouche, mais je manquais d'air et de mots. Sur la pointe des pieds, je lui martelai la main dans l'espoir de déplacer les doigts qui me comprimaient la trachée. La panique cédait la place à une terreur profonde. Comme lors de l'attaque des démons, j'étais impuissante, incapable de me défendre.

— Oh, tu ne peux pas respirer ? Désolé.

Hypérion relâcha juste assez sa prise pour me laisser prendre une inspiration hachée qui me brûla la gorge, mais il replia les doigts, plantant ses ongles aiguisés comme des serres dans mon cou. Il avança la tête et, lorsqu'il parla, je sentis son souffle sur ma joue.

— Tu crois que je veux te tuer ? demanda-t-il en éclatant d'un rire tonitruant qui fit trembler les voitures autour de nous. Oh, non. J'ai l'intention de prendre tout mon temps. Je vais faire durer le plaisir. Bientôt, tu m'appelleras maître, et je ne te précipiterai dans l'abîme que lorsque ton père sera brisé et que l'Olympe sera de nouveau à nous. En attendant, tu vas devenir ma barre protéinée personnelle. Je vois que quelqu'un s'est déjà servi.

Je battis des jambes mais mes pieds rebondirent contre ses cuisses sans produire le moindre effet.

— Tu luttes comme une fillette, dit-il avec un rire cruel. Tu es faible. Sans défense. C'en est presque ennuyeux.

Me lâchant les cheveux, il plaqua sa main libre sur mon thorax.

— Je constate que tu connais déjà la façon la plus douloureuse d'absorber l'éther. L'autre l'est un peu moins. *Un peu*, insista-t-il. Je vais te faire hurler. Pour attirer ton père.

Il se pencha en avant, plaçant sa bouche au-dessus de la mienne, et je lui balançai un crochet, la poitrine comprimée par la peur. Il intercepta ma main avant l'impact et me plaqua contre la portière du pick-up avec une telle violence que mes os s'entrechoquèrent. Abandonnant ma gorge, il appuya sa paume entre mes seins. Horrifiée, je crus un instant qu'il allait me peloter, mais il prit une inspiration, et le contact de sa main m'incendia le sternum.

Quelque chose s'éveillait en moi, comme un géant ensommeillé déployant ses membres engourdis au creux de mon estomac. Une onde de chaleur se mit à tournoyer jusqu'à l'endroit où se trouvait sa main. Le Titan sourit, et des étincelles d'argent crépitèrent dans ses yeux. Tout mon corps tressaillit et la chaleur se mua en un geyser d'eau bouillante. Il se passait quelque chose en moi – un fluide quittait mon corps – et ça me faisait *mal*. C'était une douleur semblable à celle de la morsure du démon, mais plus intense. Je poussai un cri.

— Hé, Hypérion.

Le Titan leva la tête. La sensation de ponction s'amenuisa et je reculai aussi loin de lui que possible, haletante. Un sillon chaud et humide descendait le long de ma gorge. Il m'avait entaillé la peau.

— Ouais, toi, connard.

Seth était debout, une dague à la main, un filet de sang au coin des lèvres.

— Alors, c'est toi, Hypérion ? Je suis déçu. Je t'imaginais plus grand.

— Sérieusement ? demanda le Titan en me libérant. Tu dois avoir des pulsions suicidaires. Je serai ravi de te rendre service.

Je m'effondrai sur les genoux. Basculant en arrière, je plaquai une main sur mon ventre. La brûlure ardente qui me consumait s'atténua jusqu'à se réduire à une douleur pulsante.

Seth et Hypérion s'affrontaient maintenant au corps-à-corps.

C'était d'une violence inouïe – un combat à mort. Ils échangeaient des coups de poing et des coups de pied. Seth atteignait plus fréquemment sa cible, mais le Titan semblait à peine sentir ses attaques. Je me relevai en chancelant entre les voitures et aperçus la carabine. Je n'étais pas certaine qu'elle me serait utile, mais c'était mieux que rien.

Seth se baissa et sa jambe se détendit, mais Hypérion esquiva le coup d'un bond en arrière, puis il se retourna et me balança un crochet dans le dos qui me propulsa en avant. Je percutai le sol tête la première, sonnée.

Pendant quelques instants, je restai immobile, incapable de bouger, les paumes pressées contre les graviers, le dos endolori par l'impact et tout le corps en feu. J'entendais leurs grognements, le bruit mat des poings qui s'écrasent contre la chair. Tout à coup, une lueur ambrée éclatante illumina le ciel tel un éclair d'ocre.

Hypérion éclata de rire.

Nous allions mourir. La panique se frayait un chemin toujours plus loin en moi. Relevant le menton, je vis la carabine, puis le corps de mon grand-père. Des larmes brouillèrent ma vision. Je ne voulais pas mourir. Pas comme ça. Je ne voulais pas que Seth meure.

Mobilisant toutes les forces qu'il me restait, je roulai sur le flanc et m'emparai de l'arme. Les mains tremblantes, je me redressai et pointai le canon sur le Titan, qui tenait Seth à la gorge. Formulant une prière silencieuse, je pressai la détente. Le recul me renvoya au sol, mais j'eus le temps de voir la chevrotine pénétrer la chair d'Hypérion. Il lâcha Seth et tituba sur le côté. De fines volutes de fumée blanche s'échappaient du trou dans son dos. Se retournant vers moi, il cracha un filet de sang qui se coagula sitôt qu'il atteignit le sol. Le Titan souriait.

Merde alors.

— Ça, ce n'était pas très gentil.

Il fit un pas dans ma direction. Je venais de lui tirer dans le dos, et ce monstre souriait !

Les doigts tremblants, je tentai de tirer encore, mais, au même moment, Seth surgit derrière lui, tournoyant sur lui-même avec une grâce mortelle.

Soudain, quelque chose fendit l'air au-dessus de ma tête dans un sifflement suraigu. Hypérion recula en chancelant avant de tomber, un genou à terre. Je n'avais pas pressé la détente. Seth ne l'avait pas touché non plus.

Une flèche était plantée dans l'épaule du Titan – une flèche de bois qui s'enflamma avant de disparaître dans un panache de fumée. Une seconde vint se ficher dans sa poitrine.

Une main se posa sur mon épaule, m'arrachant un cri de surprise. Je me retournai, prête à tirer, mais je découvris une femme d'une beauté irréelle.

Elle ressemblait à une elfe.

Tout droit sortie du *Seigneur des Anneaux*.

Des oreilles et un menton pointus, des pommettes hautes, une longue chevelure brune, la peau scintillant d'un éclat radieux. Vêtue d'une combinaison moulante vert sapin, elle braquait sur moi deux yeux entièrement blancs. Prenant une brusque inspiration, je fus envahie par un parfum de terre et de soleil.

— C'est ton père qui nous a envoyés, m'informa-t-elle d'une voix aussi légère qu'une averse printanière tout en calant une arbalète sur son épaule.

Nous ?

C'est alors que je les vis, surgissant des bois par dizaines. Les femmes ressemblaient toutes trait pour trait à celle qui était agenouillée près de moi. Il y avait aussi des hommes, habillés de pantalons en peaux de bêtes. Leur peau miroitait au soleil. Tous étaient armés d'arcs.

Celle qui était venue à ma rescousse m'aida à me relever.

— Vous devez partir. Le poison ne le retiendra que quelques minutes.

Le souffle court, je baissai les yeux sur Hypérion. Il était figé, un genou à terre, le regard rivé droit devant lui.

— Le poison ?

— Du sang de Pégase, répondit-elle avec un léger sourire. Il pétrifie n'importe quelle créature pendant un laps de temps limité.

Seth, qui m'avait rejointe, dévisageait la femme avec un mélange d'admiration et d'excitation.

— Tu es une nymphe, mais…

Sans finir sa phrase, il se tourna vers l'homme qui progressait vers Hypérion à grands pas, une flèche pointée sur sa nuque.

— Nous sommes tous des nymphes, répondit-elle. Contrairement aux histoires qu'on raconte, nous pouvons être des deux sexes. À présent, partez. Son métabolisme ne tardera pas à s'adapter.

— Merci. Amusez-vous bien avec ce crétin.

Rengainant sa dague, Seth m'entraîna en direction de la Porsche, mais je freinai des quatre fers.

— Attends. Ma grand-mère…

— Elle n'est plus, me coupa la nymphe, qui était soudain devant moi et me regardait dans les yeux.

À côté de moi, Seth se raidit, le visage empreint de compassion.

— Elle est morte. Il n'y a plus rien de vivant dans cette maison.

Ses paroles résonnèrent en moi tel un coup de tonnerre et mon cœur se brisa en mille morceaux. Mes grands-parents m'avaient élevée. Ils m'avaient aimée, ils comptaient plus que tout à mes yeux, et désormais, ils n'existaient plus. Évaporés en un claquement de doigts, et pour quoi ? Muette, le cerveau engourdi par le choc, je sentis Seth me guider doucement vers le siège passager. J'avais les yeux secs, mais j'y voyais à peine. Pas un bruit ne sortait de ma bouche, pourtant, j'avais l'impression de hurler à m'en briser la voix.

Un homme-nymphe apparut brusquement alors que Seth ouvrait la portière. À travers ma torpeur, en le voyant de près, je remarquai qu'il affichait la même beauté elfique que la femme.

— Ta mère est en sécurité, m'informa-t-il. Ton père s'en est assuré.

Incapable de prononcer un mot, je dévisageai cet être féerique. Seth m'aida à monter à bord. Regardant droit devant moi sans rien voir, assise sur le siège passager, j'étais sourde à ce qu'il me disait tandis qu'il prenait le volant et manœuvrait la Porsche.

Ce n'est qu'une fois que nous fûmes lancés sur la route de campagne que je me rendis compte que je serrais toujours la carabine sur ma poitrine.

16

Par les dieux, les choses n'auraient pas pu plus mal tourner.

Cette enflure d'Hypérion ! Apollon avait vu juste. Le Titan s'en était aussitôt pris à Josie et avait essayé d'absorber son éther – peut-être y était-il parvenu. Je l'avais vu poser les mains sur elle, en position pour se nourrir. Je connaissais les gestes.

Je serrai si fort le volant qu'une douleur cinglante traversa mes jointures meurtries. Cet enfoiré avait la tête dure. Il n'y avait pas que mes phalanges qui étaient douloureuses, mais la raclée qu'il m'avait collée – la première qu'on m'infligeait depuis un bon bout de temps – était le cadet de mes soucis.

Pour la centième fois depuis que nous étions remontés en voiture, je jetai un coup d'œil à Josie. Immobile, elle avait les yeux rivés sur la route. Elle avait fini par lâcher la carabine, qui reposait désormais sur ses genoux. Elle n'avait ouvert la bouche que pour me répondre quand je lui avais demandé si elle allait bien juste après notre départ – la question bidon par excellence. Sa lèvre saignait à nouveau. Le sang sur sa gorge avait séché mais la marque des mains d'Hypérion était toujours visible, offrant un spectacle douloureux. L'idée qu'il aurait pu l'étrangler ou lui tordre le cou sous mes yeux me faisait l'effet d'un coup de poing dans le ventre.

Putain.

Quand Apollon m'avait parlé des Titans, j'avais d'abord cru qu'il voulait m'envoyer après eux, et, à ce moment-là, je me fichais pas mal d'avoir à les combattre. Au fond de moi, j'étais même impatient, mais les choses avaient changé. Si je mordais la poussière face à Hypérion, Josie y passerait aussi.

Je n'aurais pas dû m'en soucier. Je ne pouvais pas me le permettre. Faire dans les sentiments était futile au point où j'en étais.

Ma mission était de la conduire dans le Dakota du Sud, où elle serait en sécurité. Plus ou moins. Quant à moi… Il faudrait que je prenne le large. Mais pour l'instant, toute mon attention était focalisée sur elle.

— Je crois qu'on peut faire une pause, décrétai-je tout en lui jetant un énième coup d'œil, brisant le silence.

Nous roulions depuis environ cinq heures, et il nous en restait encore quatre.

— Le temps que je t'examine et…

— Je vais bien, m'interrompit-elle, sans quitter le pare-brise des yeux. Je ne veux pas qu'on s'arrête. Tout ce que je veux, c'est qu'on arrive à destination.

Un sentiment de malaise m'étreignit les tripes.

— Josie, tu as été mordue ce matin – deux fois – et tu t'es battue avec un Titan. Il t'a blessée à la gorge et je…

Je voulais surtout m'assurer qu'elle allait bien, pas seulement d'un point de vue physique. Ce qui était arrivé à sa famille tenait du cauchemar. Avec tout ce qu'elle avait déjà dû encaisser, c'était trop. N'importe qui péterait un plomb.

— Je… je vais bien. Je le répète… je ne veux pas m'arrêter. Je veux partir. Continuer de rouler et mettre autant de distance que possible entre moi et cet endroit.

Je sentis ma mâchoire se crisper à ces mots. Pas de doute, elle était au plus mal.

— Josie, je… je suis désolé pour tes grands-parents. Je ne souhaite à personne ce qui leur est arrivé.

— Tu avais raison. Tu m'as prévenue que c'était dangereux, mais je n'en ai fait qu'à ma tête. Je n'aurais pas dû rentrer chez moi, lâcha-t-elle d'une voix étranglée. Tout est ma faute.

— Non, ne dis pas ça. C'est Hypérion qui leur a fait du mal, pas toi. Tu n'as pas à te sentir coupable.

Elle ne répondit pas et je constatai en la regardant que mes paroles n'avaient rien changé. Je reportai mon attention sur la route. À mesure que nous approchions de Sioux Falls, la circulation se faisait plus dense. Il devait y avoir des centaines d'hôtels dans le coin, mais la présence d'une importante communauté de purs aux abords de la ville multipliait nos chances de tomber sur des démons.

Au bout de quelques minutes, Josie reprit la parole.

— Le type… l'homme-nymphe a dit que ma mère était à l'abri. Qu'Apollon l'avait emmenée. Tu crois vraiment qu'il ferait ça ?

Si c'était le cas, il ne m'en avait rien dit, mais après tout, Apollon révélait rarement ses intentions. Je décidai de faire preuve d'optimisme.

— Il devait s'attendre à ce qu'Hypérion finisse par découvrir où vivait ta famille et à ce qu'il utilise ta mère pour t'attirer.

— Alors, elle est en lieu sûr ?

Je préférai ne pas répondre. J'espérais sincèrement que c'était le cas.

Josie prit une nouvelle inspiration hachée.

— J'étais impuissante contre lui. Je n'ai rien pu faire pour l'arrêter ou pour t'aider.

Je ne m'attendais pas à ce qu'elle aborde ce sujet-là, mais au moins, elle était sortie de son mutisme.

Je me déportai dans la file de gauche pour doubler une berline qui se traînait.

— Tu n'as pas reçu d'entraînement, Josie. Tu ne sais pas…

— Tu peux m'apprendre ? demanda-t-elle. Tu peux m'entraîner à me battre comme toi ?

Je sentis enfin son regard sur moi. Et elle avait forcément vu mon air médusé. Que répondre à ça ? Secouant lentement la tête, je repoussai dans un coin de mon cerveau les souvenirs d'une autre personne que j'avais entraînée – une autre fille. Cela dit, c'était totalement différent. Alex était déjà une combattante, et je n'étais pas le seul chargé de sa formation.

— Je ne dis pas ça pour me vanter, mais je suis le meilleur combattant sur la planète, et j'ai eu toutes les peines du monde à tenir tête à Hypérion. De plus, que tu suives un entraînement au combat ne te rendra pas tes grands-parents.

— J'en suis bien consciente, mais ça me permettrait au moins de faire quelque chose, au lieu de rester plantée là à crier pendant que les autres se prennent une raclée, ou pire, se font tuer !

Quand je la regardai, ses lèvres tremblaient.

— S'il s'attaque de nouveau à moi, je ne pourrai pas me défendre.

— Tu seras en sécurité à l'Université, lui assurai-je.

Une sensation acide me brûla l'estomac, parce que j'ignorais si c'était vraiment le cas. Il ne faudrait pas longtemps à Hypérion pour découvrir où elle était cachée, et j'ignorais ce que le Covenant avait prévu pour le maintenir à distance. Sans doute des sorts de protection, mais même les plus puissants n'étaient pas imparables.

— Je n'y resterai pas toute ma vie, répondit-elle, portant une main à son cou.

Elle effleura les cicatrices de la morsure du démon, mais retira aussitôt ses doigts. Un silence tendu s'abattit sur l'habitacle.

— Tu veux bien ? Tu vas m'apprendre à me battre ?

Les muscles de mes épaules se contractèrent. Moi, entraîner Josie, comme j'avais entraîné Alex ? L'ironie de la situation faillit m'arracher un rire, mais rien de tout ça n'était drôle.

— Josie, je... je ne sais pas encore ce que je vais faire après t'avoir conduite à l'Université. Ton père a peut-être prévu d'autres choses pour moi et...

Je ne pouvais tout simplement pas rester là-bas.

— Oui, c'est vrai, tu dois partir, dit-elle à mi-voix avant de tourner un regard peiné vers la vitre côté passager. Tu crois que quelqu'un pourra m'entraîner, là-bas ?

Possible. Les Sentinelles recevaient encore leur formation à l'Université, et ils seraient nombreux à pouvoir s'en charger. Il lui faudrait seulement l'approbation du Doyen, qui devait encore être Marcus Andros, l'ancien Doyen du Covenant de Caroline du Nord, et l'oncle d'Alex. Une fois qu'il saurait qui elle est, il accepterait certainement. Quelqu'un l'aiderait.

Mais ce ne serait pas moi.

Pas question de repasser par là.

Le crépuscule avait cédé la place à une nuit sans nuages, constellée d'étoiles. J'avais oublié à quel point il faisait sombre sur les crêtes, quand plus rien ne se dressait entre le ciel et nous. L'Université était nichée dans une zone protégée des Rocheuses américaines, dans le nord des Black Hills, assez loin du mont Rushmore. On ne tombait pas par hasard sur la route qui y menait. Au bout de huit kilomètres sur un sentier cahoteux, les murs d'enceinte de l'Université se dressèrent devant nous. Ils avaient été réparés.

La dernière fois que j'étais venu ici, le bas-côté était jonché de véhicules carbonisés et des pans entiers des hauts murs de marbre avaient été défoncés. Ils étaient comme neufs à présent, comme s'ils n'avaient jamais eu à subir l'assaut de forces maléfiques.

Mes doigts se crispèrent sur le volant.

Josie leva les yeux sur les remparts d'une hauteur de six mètres qui encadraient les hectares de terrain. Lorsque son regard se posa sur le portail blindé au titane, elle ouvrit la bouche pour la première fois depuis des heures :

— Nom d'un chien.

Elle avait les yeux rivés sur les Sentinelles. Difficile de les manquer, avec leurs semi-automatiques braqués sur notre véhicule. Dans leurs uniformes entièrement noirs, ils ressemblaient à des ombres qui s'avançaient vers nous.

Josie s'agita sur son siège.

— Euh… Seth ?

— Tout va bien, répondis-je en baissant ma vitre. Ils sont juste prudents.

Un bras replié sur la portière, je priai pour ne pas avoir affaire à des Sentinelles que j'avais essayé de tuer un jour. La situation aurait été gênante.

L'un d'eux se pencha et me considéra brièvement avant de s'arrêter sur Josie. La mâchoire serrée, il abaissa son arme.

— Qu'est-ce qui t'amène ici, Apollyon ?

J'arquai un sourcil.

— Ce ne sont pas tes affaires.

L'homme me fit les gros yeux et je lui servis mon sourire le plus exaspérant.

— Il faut que je voie le Doyen.

Un rictus narquois étira les lèvres de la Sentinelle.

— Il y a une mortelle dans ta voiture.

— Ça non plus, ce ne sont pas tes oignons, répliquai-je en soutenant son regard.

J'entendis Josie inspirer brusquement. Pas question de révéler son identité à la première Sentinelle venue. Je savais mieux que quiconque qu'on n'était jamais trop méfiant.

— Il faut que je voie le Doyen. Immédiatement. Si tu m'obliges à me répéter, j'espère pour toi que tu sais viser et que tu as la détente rapide.

— Oh, non, murmura Josie.

Face au regard inflexible de la Sentinelle, je faillis perdre patience, mais il finit par se redresser. Portant sa main libre à son oreillette, il prononça rapidement quelques mots.

Josie ne quittait pas des yeux les Sentinelles devant nous.

— Tu n'aurais pas pu te montrer… disons, plus aimable avec ce type ?

Je lâchai un gloussement.

— Non.

Elle tourna lentement vers moi sa mine réprobatrice.

— Ils auraient pu nous tirer dessus. En tout cas, on dirait que ce n'est pas l'envie qui leur en manque.

Un sourire étira mes lèvres.

— Ils ne nous feront rien.

Elle ne semblait pas convaincue, mais la Sentinelle leva le bras pour faire signe à ses collègues postés près du portail. Une seconde plus tard, l'immense porte s'ouvrit.

— Tu vois ? Personne ne va nous tirer dessus.

— C'est bon à savoir, marmonna-t-elle, les yeux écarquillés alors que nous dépassions un groupe de Sentinelles à l'air mauvais.

Nous poursuivîmes notre chemin et elle finit par pousser la carabine pour se pencher en avant, les mains sur le tableau de bord.

— Que… Qu'est-ce qui est arrivé à ces arbres ?

Les arbres bordant les murs d'enceinte avaient sérieusement souffert. Plusieurs centaines d'entre eux étaient encore renversés, les branches rampant sur le sol. Leurs racines exposées avaient la couleur des cendres.

— Arès est passé par là, répondis-je. Quand tout est parti en sucette, il s'en est pris à l'Université. Au début, les remparts l'ont retenu, mais il a trouvé le moyen de les franchir.

Un rire sec m'échappa tandis que je ralentissais.

— Il était parmi nous depuis le début. Il se faisait passer pour un instructeur au Covenant de l'île des Dieux. C'est comme ça qu'il a pu entrer.

— Qu'est-ce qui s'est passé ?

J'étais heureux qu'elle ait retrouvé la parole, mais la direction que prenait cette conversation ne m'enchantait guère.

— Une fois à l'intérieur de l'Université, il a tué des tas de gens et en a blessé beaucoup d'autres.

Elle pinça les lèvres tandis qu'on nous guidait vers une vaste zone de stationnement à quelques dizaines de mètres du second portail. Je garai la Porsche à côté d'une dizaine de Hummer appartenant au Covenant et coupai le contact avant de me tourner vers elle.

— On va finir à pied, l'informai-je, et je la vis déglutir, mal à l'aise. Tu risques d'assister à des choses un peu déconcertantes, mais tu es en sécurité. Je ne laisserai personne te faire du mal.

— Mais tu vas t'en aller, lâcha-t-elle aussitôt.

Ce n'est qu'à ce moment que je pris conscience de ce que je venais de dire. Je sentis mon cœur se serrer quand elle détourna le regard. Elle ferma les yeux une seconde, puis hocha la tête d'un mouvement sec.

— D'accord. Allons-y.

De mon siège, je la regardai ouvrir sa portière et descendre. Elle fit la grimace quand ses pieds touchèrent le sol. « Je ne laisserai personne te faire du mal. » Tu parles d'une promesse. Ma mission était de la conduire ici en un seul morceau. Je l'avais accomplie. Enfin, plus ou moins, car elle n'était clairement pas indemne. Bientôt, ce ne serait plus mon rôle de la protéger.

Ma mission était presque terminée.

Je sortis de la Porsche, claquai la portière et me dirigeai vers le coffre pour sortir nos bagages. Josie m'attendait près du côté passager, la tête baissée, les bras croisés sur la poitrine. Je jetai un coup d'œil aux Sentinelles qui défilaient l'air de rien à proximité du mur. Une bonne dizaine. Indifférent à leur présence, je lâchai mon sac pour lui relever le menton du bout des doigts. Ses yeux bleus cernés me transpercèrent. Par les dieux, ses traits étaient marqués. Comment pouvait-elle encore tenir debout ? Son épuisement allait au-delà de la fatigue physique.

J'avais envie de la prendre dans mes bras, de la réconforter, de l'étreindre pour lui transmettre toute la force dont je disposais. Mais ce n'était pas mon genre. Ou peut-être que si ? À l'époque où j'étais encore libre de mes mouvements, j'avais consolé une fille, je l'avais tenue contre moi pour atténuer la douleur de la perte d'un être cher, mais j'avais l'impression qu'une éternité s'était écoulée depuis. Je n'étais plus la même personne.

Aujourd'hui, je ne savais plus qui j'étais.

Gêné par mes sentiments conflictuels et les regards posés sur nous, je laissai retomber ma main.

— Ça va aller, Josie ? Tu te sens prête ?

Elle acquiesça puis ajouta après quelques secondes :

— Je peux prendre un sac ou deux.

— Pas la peine, répondis-je en ramassant le mien avant de me tourner vers la grande grille ouverte. Ne t'éloigne pas de moi.

Josie demeura près de moi tandis que nous parcourions le chemin pavé de marbre qui longeait le mur. Distinguait-elle dans la pénombre les symboles sculptés dans la pierre, les glyphes et les gravures représentant les dieux antiques, qui figuraient également sur les murs intérieurs ?

Quand nous franchîmes le porche voûté, sous le regard attentif des Sentinelles qui semblaient se multiplier à mesure que nous progressions, je l'entendis pousser un soupir nerveux.

— Par tous les saints, murmura-t-elle en regardant autour d'elle alors qu'elle découvrait pour la première fois l'un de nos Covenants.

Ce devait être un spectacle assez impressionnant. Le campus qui s'étendait dans la vallée était un gigantesque étalage d'architecture grecque. Entre les chemins et les bancs de marbre et de grès, les élégantes statues sculptées à la main et les bâtiments à colonnes, on aurait dit que la Grèce antique avait vomi tous ses trésors dans ces montagnes.

Nous traversâmes des jardins parés de toutes les espèces de fleurs connues du monde des mortels – pour une raison divine inexplicable, les spécimens qui n'auraient pas dû pousser dans le Dakota du Sud semblaient chez eux entre les murs du Covenant. Leur parfum pénétrant s'accrochait à ma peau.

Lorsque nous changeâmes de direction et que les hauts murs des jardins s'espacèrent peu à peu, elle resta bouche bée devant les statues.

— Il y en avait douze à l'origine, lui expliquai-je en levant les yeux sur les répliques des dieux les plus puissants de l'Olympe. On dirait qu'ils ont retiré celle d'Arès. Ça peut se comprendre.

Disposées de part et d'autre de l'allée, elles mesuraient plus de trois mètres de haut et devaient bien peser une tonne chacune. Venaient ensuite les Muses de pierre qui gardaient l'entrée de chaque bâtiment de l'Université. Au loin, les dortoirs se profilaient tels des gratte-ciel aux fenêtres illuminées. D'après mes souvenirs, les niveaux inférieurs étaient destinés aux salles d'entraînement et aux salles communes offrant toutes les commodités modernes imaginables.

— Comment est-il possible que personne ne connaisse l'existence de cet endroit ? s'étonna Josie qui ne savait plus où donner de la tête.

— Les avions ne survolent pas cette zone. Et les rares personnes à avoir aperçu le Covenant pensent qu'il s'agit d'une école de luxe ultra sélective, répondis-je en ajustant la bretelle de mon sac sur mon épaule. Les mortels ne voient que ce qu'ils veulent voir. Pas la réalité.

Elle tourna brusquement la tête vers moi, mais ne fit aucune remarque.

Dans les piliers de grès de la construction circulaire qui se dressait devant nous étaient sculptés les bustes des douze dieux de l'Olympe, y compris Arès. Je jetai un coup d'œil à Josie. Elle affichait l'expression ébahie de quelqu'un qui aurait été brusquement transporté en Grèce antique. Je ne pus réprimer un sourire. Pour sa défense, l'édifice où se réunissait le Conseil ressemblait en tout point à un amphithéâtre grec.

Tandis que nous gravissions les marches du péristyle, elle regarda autour d'elle et remarqua les Sentinelles qui nous suivaient ostensiblement. Elle se tourna vers moi, les sourcils froncés.

— Tu n'as pas dit que c'était une fac ? Où sont tous les étudiants ?

— Bonne question. Ils les ont sans doute confinés dans les dortoirs quand on est arrivés.

— Pourquoi ? demanda-t-elle en ralentissant.

— Ils ont connu des moments terribles, Josie. Ils ne font confiance à personne.

Elle semblait méditer là-dessus quand on passa devant la statue de Thémis, la déesse de la justice, qui tenait les plateaux de sa balance en équilibre. La double porte de titane s'ouvrit avant qu'on l'atteigne, déversant un flot de lumière sur le péristyle. Josie se figea, laissant échapper un hoquet de stupeur.

D'instinct, je me rapprochai d'elle, pratiquement contre sa hanche à défaut de pouvoir la mettre à l'abri derrière moi à cause des Sentinelles qui nous collaient aux basques. Une rangée d'autres Sentinelles se déploya devant nous pour nous barrer le passage.

Tous les muscles de mon corps se contractèrent et je sentis l'énergie se concentrer en moi, prête à être libérée au moindre geste menaçant de leur part.

— Vous êtes tous venus pour nous accueillir ? demandai-je d'une voix nonchalante. Quel honneur !

Aucun ne répondit. Ils se maîtrisaient bien trop pour ça. En les parcourant des yeux, je notai que c'étaient tous des sang-mêlé et qu'aucun ne semblait disposé à nous dérouler le tapis rouge.

Josie frissonna.

Ce qui me mit en rogne.

Il suffisait de regarder cette fille pour voir qu'elle était à deux doigts de s'écrouler. Cette démonstration de force n'était franchement pas nécessaire.

Mais le mur de Sentinelles s'écarta pour laisser passer un pur de haute taille. Exactement celui que j'espérais voir. Son apparence pouvait paraître trompeuse. Malgré son pantalon impeccablement repassé, c'était un vrai Rambo, capable de tenir son rang contre les meilleurs combattants. Ses cheveux bruns étaient peignés en arrière et, malgré les nouvelles rides qui marquaient sa bouche et ses yeux verts saisissants, il avait l'air aussi imperturbable que dans mes souvenirs.

La seule et unique fois où j'avais vu Marcus Andros perdre son sang-froid, c'était quand Apollon lui avait appris que sa nièce était... passée de vie à trépas.

J'étais là. C'était le chaos total. Un brasier surnaturel ravageait le Covenant des Catskills et, à la lueur des flammes, Marcus m'avait frappé.

C'était la dernière fois que je l'avais vu.

Derrière lui, j'aperçus un visage familier. Celui d'une Sentinelle qui se tenait légèrement à l'écart, son épaisse chevelure noire attachée révélant un faciès que seule sa mère pouvait aimer, défiguré par une cicatrice irrégulière traversant son visage du coin de l'œil à la commissure des lèvres.

Solos Manolis.

Je n'étais pas surpris de le voir ici. D'après ce qu'on m'avait dit, le Conseil principal avait dû déménager à l'Université le temps de reconstruire le Covenant des Catskills. Solos était un type bien, mais il faisait partie d'un groupe dont je ne voulais pas m'approcher – et je savais qu'ils étaient ici. Son père était un pur, un homme très respecté qui s'était longtemps battu en faveur des sang-mêlé. Solos était désormais le tout premier sang-mêlé à siéger au Conseil – à la place qu'avait abandonnée *saint* Aiden St. Delphi.

Les yeux froids de Marcus se posèrent sur Josie avant de revenir sur moi.

— Seth... Nous ne nous attendions pas à cette visite.

— Je m'en doute, répondis-je sans me démonter. Il faut qu'on parle.

Le Doyen du Covenant m'observa un moment avant de lancer un regard perçant à Josie. Un long silence s'installa.

— Oui. En effet.

17

Les yeux écarquillés, je regardai fixement l'homme à l'allure élégante, presque aussi grand que Seth, pivoter sur les talons de ses mocassins vernis.

— Suivez-moi, ordonna-t-il.

Sans nous attendre, il adressa un signe de tête au type à la cicatrice et poursuivit son chemin. Je fus soulagée de voir qu'il laissait derrière lui l'immense escalier en colimaçon que je n'aurais pas été capable de gravir dans mon état. J'avais envie de me rouler en position fœtale et de ne plus bouger pendant un mois.

Endolorie de la tête aux pieds, le corps traversé d'élancements, je traînais la patte aux côtés de Seth, rassurée de constater que les soldats en noir à l'air patibulaire nous suivaient à bonne distance à travers l'impressionnant vestibule.

Pour ne pas laisser mon esprit dériver vers le Missouri, je me concentrai sur les motifs sophistiqués gravés dans chaque centimètre carré du bâtiment. Sinon, j'aurais inévitablement fini par me rouler en boule pour l'éternité. Une partie de mon cœur s'était brisée à Osborn, et je devais faire appel à toutes mes forces pour ne pas sombrer. J'examinais donc les dessins représentant des hommes et des femmes de haute taille vêtus de toges, les belles écritures qui devaient être une langue ancienne et toutes les statues de marbre blanc.

De toute ma vie, je n'avais jamais rien vu de tel, pas même au musée.

Notre guide franchit une nouvelle arche, s'engagea dans un couloir étroit et nous conduisit dans une salle commune lumineuse meublée d'un grand canapé et de plusieurs fauteuils. Le type à la cicatrice referma la porte derrière nous avant de s'adosser contre un mur qui semblait fait de grès.

Seth posa nos sacs sur le sol près de la porte et je m'immobilisai, vacillant d'épuisement. L'inconnu alla se poster au centre de la pièce et nous observa, les bras croisés.

Sans jamais quitter nos hôtes des yeux, Seth me prit par la main pour me mener jusqu'au canapé, et je notai l'expression de surprise qui traversa les traits de l'homme d'âge mûr à la vue de nos mains entremêlées.

— Assieds-toi, me dit doucement Seth.

Pas besoin de me le répéter. Mes fesses me remercièrent à la seconde où elles entrèrent en contact avec les épais coussins. Seth demeura debout près de moi, croisant les bras lui aussi. Pendant quelques instants, les trois hommes se toisèrent. Pas besoin d'être un génie pour deviner qu'il y avait un passif entre eux, mais j'étais trop épuisée et... engourdie pour me poser des questions.

Puis l'homme aux mocassins tourna les yeux vers moi et examina mon cou. L'encolure de mon pull, qui s'était détendue durant mon pitoyable combat contre Hypérion, dévoilait la morsure du démon. Je devais faire peur à voir, mais ça aussi, je m'en fichais. Un léger sourire radoucit son expression sévère.

— Nous n'avons pas été présentés, dit-il d'une voix grave et distinguée. Je suis Marcus Andros, le Doyen de cette Université. Et vous êtes… ?

Je me retins de me tourner vers Seth. À partir de maintenant, je ne devais plus compter sur lui. Il m'avait très clairement fait comprendre qu'il partirait dès qu'il m'aurait conduite ici, et nous y étions.

Joignant les mains, je les enfouis entre mes genoux pour les empêcher de trembler.

— Je m'appelle Josie Bethel, et je suis…, commençai-je avant de froncer les sourcils. Je ne suis pas sûre de savoir ce que je suis exactement.

Il jeta à Seth un coup d'œil intrigué. L'homme à la cicatrice, lui, lâcha un petit rire.

— Je crois qu'on se pose tous ce genre de questions existentielles, ma belle, mais c'est une drôle de façon de se présenter.

Seth se raidit.

— Il me semble qu'elle a dit que son nom était Josie, Solos, pas « ma belle ».

Le balafré, qui s'appelait donc Solos, s'esclaffa de nouveau, mais ce fut surtout Marcus qui dévisagea avec surprise un Seth qui semblait à deux doigts d'encastrer quelqu'un dans un mur.

Un élancement me traversa la jambe quand je cherchai une position plus confortable. Je commençais sérieusement à perdre patience.

— Il m'a conduite ici parce qu'on lui en a donné l'ordre. C'est son boulot de me servir de garde du corps.

Seth tourna la tête vers moi, fronçant ses sourcils dorés. Qu'est-ce qui me valait un tel regard noir ? Je n'avais dit que la vérité. J'agitai nerveusement le genou, indifférente à la douleur sourde qui me parcourait la jambe.

Marcus s'installa face à nous dans un fauteuil de cuir.

— Puis-je savoir pour quelle raison ? Je suppose que vous savez qui nous sommes, étant donné votre... état, dit-il avant de marquer une pause. Ne le prenez pas mal, Josie, mais j'ai du mal à comprendre pour quel motif il vous a conduite ici.

— Parce que ce n'est pas une mortelle, répondit Seth.

Un silence si pesant s'abattit alors sur la pièce qu'on aurait pu entendre une mouche voler.

L'air incrédule, Marcus secoua la tête.

— Seth, elle n'est pas l'une des nôtres.

— Ce n'est pas ce que j'ai dit, mais merci de souligner cette évidence, répliqua-t-il, et des lignes pâles se dessinèrent aux coins de la bouche de Marcus. Elle n'est pas l'une des nôtres. Elle est tout autre chose.

Solos arqua un sourcil.

— Tu comptes nous donner des détails ou tu préfères faire durer le suspense ?

L'espace d'une seconde, je crus que Seth allait lui balancer un objet à la tête – l'une de ses dagues acérées, par exemple – mais il se contenta de s'asseoir à côté de moi, si près que sa jambe était collée à la mienne.

— Vous êtes tous au courant de ce qui s'est passé avec les Titans ?

Face à nous, Marcus se raidit.

— Bien sûr. Et nous avons pris les mesures nécessaires pour assurer la sécurité de nos élèves et de tous ceux qui vivent ici. Quelle que soit la menace.

Seth le gratifia d'un sourire suffisant.

— Message reçu, répondit-il, pour une raison qui m'échappa. Vous avez donc activé des sorts de protection contre les Titans.

Marcus hocha la tête.

— En effet, mais quel est le rapport avec cette jeune femme ?

Quel genre de sort pouvait bien repousser un être aussi monstrueux qu'Hypérion ? Sans doute un truc glauque et archaïque nécessitant le sang de douze vierges.

Seth se pencha en avant et soutint le regard émeraude le plus éclatant que j'aie jamais vu. Il cracha enfin le morceau.

— Josie est la fille d'Apollon. C'est une demi-déesse.

Marcus et Solos tournèrent vers moi des yeux écarquillés. Ils me dévisageaient comme si je m'étais subitement changée en dragon à trois têtes.

— C'est impossible, répondit Marcus. Il n'y a plus de demi-dieux sur Terre et quand bien même ce serait le cas, nous le sentirions. Qu'est-ce que…

— Ses pouvoirs sont inhibés, Marcus. C'est pour ça que tu ne la perçois pas. Et elle n'est pas la seule, expliqua Seth en posant une main sur mon genou pour l'immobiliser.

— Désolée, grommelai-je, baissant les yeux sur sa main.

Il ne retira pas sa main alors qu'il racontait à notre public captivé ce que j'étais, combien il y avait de demi-dieux et tout le tintouin. Pendant tout ce temps, je gardai les yeux rivés sur ses longs doigts élégants, à la fois pleins de grâce et meurtriers.

Le poids de sa main sur ma jambe me faisait un drôle d'effet, à la fois dérangeant et rassurant, presque apaisant.

— Par les dieux, murmura le Doyen, qui n'avait cessé de me détailler. Une demi-déesse… par la naissance. Jamais je n'aurais cru en rencontrer un jour.

Je me tortillai sur mon siège, gênée, et Seth retira sa main.

— Apollon m'a demandé de la conduire ici. Elle doit être protégée, Marcus, jusqu'à ce qu'on localise les autres demi-dieux.

Ma gorge se serra. Qu'est-ce que ça pouvait me faire de n'être qu'une mission pour Seth ? Ce n'était pas la même chose qu'avec Erin, mais, pour une raison que je ne m'expliquais pas, savoir que lui aussi avait fait partie de ma vie par obligation, ne serait-ce que brièvement, me blessait terriblement.

— Oui, répondit Marcus qui détourna le regard quelques secondes avant de le reposer sur moi. Elle est très importante.

Ça devenait vraiment gênant, mais au moins, il ne me jetait pas dehors à coups de pied. Autant que j'en profite.

— Je veux être entraînée, annonçai-je brusquement.

Pour le coup, tout le monde me dévisageait à nouveau, y compris Seth.

— Comme les… les Sentinelles. Vous pouvez m'apprendre à combattre tant que je suis ici ?

Marcus se rassit et se massa le front.

— Vous entraîner ? répéta-t-il avant de lancer un regard dubitatif à Seth puis de secouer la tête. Josie, nos Sentinelles commencent leur formation dès…

— Dès l'âge de huit ans. Oui, je suis au courant, mais je viens de me faire laminer deux fois – la première par des démons, et la seconde par Hypérion. Ces… ces monstres m'ont mordue comme si j'étais un cheeseburger et je n'ai rien pu faire pour me défendre. Puis Hypérion m'a fait ma fête comme si je n'étais qu'une poupée de chiffon. Il a utilisé des créatures… des spectres pour tuer mes…, poursuivis-je d'une voix étranglée. Pour tuer mes grands-parents.

Et je n'ai pas pu les sauver. Si jamais il débarque ici, je suis sans défense.

— Josie…, intervint Seth.

— Je sais que tu dois partir, mais il y a peut-être ici quelqu'un qui pourrait m'aider, l'interrompis-je avant de me tourner vers le Doyen. S'il vous plaît. Qu'est-ce que ça vous coûte ? Dans le cas contraire, je vais me tourner les pouces, ici, pas vrai ? Ça va me rendre folle. Il faut que je fasse quelque chose. Je vous en prie.

Je décidai de jouer mon dernier atout. C'était petit, mais je n'avais pas le choix.

— Si vous refusez, je ficherai le camp d'ici.

Les yeux de Seth n'étaient plus que deux fentes ambrées quand il pivota brusquement vers moi.

— Tu n'iras nulle part.

Je lui rendis son regard noir.

— Personne ne peut me surveiller vingt-quatre heures sur vingt-quatre. Je suis maligne. Je trouverai le moyen de m'échapper. Ce serait dommage, non, puisque je suis tellement *importante* ?

Il me dévisagea, ébahi.

— Je ne t'ai pas emmenée à l'autre bout des États-Unis et conduite en lieu sûr pour que tu menaces de t'enfuir. C'est la mort que tu cherches ?

— Et toi ? ripostai-je.

— Ta repartie n'a même pas de sens.

— Je m'en fiche, lâchai-je d'un ton sec en croisant les bras. De toute façon, je ne t'aime pas, et je ne t'ai pas demandé ton avis.

Un éclat ocre illumina ses yeux.

— Tu vas l'entendre que tu le veuilles ou non, Joe. Il n'est pas question que tu risques ta vie parce qu'on ne cède pas à tes caprices.

— Qu'est-ce que ça peut te faire ? m'écriai-je, levant les mains au ciel. Franchement ? Ferme-la, tu veux, *Sethie*.

Il recula, la mâchoire serrée.

— Ma patience a des limites.

— Ah, les enfants..., murmura Marcus avec lassitude.

Sa patience avait des limites ? J'aurais tout entendu !

— Tu me donnes envie de te frapper à la gorge avec un nunchaku ! Mais je ne peux pas, parce que je ne sais même pas comment m'en servir !

Ses lèvres frémirent. S'il avait le culot de rire, je le frapperais à mains nues – juré !

— Les Sentinelles n'utilisent pas de nunchaku, Josie.

— Moi, ça m'est arrivé, intervint Solos.

Seth lui lança un regard appuyé.

— Sérieusement ? Merci pour cette contribution très utile.

La Sentinelle haussa les épaules mais ne tenta même pas de dissimuler son sourire amusé.

— Alors, vous pouvez m'entraîner ? lui demandai-je.

Je n'allais pas faire la difficile.

Seth se tourna de nouveau vers moi.

— Il n'est pas question qu'il t'entraîne.

— Arrête de t'immiscer dans des conversations qui ne te regardent pas ! protestai-je, m'égosillant presque.

Solos ne put retenir un grognement rauque.

— Par les dieux...

Une expression étrange traversa le beau visage de Marcus.

— Tous les deux, vous me rappelez...

Sans finir sa phrase, il secoua la tête, et j'entendis Seth jurer entre ses dents.

— Bref, peu importe, ajouta Marcus, qui se leva. Nous en reparlerons demain, Josie. Dans l'immédiat, j'ai surtout l'impression que vous avez besoin de repos.

Je me redressai d'un bond et me mordis la lèvre alors que mes muscles protestaient.

— C'est maintenant qu'on parle de mon entraînement.

— Non, mais je rêve, marmonna Seth qui se leva à son tour. Tu n'imagines pas à quel point cette formation est dure, Josie. Je ne pense même pas que tu sois capable de la suivre.

Une colère noire me comprima la poitrine.

— Encore une fois, personne ne t'a sonné.

Il secoua la tête, l'air exaspéré.

— On tourne en rond.

— Je ne te le fais pas dire.

Soudain, le feu me monta aux joues et je lançai un coup d'œil à Marcus, qui me jaugeait d'un air impassible, et je sentis ma détermination faiblir. Dans la vie, je n'étais pas très audacieuse, plutôt du genre à suivre le mouvement. Ça me coûtait beaucoup de m'exposer ainsi à son regard avisé. C'est alors qu'il sourit – un sourire très sobre, qui n'atteignit pas ses yeux d'émeraude.

— Tu me rappelles ma nièce, dit-il, décidant de me tutoyer, et une onde de tension jaillit soudain de Seth. J'espère que vous vous rencontrerez, un jour. Je pense qu'elle te plairait.

— Euh… d'accord.

Et sur ces mots, toute l'énergie qui me restait s'évapora. Mes épaules s'affaissèrent. J'étais complètement vidée.

— On va trouver quelqu'un pour t'entraîner, poursuivit le Doyen.

Je faillis lui sauter au cou, mais me retins. Il n'avait pas l'air du genre tactile et la situation risquait de devenir très gênante.

— Merci, soufflai-je, relativement soulagée. Je suis sincère. Merci beaucoup.

Il acquiesça d'un signe de tête et se tourna vers Seth.

— Nous reprendrons cette conversation demain. Quoi qu'il en soit…

Son regard se posa de nouveau sur moi, reflétant un mélange d'admiration et de méfiance.

— Bienvenue au Covenant.

La fureur sourdait dans chaque cellule de mon être. Étais-je en colère contre Josie, qui ne disait plus un mot, contre Solos, qui nous conduisait aux dortoirs, ou contre moi-même ? Difficile à dire.

J'étais tellement énervé que j'ignorai obstinément Solos chaque fois qu'il tenta de faire la conversation. Il finit par jeter l'éponge alors que nous traversions un nouveau jardin. Je demeurai tout aussi indifférent aux regards curieux que nous lancèrent ouvertement les étudiants dès notre arrivée dans le hall du premier dortoir.

À mon grand étonnement, des purs et des sang-mêlé étaient réunis tous *ensemble* sur les canapés disposés sous le grand écran de télévision suspendu au plafond. Josie devait être complètement HS, car elle ne leur prêta aucune attention, pas plus qu'aux quelques Sentinelles qui montaient la garde. Que cela lui plaise ou non, je ne la quittais pas d'une semelle. Les élèves nous dévisageaient sans aucune discrétion. Ils savaient qui j'étais, mais ils ignoraient tout de l'identité de Josie. Ils la considéreraient bientôt comme un mystère à percer, et elle n'avait franchement pas besoin de se retrouver au centre des regards.

Solos remonta l'un des grands couloirs du rez-de-chaussée, passant devant plusieurs portes fermées.

— Ce sont les appartements où on loge les invités, expliqua-t-il avant de s'arrêter au bout du couloir. Ces deux-là sont vides. Fais ton choix.

Je le vis sourire à Josie et serrai nerveusement les doigts sur la sangle de mon sac. Quand il s'adressa à moi, cet abruti riait dans sa barbe.

— Installe-toi où tu veux et tu peux rester aussi longtemps que tu voudras.

Je ne lui répondis pas.

Il se tourna vers Josie, toujours aussi hilare.

— Je viendrai te chercher demain, en fin de matinée, histoire de te laisser le temps de prendre du repos. Ensuite, je t'emmènerai voir Marcus.

— D'accord.

— Si tu as besoin de quoi que ce soit, adresse-toi à n'importe qui en uniforme noir, et on viendra me chercher. Comme tu as pu l'entendre, je m'appelle Solos.

J'étais à deux doigts de lui balancer un coup de sac derrière la tête. Josie pivota vers la porte à sa droite et Solos lui tendit une clef. Le remerciant à mi-voix, elle ouvrit la porte et s'engouffra à l'intérieur. J'interceptai le battant avant qu'il se referme, puis croisai le regard sombre de Solos.

— Elle n'aura besoin de rien.

Il arqua un sourcil.

— Parce que tu es là ? J'ai cru comprendre que tu ne comptais pas rester.

Avant que je puisse répondre, il me donna une tape sur l'épaule.

— Détends-toi, Seth. Elle est un peu trop jeune pour moi.

Il me prenait pour un con ? Cette fois encore, il poursuivit sans me laisser le temps de répliquer.

— Mais bon, si ce que tu dis est vrai et qu'elle est la fille d'Apollon, tu es le mec le plus couillu de l'univers. Je te souhaite bien du courage.

Sur ces mots, il tourna les talons et disparut dans le couloir. Je restai planté là un instant, résolu à faire semblant de ne pas comprendre où il voulait en venir. Par les dieux... Je n'avais peut-être pas pissé tout autour de Josie pour marquer mon territoire, mais mon attitude avait été à peine plus subtile.

Qu'est-ce qui me prenait, à la fin ?

Je pénétrai dans l'appartement, laissant la porte ouverte derrière moi. Le logement était nettement plus luxueux que la chambre qu'elle occupait en Virginie. Ceux de notre espèce n'avaient pas peur de mettre la main au portefeuille. Il y avait un petit salon, équipé d'une causeuse, d'une table basse et d'une kitchenette, qui donnait sur une chambre assez spacieuse pour contenir un lit deux places et une commode. Il y avait même une salle de bains et un dressing.

Je déposai nos sacs dans le salon, sans avancer jusqu'à la chambre. Postée face au lit fait au carré, Josie contemplait un tableau suspendu au mur. Je suivis son regard et, dans d'autres circonstances, j'aurais éclaté de rire.

C'était un portrait de son père.

Apollon.

Il était représenté sous sa forme véritable – vêtu d'un pantalon de lin blanc, auréolé d'une épaisse chevelure d'un blond si pâle qu'elle paraissait blanche. Il tenait une harpe d'or à la main. À la voir là, debout face au tableau, il était impossible de ne pas remarquer certaines ressemblances.

Qu'est-ce qui pouvait bien lui passer par la tête, en cet instant ?

Ses yeux ronds croisèrent les miens un instant, puis elle se détourna. La morsure sur son cou apparut à nouveau.

Ce foutu démon l'avait marquée. La plaie en forme de croissant de lune finirait par laisser une cicatrice légèrement plus claire que son teint naturel.

Elle avait été mordue au même endroit qu'Alex – Alexandria Andros, la nièce de Marcus. L'autre Apollyon, le *seul* qui aurait dû exister. La fille que j'avais formée, lorsqu'on avait découvert sa nature. Celle pour qui j'avais renoncé au restant de mes jours pour lui permettre de passer l'éternité avec l'homme qu'elle aimait.

Depuis longtemps, je m'interdisais de penser à elle et coupais court à tout souvenir la concernant. Pas parce qu'elle m'avait brisé le cœur ou en avait choisi un autre. Cette fille avait compté pour moi – autant que j'avais été capable de m'attacher à quelqu'un à cette époque. Non. L'épisodique relation que nous avions entretenue n'avait rien à voir avec ce blocage. C'était la culpabilité que j'éprouvais de l'avoir trahie qui m'empêchait de penser à elle.

Alors, pourquoi je m'autorisais à déterrer le passé en cet instant ? Peut-être pour me souvenir de ne pas m'attarder. Parce que, lorsque je regardais Josie, je ne pouvais m'empêcher de penser que l'histoire se répétait.

Encore une fille au destin tout tracé dans lequel elle n'avait pas son mot à dire et auquel les dieux ne lui permettraient pas d'échapper, même si elle essayait. Désormais, sa vie était en pilote automatique et, si j'en faisais partie, on allait droit au crash. Sans oublier que si elle venait à découvrir toute la vérité sur mon compte, elle ne voudrait plus entendre parler de moi.

Il fallait que je m'en aille. Maintenant. Que je reprenne la route avant qu'Apollon débarque et que je me retrouve coincé ici. Mais il y avait aussi autre chose. Je devais mettre les voiles avant d'en arriver au point où je ne *voudrais plus* partir.

J'aurais dû tourner les talons et franchir cette foutue porte. Lui dire au revoir et lui souhaiter bonne chance. Elle allait en avoir besoin, et pas qu'un peu.

Alors que je m'apprêtais à partir, ma main se contracta sur l'encadrement de la porte. Le cœur battant à tout rompre, je fermai les yeux et repoussai le battant. Au bout de quelques secondes, je rebroussai chemin et franchis les quelques pas qui nous séparaient. Sans prononcer un mot, je pris Josie par la main pour la conduire dans la salle de bains.

Elle avait besoin d'aide pour nettoyer ses plaies.

Et il n'était pas question que je l'abandonne.

18

J'avais la gorge douloureusement nouée quand Seth m'entraîna par la main dans la salle de bains. J'étais trop déboussolée pour comprendre ce qu'il voulait faire, mais le contact de sa paume déclenchait en moi une étrange chaleur. Quand il me fit asseoir sur le siège des toilettes, j'eus l'impression d'avoir déjà vécu cette scène.

Oh, mais oui. Ce n'était pas qu'une impression.

— Que... Qu'est-ce que tu fais ? demandai-je.

Accroupi devant moi, les sourcils froncés, il contemplait nos doigts entremêlés. Alors que, quinze minutes plus tôt, nous nous disputions et je le menaçais d'un coup de nunchaku à la gorge, il me tenait désormais la main comme si c'était l'objet le plus fragile au monde.

— Pourquoi tu veux tant apprendre à te battre, Josie ? Dis-moi la vraie raison.

Sa question me prit au dépourvu, puis il plongea dans mes yeux un regard si pénétrant qu'il semblait pouvoir lire en moi. Des raisons, je n'en manquais pas. Je ne voulais plus me sentir impuissante, et l'entraînement me fournirait un objectif, une distraction pour oublier un temps *tout* ce qu'on m'avait enlevé, *tout* ce qui avait été détruit juste sous mes yeux.

Prenant une longue inspiration, je lui donnai la raison principale, celle qui était tellement difficile à formuler à haute voix.

— Je suis terrifiée et je ne veux plus éprouver ça. Si j'apprends à me battre, je n'aurai plus aussi peur.

Un éclat d'ambre étincela brièvement dans ses yeux, puis il posa la main sur mon genou et se leva d'un mouvement fluide.

— Tu auras toujours peur, Josie.

Il m'aidait beaucoup, là.

— Je croyais que tu devais t'en aller.

Il attrapa une serviette au-dessus de ma tête.

— Tu as l'air impatiente de te débarrasser de moi, maintenant.

Pinçant les lèvres, je restai muette. Au contraire, j'aurais préféré qu'il reste, mais je ne pouvais pas l'empêcher de partir.

— Tu n'es pas obligé de faire ça…, marmonnai-je en désignant la salle de bains d'un geste de la main. Je vais bien. Je peux me débrouiller.

— Tu as quelque chose sous ton pull ? demanda-t-il, comme si je n'avais rien dit.

— Euh…, balbutiai-je avant de déglutir. Oui, un débardeur. Pourquoi ?

Il ouvrit le robinet.

— Retire ton pull.

— Quoi ? couinai-je d'une voix suraiguë.

Il s'accroupit de nouveau devant moi, muni de la serviette humide.

— Il faut que j'examine ton cou. Tu saignais tout à l'heure. Tu n'as pas voulu que je m'arrête sur la route, alors laisse-moi regarder maintenant.

J'étais prête à l'envoyer bouler lorsqu'il ajouta :

— S'il te plaît.

Pourquoi cette simple formule me faisait-elle autant d'effet ? Je l'ignorais, mais je rendis les armes, et de toute façon je n'étais pas nue sous mon pull. Je saisis donc le bas du vêtement déchiré, que je fis passer par-dessus ma tête, tressaillant à chaque mouvement, et le laissai tomber au sol.

Au bout de quelques instants, le regard de Seth quitta mon visage pour se poser sur mon cou. Un grognement s'échappa de ses lèvres entrouvertes. Je joignis nerveusement les mains lorsqu'il glissa un doigt sous la fine bretelle de mon débardeur, et sursautai quand il m'effleura la peau. Je sentis cette caresse délicate se propager dans tout mon corps, ce qui était plutôt gênant.

Il se figea et me consulta brièvement du regard.

— Je t'ai fait mal ?

J'avais les joues en feu. Je devais avoir un sérieux problème pour me sentir émoustillée après une journée pareille.

— Non, répondis-je dans un souffle.

Il soutint mon regard encore quelques secondes, puis appliqua délicatement la serviette sur mon cou, à l'endroit où les ongles d'Hypérion m'avaient entamé la peau. Ce n'était pas douloureux, mais je dus me contraindre à rester immobile.

— Mon nom de famille est Diodoros.

— Dio-quoi ? répétai-je, ahurie.

Il s'esclaffa doucement et jeta la serviette souillée dans la baignoire avant d'en humecter une autre.

— Diodoros.

Je n'avais pas la moindre idée de comment l'orthographier, mais quelque chose me disait que rares étaient ceux qui connaissaient ce détail – pour ne pas dire personne. Je le devinais au ton de sa voix, rauque, à fleur de peau. Pour une raison que j'ignorais, il avait choisi de partager avec moi cette information personnelle, et cela me touchait beaucoup.

— Tu sais ce que ça signifie, en grec ? « Cadeau de Zeus », poursuivit-il en faisant glisser la serviette sur l'encolure de mon débardeur pour nettoyer le sang et la crasse qui maculaient ma peau. C'est le summum de l'ironie.

Je retins mon souffle lorsqu'un coin de la serviette descendit sous ma clavicule, frôlant le bombé de mes seins. Heureusement que je portais un soutien-gorge, parce que je sentis mes tétons se tendre, ce qui était de plus en plus embarrassant. C'était forcément le contrecoup de cette journée traumatisante. Oui, bon, je pouvais bien me dire ce que je voulais.

— Pourquoi ? demandai-je enfin.

— Parce que je suis loin d'être un cadeau pour Zeus. Au contraire, il doit me détester.

Avec un soupir, il bascula sur ses talons et leva les yeux.

— Les coupures sont superficielles et il ne t'a pas marquée comme l'ont fait les démons, mais je l'ai vu. Lui aussi s'est nourri de ton éther. Qu'est-ce que tu as ressenti ?

Ce souvenir me ramena brusquement à la réalité.

— Ça m'a fait mal, autant que la morsure des démons. Comme s'il aspirait quelque chose à l'intérieur de moi.

Sans répondre, il me passa ensuite la serviette sur le visage, qui était si sale qu'on aurait pu croire que je ne m'étais pas lavée depuis une semaine. Lorsqu'il se débarrassa de cette deuxième serviette, il m'aida à me relever et posa la main sur ma hanche lorsque je vacillai. Pendant une fraction de seconde, nos regards se verrouillèrent.

Nous étions debout face à face, nous touchant presque. Il avait la tête baissée et je levais la mienne. On aurait dit que nous allions danser, ce qui était assez ridicule à imaginer. Je ne m'expliquai pas ce que je fis ensuite. Cela me semblait naturel et j'étais tellement épuisée, vidée psychologiquement, que je n'y réfléchis pas vraiment.

Fermant les yeux, j'appuyai ma joue sur son torse, juste au-dessus du cœur. Seth se raidit, comme s'il s'était transformé en l'une des statues de marbre que j'avais vues un peu plus tôt. Je retins ma respiration quand sa poitrine se souleva brusquement, m'attendant à ce qu'il me repousse.

Mais non.

Sa main remonta de ma hanche jusqu'au milieu de mon dos et il m'entoura doucement les épaules de son autre bras. Le souffle court, je le pris par la taille. Au bout d'un long moment, il posa le menton sur le sommet de mon crâne – un geste qui pouvait paraître insignifiant, mais qui affola mon cœur.

Ses bras se resserrèrent imperceptiblement sur moi et il s'éclaircit la voix.

— L'une des premières choses qu'on nous apprend à l'entraînement est de ne jamais laisser de prise à son adversaire ni se retrouver sur le dos.

Un frisson me parcourut l'échine.

— Les démons m'ont plaquée au sol, sur le dos. Et Hypérion… Il n'en a pas eu besoin. Il m'a soulevée d'une seule main.

— Oui, c'est un autre problème.

Il remonta la main le long de mon dos et referma les doigts sur ma nuque, mêlés à mes cheveux.

— Je vais t'entraîner.

Au début, je crus l'avoir mal entendu. Je fis mine de reculer, mais il me retint contre lui.

— Quoi ?

— Je ne sais pas si ton père va débarquer pour m'envoyer ailleurs, poursuivit-il, comme si je n'avais rien dit. Dans ce cas, je ne pourrai pas refuser.

J'avais le cerveau en ébullition.

— Pourquoi ?

— Ça n'a pas d'importance. Si tu veux que je t'entraîne, voilà mes conditions. Tu vas devoir accepter de m'écouter et ne pas te plaindre quand ça deviendra trop dur. Parce que je te préviens, ce ne sera pas une promenade de santé, Josie. Si tu crois que tu as mal partout en ce moment, tu n'as encore rien vu. Tu le sentiras passer et tu voudras abandonner, mais ce ne sera pas possible, insista-t-il avant de me tirer la tête en arrière, vrillant son regard au mien. Je serai ton maître et tu devras m'obéir.

Mon maître ? L'idée ne me paraissait pas très judicieuse, et je frémis de nouveau, allez savoir pourquoi.

— Surtout, il va falloir me faire confiance, ajouta-t-il. Es-tu en mesure d'accepter ça ?

— Oui, répondis-je aussitôt. J'accepte.

Ses yeux d'ambre liquide retinrent les miens quelques secondes supplémentaires, puis il recula d'un pas et me lâcha, laissant lentement glisser ses mains le long de mon corps, ce qui m'arracha un nouveau frisson.

— Alors, on commence demain.

— Demain, murmurai-je en hochant la tête. Ça veut dire que tu restes ?

— Oui.

J'ignorais ce qui avait pu le faire changer d'avis, mais je m'abstins de l'interroger. Je ne voulais personne d'autre pour m'entraîner. Même s'il constituait pour moi un véritable mystère, que je ne parviendrais sans doute jamais à élucider, j'avais confiance en lui.

Seth s'apprêtait à tourner les talons quand je le retins par le bras. Sa peau était chaude et ferme sous la mienne. Ses yeux se posèrent sur ma main.

— Tu veux bien rester ? demandai-je.

Il leva vers moi un regard amusé.

— Toi, tu veux encore te servir de moi comme d'un traversin.

Il avait compris ce que je désirais sans que j'aie à le formuler. J'acquiesçai, même si ce n'était pas seulement une question de confort. Au risque d'avoir l'air d'une gamine en manque d'affection, je n'avais pas envie d'être seule. Je voulais qu'il reste avec moi.

Un demi-sourire se dessina sur ses traits.

— Viens te coucher, alors. Je suis fatigué. Une longue journée nous attend demain.

Seth sortit de la salle de bains et j'hésitai un instant. Fermant les paupières, je m'efforçai de contenir le puissant torrent d'émotions qui déferla en moi. Je ravalai les larmes qui menaçaient. Une fois maîtresse de moi-même, je rouvris les yeux et vis mon reflet dans le miroir ovale qui surplombait le lavabo.

Entre mon teint blafard et mes cernes, j'avais une tête de déterrée. Mes cheveux étaient emmêlés, mon cou griffé. La morsure en forme de croissant était rouge. Mon estomac se contracta lorsqu'un regain d'adrénaline me traversa avant de refluer. Déglutissant, je contemplai mes traits familiers.

C'était bien mon reflet que me renvoyait le miroir. Même si j'avais l'air d'être passée sous un camion et de m'être coiffée avec un pétard, j'étais toujours reconnaissable, et pourtant, je n'étais plus la même. Comme je l'avais dit à Marcus, je ne savais plus qui j'étais, et cela se voyait dans mes yeux.

« Tu seras celle que tu veux devenir, ma chérie. »

Ma gorge se noua. C'était ce que m'avait dit ma grand-mère quand j'avais rapporté à la maison les dossiers de candidature pour l'université. À ce moment-là, il s'agissait de choisir un métier et il n'était pas question de destin ou du sort que me réservait l'avenir.

Je n'avais pas la force de penser à ma grand-mère. C'était encore trop frais, trop douloureux, et tous les entraînements du monde n'y changeraient rien. Je ne pouvais pas remonter le temps pour changer le cours des choses et ça… je n'étais pas encore prête à m'y confronter.

J'observai mon reflet encore quelques instants avant de me détourner du lavabo, repoussant mes émotions. Je voulais tout éteindre et me déconnecter.

Seth m'attendait à la porte et me détaillait avec inquiétude.

— Ça va ?

Je respirai un grand coup.

— Oui.

Il inclina la tête et un petit sourire triste se dessina sur ses lèvres.

— Tu mens toujours aussi mal.

Il avait raison.

Seth était allé prendre une douche dans la chambre en face de la mienne et j'avais profité de son absence pour en faire autant. Sans verrouiller la porte, je m'étais glissée dans le lit étonnamment confortable, tournée sur le côté, et j'avais éteint la lumière. Mieux valait éviter de contempler le tableau qui ne pouvait représenter qu'Apollon, ce qui m'aurait encore plus perturbée.

La pièce était plongée dans la pénombre quand j'avais entendu la porte s'ouvrir. Bêtement, j'avais retenu mon souffle tandis que Seth traversait la chambre. Il s'était d'abord dirigé de l'autre côté du lit avant de s'immobiliser. Faisant demi-tour, il était allé décrocher le portrait d'Apollon en marmonnant entre ses dents et l'avait déposé contre le mur.

— Désolé, avait-il dit en se retournant vers le lit. Je n'ai pas envie de m'endormir avec ses yeux flippants fixés sur moi.

Le rire qui m'avait échappé semblait étrangement léger après tout ce qui s'était passé. Après ça, aucun de nous n'avait plus rien dit. Seth s'était mis au lit, allongé sur le flanc, et j'avais senti son souffle chaud sur ma nuque. Je redoutais de ne pas pouvoir dormir avec le chaos qui régnait dans ma tête, mais si.

Et, à mon réveil, j'étais complètement vautrée sur lui. C'était franchement ridicule. Ma tête reposait sur son torse, mon bras sur ses abdos et j'avais glissé une jambe entre les siennes, pressée contre une partie très intéressante de son anatomie. On aurait dit que j'essayais de me fondre en lui, mais son bras s'était aussi refermé sur moi, une main sur ma hanche, carrément *sous les draps*, l'autre tenant mon avant-bras.

Je n'osais bouger de peur de le réveiller. Sa poitrine se soulevait et s'abaissait à un rythme régulier, et je sentais son cœur battre sous ma joue. La scène me paraissait surréaliste. J'avais toujours pensé que c'était un truc de couple de se blottir ainsi dans les bras de l'autre, mais ce contact éveillait en moi cette chaleur étrange que j'avais déjà ressentie plusieurs fois. Il y avait aussi d'autres choses dont j'avais une conscience exacerbée : son torse ciselé sous ma joue et ses abdominaux en béton sous mon bras. Je n'y pouvais rien. Toutes mes cellules avaient une perception aiguë de la façon dont mon corps était collé au sien, si long et si mince. Lovée contre lui, je ne pensais plus à toutes les horreurs tapies dans les recoins de mon esprit, prêtes à surgir et à m'engloutir.

J'écarquillai les yeux quand la main posée sur ma taille bougea. Était-il réveillé ? J'eus ma réponse lorsque sa main descendit lentement sur ma hanche et que ses doigts se déployèrent. Une vague de fourmillements se propagea dans tout mon corps, se concentrant entre mes cuisses. Je fermai les yeux, mais cela ne suffit pas à ralentir les battements effrénés de mon pouls dans toutes les zones les plus intimes. Il fallait que je change de position et que je m'éloigne de lui avant que… eh bien, que mes hormones décident de prendre les commandes. Je dépliai ma jambe et ses doigts s'enfoncèrent dans ma hanche et mon bras.

— *Josie*, murmura Seth d'une voix éraillée par le sommeil et autre chose, une émotion plus brute.

Au début, je ne compris pas, et puis je le sentis contre l'intérieur de ma cuisse, celle qui était glissée entre les siennes. Bonté divine, je le *sentais* vraiment. J'ouvris les yeux d'un coup et tentai de me dégager, mais la main sur ma hanche m'en empêcha. Il me serra même plus près, tout contre lui, et ce contact déclencha en moi un véritable électrochoc. Je me tortillai, ce qui ne fit qu'exacerber mon effervescence. Je savais ce que c'était. De l'émoi. De l'excitation. Du désir sexuel. Qu'importe le nom. Je reconnaissais ce trouble. Ma respiration s'accéléra et mon corps agit par instinct, en dépit du bon sens. J'avançai le bassin et fus récompensée – ou peut-être punie – par une puissante vague de sensations qui s'éveilla dans ma matrice pour déferler dans tout mon corps.

— Si tu continues à bouger comme ça, ça risque de devenir très gênant, souffla-t-il d'une voix rauque et flageolante.

Ma bouche se dessécha, parce que je le sentais grossir et durcir contre ma cuisse. Le feu qui me monta aux joues n'était pas seulement causé par mon embarras, mais par le brasier qui se déployait sourdement dans mes veines. J'étais stupéfaite par l'intensité de mes réactions. J'avais éprouvé de l'attirance pour des garçons auparavant, parfois même du désir, mais jamais aussi fort.

— Ou peut-être pas, ajouta-t-il d'une voix traînante en remontant sa main de ma hanche à ma taille, déclenchant de minuscules contractions dans le creux de mon ventre.

Comme s'il me testait, sa main s'immobilisa, son pouce effleurant à peine le renflement de mon sein.

— Ça peut même devenir très intéressant.

Je ne savais pas quoi répondre et je n'en eus pas l'occasion. Un hoquet de surprise m'échappa quand Seth roula sur lui-même. En une seconde, je me retrouvai sur le dos et il me surplombait, ses bras puissants de chaque côté de ma tête.

Ma gorge se noua. Ses cheveux étaient lâchés, rebiquant vers ses joues tandis qu'il plongeait les yeux dans les miens.

— Qu'est-ce qu'on est en train de faire, Josie ?

Le cœur battant la chamade, je m'efforçai de ralentir ma respiration.

— Je ne sais pas.

— Ah non ? Moi, je crois que si.

La fébrilité me gagna, s'ajoutant à l'incendie dans mes veines. Je m'humectai les lèvres du bout de la langue et Seth ferma les yeux, secoué par un long frisson. Quand il les rouvrit, son regard était aussi ardent qu'un soleil d'été.

— On ne devrait pas faire ça.

En même temps qu'il prononçait ces mots, son bassin s'aligna contre le mien.

— On ne devrait rien faire de ce genre.

Chaque muscle de mon corps se contracta sous le poids de son corps. Je posai les mains sur ses épaules tandis que son front rejoignait le mien. Autour de nous, l'air s'était épaissi. Mon cœur menaçait de s'échapper de ma cage thoracique. Je me souvenais de ce qu'il avait dit dans la chambre d'hôtel près de Saint-Louis, que j'avais de la chance qu'il ne cède pas à ses désirs. Ce n'était pourtant pas l'impression que j'avais eue, et encore moins maintenant.

Je rassemblai tout le courage dont je disposais.

— Pourquoi pas ?

— Pour plusieurs raisons, répondit-il en modifiant sa position de façon que la partie la plus dure de son anatomie soit soudain en contact avec la plus tendre de la mienne.

Je n'y étais pas préparée, ni à la réaction de mon corps. Je devins moite. Je bouillais littéralement de désir. Le long tee-shirt – *son* tee-shirt – que je portais, mes sous-vêtements et le mince tissu de son pantalon de pyjama ne constituaient qu'une barrière fragile entre nous, mais elle était de trop. Je me cramponnai à ses larges épaules, empoignant son tee-shirt.

— Ton père m'arracherait les couilles si je me glissais entre ces jolies jambes, dit-il d'une voix rauque, son souffle chaud dansant sur mes lèvres entrouvertes. Mais tu sais quoi ? Ça en vaudrait la peine.

— Je n'arrive pas à croire qu'on parle de couilles.

— C'est le moment ou jamais, tu ne crois pas ?

Un sourire me monta aux lèvres.

— Si… Tu as raison.

— Mmm…

Il inclina la tête et les pointes de ses cheveux me caressèrent la joue.

— Par les dieux, j'ai du mal à croire que je vais dire ça, mais tu en as bavé, ces derniers jours. Ce genre de choc peut te donner l'impression de désirer certaines choses que tu ne veux pas vraiment.

Lorsqu'il releva la tête, une expression de surprise traversa son beau visage, comme s'il s'étonnait lui-même.

Pour une raison stupide, mon cœur fondit comme de la guimauve, parce qu'il *pensait* à moi, ce qui voulait forcément dire quelque chose, n'est-ce pas ?

— Tu… tu es un mec bien, Seth. Quand tu veux.

Il me dévisagea un moment puis s'esclaffa ouvertement.

— Mais je sais ce que je désire et ce que je ne veux pas, poursuivis-je, me sentant rougir.

L'air se chargea soudain d'électricité avant qu'il reprenne la parole.

— Tu en es sûre ?

Oui. À tort ou à raison, je savais ce que je voulais, peu importait pourquoi. Je n'avais pas envie de trop réfléchir, de tout analyser. Et les mots me manquaient, parce que mon courage s'était envolé et que mon inexpérience avait pris le dessus. J'avais déjà embrassé des garçons, mais je ne m'étais encore jamais retrouvée au lit avec un mec aussi beau qui restait pour moi un mystère et je me sentais maladroite, comme une oie blanche, mais je voulais qu'il m'embrasse. Il fallait qu'il le fasse.

Je relevai une jambe le long de la sienne et le mouvement le fit basculer sur moi, ce qui me procura une sensation explosive. Un grognement sourd, particulièrement sensuel, s'échappa de la gorge de Seth, déclenchant une nouvelle vague de chaleur. C'était de la folie, mais je voyais la flamme du désir qui luisait dans ses yeux dorés et je savais que ça allait arriver.

— Tu vas le regretter, souffla-t-il.

Sans me laisser le temps de saisir le sens de ses mots, il inclina la tête. Ses lèvres bien dessinées balayèrent les miennes, légères comme une plume, une première fois, puis une seconde. Mes doigts se refermèrent sur ses épaules. Il pencha la tête, et je…

Un coup retentit à la porte d'entrée, nous sortant brutalement de l'enivrante transe où nous étions plongés. Je m'écartai aussitôt, la tête dans l'oreiller, tandis que Seth dardait un regard meurtrier en direction du battant, jurant entre ses dents.

On frappa de nouveau, plus fort et avec plus d'insistance, comme si des policiers s'apprêtaient à défoncer la porte. Je m'éclaircis la voix.

— C'est peut-être Marcus ? Il voulait qu'on parle aujourd'hui.

— Il est encore tôt.

Seth se souleva et je laissai retomber mes mains, à la fois glacée et brûlante, alors qu'il quittait le lit. Le feu couvait encore dans ses prunelles, mais sa mâchoire était crispée. Ses yeux se posèrent sur mes seins, et un muscle palpita sur sa joue.

— Ne bouge pas.

Serrant les lèvres, je me redressai et tirai sur mon tee-shirt. Il fit le tour du lit en quelques pas et disparut dans le salon. Je me penchai en avant. J'avais peut-être le temps de chercher un four et d'y enfouir la tête. Trop tard. J'entendis la porte s'ouvrir, et Seth lâcher un « putain » sonore.

Curieuse, je tendis le cou, mais une voix inconnue me paralysa.

— Alors, c'est vrai, dit un garçon. Tout le monde était tout excité et n'arrêtait pas de répéter « l'Apollyon est là ». Je ne pensais pas que Seth, le grand Apollyon, oserait un jour nous refaire l'honneur d'une visite.

— C'est vrai, dit une autre voix masculine, et je remontai la couverture jusqu'à mon menton, les yeux ronds comme des soucoupes. Tout le monde ne parle que de ça. Il fallait qu'on le voie de nos propres yeux.

— Eh bien, voilà, je suis là. Vous m'avez vu, répliqua Seth. Maintenant, vous pouvez…

— Le truc, reprit la première voix, c'est que Solos nous a dit que tu occupais la chambre d'en face. On a frappé, mais tu n'as pas répondu. Alors, Luke est allé chercher la clef.

— La clef ? répéta Seth. Je peux la récupérer ?

Un silence.

— Merci.

— *Bref,* reprit le premier garçon, qui n'était donc pas Luke. Du coup, on a frappé ici et tu es venu nous ouvrir.

— Merci pour ce récit passionnant de votre matinée, répliqua Seth, pince-sans-rire.

— On a aussi entendu dire que tu n'étais pas arrivé seul, intervint le fameux Luke. Tout le monde raconte que tu as ramené une *mortelle*.

— Et donc nous voilà, ajouta l'autre. Il fallait absolument qu'on voie ça.

Qu'est-ce que…

Je m'apprêtais à bondir du lit tel un ninja pour foncer dans la salle de bains, mais j'entendis Seth pousser un soupir exaspéré très ostentatoire avant de répondre :

— Et puis zut. Il fallait que ça arrive tôt ou tard, de toute façon. Entrez.

Entrez ?

Mes yeux faillirent sortir de leurs orbites, mais je n'eus le temps de rien faire. Une seconde plus tard, deux garçons très grands et très séduisants déboulèrent dans la chambre.

Ils me dévisagèrent.

Je les dévisageai.

Le premier avait des cheveux couleur bronze savamment ébouriffés, un tee-shirt noir à manches longues et un jean brut. Il était baraqué – des biceps volumineux et un ventre visiblement musclé – et avait l'air de connaître un millier de façons de liquider quelqu'un.

L'autre, plus mince, arborait une impressionnante masse de boucles blondes et les yeux gris les plus saisissants que j'aie jamais vus. Il était vêtu d'un pantalon de pyjama à carreaux et d'un pull bleu marine à col en V. Il avait déjà un sourire aux lèvres, qui s'agrandit encore.

— Salut, toi.

Je jetai un regard incertain à Seth, qui semblait prêt à se cogner la tête contre le mur.

— Salut.

Le blond ne se départit pas de son sourire tandis que son ami ne me quittait pas des yeux.

Seth poussa un nouveau soupir.

— Celui qui sourit comme un déjanté, c'est Deacon, et l'autre s'appelle Luke.

— Nous sommes ses *amis*, lança Deacon, ce qui ne semblait pas si évident à voir la tête de Seth.

— Je vous présente Josie, poursuivit-il. Tâchez de ne pas l'effrayer en vous comportant bizarrement.

— Nous comporter bizarrement ? répéta Deacon en levant au ciel ses yeux argentés. Nous ? N'importe quoi. Tout ce qu'il faut savoir en ce qui me concerne, c'est que je suis comme un dauphin dans une mer de poissons moins intelligents, déclara-t-il en écartant les bras d'un geste théâtral.

Luke se tourna lentement vers lui, l'air profondément perplexe.

— Quoi ?

Deacon haussa les épaules.

— J'ai beaucoup de choses en commun avec les dauphins, c'est tout. Ils sont intelligents, moi aussi.

Seth enfouit son visage dans ses mains.

Après un instant de silence, Luke soupira et secoua la tête, se retenant visiblement de rire.

— Tu as de la chance que je te trouve canon.

Si incroyable que cela puisse paraître, le sourire de Deacon s'élargit encore.

— On est ensemble.

— Oh, balbutiai-je en les regardant à tour de rôle. Vous formez un beau couple.

— On est au courant, répondit-il.

Luke croisa les bras. Nouveau silence.

— Tes cheveux sont très cool.

Je me recoiffai nerveusement. C'était vraiment trop bizarre.

— Euh… merci.

À mesure qu'il m'étudiait, le sourire de Deacon s'effaça peu à peu. Et puis j'eus l'impression que les pièces d'un jeu d'échecs se déplaçaient : il fit un pas vers le lit, je me figeai, et Seth se rapprocha. Luke s'interposa entre Seth et Deacon, qui semblait ne leur prêter aucune attention. Le regard de Deacon se fit encore plus insistant.

— Tes yeux me rappellent quelqu'un…

Je sentis Seth se détendre lorsqu'il s'assit au bord du lit. Il leva la tête vers les deux garçons, un léger sourire aux lèvres, puis s'allongea en arrière, en appui sur les coudes, contre mes jambes.

— J'ai hâte que vous fassiez le rapprochement, dit-il avec un gloussement. Ça risque d'être marrant.

J'étais complètement larguée, et Luke semblait tout aussi perdu que moi, mais Deacon… Il remuait les lèvres, sans prononcer le moindre mot, puis se redressa brusquement, comme si on lui avait versé de l'acier dans la colonne vertébrale.

— Oh merde, murmura-t-il, pâlissant à vue d'œil.

Rejetant la tête en arrière, Seth éclata d'un rire si franc que je fus tentée de lui mettre un coup de genou dans le dos.

— Quoi ? demanda Luke.

Deacon secoua lentement la tête.
— Ce n'est pas possible…
— Oh que si, répondit Seth.
— Quoi ? répétai-je.
Luke décroisa les bras et lança à Deacon un regard acerbe.
— Tu as l'intention de nous expliquer ce qui se passe, oui ou non ?
— Ses yeux… Je les ai déjà vus. Genre, de très près, commença Deacon, plongeant une main dans ses boucles rebelles. Elle a les yeux…
— … d'Apollon, acheva Seth à sa place. Quand cet enfoiré a des yeux.
Les sourcils de Luke s'envolèrent à nouveau.
— Attendez. Ne me dites pas que…, marmonna-t-il avant de lâcher un rire étranglé. Elle ne peut pas être…
Puisque Seth semblait se fier à ces deux garçons, je décidai d'en venir au fait.
— À ce qu'il paraît, Apollon est… mon père. Mes… pouvoirs de demi-déesse, ou je ne sais quoi, ont été bridés et tout le monde croit que je suis… mortelle. Et Seth… va m'apprendre à me battre.
Décidément, cette conversation était surréaliste.
— Voilà, conclut Seth. Vous savez tout.
Le sang afflua brusquement aux joues de Deacon.
— Merde alors.
Seth s'esclaffa à nouveau. Personnellement, je ne voyais toujours pas ce qu'il y avait de si drôle.
— Inutile de préciser que Josie est très importante, et qu'il n'est pas nécessaire que tout le campus découvre son identité ni sa nature. Donc vous avez intérêt à tenir votre langue, tous les deux.
— Ça me paraît faisable, murmura Luke avant de s'accroupir devant moi, l'air sidéré. Une demi-déesse ?

Waouh. Ça, je ne m'y attendais pas. Tu n'auras jamais fini de me surprendre, Seth.

Celui-ci poussa un grognement en guise de réponse.

— Putain de merde..., répéta Deacon, pétrifié.

Je lui jetai un coup d'œil, un peu inquiète.

— Minute, reprit Luke, fronçant les sourcils. Si elle est la fille d'Apollon, alors elle est plus moins apparentée à...

— Je crois que Deacon va tomber dans les pommes, l'interrompit Seth tandis que je me demandais à qui d'autre je pouvais bien être apparentée.

Je n'étais pas sûre de vouloir le savoir.

Luke lança un coup d'œil à Deacon par-dessus son épaule et poussa un soupir.

— Détends-toi, mon vieux. Ce n'est pas comme si tu avais couché avec *elle*.

— Hein ? lâchai-je, de plus en plus perdue.

Deacon acquiesça lentement.

— Oui, tu as raison.

Un nouveau rire secoua les épaules de Seth, qui pencha la tête en arrière pour me regarder.

— Je n'exagérais pas quand je t'ai dit que ton père était un coureur.

Je dévisageai Seth un moment, puis me tournai vers Deacon, ajoutant enfin deux et deux. Waouh.

— Tu as couché avec mon *père* ?

Deacon fit la grimace et haussa les épaules.

— On n'a jamais été ensemble, hein. Honnêtement, je n'avais pas la moindre idée de qui il était. Il était à fond pour l'amour libre, moi aussi, et au bout du compte, il s'est avéré que le type avec qui je m'étais amusé était un dieu. Bah, la vie réserve quelquefois de drôles de surprises.

— J'imagine, murmurai-je.

Seth lâcha un rire ironique.

— Oh, non, tu n'as pas idée.

— Quel âge a Apollon ? demandai-je.

Luke se leva, lâchant un gloussement.

— Ça dépend de l'apparence qu'il veut prendre, répondit-il en haussant les épaules. Mais, même sous sa forme véritable, il a l'air d'approcher la trentaine. Il est hyper canon. Mais ça doit te paraître indécent.

Deacon leva les yeux au ciel.

— Évidemment qu'il est canon ! Je ne fréquente que des beaux gosses. Enfin bref, ajouta-t-il avant de se tourner vers Seth en prenant une profonde inspiration. Je suis content que tu sois là, parce que je n'ai jamais eu l'occasion de te remercier.

Tout à coup, l'atmosphère joviale s'évanouit et Seth se raidit.

— Ce n'est pas nécessaire.

— Bien sûr que si. Je sais ce que tu as fait pour mon frère et ce que ça implique pour toi, insista Deacon en débitant les mots à toute allure. Alors, merci.

J'étais encore plus larguée que tout à l'heure. Sans dire un mot, Seth s'abîma dans la contemplation du mur et le silence s'abattit sur la pièce. La tension était palpable. Cet échange avait piqué ma curiosité, mais je n'aimais pas la soudaine crispation de ses épaules. Je préférais quand il riait.

— Alors, comme ça..., dis-je pour changer de sujet. Mon père peut changer d'apparence ?

— Oh, oui. En fait, il peut tout faire, répondit Luke en se fendant d'un sourire que je lui rendis, soulagée. Et il a aussi cette manie insupportable d'apparaître sans prévenir au pire moment qui soit.

— Je confirme, dit Seth en se redressant.

Deacon se laissa tomber au pied du lit, la tête penchée sur le côté, et me sourit béatement.

— Oublions ma petite aventure avec ton père. Je n'arrive pas à croire que je suis assis sur un lit avec un Apollyon et une demi-déesse aux pouvoirs bridés.

— On dirait le début d'une mauvaise blague, dit Luke, qui tapota ma jambe sous les draps avec un grand sourire. Ma vie vient de devenir mille fois plus intéressante.

19

Je m'en voulais un peu d'avoir laissé Josie avec Luke et Deacon. Un seul d'entre eux, c'était déjà quelque chose, mais ensemble, ils pouvaient devenir très envahissants.

Imaginer la tête que devait faire Josie en cet instant m'arracha un sourire. Ses fameux yeux – que je n'avais jamais trouvés particulièrement beaux par le passé, avant de changer radicalement d'avis – étaient sûrement ronds comme des soucoupes et sa jolie bouche entrouverte.

Néanmoins, j'avais confiance en ces deux-là, tout comme en Solos et Marcus. Avant de m'éclipser pour m'entretenir en tête à tête avec le Doyen, j'avais pris Luke à part afin de lui rappeler deux choses : la première, que Josie était réellement importante et qu'il fallait la protéger à tout prix, et la deuxième, de ne rien lui dire à mon sujet. Il n'avait pas eu l'air enchanté, mais je savais aussi qu'il ne voulait pas me mettre en rogne.

Josie n'avait pas besoin d'être au courant de ce que savaient Luke et Deacon. Ou alors peut-être que si, mais je préférais qu'elle n'en sache rien. Peu importait. Ce qui avait failli se passer dans la chambre… aurait inévitablement compliqué les choses. Avec n'importe quelle autre fille, je n'aurais pas hésité une seule seconde. J'aurais fait mon affaire, pris mon pied et tout oublié aussi sec. Mais avec Josie, je devais faire marcher mes neurones. Étrangement, savoir que ce corps moelleux aux courbes généreuses aurait dû m'être totalement interdit ne m'empêchait certainement pas de vouloir le toucher, l'embrasser et l'explorer très lentement.

Génial. Mon érection, qui s'était calmée quand Deacon et Luke avaient débarqué, était désormais de retour au point que j'avais du mal à penser, à marcher et même à respirer.

Je ne savais même pas ce qui m'attirait chez elle. Ce n'était pas une bombe au sens classique – le seul critère qui m'emballait par le passé – ni une force de la nature, une qualité qui comptait beaucoup à mes yeux. Mais sa beauté sortait du commun, et elle était loin d'être faible.

En quelques jours, elle ne m'avait pas simplement fait craquer, elle m'avait carrément ensorcelé. Je ne me rappelais pas qu'une fille m'ait jamais autant affecté.

Je me dévêtis, ouvris le robinet de la douche, dont la vapeur embua bientôt le miroir de la salle de bains, et me plaçai sous le jet. Ce n'était pas le moment d'avoir des considérations d'ordre moral. Descendant une main sur mon ventre, j'empoignai la base de mon sexe dressé. Josie se matérialisa aussitôt dans mon esprit. Je la visualisais sous moi, qui me fixait entre ses yeux mi-clos, ses lèvres roses entrouvertes. Un grognement m'échappa et mon dos se cambra. Il ne me fallut pas grand-chose. Après quelques vigoureux va-et-vient, j'éjaculai comme un gamin de quinze ans qui se touche pour la première fois. Le fourmillement de la jouissance monta et j'explosai. L'orgasme me submergea avec une puissance que je n'avais jamais connue avec une fille – et tout ça rien qu'avec ma main !

Non, ce n'était pas seulement ma main. C'était de penser à Josie, ce qui était carrément tordu, non ? Par les dieux, il fallait que je reprenne mes esprits et que j'arrête de me toucher. Cette résolution à l'esprit, j'utilisai enfin la douche selon sa fonction première, me séchai, rejetai mes cheveux en arrière et, une fois rhabillé, je sortis sans attendre.

Dans le couloir, face à la porte de la chambre de Josie, je m'immobilisai un instant, hésitant à passer voir si tout allait bien. Mais je risquais de bander à nouveau, et je ne voulais surtout pas parler à Marcus avec une érection.

Et d'ailleurs, comment j'allais faire pour l'entraîner si j'étais sans arrêt au garde-à-vous ? Comment s'était donc débrouillé Aiden pour entraîner Alex ?

Un ricanement m'échappa tandis que je parcourais le couloir désert.

Aiden n'avait pas de leçon à me donner. C'était un pur et Alex un Apollyon, donc une sang-mêlé. Rien n'aurait jamais dû se passer entre eux, et pourtant c'était arrivé. Quant à moi, quand je l'avais aidé à entraîner Alex, j'avais été en mesure de faire la part des choses entre mon désir et mon devoir. Mais je ne pensais pas en être capable cette fois-ci.

Et qu'est-ce qui me prenait de penser à ces deux-là ? Ils avaient eu droit à leur fin heureuse – bien méritée, mais merde. C'était sans doute en lien avec le frère cadet d'Aiden – légèrement plus cinglé, mais beaucoup plus cool que lui – qui essayait en ce moment même de faire ami-ami avec Josie.

Je m'élançai dans le vent frais de mars sans prêter la moindre attention aux regards ébahis des étudiants qui n'avaient encore jamais eu le plaisir de voir l'Apollyon de leurs propres yeux – quelle nouveauté dans leur train-train du lundi matin ! Je venais de dépasser les salles d'entraînement et tournais au coin de la bibliothèque aux colonnes de marbre quand j'eus une révélation qui me frappa comme la foudre.

Par les enfers, j'étais en train de me changer en Aiden St. Delphi.

Je devenais ce garçon parfait qui mettait de côté ses pulsions parce que c'était la *bonne* chose à faire pour finir par me masturber sous la douche comme un gros naze ? Par les dieux… Je devais commencer à éprouver des sentiments. Bientôt, j'allais la tenir par la main.

Oh, merde. Je l'avais *déjà* fait.

Voilà pourquoi je ne voulais pas rester. Mais maintenant, c'était trop tard, parce que je m'étais engagé.

Un froid s'insinua dans ma poitrine. J'éprouvai à nouveau le sentiment d'avoir appuyé sur « reset », de voir l'histoire recommencer, condamnée à se répéter. Et une fois ce froid installé, impossible de m'en défaire.

J'avais l'impression de me trouver en face d'un oracle qui communiait avec les dieux et s'apprêtait à débiter ses prédictions à la mords-moi-le-nœud.

Je pressai le pas. Lorsque je pénétrai dans le bâtiment principal, je tins la porte aux deux Sentinelles, un homme et une femme, qui me filaient le train depuis qu'ils m'avaient vu quitter le premier dortoir.

— Tâchez d'être un peu plus discrets, la prochaine fois, leur suggérai-je.

J'eus le temps de voir la fille rougir avant de tourner les talons.

— Rien de personnel, intervint l'homme qui me suivit à l'intérieur. On ne fait qu'obéir aux ordres.

En passant à côté de la statue tarabiscotée représentant trois dieux siamois, ou une autre atrocité du genre, je lui fis un doigt d'honneur.

— Il t'attend dans son bureau, lança la fille.

Évidemment. Poussant les portes battantes, je m'engageai dans l'escalier et montai un millier de marches. Aucun de ces foutus Covenants n'avait encore décidé d'investir dans un ascenseur ?

Le bureau du Doyen se trouvait au fond d'un large couloir après d'innombrables pièces inutiles. La dernière fois que je m'étais trouvé ici... avait été un vrai cauchemar. À mesure que je me rapprochais, des souvenirs sombres et amers refirent surface. En dépit de mes efforts pour les refouler, des images se formaient dans mon esprit.

Des images de nous tous dans le bureau de Marcus, de l'arrivée d'Apollon qui avait arraché du corps d'Alex les dieux Phobos et Déimos, et de sa réaction, parce qu'elle... avait senti cette présence en elle. Elle pensait être enceinte. Aiden l'avait cru, lui aussi, alors que depuis le début, c'étaient les jumeaux de ce salaud d'Arès qui avaient envahi son corps, semant en elle la panique et la terreur.

L'estomac noué, je snobai délibérément les gardes à la mine impassible postés devant la porte et entrai sans frapper.

Assis à son bureau, Marcus haussa un sourcil en me voyant. Il recula contre le dossier de son fauteuil et poussa un profond soupir. La disposition de la pièce avait changé. Derrière lui, une espèce de terrarium occupait toute la longueur du mur. En y regardant de plus près, je m'aperçus qu'il était occupé par un immense serpent jaune et blanc.

Je n'imaginais pas Marcus fan des serpents.

J'étais arrivé à hauteur des sièges disposés devant son bureau quand je pris conscience que nous n'étions pas seuls. Pivotant sur moi-même, j'examinai l'homme entre deux âges adossé contre le mur, les bras croisés sur son maillot thermique noir.

Mes yeux s'arrondirent quand je le reconnus.

Par les dieux des enfers ! Sérieusement ?

Un sourire crispé plissa le visage de l'homme silencieux en tenue de Sentinelle, sans atteindre ses yeux couleur de whisky. Il n'était sans doute pas ravi de me voir. C'était le père d'Alex.

Mon petit doigt me disait que j'allais encore me prendre une droite.

— Alexander supervise nos Sentinelles depuis quelque temps, expliqua Marcus.

L'homme ne dit rien – il était incapable de parler depuis qu'on lui avait coupé la langue des années auparavant.

— Assieds-toi. Je suppose que tu souhaitais me parler sans que Josie soit présente.

Tourner le dos au père d'Alex ne me disait rien qui vaille, mais je n'avais pas le choix. Je reportai donc mon attention vers Marcus, mais restai debout.

— J'ai décidé de l'entraîner tant que je peux.

La nouvelle ne sembla pas le surprendre.

— Qu'entends-tu par « tant que je peux » ?

Le regard meurtrier qu'Alexander braquait sur moi me picotait l'arrière du crâne.

— Tu sais que j'ai passé un marché avec Apollon. S'il m'ordonne de faire mes bagages pour la Suisse, je n'ai pas mon mot à dire. J'ignore quelle sera la prochaine mission qu'il compte me confier. Il a envoyé ses sbires chercher les autres demi-dieux, et il m'ordonnera peut-être de les rejoindre. En attendant, je vais travailler avec Josie.

— Dans ce cas, tu devrais demander à Luke de t'aider au cas où... tu serais redéployé. J'aurais bien suggéré Solos, mais ses obligations au sein du Conseil lui prennent beaucoup de temps.

Marcus referma le dossier qu'il consultait puis croisa les mains sur la couverture.

— Lorsqu'on retrouvera les autres demi-dieux, j'imagine qu'ils seront conduits ici ?

Je haussai les épaules.

— Ça, Apollon ne me l'a pas dit, mais tu le connais. Je ne l'ai pas revu depuis que j'ai trouvé Josie.

Il secoua la tête.

— La fille d'Apollon… C'est incroyable, mais ça pourrait devenir problématique.

Tendu, je carrai les épaules.

— Elle est très importante, Marcus. Bien sûr, elle risque de nous attirer des problèmes, mais c'est ce qui nous attend de toute façon si les Titans récupèrent tous leurs pouvoirs et décident de ravager la planète. Tu sais qu'ils s'en prendront d'abord aux purs et aux sang-mêlé, puis à l'humanité.

Ses yeux s'illuminèrent d'un éclat émeraude.

— Je sais qu'elle est importante, Seth, et j'ai bien conscience de la menace qui plane sur nous. Je me suis déjà trouvé en première ligne pour affronter une catastrophe d'ordre planétaire, mais je refuse que cet endroit subisse le même sort que le Covenant de l'île des Dieux.

Une veine se mit à palpiter sur ma tempe. Il se pencha en avant et soutint mon regard.

— Tu n'as pas oublié, n'est-ce pas ? Ce qui est arrivé après ton petit numéro au Conseil ?

Mon petit numéro ? Sur les ordres de Lucien, j'avais… commis des choses impardonnables.

— Personnellement, je n'appellerais pas ça un *numéro*.

Il baissa la tête, les poings serrés.

— Je n'ai rien pu faire quand Poséidon a détruit le Covenant. Est-ce que tu sais combien de gens ont perdu la vie, ce jour-là ? Trois cent cinq, Seth. Il est hors de question que ça se reproduise.

L'annonce de ce nombre me donna l'impression d'avaler une balle de plomb.

— Il n'est pas dans mes projets de refaire ce genre de *numéro*.

Prenant appui sur son bureau, il se leva. En périphérie de ma vision, je vis Alexander se rapprocher.

— J'espère bien, mais j'ai une grande responsabilité envers nos étudiants et ceux qui ont trouvé refuge ici.

— Je comprends, mais à mon sens, tout ça n'est qu'un ramassis de conneries.

Il haussa un sourcil.

— Ah, vraiment ?

— Oui.

Les glyphes apparurent sur ma peau. Même s'il ne pouvait pas les voir, j'étais sûr qu'il percevait le flot d'énergie tourbillonnant en moi.

— Ce que je retiens, c'est que tu ne te gêneras pas pour éjecter Josie à la moindre occasion.

— Je n'ai jamais dit une chose pareille, Seth. Mais si sa présence ici, ou celle de quiconque, met en péril la sécurité du Covenant, je n'hésiterai pas à prendre les mesures nécessaires pour y remédier. J'espère cependant que cela n'impliquera pas de la chasser, elle ni personne d'autre.

Même si ces propos ne me rassuraient guère, je devais tout de même reconnaître que Marcus avait du cran et qu'il était prêt à défendre coûte que coûte ce qui lui appartenait. J'allais devoir en faire autant.

Avec un soupir, le Doyen jeta un coup d'œil à Alexander.

— Je m'apprête à dire quelque chose que tu n'as sûrement pas envie d'entendre.

— Génial, grommelai-je.

Sans relever ma remarque, il appuya ses paumes à plat sur son bureau.

— Beaucoup de choses ont changé, d'autres sont restées identiques. Tu n'as pas eu l'occasion de le constater, mais je *sais* que tu as changé, j'en suis convaincu. Et c'est l'unique raison pour laquelle tu te tiens aujourd'hui dans ce bureau.

J'étais à deux doigts de lui demander comment il s'y serait pris pour m'interdire l'accès au Covenant, mais il dut lire dans mes pensées.

— Si j'avais pensé que tes intentions étaient mauvaises, je serais venu moi-même t'accueillir au premier mur et je t'aurais logé une balle entre les deux yeux. Je sais qu'il en faut plus pour te tuer, mais ça m'aurait au moins laissé le temps de te démembrer. Je serais curieux de voir comment s'y prend un Apollyon pour retrouver son intégrité corporelle.

Le coin de mes lèvres se retroussa.

— Eh bien, quelle imagination sanglante !

Il se fendit d'un sourire moqueur.

— Comme je le disais, ton attitude est toujours la même, et je sais bien que tu as le pouvoir de m'anéantir en une fraction de seconde, mais... tu as changé.

Je soutins son regard un instant avant de détourner les yeux, la mâchoire serrée.

— Je peux savoir où tu veux en venir ?

— Nulle part. J'aime simplement m'entendre parler, répondit-il en se rasseyant, les jambes croisées, pour me considérer attentivement. Comme nous le disions hier, nous avons activé des sorts de protection contre les Titans, mais tu sais aussi bien que moi qu'ils ne dureront pas éternellement.

Plus à l'aise sur ce terrain, je transférai mon poids d'un pied sur l'autre.

— Il y a aussi des spectres. L'un d'eux a pris possession du grand-père de Josie, dis-je avant de marquer une pause. Il est mort sous ses yeux.

Marcus pinça les lèvres.

— C'est très malheureux. Comment le vit-elle ?

— Mal.

Et c'était la vérité.

— Elle est avec Deacon et Luke ? demanda-t-il, la tête penchée sur le côté.

— Comment tu as deviné ?

Cette fois, un sourire authentique orna ses lèvres.

— Je me doutais qu'il ne leur faudrait pas longtemps pour vous trouver. Deacon pourra lui apporter un certain soutien, après la perte de ses parents, dit-il, pensif. Si vous étiez arrivés il y a quelques mois, elle aurait pu parler à Alex. De nous tous, c'est elle qui la comprendrait le mieux.

J'inspirai par le nez, prenant sur moi pour ne pas regarder son père. Oui, Alex *comprendrait*. Elle avait vu sa mère transformée en démon et avait dû la tuer de ses propres mains.

Que de bons souvenirs…

— Est-ce que tu t'es attaché à elle ? m'interrogea brusquement Marcus, et je clignai les yeux. Josie, précisa-t-il, comme si c'était nécessaire. D'après Solos, tu n'as pas dormi dans ta chambre, la nuit dernière, ajouta-t-il, levant aussitôt la main. Oui, il vous a surveillés, et non, je ne tiens pas à connaître les détails.

— Alors, je ne vois pas ce que tu espères comme réponse.

Marcus m'étudia un instant, puis j'entendis la porte s'ouvrir. Je me retournai juste à temps pour voir Alexander sortir. Très peu de gens pouvaient se montrer aussi silencieux que moi, mais de toute évidence, il en faisait partie. Quand je regardai de nouveau Marcus, ses yeux étaient fixés sur la porte.

— Il se méfie de toi.

— Je n'en attends pas moins de lui.

Le regard du Doyen plongea dans le mien.

— Un jour, il changera d'avis.

Je souris, mais c'était un rictus nerveux, artificiel.

— Pourquoi ? C'était sa fille…

— Elle l'est toujours, et elle est aussi ma nièce, Seth. Quoi qu'il en soit, tu as payé le prix fort pour réparer le mal que tu as fait.

Un écho, froid et sourd, résonna dans ma poitrine – un rappel à l'ordre très concret.

— Non. Ça ne suffit pas.

20

Mon pauvre cerveau était tellement stimulé que j'en avais le tournis.

Deacon et Luke n'avaient pas cessé de jacasser depuis qu'ils étaient entrés dans la chambre. Enfin, Deacon s'était éclipsé un instant – juste assez longtemps pour me permettre de prendre une douche et de me changer avant son retour. Il avait troqué son pyjama contre un jean et un pull, et son adorable tignasse bouclée était humide.

Ils avaient un tel don pour me soutirer des informations qu'ils auraient pu travailler comme espions pour une société secrète grecque. Quant à moi, je débitais sans réserve toutes sortes de détails sur ma vie dans le Missouri et à la fac. Erin s'était montrée accueillante, mais ces deux-là jouaient dans une autre catégorie. Le seul sujet qu'ils ne m'avaient pas convaincue d'aborder était ma famille. Je… je n'avais toujours pas le cœur d'en parler.

Seth comptait peut-être sur moi pour ne pas quitter la chambre, mais mes nouveaux meilleurs amis, eux, ne semblaient pas voir d'objection à une petite balade. Sous le soleil matinal du Dakota du Sud, bien plus aveuglant que celui auquel j'étais habituée, ils me conduisirent dans un bâtiment de plain-pied abritant diverses salles communes et une cafétéria bien mieux lotie que celle de Radford avec ses plans de travail en granit, des personnels de service beaux comme des dieux, et un délicieux parfum de pêche – et non de graillon.

Sans cesser de palabrer, Deacon me servit une généreuse portion de bacon pendant que Luke me fourrait une bouteille de jus d'orange dans la main, puis ils me guidèrent vers une table ronde d'une propreté immaculée.

Ébahie, j'entendais à peine ce qu'ils me disaient, les yeux rivés sur les occupants des tables voisines, qui nous dévisageaient, eux aussi.

Mais pas pour les mêmes raisons. Moi, j'étais sidérée par leur beauté surnaturelle. Ils semblaient tous sortir d'un film ou d'un défilé de mode, et avaient les yeux de couleurs plus surprenantes les unes que les autres – bleu azur, vert émeraude, du brun chaud du whisky, et même violets.

Qui avait les yeux de la couleur des améthystes ?

Rassemblés en petits groupes autour des tables, des manuels ouverts entre eux, certains étudiants – j'imaginais que c'étaient des étudiants – ne nous prêtaient aucune attention. La scène m'était douloureusement familière. D'autres, en revanche, nous mataient ouvertement, et leur expression n'avait rien d'amical.

À quelques pas de notre table, une blonde platine aux iris vert sapin nous observait avec insistance, la bouche pincée. À côté d'elle, un garçon dégingandé aux cheveux auburn et aux yeux clairs nous lançait des œillades désapprobatrices. J'étais peut-être paranoïaque.

Quand je tournai la tête dans la direction opposée, je vis une brune au nez parfait afficher une moue dédaigneuse.

Non, ce n'était pas dans ma tête. Faisant face à Deacon, je croisai son regard argenté.

— C'est moi ou…

— Ou tout le monde nous dévisage ? Non, tu ne rêves pas, confirma-t-il en se penchant en avant, piochant une nouvelle tranche de bacon grillé. Certains te prennent pour une mortelle et ne comprennent pas ce que tu fais là.

Assis à côté de lui, Luke opina du chef.

— On n'a jamais été très proches des mortels. Difficile de tisser des liens quand on doit leur cacher notre vraie nature. Donc, ici, les mortels sont aussi rares que les licornes ou les chimères.

J'arquai un sourcil perplexe.

— En plus... Je suis un pur, ajouta Deacon, la bouche pleine.

— Et moi un sang-mêlé. Ils se fichent pas mal de voir deux garçons ensemble, mais un sang-mêlé et un pur ? Au secours ! s'exclama-t-il en plaquant une main sur sa poitrine d'un geste théâtral pour accompagner sa mine faussement outrée. Quelle horreur !

— Seth m'a dit que les choses avaient changé, non ?

Je poussais distraitement les tranches de bacon dans mon assiette. Me sentir observée par cette armée de top-modèles me coupait l'appétit. J'avais le sentiment d'être de retour au lycée – là aussi, tout le monde était au courant de ma situation familiale. La seule différence, c'est qu'ici, les élèves étaient à tomber par terre.

— La Hiérarchie du sang, ou je ne sais quoi.

— Oui, la loi qui nous interdisait de nous fréquenter a été abolie, mais on n'efface pas des millénaires d'intolérance en une année, expliqua Luke qui serra la mâchoire malgré son air indifférent. Certains purs se croient supérieurs et nous prennent de haut depuis la nuit des temps. Il va falloir un moment pour que les mentalités changent.

— C'est nul, chuchotai-je en tripotant nerveusement ma bouteille.

— Ça ne fait qu'un an que je peux enfin choisir ma vie, poursuivit-il, son expression plus sombre.

Deacon tendit le bras pour poser sa main sur celle de Luke et ce geste me fit fondre.

— J'ai toujours été destiné à devenir une Sentinelle, entraîné depuis l'âge de huit ans, parce que je n'avais pas le choix.

— Mais tu l'as, maintenant, dis-je, gagnée par la curiosité. Alors, qu'est-ce que tu fais ?

Il se fendit d'un large sourire lorsqu'il croisa le regard de Deacon. Pendant quelques secondes, ils semblèrent m'avoir oubliée.

— Je continue de m'entraîner. Ce serait idiot d'arrêter, vu les circonstances actuelles, mais…

— Mais il ne fait plus partie du corps des Sentinelles, acheva Deacon en se laissant aller contre le dossier de sa chaise, les bras croisés sur son pull bleu. Il fait des études.

Le sourire de Luke s'étira davantage.

— C'est ce que font beaucoup de sang-mêlé. Certains ont décidé de continuer dans la voie des Sentinelles, mais… c'est quand même bien d'avoir le choix.

Je ne pouvais pas imaginer une vie sans choix. Cela étant, Luke et moi semblions avoir échangé nos rôles. Dès lors que j'avais découvert ma véritable nature, j'avais été privée de mon libre arbitre – une pensée qui venait s'ajouter à ce que je gérais déjà à grand-peine et que je préférais remiser dans un coin de mon cerveau pour le moment.

— Alors, qu'est-ce que tu étudies ?

— L'horticulture.

J'écarquillai les yeux. Ça, je ne m'y attendais pas.

Il partit d'un petit rire.

— Ça avait l'air intéressant, et puis ça changeait, alors pourquoi pas ? Lui, il étudie – enfin, disons plutôt qu'il fait semblant d'étudier – l'Antiquité.

Deacon s'esclaffa à son tour.

— Et toi ?

Le nœud dans ma gorge doubla de volume.

— La psychologie. Mais j'imagine… que ça n'a plus d'importance.

— Pourquoi ?

Deacon fronça les sourcils, un geste auquel son beau visage ne devait pas être habitué.

Je levai les deux mains.

— Eh bien, à cause de tout ça. Je doute qu'on me laisse m'inscrire à la fac. En gros, je suis ici pour… pour me cacher. Pas pour poursuivre mes études.

Luke m'étudia attentivement un moment.

— Si tu y tiens vraiment, je suis sûr que Marcus accepterait.

Peut-être, mais à quoi bon ? Si je survivais à ce qui m'attendait, pourrais-je reprendre ma vie d'avant et devenir psychologue ? Comment espérer mener une vie normale, maintenant que je savais ce qui se tramait dans ce monde ? Et puis, il y avait très peu de chances que je puisse m'en tirer.

— Bref, lança Deacon en me volant un morceau de bacon. Alors, toi et Seth, vous êtes déjà passés aux choses sérieuses ?

Je faillis m'étrangler avec mon jus d'orange.

— Quoi ?

— Les choses sérieuses, tu sais bien. Est-ce que vous vous êtes envoyés en l'air comme des bêtes ? précisa-t-il, comme si j'avais besoin d'une explication. Connaissant Seth, c'est forcément bestial. Je ne peux pas l'imaginer faire des trucs mièvres, comme te tenir la main ou te regarder dans les yeux pendant des heures.

Oh. Mon. Dieu.

Luke leva les yeux au ciel.

Le feu me monta au visage tandis que les deux garçons attendaient ma réponse, mais des images torrides se matérialisaient dans mon esprit. Je me tortillai, ressentant soudain le besoin de m'éventer.

— On n'a pas... euh... On n'est pas encore passés aux choses sérieuses.

Leurs expressions estomaquées me mirent encore plus mal à l'aise. Pour dissimuler ma gêne, je fourrai une tranche de bacon dans ma bouche et faillis gémir de plaisir.

Nom d'un chien ! Mes papilles étaient en plein orgasme. Jamais je n'avais mangé de bacon aussi délicieux – à la fois salé et sucré, comme si on l'avait cuit dans du sirop d'érable. Pourquoi je n'y avais pas goûté plus tôt ?

— Une seconde..., dit Luke en se penchant en avant.

Trois étudiants passèrent derrière lui en chuchotant, les yeux rivés sur nous. Les deux garçons ne semblèrent pas s'en formaliser.

— Il a bien dormi avec toi la nuit dernière, non ?

J'acquiesçai.

— Et vous n'avez pas couché ensemble ?

Secouant la tête, je dévorai une nouvelle tranche de bacon. Bonté divine... Un pur délice.

Deacon me dévisageait comme si j'étais une créature mythologique. Minute – j'en étais une, plus ou moins.

— Vous n'avez rien fait *du tout* ?

Une fois de plus, je fis non de la tête et enfournai une nouvelle tranche de cette œuvre d'art. Luke recula contre le dossier de son siège.

— J'hallucine... Je crois que c'est encore plus choquant que... eh bien, ce que tu es vraiment.

Hélas, il ne restait plus un seul morceau de bacon dans mon assiette.

— Qu'est-ce que ça a de si choquant ?

Deacon haussa un sourcil.

— Seth est plutôt du genre… coureur de jupons. Disons qu'il saute sur tout ce qui bouge, gloussa-t-il. Et je sais de quoi je parle.

— C'est vrai, renchérit Luke. Deacon est un tombeur, lui aussi. Enfin, plus maintenant. On est monogames, mais avant ça…

Il secoua la tête.

Euh…

— Quand Seth a débarqué au Covenant de l'île des Dieux, celui d'où on vient, à l'origine, il s'est fait la moitié des filles du dortoir en un temps record, poursuivit Deacon.

Je reposai lentement ma bouteille de jus d'orange sur la table, l'estomac soudain noué – une sensation très inconfortable alors qu'il était rempli de bacon. La moitié des filles du dortoir ?

— Ensuite, dans les Catskills, il était toujours fourré avec cette fille, ajouta Luke en se tournant vers son petit ami. Comment elle s'appelait, déjà ?

Deacon haussa les épaules.

— Aucune idée. Alex l'appelait Gros Seins, mais je crois qu'elle s'appelait Théa ou Tori… Un prénom qui commence par T. Elle est ici. On ne peut pas la louper.

Je me rassis au fond de mon siège et m'efforçai de respirer lentement.

— On n'a pas couché ensemble. Après tout, on vient juste de se rencontrer.

Luke fronça le nez.

— Ce n'est pas une raison, avec Seth.

— Eh ben…, murmura Deacon, songeur.

Me mordant la lèvre, je tentai tant bien que mal d'apaiser mon estomac contrarié. Ma réaction était stupide. Découvrir qu'il avait couché avec toute la promo n'aurait pas dû m'atteindre, parce que nous n'étions pas ensemble.

Mon ventre se tordit encore davantage.

Mais il se passait bien quelque chose entre nous, non ? Ce matin… Je n'avais pas rêvé, il éprouvait la même chose que moi, non ? Il m'avait regardée comme si… comme s'il désirait plus que tout m'embrasser.

Certes, ce n'était pas parce qu'il espérait conclure qu'il avait des sentiments pour moi. Mais il avait décidé de rester et avait accepté de m'entraîner alors que rien ne l'y obligeait. Ça voulait forcément dire quelque chose.

— C'est sans doute bon signe, tu sais, souligna Deacon. S'il n'a encore rien tenté, ça doit vouloir dire qu'il tient à toi.

J'étais une telle idiote que ces mots-là suffirent à transformer les nœuds qui m'étreignaient le ventre en une bulle d'espoir qui me fit presque décoller de mon siège. Bon sang, j'étais foutue…

— Je crois que ça lui ferait vraiment du bien de s'attacher à quelqu'un, parce que…

— Qu'est-ce que tu dirais d'une visite guidée ? l'interrompit brusquement Luke, ce qui lui valut un regard noir de la part de Deacon. Tu n'as encore rien vu.

Sans plus de cérémonie, les deux garçons m'escortèrent hors de la cafétéria et plus personne n'évoqua les conquêtes de Seth. En quelques minutes, je me retrouvai totalement fascinée par toutes les merveilles qui m'entouraient.

Cet endroit… ne ressemblait à rien de ce que je connaissais. Les bâtiments universitaires étaient immenses et d'une propreté irréprochable. Les jardins, débordant de roses et d'espèces tropicales au parfum entêtant, semblaient surréalistes. Les statues de marbre et de grès à l'effigie des dieux grecs disséminées partout me rappelaient, à chaque instant, que ce lieu somptueux n'était pas tout à fait normal.

Tandis que nous parcourions l'allée gravée d'étranges symboles, je sentis la fébrilité me gagner peu à peu. Je questionnai mes deux guides à propos de ces signes.

— Ce sont des glyphes qui forment des sorts de protection, expliqua Deacon. En gros, des sorts qui repoussent tous les indésirables, comme les Titans. Ils ne marchent pas à tous les coups. Par exemple, si des démons parviennent à passer les Gardiens, ils pourront entrer. Mais c'est à ça qu'ils servent. Seth a même des glyphes tatoués sur la peau.

— Quoi ? lâchai-je, incrédule. Je n'ai pas vu de tatouages sur lui. Pourtant, il se balade tout le temps torse nu. Ils sont tatoués sur ses fesses, ou quoi ?

Luke ricana.

— Une idée séduisante, mais les tatouages de Seth sont seulement visibles par les dieux ou un autre Apollyon. Tu les verras peut-être aussi, une fois que tu feras partie du gratin.

Du gratin ? Intéressant, songeai-je en reportant mon attention sur l'imposant bâtiment qui se dressait devant nous. Celui-là aussi avait l'air tout droit sorti de la Grèce antique. Sous mon pull, un frisson me parcourut la peau.

— Et voici la bibliothèque, annonça Luke en désignant la construction. On n'y va jamais.

Je levai les yeux vers lui, croisant les bras pour me réchauffer.

— Ah bon ?

— Les sang-mêlé sont toujours mal à l'aise dans les bibliothèques.

Je jetai un coup d'œil à Deacon, qui haussa les épaules.

— Va savoir pourquoi. Beaucoup de sang-mêlé refusent d'y entrer. C'est bizarre. Ils ont le pouvoir de sentir la présence des démons, contrairement à nous. Peut-être qu'ils perçoivent quelque chose dans les sous-sols.

Un nouveau frisson me glaça les entrailles, comme une étrange sensation de manque.

— Les sous-sols ?

— Oui, il y a toujours des catacombes sous les bibliothèques, expliqua Luke. Ne me demande pas ce qu'ils contiennent, je préfère ne pas le savoir. Allez, viens, on a encore plein de choses à te montrer.

Sans prévenir, Deacon me prit par la main, me faisant trébucher. Quand je l'interrogeai du regard, il se contenta de m'adresser un clin d'œil et de continuer son chemin en balançant nos bras comme si nous étions deux gamins, et je sentis un sourire me monter aux lèvres.

Cependant, alors que nous nous éloignions de la bibliothèque, je ne pus m'empêcher de jeter un regard par-dessus mon épaule, puis un deuxième, et encore un troisième. Je mourais d'envie d'y aller. D'accord, c'était bizarre, mais le bizarre était maintenant mon lot et plus rien ne m'étonnait.

En compagnie des garçons, qui avaient dû décider de sécher les cours, je ne vis pas le temps passer. Le dîner succéda au déjeuner sans que je m'en aperçoive. Toute la journée, ils m'escortèrent aux quatre coins du campus et me firent manger tant de choses qu'ils risquaient d'avoir à me faire rouler pour me ramener dans ma chambre.

Même si j'avais pensé commencer l'entraînement aujourd'hui et que la perte récente de ma famille pesait toujours sur mon esprit, j'étais contente de passer du temps avec eux. Ils étaient drôles, pleins d'entrain et vraiment super. Même Luke, qui m'avait paru un peu distant ce matin, avait passé autant de temps accroché à mon bras qu'à celui de Deacon.

Le soleil commençait à décliner quand on regagna le dortoir et, sitôt entrée dans le hall, j'aperçus Seth parmi la foule. Comme si mes yeux étaient attirés au-delà de ces beaux visages vers le plus beau de tous.

Vêtu du même maillot noir à manches longues que Luke et d'un jean délavé, il se tenait entre deux canapés rouge vif. Ses bras musclés étaient croisés sur sa poitrine, ses cheveux attachés en catogan.

Mon ventre se mit à danser une petite gigue en le voyant, avant de se serrer brusquement lorsque je pris conscience qu'il était seulement entouré de filles au physique parfait. Il semblait y en avoir pour tous les goûts.

Le regard d'ambre de Seth se posa sur nous. Il glissa quelques mots à une brune, qui jeta un coup d'œil par-dessus son épaule avant d'éclater de rire. Ce n'était pas un rire moqueur, sans doute juste une réponse à ce qu'il lui avait dit, mais j'avais quand même des envies de meurtre.

— Tu as un moment ? me demanda-t-il en nous rejoignant.

— Oh, j'ai eu *toute la journée*.

Il arqua un sourcil. Deacon siffla entre ses dents. Je n'arrivais pas à croire que j'avais dit ça à voix haute.

Les joues en feu, je détournai les yeux et me retrouvai à observer l'arrière du crâne de la brune sur le canapé. Génial.

On se dirigea vers un coin tranquille, et je m'abîmai dans la contemplation de mes baskets, me sentant bête. Lorsque Seth me toucha légèrement le bras, je relevai la tête.

— Désolé de t'avoir abandonnée toute la journée, dit-il en laissant retomber sa main. J'ai eu plein de trucs à faire.

Je m'apprêtais à répondre machinalement « ça va » ou encore « pas de souci », mais je gardai le silence. Pouvait-on vraiment dire que tout allait bien ? Est-ce que j'exagérais ?

Il m'observa un moment avant de s'adresser à Luke.

— J'espérais que tu pourrais m'aider à l'entraîner, si tu as le temps.

Une expression de surprise envahit les traits du sang-mêlé, mais il s'empressa de reprendre contenance.

— Oui, je peux me libérer l'après-midi. Le matin, j'ai des cours.

— Des cours ? Qu'est-ce que tu peux bien étudier ? demanda Seth.

— L'horticulture, répondit Deacon, la mine radieuse.

Les sourcils froncés, Seth ouvrit la bouche avant de la refermer aussitôt.

— Pourquoi je m'étonne encore…

Il me regarda de nouveau et je retins mon souffle.

— Je vais te chercher des tenues d'entraînement, d'accord ?

Je hochai la tête.

Fin de la discussion. Seth quitta le dortoir sans ajouter un mot et je me retrouvai seule dans ma chambre pour la première fois depuis… que tout avait commencé. Quel jour était-on ? Je m'assis au milieu du lit et me passai les mains sur le visage.

Lundi ? Mardi ? Il s'était écoulé moins d'une semaine depuis ma rencontre avec Seth.

Moins d'une semaine…

J'avais l'impression que ça faisait *des mois*.

Waouh… Je laissai retomber mes mains et les examinai. En moins d'une semaine, le monde entier avait chaviré.

Mon cerveau était tellement embrouillé que j'avais du mal à respirer de façon régulière. Sous mes yeux, mes doigts tremblants devinrent flous. Attrapant la télécommande sur la table de nuit, j'allumai la télé sur la première chaîne venue parce que je ne voyais plus rien.

Au bout d'une heure, on frappa à la porte. Le cœur battant soudain à tout rompre, je bondis du lit comme une folle et me précipitai sur la porte, que j'ouvris d'un coup.

C'était Luke, qui me sourit.

— Voilà tes vêtements de sport. C'est Seth qui a passé la commande et indiqué la taille.

M'efforçant de dissimuler ma déception, je lui pris la pile des mains et constatai que c'était effectivement ma taille. Euh. Bon. Cette capacité de Seth à deviner les mensurations des filles devait-elle m'impressionner ou me défriser ?

Sans parler du fait qu'il *connaissait* les miennes.

Inutile de rentrer mon ventre devant lui, à présent.

— Merci, répondis-je en levant les yeux sur Luke, puis sur la porte close du garçon qui aurait dû venir à sa place.

— Je dois filer.

— D'accord. Bonne nuit, répondis-je machinalement, le même sourire stupide collé sur le visage.

Luke s'apprêtait à tourner les talons lorsqu'il pivota à nouveau vers moi.

— Tout va bien ?

Mon sourire ne devait pas être convaincant. J'y renonçai et reculai d'un pas.

— Oui, je suis juste fatiguée. Et merci pour cette journée. C'était sympa. Je me suis bien amusée.

— Il n'y a pas de quoi, répondit-il en grattant la barbe naissante qui assombrissait sa mâchoire. Tu es sûre que ça va ? Je peux rester avec toi, si tu veux...

— Oui, tout va bien. Merci quand même.

Serrant la pile de vêtements contre moi, je lui adressai un signe de tête.

— On se voit demain, je crois.

— C'est ça, demain après-midi, confirma-t-il avant de marquer une nouvelle pause. Bonne nuit.

Refermant la porte d'un coup de genou, je portai les vêtements dans ma chambre et les étalai sur mon lit : des pantalons noirs de yoga et des tee-shirts gris, à manches courtes et longues. Poussant un soupir las, je jetai un coup d'œil à mes bagages, puis au placard vide.

Je m'affairai durant une heure. Je suspendis mes vêtements sur des cintres et les rangeai sur les étagères puisque j'allais manifestement rester là... un moment. Je me déshabillai ensuite et enfilai une fois encore le tee-shirt de Seth. Il allait vraiment falloir que je trouve un pyjama digne de ce nom et une machine à laver.

Je passai une heure de plus à regarder distraitement la télé. Presque 22 heures. Aucun signe de Seth. N'y tenant plus, je bondis du lit et ouvris la porte du couloir. Sur le seuil, je restai figée, les orteils enfoncés dans la moquette, les yeux rivés sur la porte d'en face.

Qu'est-ce qui me prenait ?

Seth ne viendrait pas. Et, de toute façon, je dormais seule depuis toujours. Je n'avais pas besoin de lui ni de quiconque pour trouver le sommeil.

Après une seconde d'hésitation, je reculai et refermai doucement la porte. Les paupières closes, je me penchai en avant, posant mon front sur le battant de bois. J'avais de nouveau la gorge nouée et je me sentais lasse, même si je n'avais rien fait d'autre que marcher et manger toute la journée. Mais Seth me man...

J'écartai aussitôt cette pensée et m'éloignai de la porte. Accablée, je me glissai sous les draps que je tirai jusqu'au cou. Une fois allongée dans le noir, l'image de mes grands-parents se matérialisa dans mon esprit : ils étaient attablés dans la cuisine, un verre de thé glacé à la main devant une part de tarte. Soudain transpercée d'une douleur fulgurante, je fermai les yeux très fort. M'efforçant de me les sortir de la tête, je me concentrai sur ma respiration jusqu'à ce que mes paupières s'alourdissent.

Et Seth ne vint jamais.

21

Seth se montra enfin le lendemain matin, quinze minutes environ après que je m'étais contrainte à sortir du lit. Je lui ouvris la porte, encore à moitié endormie mais tout à fait consciente qu'il était à tomber dans son jogging noir en nylon et son tee-shirt boutonné à manches longues de la même couleur.

Bon Dieu, il était toujours à tomber.

Je pris sans réfléchir le café qu'il me tendit.

— Il va falloir t'activer, Joe. On commence l'entraînement, aujourd'hui.

Le fusillant du regard, je bus une gorgée de café.

— Ne m'appelle pas Joe.

— Moi, ça me plaît, répondit-il en posant les deux mains sur mes épaules pour me faire pivoter vers la chambre. Au fait, mon tee-shirt te va toujours aussi bien.

Mon cœur fit un bond. Je lui lançai un regard par-dessus mon épaule, me retenant de lui demander pourquoi il n'était pas venu dans ma chambre, la nuit dernière. Il n'était pas question de passer pour le pot de colle de service. Je me contentai donc de siroter mon café brûlant.

Seth arqua un sourcil.

— Quand tu veux.

— Je te déteste, marmonnai-je.

Un sourire apparut brièvement sur ses lèvres.

— Menteuse.

— Non, je ne t'aime vraiment pas.

Sur quoi je lui tournai le dos en dissimulant mon sourire dans mon gobelet de polystyrène.

Quand j'eus fini de me préparer, Seth était assis sur le lit, le menton dans la main, le coude appuyé sur son genou. Il me détailla des pieds à la tête, depuis la pointe de mes baskets à ma queue-de-cheval, en passant par mon pantalon noir et mon tee-shirt gris.

— L'uniforme d'entraînement te va bien aussi, murmura-t-il.

Malgré mes efforts pour la contenir, une bouffée d'euphorie m'envahit. Je n'aurais pas dû me sentir flattée pour si peu.

— Ta cicatrice commence à s'éclaircir, signala-t-il.

En effet, jetant un coup d'œil dans le miroir, je constatai qu'il n'en restait plus qu'une ligne rose pâle.

— Comment va ta tête ?

— Ça va.

L'ecchymose aussi était superficielle. Seth se leva d'un mouvement souple.

— Tu es sûre de vouloir apprendre à te battre ?

— Oui, répondis-je en hochant la tête, au cas où il n'aurait pas compris. Je... C'est nécessaire.

Un court instant, il soutint mon regard et une expression qui ressemblait à de la peine traversa ses traits, avant de disparaître aussitôt quand il tendit le bras vers la porte.

— Alors on y va.

Je lui emboîtai le pas dans le couloir, mais il s'arrêta brusquement.

— Une minute, dit-il en s'engouffrant dans sa chambre.

Poussant un bâillement, j'attendis les quelques secondes qu'il lui fallut pour revenir, les bras chargés d'un gilet à capuche et d'une écharpe grise.

— C'est pour moi ?

— Oui, répondit-il en me les fourrant dans les mains sans croiser mon regard. Je suis allé les chercher hier mais j'ai oublié de te les donner. Les matinées et les soirées sont froides ici, jusqu'au mois de mai.

— Merci.

Sans attendre, j'enfilai le gilet. Avec un petit sourire en coin, il se plaça devant moi et remonta la fermeture Éclair pendant que je restais plantée là comme une idiote, l'écharpe entre les mains.

Il m'adressa un clin d'œil avant de se mettre en route.

— Allez, Josie, on perd du temps.

Bon Dieu, je le détestais vraiment !

Enroulant l'écharpe autour de mon cou, je le suivis à pas pressés. Nous parcourûmes le chemin jusqu'à la salle d'entraînement sans un mot. Je disparus aussitôt dans mon sweat pour me protéger du vent froid qui soufflait dans la cour, faisant voleter des mèches rebelles autour de mon visage.

Luke et Deacon ne m'avaient pas montré les salles d'entraînement situées juste derrière la bibliothèque, et j'étais impatiente de voir à quoi elles ressemblaient. Comme la veille, un frisson me parcourut quand nous passâmes devant le bâtiment, et je ne pus m'empêcher de tourner la tête. J'étais envahie d'une certaine fébrilité, que je mis sur le compte d'un manque de lecture, à moins que ce ne soit le souvenir des nombreux week-ends passés dans la minuscule bibliothèque de ma ville.

— Tu vas finir par trébucher et te rompre le cou avant même qu'on commence, me reprit Seth.

À regret, je reportai mon regard sur lui.

— N'importe quoi. Je ne suis pas totalement empotée non plus.

Un rire silencieux secoua ses épaules, et je plissai les yeux.

— Je serai bientôt capable de te botter les fesses, l'avertis-je.

À présent, il s'esclaffait à gorge déployée.

— Tu rêves, bichette.

— Bichette ? m'exclamai-je en le rattrapant. Tu n'as pas trouvé pire comme surnom ?

— Joe, si tu préfères.

— Pourquoi pas Josie, tout bêtement ?

Avec un bref regard dans ma direction, il bifurqua dans une allée menant à une porte à double battant située à l'arrière d'un grand complexe dédié à l'entraînement.

— Parce que c'est ennuyeux.

— Dans ce cas, je vais t'appeler Sethie.

Il ouvrit la porte.

— Tant mieux. Ça me plaît.

— Aucun intérêt, alors, lâchai-je, exaspérée.

Il étouffa un petit rire.

— C'est bien ce que je me disais.

Le bâtiment était traversé d'un vaste couloir à l'extrémité duquel de grandes fenêtres laissaient entrer les rayons du soleil. De chaque côté, des portes sans vitres étaient espacées d'environ dix mètres.

— Il est encore tôt. La plupart des séances d'entraînement ont lieu l'après-midi, vu que les étudiants suivent des cours d'enseignement général le matin, expliqua Seth tout en se dirigeant vers la quatrième porte sur la gauche. Voilà notre salle. Tu vas devoir t'y habituer, parce que tu vas y passer beaucoup de temps.

Pas très rassurant. Lorsqu'il poussa la porte, j'eus mon premier aperçu d'une salle d'entraînement du Covenant.

Les yeux ronds, je franchis le seuil tandis que Seth refermait derrière moi. L'entrée était carrelée, mais plus de la moitié de la salle était couverte d'épais tatamis bleus. Trois imposants mannequins de frappe étaient disposés sur notre droite. Je m'approchai du premier, suivant des doigts les profondes entailles sur son thorax. Il était couvert de coupures – au niveau du cou, des bras, des épaules et des jambes.

La voix de Seth s'éleva si près de moi que je faillis sursauter :

— Ils servent de cibles aux Sentinelles. Ils s'entraînent principalement à combattre les démons. Pour les éliminer, il suffit de leur planter une dague en titane dans le corps, n'importe où.

— Dis plutôt qu'ils s'entraînent à poignarder des gens, murmurai-je, incrédule.

La simple idée d'enfoncer un objet tranchant dans le corps de quelqu'un dépassait mon entendement.

Le visage de Seth remplaça brusquement le mannequin que je contemplais. Il m'avait fait pivoter vers lui en un éclair, ses yeux d'ambre luisant d'un éclat incandescent.

— Les démons ne sont pas des gens, Josie. C'est la première chose que tu dois retenir. Ils n'ont rien d'humain. Ce sont des créatures cruelles et dangereuses assoiffées d'éther. Il faut absolument que tu le comprennes.

— Je me suis mal exprimée, marmonnai-je.

Un muscle tressaillit sur sa mâchoire.

— Est-ce que tu comprends ?

Mon cœur se retourna douloureusement.

— Oui, je comprends.

Sans lui laisser le temps de répondre, je tournai les talons et me dirigeai vers les tatamis en enlevant mon écharpe. Je faillis perdre l'équilibre lorsque je découvris le mur en face de moi.

Il était entièrement couvert d'armes blanches.

Poignards, dagues, sabres, épées.

De véritables sabres, comme ceux des samouraïs, et des épées que le roi Arthur aurait pu retirer d'un rocher.

J'avais vu les dagues de Seth, et je comprenais bien que c'étaient ces lames qui avaient lacéré ces pauvres mannequins, mais la vue de cette collection me ramena brutalement à la réalité.

— Je ne vais pas seulement apprendre à me défendre, murmurai-je, parcourant du regard tous ces objets tranchants. Je vais apprendre à *tuer*.

Il y eut quelques secondes de silence.

— Oui. Tu peux encore changer d'avis.

La gorge nouée, je pris une inspiration tremblante. C'était ma vie, désormais, mon monde. L'espace d'un instant, le sol sembla se dérober sous mes pieds tandis que je détaillais une dague argentée au milieu du mur, dotée d'une épaisse poignée en forme de croix, et d'une lame qui devait mesurer une bonne douzaine de centimètres. Étais-je capable de tuer ?

Rien que d'y penser, j'avais les genoux en coton.

J'avais déjà essayé de tuer quelqu'un – s'il comptait bien comme une personne. Hypérion. Quand j'avais pressé la détente pour lui tirer dans le dos, mon intention était tout sauf amicale. Bon Dieu… Que penseraient mes grands-parents ? Ils étaient du genre pacifiste. Et cela ne les avait pas sauvés.

Une douleur cinglante me transperça la poitrine.

— Non. Je veux le faire.

Après quelques secondes de silence, je sentis sa main se poser sur mon épaule pour me détourner du mur de la mort.

— La bonne nouvelle, c'est que tu n'es pas près de toucher à l'une de ces armes.

Je lui lançai un regard noir.

— Quoi ? s'exclama-t-il d'un ton léger. Tu finirais avec cinq doigts et un pied en moins si tu essayais de t'en servir dès maintenant.

— Je vois que tu crois en moi.

Je retirai mon gilet et le déposai au bord du tapis avec mon écharpe.

Debout au milieu d'un épais tatami bleu, il se fendit d'un sourire.

— La première technique à apprendre avant d'aller plus loin, c'est de tomber correctement quand tu es projetée au sol.

— Il y a une façon de tomber correctement ?

Il haussa ses sourcils dorés et ses lèvres frémirent.

— Oui. C'est ce qui te permet d'encaisser le coup avec le moins d'impact possible et de te remettre aussitôt sur pied. Et ça, c'est le point le plus important, Josie. Si ton ennemi parvient à te plaquer au sol et à t'y maintenir, c'en est fini pour toi.

— D'accord, dis-je en resserrant ma queue-de-cheval. Donc, c'est ce que je vais apprendre aujourd'hui ?

— Oui, on va commencer par ça, puis on finira la séance par un peu de course pour le cardio.

Je retroussai les lèvres. De la course ? Beurk.

— C'est le meilleur moyen d'améliorer ton endurance, précisa Seth en étirant les bras au-dessus de sa tête, faisant craquer ses articulations. Pour te réceptionner correctement, tu dois enrouler le bassin et rentrer le menton. Ça te permettra d'atterrir sur le haut du dos.

Je me répétai ses instructions. Enrouler le bassin, rentrer le menton.

— J'ai compris.

— D'accord, répondit-il, l'air dubitatif.

Je secouai mes bras, sur le point de lui dire que j'étais prête, quand je me retrouvai brusquement projetée sur le tatami. La douleur fulgurante qui jaillit dans mon dos et à la base de mon crâne me coupa la respiration. Une centaine d'étoiles remplaça la lumière des plafonniers, puis ma vision périphérique s'obscurcit.

Oups.

Au moment même où Josie fut projetée dans les airs, je compris que je m'étais foiré. J'étais tellement habitué à m'entraîner avec d'autres sang-mêlé et des Sentinelles que je n'avais pas retenu ma force. Même si son corps devait être solide, en tant que demi-déesse, ses pouvoirs étaient encore inhibés et elle ne s'était jamais battue. J'avais fait une grave erreur d'appréciation en l'envoyant au sol comme s'il s'agissait de n'importe qui.

Bon sang. J'avais vraiment merdé.

Saisi par l'angoisse, je me laissai tomber à genoux à côté d'elle. Le dégoût de moi-même, poisseux et pesant, me submergea. Ses cils bruns fournis dessinaient des ombres sur sa peau claire. Je lui effleurai la joue.

— Josie ?

Mon cœur manqua défaillir lorsque ses paupières papillonnèrent avant de s'ouvrir. Ses yeux d'un bleu transparent trouvèrent les miens.

— Aïe.

Un rire étranglé m'échappa tandis que je prenais sa main immobile pour la frotter entre mes paumes.

— Merde. Excuse-moi, Josie. J'aurais dû y aller plus doucement. Ça va ?

Lorsqu'elle s'humecta les lèvres, une décharge me traversa l'entrejambe. J'étais décidément un pauvre type.

— Où tu étais, hier soir ?

Sa question faillit me faire tomber à la renverse. C'était bien la dernière chose que je m'attendais à entendre de sa bouche. Je reposai sa main sur le tatami et basculai sur mes talons.

— Je n'ai pas vu passer la journée.

C'était un foutu mensonge. Après mon entretien avec Marcus, elle s'était écoulée au ralenti. J'avais passé le plus clair de mon temps à suivre Josie et les garçons comme un pervers fini, puis, à mon retour au dortoir, j'avais croisé Théa. Carrément gênant, mais j'aurais dû me douter qu'elle serait là, puisque le Covenant des Catskills était toujours hors service. Si Josie et les garçons n'étaient pas arrivés, j'aurais tenté n'importe quoi pour m'échapper.

Je pensais qu'il valait mieux prendre nos distances, Josie et moi.

Moi, j'en avais besoin, en tout cas. Je… je ne méritais pas ce qui avait failli se passer entre nous la veille. C'était aussi simple que ça. J'avais fait une croix sur l'affection. Incapable de fermer l'œil, j'avais passé la plus grande partie de la nuit sur un banc dans le cimetière, à contempler les statues réparées après mon passage, regrettant de ne pas pouvoir effacer les deux dernières années de ma vie.

Josie me dévisagea un instant avant de déglutir.

— Ah, d'accord, dit-elle d'une voix rauque, que je m'efforçai également d'oublier.

Lorsqu'elle essaya de se relever, je passai un bras autour de ses épaules pour la soutenir.

— Je suis bonne… à jeter.

Des tas de visions inappropriées de ce à quoi elle pouvait être bonne défilèrent dans ma tête comme un film porno. Super.

Je l'aidai à se remettre sur pied.

— Non. C'est ma faute, j'aurais dû me retenir et…

Elle s'écarta, agacée, et je laissai retomber mon bras.

— Parce que tu crois qu'Hypérion se retiendra, la prochaine fois ? Et les démons, s'ils arrivent à m'attraper ? Moi, j'en doute sincèrement. Alors, on recommence.

Je ramenai une mèche de cheveux derrière mon oreille, fortement tenté de mettre les voiles. Je n'avais aucune envie de continuer. Quand j'entraînais Alex, je n'avais pas eu à m'inquiéter de la blesser malencontreusement. Avec Josie, en revanche, c'était un problème bien réel, et ça craignait. La boule au ventre, je me plaçai à contrecœur derrière elle.

Mais il n'y avait pas que ça.

Mon regard dériva sur le mur où était exposé l'attirail d'armes blanches. Quoi qu'elle en dise, elle n'avait pas entièrement accepté l'idée de devoir tuer pour survivre. Tant qu'elle n'en serait pas capable, cet entraînement ne servirait à rien. C'était un principe fondamentalement propre aux mortels auquel je n'avais eu, pour ma part, aucune difficulté à renoncer. Pendant quelques secondes, je me remémorai tous ceux que j'avais traqués au cours de l'année passée. Si Josie refusait de tuer pour se protéger, que penserait-elle de moi si elle apprenait combien de victimes j'avais à mon actif ?

— Croise les bras quand tu tombes.

Chassant ces réflexions de mon esprit, je lui saisis les bras par-derrière et les croisai sur sa poitrine. Je l'empoignai ensuite par les hanches, lui arrachant un petit soupir. Impossible de ne pas le remarquer.

— Bascule ton bassin, comme ça, et rentre le menton. Compris ?

— Compris, répondit-elle d'une voix éraillée.

— Répète le mouvement plusieurs fois, que je voie si tu le fais correctement, dis-je, la mâchoire serrée.

Josie suivit mes consignes. Sous mes mains, elle enroula son bassin, tandis qu'elle rentrait le menton et croisait les bras. Chaque fois que je sentais ses muscles se contracter, je devais mobiliser toutes mes forces pour ne pas l'attraper par les hanches et la tirer contre moi.

Quand son bassin ondula à nouveau sous mes doigts, je faillis pousser un grognement.

Il fallait absolument que je me concentre. Sans arrière-pensée, je lui fis répéter les gestes jusqu'à ce qu'ils deviennent fluides. Indépendamment de ma volonté, mes mains s'attardèrent sur ses hanches quand je me reculai enfin.

Elle se retourna pour me faire face, la lèvre inférieure coincée entre ses dents.

— Prête ?

Elle acquiesça.

Jurant dans ma barbe, je lui assénai une bourrade à l'épaule. Elle fut propulsée en arrière et chuta sur le tatami. Pas de la bonne façon.

— Punaise, geignit-elle en laissant retomber ses bras, les yeux rivés sur le plafond. Ça… ça fait mal.

Je franchis les quelques pas qui me séparaient de l'endroit où elle était étendue, les jambes repliées à des angles peu naturels, et lui tendis la main. Je haïssais déjà les mots que je m'apprêtais à prononcer.

— Debout. On recommence.

Avec un grognement de frustration, elle accepta mon aide. Je la hissai sur ses pieds.

Nous reprîmes la position de combat.

Je l'envoyai de nouveau au sol.

Elle ne se réceptionna pas correctement.

La journée s'annonçait très longue.

22

Cette journée interminable vira presque au cauchemar lorsque Luke nous rejoignit après le déjeuner et tenta à son tour de lui apprendre à tomber selon les règles. Le voir se montrer si tactile avec elle pour lui enseigner la bonne position du bassin ne fit qu'exacerber la frustration qui me démangeait déjà la peau. J'avais envie de lui arracher les mains et de les lui faire bouffer, ce qui était idiot, tout bien considéré.

Pour couronner le tout, un groupe s'était rassemblé à la porte, sang-mêlé et purs confondus. Deacon était là, lui aussi, mais il nous observait depuis le bord du tatami, assis par terre, les bras autour des genoux. Il ne lui manquait plus que le pop-corn. Notre public amassé à la porte, en revanche, était curieux de savoir pourquoi un sang-mêlé et un Apollyon entraînaient une fille qui avait l'air d'une mortelle. Théa, qui se trouvait parmi eux, portait un tee-shirt si moulant et décolleté que sa poitrine généreuse semblait défier les lois de la gravité et s'entraîner avec nous.

Josie l'avait remarquée aussi.

Chaque fois qu'elle se relevait, elle lorgnait du côté des spectateurs, s'attardant un instant sur Théa. Difficile de ne pas lui prêter attention : les œillades incendiaires que cette nana me lançait n'étaient pas spécialement discrètes.

J'allais devoir prendre les choses en main avec elle.

— Allez, tu peux y arriver, lança Luke qui se tenait face à Josie. Tu y étais presque. Une dernière fois, et ensuite tu iras courir.

Josie tourna vers moi son regard blasé.

— Je déteste courir.

— Je vais courir avec toi, promis-je.

— Moi aussi, renchérit Luke en lui donnant une tape sur l'épaule.

— Super. On pourra se tenir la main ? demanda-t-elle.

Je lâchai un rire moqueur.

— Sans façon.

— Moi, je trouve que c'est une super idée, intervint Deacon. Je me joindrais même à vous si on se tenait la main.

Luke se remit en position. Je me postai un mètre derrière elle, me préparant mentalement à la voir se changer en hématome géant.

Elle secoua ses épaules.

— Prête.

Le sang-mêlé s'élança vers elle et lui porta un coup puissant à l'épaule qu'elle encaissa comme un chef. Son bassin était bien positionné, mais pas son cou et ses épaules. Avant même qu'elle touche le sol, je sus que la chute risquait d'être très douloureuse.

Je ne réfléchis pas une seconde.

Bondissant en avant, je l'attrapai par la taille avant qu'elle se fracasse sur le tatami pour ce qui devait bien être la centième fois de la journée.

Un petit grognement lui échappa et elle écarquilla les yeux.

— Seth, dit-elle d'une voix étranglée, cramponnée à mes bras tandis que je l'aidais à se redresser.

Je croisai le regard interrogateur de Luke et me hâtai de détourner les yeux.

— Elle allait mal se réceptionner. Inutile de la regarder se briser le dos sans rien faire.

Luke croisa les bras et haussa lentement un sourcil.

— Bien vu. Bon, je pense qu'il est temps de passer à la course.

— Ça me va.

Un demi-sourire se dessina le visage de Luke.

— Je crois qu'il va falloir que tu la lâches, pour ça.

Interloqué, je baissai les yeux. Josie, les joues rouges, cachait mal son embarras. Mes bras étaient enroulés autour d'elle comme un élastique en caoutchouc. Je la lâchai si brusquement qu'elle vacilla, et je dus la rattraper à nouveau. Cette fois-ci, en revanche, je ne restai pas accroché à elle.

Deacon partit d'un petit rire.

Je lui décochai un regard meurtrier auquel il se contenta de répondre par un sourire rayonnant.

Je commençais à perdre la main.

En nous voyant nous diriger vers la porte pour aller courir dehors, le groupe de curieux se dispersa aussitôt, à l'exception de quelques courageux dont faisait partie Théa. Évidemment.

Elle se glissa nonchalamment entre Luke et moi, m'obligeant à freiner des quatre fers. Un corps – celui de Josie – me rentra dans le dos en étouffant un juron.

Je poussai un soupir las.

Théa était sublime, inutile de le nier. Un visage magnifique et un corps qui avait sa place dans le hors-série spécial bikini de *Sports Illustrated*. En plus, elle était plutôt sympa, et elle aimait prendre du bon temps – le genre de bon temps qui me branchait aussi –, mais son physique de rêve me laissait indifférent.

Elle sourit, affichant une dentition impeccable et ultra blanche.

— Salut.

Josie me contourna en me bousculant, sans oublier de jeter un regard mauvais à Théa au passage. Je me retins de sourire, voire d'éclater de rire.

— Salut, Théa.

Elle se déhancha, saisissant la pointe de sa tresse entre ses longs doigts fins.

— Tu fais quelque chose, ce soir ?

Si elle entendait par là rester assis dans le froid comme un imbécile, alors la réponse était oui.

— Oui, je suis pris.

Elle fit la moue, mais ses yeux vert émeraude brillaient toujours d'un éclat malicieux.

— Une autre fois, peut-être.

Je lui adressai pour seule réponse un sourire forcé avant de la contourner. Josie était absorbée dans la contemplation du sol, les lèvres blanchies à force de les pincer. Je me dirigeai machinalement vers elle pour... pour quoi faire ? Bonne question. Je me figeai avant de passer pour un gros débile.

Percevant la tension, Deacon marmonna quelques mots à propos d'un casse-croûte et fila aussi sec.

Le jogging ne fut pas aussi désastreux que l'entraînement au combat, mais une fois bouclé le premier tour du campus, autrement dit quatre bons kilomètres, je sentis que Josie était à deux doigts de flancher et laissai Luke l'emmener reprendre des forces. Elle avait dû brûler la totalité du sandwich poulet crudités qu'elle avait mangé au déjeuner depuis longtemps.

Quand je ressortis de l'infirmerie, où j'étais passé prendre un produit indispensable, la nuit commençait à tomber. Je n'eus le temps de faire que deux pas quand j'éprouvai l'agaçante sensation d'être épié.

Je scrutai les ombres qui s'épaississaient et ne tardai pas à découvrir ce qui avait éveillé mon instinct.

Quelques mètres derrière moi, Alexander me fixait obstinément du regard. Son expression n'avait rien d'amical. Les doigts serrés autour du pot que j'avais pris à l'infirmerie, j'attendis qu'il s'approche, me préparant à subir le sort qu'il me réservait – et qui n'était certainement pas enviable.

Mais, au bout d'une bonne minute, il tourna les talons et disparut dans la pénombre. Je restai planté là un instant, saisi par un étrange sentiment de vide. Je ne cherchais pas particulièrement la confrontation, mais d'une certaine façon, assez malsaine, j'espérais qu'il m'infligerait la punition que je méritais. Qu'il me colle une raclée, je ne l'en empêcherais pas.

Le bocal entre mes mains me parut soudain plus lourd. Je le soulevai, songeant à son utilité. Ce n'était pas en restant là à me morfondre que j'allais accomplir quoi que ce soit.

De retour dans ma chambre, je pris une douche rapide, enfilai la première tenue qui me tomba sous la main, puis m'emparai du pot. Il s'était peut-être écoulé une demi-heure quand je sortis pour me retrouver devant la porte de la chambre d'en face.

Je frappai doucement, puis attendis.

Au bout d'un certain temps, la porte s'ouvrit à la volée. Josie se tenait là, fraîchement douchée, ses cheveux encore humides plaqués à ses joues et à ses épaules. Elle n'avait pas fait de progrès en matière de séchage, ce qui n'était toujours pas pour me déplaire. Son tee-shirt lui collait à la peau aux endroits les plus suggestifs, comme au niveau du ventre et entre les seins. Et quels seins magnifiques…

Sans exagérer.

Bon sang, à voir ses tétons se dresser sous le fin tissu humide, j'en eus l'eau à la bouche. J'imaginais déjà deux petits boutons roses parfaits. Mon pantalon me parut soudain beaucoup trop serré. Génial.

— Salut, dit-elle.

Quand je m'arrachai enfin à la contemplation de son corps pour remonter jusqu'à son visage, ses joues avaient pris une charmante teinte rosée.

— Je peux entrer ?

Elle fronça ses sourcils délicats.

— Oui, tu… tu n'as pas besoin de demander.

Aspirant sa lèvre inférieure entre ses dents, elle s'effaça pour me laisser passer. Je lui rendis un sourire tendu.

— Comment tu te sens ? Ton dos, ça va ?

Avec une grimace, elle se dirigea vers la chambre en traînant les pieds – la chambre où se trouvait le lit dans lequel je m'étais allongé sur son corps. Formidable. Elle s'assit au bord du matelas.

— J'ai un peu mal partout.

— Je t'ai apporté quelque chose qui devrait te soulager.

Non, je n'étais pas seulement venu pour mater ses seins.

— C'est un onguent qui apaise l'inflammation et fait disparaître les bleus plus vite. Il a été conçu pour les sang-mêlé en formation, même si notre tolérance à la douleur est au-dessus de la norme…

Et voilà, je parlais pour ne rien dire.

— Oh, ça a l'air pas mal, dit-elle en jetant un coup d'œil au bocal. Qu'est-ce que ça contient ?

J'allai m'asseoir à côté d'elle et dévissai le couvercle. Un fort parfum mentholé s'en échappa.

— C'est un mélange d'extraits de plantes – de l'arnica et de l'huile essentielle de menthe, en grande partie. Ça devrait te faire du bien. Il faudra sans doute que tu t'en badigeonnes tous les soirs jusqu'à ce que ta peau et ton corps s'endurcissent.

Elle croisa mon regard.

— Tu savais que j'en aurais besoin ?

Je fis oui de la tête.

— Merci, murmura-t-elle.

C'était le moment de lui donner l'onguent et de me tirer de là. Elle trouverait bien un moyen de s'en tartiner le dos, même si ce ne serait pas facile. Elle était intelligente, après tout.

— Tu as mangé quelque chose ? demandai-je au lieu de partir.

— Oui, Luke m'a emmenée à la cafétéria. J'ai dû engloutir un demi-kilo de frites, répondit-elle avec un bref sourire avant de tourner les yeux vers la télévision, dont le son était coupé. Tout le monde me regarde... C'est gênant, murmura-t-elle en haussant les épaules, ce qui lui tira une grimace. Et toi, tu as mangé ?

Non. Qu'est-ce que tu me proposes au menu ? Par les dieux, j'avais décidément l'esprit mal placé.

— Je n'ai pas faim.

C'était le moment rêvé pour m'en aller, mais je me tournai vers elle.

— Tu veux que je te passe la pommade dans le dos ?

Qu'est-ce qui me prenait ? Au fond de moi, j'espérais qu'elle refuserait.

Agaçant sa lèvre inférieure, les joues de plus en plus rouges, elle leva les yeux vers moi et nos regards se rivèrent l'un à l'autre.

— Tu ferais ça ?

J'expulsai lentement l'air retenu dans mes poumons. C'était une mauvaise idée. Enfin, non, elle était excellente. La meilleure que j'aie jamais eue.

Dans quoi je m'embarquais...

— Allonge-toi sur le ventre.

Ma voix me paraissait plus rauque à mes propres oreilles. Et si Josie l'avait remarqué, je ne savais pas ce qu'elle en pensait. Mais elle se leva et s'allongea sur le ventre, les bras croisés sous la joue.

Ses paupières étaient closes, sa lèvre toujours coincée entre ses dents, et je trouvais ça terriblement sexy, sans trop savoir pourquoi. Je me levai à mon tour et posai le pot d'onguent sur la table de chevet.

Maudissant tous les dieux que je connaissais, je rassemblai les lourdes mèches de cheveux humides dans son dos et les ramenai derrière son épaule. Avant de me mettre à l'œuvre, je jetai un coup d'œil derrière moi pour m'assurer que le portrait d'Apollon se trouvait toujours là où je l'avais posé, tourné contre le mur.

Glissant les doigts sous son tee-shirt, je le remontai le plus haut possible. Lorsqu'elle se souleva légèrement, le tissu fut arrêté par sa poitrine, mais je l'avais remonté assez haut pour lui dénuder les épaules.

— Par les dieux…, grondai-je en examinant son dos.

— C'est si terrible que ça ?

Interdit, je contemplai les marques, déjà rouges et violettes, qui constellaient ses épaules. C'était un patchwork géant de contusions laissées par chacune de ses nombreuses chutes – un spectacle tout à fait habituel lors de l'entraînement, surtout chez les Sentinelles qui travaillaient sur le terrain. Mais voir sa peau à *elle* si marquée me dérangeait. Profondément.

— Seth ?

Elle me regardait par-dessus son épaule avec un air incertain. Soupirant lentement, j'attrapai le bocal.

— Tu ne t'es pas plainte.

Un sourire en coin étira ses lèvres tandis qu'elle reposait la joue sur son bras.

— Je crois que si.

Non, pas comme l'aurait fait n'importe quelle mortelle qui aurait découvert une semaine plus tôt qu'elle n'en était pas une. Je prélevai une noisette de l'épaisse pommade et m'installai à côté d'elle, commençant par son épaule droite.

À l'instant où mes doigts entrèrent en contact avec sa peau, elle sursauta et lâcha un gloussement de surprise.

— Désolée. C'est froid.

Personnellement, j'avais du mal à sentir le froid tandis que j'étalais délicatement le baume sur l'hématome qui s'étirait sur toute la largeur de ses épaules. Même si la situation ne s'y prêtait pas, le simple fait de la *toucher* m'excitait. J'éprouvais aussi autre chose, comme un léger vrombissement dans mes artères qui me nouait l'estomac et me picotait le fond de la gorge. Je préférais ne pas trop y réfléchir.

Je continuai à la badigeonner de pommade. Inconscient de mes gestes, je me mis à lui masser le dos à deux mains. Malgré le pouvoir rafraîchissant du menthol, sa peau se réchauffa sous mes doigts tandis que je malaxais ses muscles tendus.

Il dut s'écouler dix minutes avant que l'un de nous prononce le moindre mot.

— Au fait, ça te va très bien, les cheveux lâchés, dit-elle en soupirant comme un chaton assoupi au soleil. Même quand ils sont mouillés. J'adore tes cheveux. Je suis jalouse.

Le sourire aux lèvres, je contemplai la cambrure de son dos, pourtant dépourvu d'ecchymoses, que je m'appliquais à masser.

— Merci, Joe.

— De rien, Sethie, répliqua-t-elle avant de marquer une pause. Je me suis vraiment ridiculisée à l'entraînement.

— C'était ta première journée. Tu vas prendre le coup de main.

— Tu le penses vraiment ? Ou tu dis ça pour me remonter le moral ?

— Peut-être un peu des deux.

Lorsqu'elle s'esclaffa, je sentis *littéralement* son rire.

— Ça a marché, j'ai l'impression, dis-je à mi-voix.

— Oui, chuchota-t-elle.

Le sourire béat qu'elle arborait me rendait tout chose. C'était le genre de sourire que j'imaginais se dessiner sur son visage après un orgasme, accompagné du rouge qui empourprait ses joues, comme en cet instant, mais en plus soutenu, plus vif.

Je repris de la pommade et mes mains descendirent sur ses reins, suivant la courbe séduisante. De légers hématomes obscurcissaient sa peau à cet endroit. Ils étaient superficiels, mais ça ne m'arrêta pas. J'aurais dû avoir fini depuis une éternité, mais mon corps était en pilote automatique. Quand mes doigts approchèrent de sa taille, je l'entendis prendre une inspiration. Ce son presque imperceptible se réverbéra en moi avec un écho assourdissant. J'étais tellement dur que c'en était douloureux. C'était de la torture, pure et simple, mais une fois encore, je ne pouvais plus m'arrêter.

Lorsque mes mains remontèrent sur ses côtes jusqu'à l'endroit où son tee-shirt était retroussé, j'observai son profil. Elle avait les paupières mi-closes, les lèvres entrouvertes. Le souffle court, je redescendis sur ses flancs sans la quitter des yeux. Le rose qui colorait ses joues, de plus en plus foncé, se propageait au reste de son corps. Lorsque je fis courir mes doigts dans le creux de ses reins, il ne me restait plus une once de pommade, et le parfum mentholé s'était évaporé quand je glissai les pouces sous la ceinture lâche de son pantalon de jogging.

Ses hanches tressaillirent et elle ouvrit des yeux ronds tandis que mes pouces traçaient des cercles vigoureux sur sa peau. Avec un nouveau sursaut, elle serra les cuisses, comme si elle recherchait inconsciemment quelque chose – une chose que je pouvais, et même que je désirais ardemment lui procurer.

Fermant les yeux, je fus parcouru d'un frisson. Le grain de sa peau sous mes doigts, la proximité de son corps et la conviction qu'elle ne m'empêcherait pas d'aller plus loin manquèrent me faire exploser sur-le-champ. Mon érection me tuait, mais les pulsations qui me traversaient allaient bien au-delà du seul désir physique. Certes, je brûlais de la déshabiller, de lui écarter les cuisses et de plonger en elle par-derrière pour m'y abandonner et oublier tout le reste, mais ça ne s'arrêtait pas là. Je voulais être au plus près d'elle, peau contre peau, et rester avec elle toute la nuit. Jamais je n'avais aussi bien dormi qu'avec elle.

Je ne le méritais pas.

Je ne *la* méritais pas. Josie était bien trop pure et innocente pour moi. Absolument intouchable.

Il me fallut rassembler toutes mes forces pour me résoudre à la lâcher. Sa respiration était rapide, saccadée. Je me penchai au-dessus d'elle, les mains en appui de part et d'autre de son corps.

— Tu sais quoi ? demandai-je, les lèvres si près de sa joue que je sentais presque le goût de sa peau. Peu importe le résultat de l'entraînement d'aujourd'hui, tu brilles encore plus fort que toutes les étoiles du ciel.

Sur ces mots, je me redressai et tournai les talons. J'entendis sa voix résonner derrière moi, m'appelant telle la cloche d'une église guidant le pécheur vers la promesse – illusoire – du salut.

23

Les jours et les semaines s'enchaînèrent à une vitesse étourdissante, m'éloignant de plus en plus de ma vie d'avant pour me plonger dans un quotidien inconnu. Je consacrais mes journées à découvrir toutes les parties de mon corps – auxquelles je n'avais jamais songé jusqu'alors – qui pouvaient me faire souffrir.

J'avais l'impression d'être atteinte de périostite tibiale permanente à force de courir tous les soirs, en salle ou à l'extérieur. J'avais des courbatures aux cuisses à cause des dénivelés du terrain dans le parc, et comme si cela ne suffisait pas, Seth essayait de m'achever en inclinant le tapis de course au maximum. Le running et les chutes me faisaient mal aux fesses, sans parler de mon dos, auquel il me suffisait de penser pour qu'il m'élance.

Au bout d'une semaine environ, j'étais enfin parvenue à me réceptionner correctement. Une seule fois, sur toute une journée, et il m'avait fallu encore deux jours supplémentaires pour tomber proprement à chaque projection. À dire vrai, c'était une victoire minuscule, même si Luke et Seth affirmaient le contraire. Maintenant que je savais tomber sans que ça me coupe le souffle ni que j'écope d'une commotion cérébrale, je devais apprendre à me relever.

D'un coup.

Comme un ninja.

Selon les consignes des garçons, je ne devais surtout pas rouler sur le flanc ou tourner le dos à mon adversaire – sans blague – mais lancer mes jambes pour me propulser sur mes pieds.

Pardon ?

Avec cette nouvelle étape de ma formation, j'avais la sensation que quelqu'un avait pris mes pauvres abdos inexistants pour un sac de frappe. Quant à mon dos, c'était encore bien pire, puisque je retombais comme une crêpe chaque fois que je réussissais à décoller du sol, plus ou moins horizontalement. Après presque une semaine d'efforts supplémentaires, je finis par comprendre que je devais rouler sur mes épaules pour prendre davantage d'élan et permettre à mes jambes de faire levier.

Je dus ensuite répéter l'exercice deux jours durant, jusqu'à ce que les garçons décrètent qu'il était temps d'aborder les techniques défensives, ce qui me valut une belle collection d'hématomes dans la gamme des bleus, des violets et des pourpres sur toute la longueur de mes bras.

Après nos séances d'entraînement, j'allais généralement dîner à la cafétéria avec Deacon et Luke, où je découvrais de nouveaux aspects de ce monde étrange. J'avais vu des sang-pur utiliser les éléments pour déplacer des assiettes et des chaises sans les toucher ou déclencher une averse surprise sur la tête d'autres étudiants.

À part Deacon et Luke, personne ne s'était montré amical avec moi, même si nous avions toujours un public lors de nos entraînements. Théa, la fille aux gros seins, était présente un jour sur deux et déshabillait carrément Seth du regard. Je préférais ne pas savoir ce que ça signifiait.

Seth n'avait pas dormi une seule fois avec moi depuis la nuit de notre arrivée à l'Université. Je savais bien que ça n'aurait pas dû m'affecter et qu'il n'y avait aucune raison pour qu'on partage le même lit, mais cela me manquait, surtout lorsqu'il me laissait le soir.

Un rituel qui tenait de la torture s'était en effet mis en place depuis le premier jour de ma formation, quand Seth m'avait fait ce massage du dos terriblement frustrant. Depuis, il débarquait tous les soirs dans ma chambre – sauf mes rares jours de repos – après que j'avais dîné et pris ma douche, muni de son bocal d'onguent apparemment inépuisable.

Nous discutions un moment, parfois de tout et de rien, comme de quel personnage survivrait le plus longtemps dans *The Walking Dead* ou lequel des frères Winchester était le meilleur. D'autres fois, nos conversations étaient plus personnelles. Il me parlait un peu de sa mère, qui était sublime, et de ce qu'il avait ressenti quand on l'avait envoyé dans une école à l'étranger. Quant à moi, je lui racontais mes étés passés au bord du lac et la solitude que j'éprouvais le reste de l'année. Ensuite, je m'allongeais sur le ventre, mon tee-shirt remonté sous les seins, et Seth m'enduisait de son onguent. Quand il n'y avait plus de pommade sur ses doigts légèrement râpeux, il ne s'arrêtait pas. Du moins, pas tout de suite.

Ses mains avaient exploré chaque incurvation de mon dos et de mes flancs. Il connaissait désormais intimement les moindres reliefs de ma colonne vertébrale et l'arrondi de mes épaules. Le contact de ses doigts déclenchait en moi une explosion de sensations. J'ignorais si c'était lié à ce qu'il était ou à qui il était. Dès qu'il posait les mains sur moi, mon corps entrait en ébullition. Un flot de lave se répandait au plus profond de moi, bouillonnant dans mes veines.

À chaque seconde, mon souffle se faisait plus court et toutes les douleurs dont mon corps était perclus se muaient en désir lancinant.

J'étais parfaitement consciente de cette réaction physique, du tressaillement de mon bassin et de mes cuisses qui se pressaient l'une contre l'autre pour tenter de mener à son paroxysme la tension sexuelle qui montait. Il savait forcément l'effet qu'il me faisait et l'état dans lequel il me laissait.

Et pourtant, tous les soirs, il s'en allait. Où ? Dans sa chambre ? Ailleurs, sur le campus ? Je savais que des soirées étaient organisées. J'avais entendu Deacon en parler. Je ne l'imaginais pas rester seul tous les soirs, d'autant plus que je savais qu'il était tout aussi affecté que moi par ces massages quotidiens. Je le *constatais* de mes propres yeux lorsqu'il se levait pour partir. Il avait envie de moi mais il ne passait pas à l'acte. Le faisait-il avec quelqu'un d'autre ?

Parfois, il écartait les cheveux de mon visage avant de s'en aller, ou bien ses mains s'attardaient sur mes hanches lorsqu'il se relevait. La nuit dernière, il m'avait embrassée sur la joue, mais il était parti quand même.

— On dirait que tu vas t'endormir, fit remarquer Deacon, me ramenant à la réalité.

Nous avions fait une pause pour déjeuner et Seth s'était éclipsé Dieu savait où. Les garçons et moi avions pris des sandwichs à la cafétéria.

— Tu veux que j'aille te chercher un oreiller ?

Je le gratifiai d'un sourire las. Je dormais mal, ces derniers temps, en partie parce que je ressassais des choses auxquelles j'aurais préféré ne pas penser. Mes grands-parents, la disparition de ma mère, l'absence d'Erin qui me manquait, et mes séances d'entraînement désastreuses.

Et la tension que Seth infligeait à mon corps n'arrangeait rien.

— Non, ça va, répondis-je en retirant de mon sandwich une énorme tranche de tomate.

Luke finit d'engloutir sa bouteille d'eau XXL.

— Qu'est-ce que vous avez fait, ce matin ?

— On a continué de travailler les techniques de blocage pieds poings, répondis-je en reculant contre le dossier de ma chaise avec un soupir. Je suis toujours aussi nulle.

Il fronça les sourcils.

— Arrête de dire ça, Josie. Tu te débrouilles très bien. Tu ne te rends pas compte depuis combien de temps on s'entraîne. À nous voir, on dirait que c'est facile, mais on sait bien que non. C'est seulement parce qu'on répète ces gestes depuis qu'on a huit ans. On est bien conscients…

Quelqu'un poussa un cri derrière nous et Luke se retourna brusquement sur son siège. Voyant Deacon écarquiller les yeux, je pivotai prudemment.

Deux garçons s'affrontaient : le premier était grand avec des cheveux noirs et un teint olivâtre, le second plus trapu.

— Répète ça ? ordonna Cheveux-Noirs, ses yeux vert émeraude lançant des éclairs.

Trapu releva fièrement le menton.

— J'ai dit : va te faire foutre. Je vais même le répéter une troisième fois et compléter ma pensée : va te faire foutre, sale Hématoï. Tu te crois supérieur à moi mais tu ne l'es pas, alors ferme-la.

— Hématoï ?

Je fouillai en vain ma mémoire.

— Ça veut dire sang-pur, répondit Deacon à mi-voix. Ça ne sent pas bon.

— Non, confirma Luke en reculant sa chaise.

Une foule commençait à se rassembler autour des deux garçons et les Sentinelles postées à l'autre bout de la cafétéria se dirigèrent vers eux.

— Ah ouais ? Toi et ta race, vous n'avez rien à faire ici, riposta Cheveux-Noirs en levant une main. Qu'est-ce que tu dis de *ça* ?

Trapu décolla du sol comme si un boulet de démolition l'avait percuté de plein fouet. Projeté en arrière, il atterrit au milieu du groupe qui s'attroupait autour de lui. Le pur avait dû faire appel à l'air élémentaire. Trapu retrouva aisément l'équilibre et fondit sur Cheveux-Noirs, reculant un bras musculeux pour asséner un coup puissant.

— Merde, marmonna Luke, qui se leva.

— Stop ! lança Cheveux-Noirs, dont la voix se propagea telle une onde de choc à travers la cafétéria, et l'autre se figea brusquement, le bras suspendu à mi-parcours.

Un rictus déforma les lèvres du pur.

— Monte au dernier étage du plus haut bâtiment que tu pourras trouver et saute par la fenêtre.

Alors là, ce devait être la pire repartie de l'histoire. Je m'attendais à nettement mieux de la part d'un descendant d'une créature mythologique, mais Trapu pivota sur lui-même et se dirigea vers la sortie. Mal à l'aise, je le regardai traverser le réfectoire.

— Par les dieux, murmura Deacon en bondissant sur ses pieds tout en élevant la voix. Arrêtez-le ! C'était un sort de compulsion !

Mon ventre se serra. Parmi toutes les choses que m'avaient apprises les garçons au cours des dernières semaines, je me souvenais très clairement que l'utilisation de sorts de compulsion sur les sang-mêlé était interdite, même avant l'abolition de la Hiérarchie du sang. J'avais d'ailleurs trouvé très ironique que les compulsions soient autorisées sur les mortels, à condition de ne pas les mettre en danger. En tout cas, je savais que ce que venait de faire Cheveux-Noirs était une infraction majeure.

Luke s'élança vers Trapu, se planta devant lui et le saisit fermement par les épaules, mais le garçon continua d'essayer d'avancer.

— C'est quoi, ce délire ? s'écria quelqu'un – une fille à la peau sombre et satinée, tout en muscles fuselés, sortie de nulle part.

Elle repoussa le pur contre la table avant de se jeter sur lui pour le saisir à la gorge comme une pro.

— Ne t'avise pas d'essayer tes conneries avec moi ou je te brise la nuque. Dépêche-toi d'annuler le sort de compulsion.

— Je t'emmerde, grogna le pur.

Soudain, ce fut le chaos. Des assiettes se brisèrent, des bouteilles d'eau et de soda furent renversées, des tables retournées, les coups de poing volèrent et des corps furent projetés sur le sol. La porte à double battant explosa tandis que des Sentinelles chargeaient la salle, plongeant dans la mêlée qui les engloutit aussitôt.

Près de la porte, Luke luttait toujours avec le sang-mêlé sous compulsion, aidé par Deacon. Il le ceinturait par-derrière, ses pieds chaussés de sandales fermement plantés dans le sol pour tenter de l'immobiliser.

C'est là que la scène vira au cauchemar.

Un éclair rouge ardent jaillit du fond de la pièce et quelqu'un se mit à crier. Une odeur d'ozone brûlé et de... chair calcinée envahit rapidement le réfectoire. Je me levai d'un bond, bouche bée : une torche humaine déboula entre deux tables renversées en se tordant dans tous les sens. Le pauvre bougre hurlait de douleur.

Oh, mon Dieu.

Saisie par l'horreur, mon cerveau avait du mal à enregistrer ce qui se déroulait sous mes yeux – quelqu'un était en train de brûler vif. Je m'avançai vers lui, sans trop savoir comment l'aider, lorsqu'une fille se précipita à son secours, un verre d'eau à la main. Elle le jeta en l'air et leva l'autre main. Le jet d'eau décupla de volume et s'étira en pulsant comme un filet.

Une main m'empoigna par l'épaule et me fit tourner sur moi-même. Je contractai mes muscles, prête à riposter en mode ninja. Je ne reconnus pas mon adversaire, mais il était grand, les yeux étincelant tels des joyaux, comme tous les purs.

Ses doigts s'enfoncèrent dans mon épaule.

— Une foutue mortelle. Tu as encore moins ta place ici que les sang-mêlé.

Avant que je puisse répondre, il me lâcha puis me repoussa si violemment que je renversai une chaise en la heurtant. Un mois plus tôt, je n'aurais pas su quoi faire mais là je ne pris pas le temps de réfléchir.

Je m'emparai d'une lourde assiette en céramique derrière moi – le Covenant ne fournissait pas de vaisselle en plastique ou en carton, ce qui était une très bonne chose en l'occurrence – et l'abattis sur la tête du pur. L'impact m'ébranla tout le bras et le type s'effondra comme un sac à patates.

— Tu n'aurais jamais dû faire ça, dit une voix glaciale derrière moi qui me tira un frisson.

Avant que je puisse me retourner ou attraper un autre objet susceptible de me servir d'arme, une main empoigna ma queue-de-cheval et me tira brutalement la tête en arrière, m'arrachant un cri.

— C'est *toi* qui n'aurais jamais dû faire ça, connard.

La main me libéra aussitôt. Je fis volte-face au son de la voix de Seth et croisai son regard furieux. Il me prit par la main, les lèvres pincées et la mâchoire serrée.

— Viens avec moi.

Mon agresseur n'était plus qu'une masse informe sur le sol. Il ne se relèverait pas de sitôt.

— Mais…

— Ce n'est pas notre problème, Josie. Et ça va empirer. Tu vas sortir d'ici avant que quelqu'un mette le feu à ton joli cul.

Balayant des yeux la cafétéria bondée, je repérai Luke et Deacon, toujours aux prises avec le sang-mêlé. Refusant de les abandonner, je tentai de résister, mais Seth ne l'entendait pas de cette oreille.

Lâchant un chapelet de jurons, il se retourna vers moi et se baissa. En une nanoseconde, il me jeta sur son épaule, puis traversa la salle, esquivant sans peine les chaises qui volaient et les corps qui jonchaient le sol.

Une fois dans le couloir, il ne me reposa pas, et alors que je me tortillais pour qu'il me libère, sa main s'abattit sur mes fesses, m'arrachant un cri de protestation.

— Hé ! Seth, pose-moi ! Tout de suite !

Sans réaction de sa part, j'entrepris de lui marteler le dos de mes poings.

— Arrête ça, Joe.

— Seth…

— Je sais ce qui va se passer si je te pose. Tu vas te dépêcher d'y retourner et tu vas te retrouver changée en chamallow grillé.

Il ouvrit la porte d'un coup de pied et la pluie glacée qui cingla mon dos me tira une grimace.

— Ça ne va pas se calmer de sitôt, là-bas.

Avec une exclamation étranglée, je me cramponnai à son maillot thermique quand la pluie ruissela tout le long de mon dos, me coulant dans le cou.

— Oh, bon sang, je te déteste vraiment !

Il se mit à sautiller et j'étouffai un juron. Avec un gloussement, il me maintint plus solidement.

— Accroche-toi.

Je poussai un couinement quand il partit en trombe dans le sentier glissant avec la vitesse et la grâce d'une gazelle, mais nous dégoulinions d'eau malgré tout lorsqu'il déboula dans le hall du dortoir. Cet enfoiré ne me reposa qu'après avoir franchi la porte de ma chambre.

À la seconde où il se délesta de moi, j'écartai les mèches de cheveux qui me collaient au visage et me jetai sur lui pour lui donner une claque sur le bras.

— Ce n'était pas nécessaire !

Il haussa les sourcils.

— J'ai l'impression que si.

Le fusillant du regard, je reculai pour me retenir de le frapper de nouveau. Je pris plusieurs longues inspirations tout en décollant de ma peau mes vêtements trempés.

— Ça arrive souvent, ce genre de truc ?

— Aucune idée, mais je ne suis pas surpris. Il y a de vrais connards parmi les purs.

Renonçant à décoller mon tee-shirt, je poussai un soupir.

— Le pur a utilisé un sort de compulsion sur un sang-mêlé. Il lui a dit de sauter par la fenêtre.

— Ça craint, marmonna Seth, qui tournait déjà les talons. Ne bouge pas d'ici tant qu'on ne t'aura pas fait signe, Luke ou moi.

J'ignore ce qui me fit basculer. Peut-être le reste d'adrénaline après les événements de la cafétéria. Peut-être la dureté de mes entraînements. Peut-être toute la frustration que j'avais emmagasinée. Ou tout ça à la fois.

Quelle que soit la raison, je pétai un câble.

— Oh, tu pars déjà ? Quelle surprise !

Il se retourna vers moi, les yeux écarquillés.

— Excuse-moi ?

— Tu m'as bien entendue ! Tu me laisses à nouveau, parce que c'est tout ce que tu sais faire. Et pendant ce temps-là, il faut que je reste ici à me tourner les pouces en attendant qu'on me prévienne que la voie est libre. C'est n'importe quoi.

Il se rembrunit.

— C'est pour ta sécurité.

— N'importe quoi ! répétai-je. On pourrait s'entraîner en ce moment même ! Et c'est ce que je veux faire, parce que je ne supporte pas de rester les bras croisés.

Seth fit un pas vers moi.

— Tu t'entraînes sans arrêt, Josie. On n'est pas à un jour ou deux près.

Je serrai les poings.

— Tu ne comprends pas, lâchai-je en me dirigeant vers la chambre. Laisse tomber. Va donc faire ce que tu fais habituellement de ton temps libre.

— Mais qu'est-ce qui te prend, Josie ? C'est quoi ton problème ?

Mon problème ? Envoyant valser mes baskets, je me laissai tomber sur le lit pour retirer mes chaussettes, que je jetai dans un coin de la pièce.

Seth se tenait dans l'encadrement de la porte.

— Josie.

Je détachai mes cheveux d'un coup sec, envoyant voler l'élastique comme avec un lance-pierre. Quand je relevai la tête, je lui fis carrément une scène.

Je bondis sur mes pieds, les poings serrés.

— Tu ne comprends pas, Seth ! Je n'ai pas envie de rester toute seule dans ma chambre parce que je ne veux pas penser à tout ce qui ne va pas dans ce monde de dingues !

Il se redressa.
— Je sais…
— Non, tu ne sais rien ! hurlai-je. Je viens de voir quelqu'un prendre feu et tu te comportes comme si ce n'était pas si grave. Apparemment, c'est courant de voir des gens brûler vifs, ici. J'ai aussi vu un type dire à un autre de sauter par la fenêtre, et l'autre était sérieusement prêt à le faire ! C'est de la folie !
— Josie, dit-il avec douceur, comme pour me ménager.
— Et il m'a fallu au moins trois semaines pour apprendre à tomber et à me relever correctement. Trois semaines ! Même les ours en hibernation apprennent plus vite !
Ses lèvres frémirent et sa voix baissa encore d'un ton.
— Josie…
— Ne t'avise pas de rire, je te préviens !
— Josie, répéta-t-il plus lentement, le regard étincelant.
— Je ne peux même pas penser à mes grands-parents sans souffrir le martyre, ou à ma mère sans me demander si elle est encore vivante !
Fermant fort les paupières, je pris une inspiration tremblante. Les larmes me brûlaient les yeux lorsque je me laissai retomber au pied du lit. Sauf que, bien sûr, j'avais mal évalué la distance et je me retrouvai le cul par terre. Insensible à la douleur, je remontai les genoux contre ma poitrine et plaquai les mains sur mes yeux.
— Hé.
Sa voix semblait plus proche, et je sentis sa main se refermer sur mon genou.
— Ils sont morts, Seth.
Ma voix se brisa. C'était la première fois que je prononçais ces mots à voix haute.

— Ils sont morts, et pour quoi ? C'étaient des gens bien, très bien même. Ils ne méritaient pas ce qui leur est arrivé.

Délicatement, il retira une main de mes yeux, je baissai l'autre, et il sonda mon regard embué de larmes.

— Tu as raison. Ils ne le méritaient pas, Josie. Mais tu ne peux pas garder tout ça pour toi. Tu auras beau t'entraîner autant que tu voudras, tant que tu ne videras pas ton sac, ça ne t'aidera pas. Ça va te rendre malade.

— Sans blague, répliquai-je en dégageant mon bras.

Je m'essuyai les yeux du revers de la main. De nouvelles larmes menaçaient et le nœud dans ma gorge s'épaississait encore. Sentant que j'étais sur le point de craquer, je me raccrochai à la première chose qui me passa par la tête pour ne pas penser à ma famille. Sans réfléchir, je lâchai tout à trac :

— Et toi...

— Quoi, moi ?

Je le regardai dans les yeux.

— Tu viens ici tous les soirs, tu me touches et tu... éveilles en moi des sensations...

Seth bascula sur ses talons pour prendre de la distance.

— Josie...

Le feu me monta aux joues mais je continuai. Qu'est-ce que j'avais à perdre, de toute façon ? Soit je me ridiculisais, soit je m'effondrais devant lui. Je préférais la première option.

— Tu me touches et puis tu m'abandonnes, alors que moi, j'ai envie que tu restes. J'ai envie que tu continues à me toucher, mais toi... tu *t'en vas*.

Il se détourna, la tête baissée, et sa poitrine se souleva.

— Non, tu n'as pas envie de ça. Crois-moi, tu...

— Ce n'est pas à toi de me dire ce que je veux ou non !

Changeant de position pour me mettre à genoux, je le poussai brutalement au niveau des épaules. Pris au dépourvu par mon geste, il tomba en arrière. Ses yeux s'arrondirent, comme s'il n'arrivait pas à croire ce que je venais de faire. D'accord, c'était nul.

Mais je m'en fichais pas mal.

— Ne me dis pas ce que je veux. Tu n'es pas dans ma tête ni dans mon corps. Ce n'est pas à toi de décider à ma place.

La mâchoire serrée, il m'observa attentivement.

— Je décide à ta place parce que je sais ce qui vaut mieux pour toi.

— Alors ça, c'est l'excuse bidon par excellence, *Sethie*. Bidon et stupide et tu peux te la mettre où je pense ! Je sais très bien ce que je veux !

J'étais tellement submergée par la colère, la frustration, le chagrin et tant de choses encore que j'étais en roue libre.

— Je veux que tu m'embrasses. Je veux que...

Une seconde plus tard, il était devant moi, les mains sur mes épaules, m'arrachant un hoquet de surprise.

— Ne me cherche pas, Josie. Je suis sérieux. Tu ne te rends pas compte de ce que tu demandes.

Peut-être bien. C'était même très probable, puisque je n'avais aucune expérience en la matière, mais je ne pouvais plus supporter qu'il vienne tous les soirs et puis qu'il m'abandonne. Je soutins son regard sans ciller.

— Alors arrête de venir dans ma chambre et de me toucher pour ensuite t'en aller je ne sais où pendant que je reste ici à cogiter comme une idiote.

Un muscle palpita sur sa mâchoire, puis il laissa retomber ses mains.

— D'accord. Si c'est ce que tu souhaites.

Je restai bouche bée. C'était précisément ce que je ne souhaitais pas ! Et ça me faisait mal de le voir capituler si facilement – ça me brûlait *littéralement* la gorge et la poitrine. Ça me faisait mal à un point que je n'aurais pas imaginé.

— Va te faire foutre.

Il inclina la tête sur le côté, ses yeux d'ambre luisants braqués sur moi.

— Par les enfers, Josie.

Je le contemplai fixement. Il en fit autant.

— Et puis merde.

Une fraction de seconde plus tard, les grandes mains de Seth se posaient sur mes joues et sa bouche prenait possession de la mienne.

24

Je ne me contrôlais plus.

Embrasser Josie était bien la dernière chose que j'aurais dû faire, mais j'en avais ma claque de lutter contre mes désirs, et contre les siens. Était-ce inévitable ? Est-ce que je me berçais d'illusions tous les soirs où je venais dans sa chambre, que je la caressais et puis que je m'en allais, comme si rien ne se passait entre nous ?

Oui, je n'étais qu'un âne.

Maintenant, ma bouche recouvrait la sienne et elle semblait prise de court, le corps raidi, mais je ne lâchai pas l'affaire. Tandis que mes lèvres bougeaient sur les siennes, une émotion monta en moi, un besoin sauvage et électrisant que je ne satisferais pas avec ce… chaste baiser. Je voulais m'introduire en elle. Je voulais la goûter.

Inclinant la tête sur le côté, je saisis sa lèvre inférieure entre mes dents, la mordillai doucement, et ses mains se retrouvèrent sur mon torse, ses doigts agrippés au maillot que je portais.

Je caressai sa lèvre de ma langue, puis la commissure de sa bouche, lui arrachant un hoquet hésitant. Dans un coin de ma tête, je me rendais compte qu'elle était inexpérimentée, que je devais me retenir, mais quand ses lèvres s'entrouvrirent, je plongeai aussitôt, glissant ma langue sur la sienne, découvrant le goût de sa bouche pour la première fois. Et par les enfers, je le sentais dans toutes mes terminaisons nerveuses. Ma main descendit dans son dos, empoignant la fine barrière humide de son tee-shirt. Elle retint son souffle et je le voulais pour moi. Je l'aspirai, approfondissant le baiser jusqu'à ce que l'un de ses bras vienne s'enrouler autour de mon cou. Seconde après seconde, son corps se fondit dans le mien et un grondement possessif monta dans ma gorge.

C'était totalement dingue.

Mais j'étais incapable de m'arrêter.

Je savourai sa bouche, la sensation de ses lèvres sur les miennes – cela faisait longtemps que je n'avais pas désiré quelque chose aussi furieusement, et j'avais tellement envie d'elle. J'attirai son corps vers le mien, faisant glisser ses genoux sur le tapis, pour caler son bassin là où je voulais qu'il soit. Ses halètements dans ma bouche durcirent encore mon érection et je savais qu'elle la sentait. Je ne pouvais pas la cacher et je voulais qu'elle la sente, dressée pour elle.

Sa main plongea dans mes cheveux, tira sur mon cou, et je lui mordillai les lèvres avant de relever la tête. Ses cils soyeux papillonnèrent et nos regards se verrouillèrent. Ses yeux étaient d'un bleu profond, de la couleur du ciel au crépuscule.

Je fis courir ma langue sur ma lèvre inférieure, encore imprégnée de son goût.

— Seth, murmura-t-elle.

Dans le silence qui vibrait entre nous, j'entendais sa respiration hachée. Conscient que je ne la méritais pas, je posai les mains sur mes cuisses pour tenter de me reprendre, mais c'était aussi vain que d'essayer de capturer la pluie. Nos regards se croisèrent de nouveau, et le désir que je lus dans ses yeux bleus étincelants causa ma perte. Je sentis un frein céder en moi comme un élastique trop tendu.

Me jetant en avant, je la saisis par les joues et l'embrassai avec passion – rien de commun avec le baiser tendre et délicat de tout à l'heure. Elle était prête. Avec un soupir haletant, sa bouche s'ouvrit sous la mienne. Je l'embrassai profondément, avec violence, et la force de ce baiser nous emporta. Josie s'allongea et je suivis le mouvement, ma bouche toujours plaquée sur la sienne, et ce changement soudain de position me fit l'effet d'une délivrance. Nos corps étaient enfin emboîtés, poitrine contre poitrine, bassin contre bassin. Elle était merveilleusement moelleuse sous moi.

Transférant le poids de mon corps sur un bras, je lui pris le menton et lui renversai la tête en arrière, l'embrassant encore plus profondément, comme si je voulais toucher son âme. Seulement c'était mon âme qui était touchée, mon souffle qui était volé et mon cœur qui battait comme un fou dans ma poitrine.

Josie me rendit mon baiser, quelque peu hésitante, comme si elle ne savait pas comment s'y prendre, mais ce n'était pas grave, parce qu'elle s'y prenait divinement bien. Peu à peu, je sentis m'échapper toute prétention de me montrer civilisé. Je pouvais la prendre sur-le-champ et me perdre dans la splendeur de son corps. J'étais dur comme la pierre, plus prêt que jamais, mais ce que j'éprouvais allait au-delà du désir physique.

Je désirais ce que je n'avais jamais eu. Une compagne. La fidélité. Son amitié. Elle. Moi. Personne d'autre. Rien que nous. Un avenir. Des *lendemains*. La rédemption. Et ces sentiments me comprimaient la poitrine parce que j'ignorais ce que je devais en faire.

Mais je savais quoi faire de cette autre tension.

Elle écarta les cuisses, m'installant tout contre elle, et un grognement sourd résonna dans ma poitrine quand elle passa la pointe de sa langue sur la mienne. Bon sang... c'était si bon. Dans ma bouche, elle poussa un gémissement capiteux qui déclencha en moi une cascade de sensations brutes. Je ne percevais plus qu'elle sur ma langue, et c'était fabuleux, totalement grisant.

Je fis glisser ma main sur sa gorge délicate, m'arrêtant un instant pour sentir battre son pouls sous mon pouce avant de descendre sur ses côtes, effleurant à peine le renflement de son sein au passage. Pourtant, à cette infime caresse, elle se cambra en soupirant dans ma bouche.

Par les dieux, cette fille allait me tuer.

Je me pressai contre elle, pour qu'elle sache à quel point j'avais envie d'elle, sans l'ombre d'un doute, et l'empoignai d'une main tremblante. Je fis à nouveau rouler mon bassin et une vague de feu descendit dans mes reins. Elle s'aligna avec moi, vint à ma rencontre. Une danse parfaite dans laquelle j'étais tellement absorbé que je ne sentis pas la présence avant d'entendre la voix.

— Quand je t'ai demandé de t'occuper de ma fille, ce n'était pas ce que j'avais en tête.

Et merde.

Je me figeai, tous les poils dressés sur mon corps, et Josie se raidit sous moi. Rien de tel pour faire redescendre une érection que l'apparition d'Apollon alors que j'étais en train de fricoter avec sa *fille*.

Par les dieux, il se débrouillait toujours pour se pointer au pire moment.

Me soulevant, j'ouvris les yeux et les plongeai dans les mirettes écarquillées de Josie. Je savais que j'étais fait comme un rat et que mes valseuses ne s'en remettraient pas, mais en cet instant, il n'y avait plus que moi entre elle et son père qu'elle allait voir pour la première fois.

Et ça risquait d'être… mouvementé.

Apollon poussa un profond soupir.

— Quand tu veux, Seth.

La confusion emplissait déjà le regard de Josie et je m'efforçai de lui sourire tandis que je lui effleurais la joue du bout des doigts.

— Ça va aller, lui murmurai-je.

Ses yeux restèrent rivés aux miens lorsque je me relevai, m'interposant devant elle pour lui laisser le temps de reprendre ses esprits. Quand je vis Apollon sur le pas de la porte, la première pensée qui me vint à l'esprit fut : *Quoi encore ?*

Apollon n'était pas lui-même – ce n'était pas son apparence habituelle. Ses cheveux étaient bruns, coupés en brosse, ses traits légèrement différents en dépit de ses yeux de la même couleur que ceux de Josie. Il avait l'apparence de Léon – celle qu'il affichait sur l'île des Dieux quand il se faisait passer pour une simple Sentinelle.

— Qu'est-ce que ça veut dire ? lui demandai-je en me mettant debout.

Il me détaillait du regard comme s'il prévoyait de me castrer à l'ancienne, mais ses yeux se portèrent derrière moi alors que Josie se redressait. S'appuyant d'une main au bord du lit, elle se leva, le visage pâle et les yeux comme deux soucoupes.

Apollon, déguisé en Léon, lui sourit.

— Bonjour, Josie.

Elle s'avança d'un pas hésitant, son épaule effleurant la mienne.

— Bob ?

— Bob ? répéta Seth.

L'homme de haute stature que je dévisageais – celui que Seth avait appelé Apollon, mon père – n'était pas un étranger pour moi. Je le connaissais. Je l'avais rencontré lorsque j'étais enfant.

— Attends une seconde, dit Seth en avançant d'un pas. Tu te fais appeler Bob, maintenant ? Sérieux ?

Il lança un regard excédé à Seth.

— Tu es toujours là, toi ?

Seth croisa les bras.

— Je n'irai nulle part.

Il s'interrompit et se tourna vers moi.

— À moins que tu ne veuilles que je m'en aille.

— Non, répondis-je en me rapprochant de lui. Je veux que tu restes.

— Super, marmonna l'homme que je connaissais sous le nom de Bob.

Je secouai lentement la tête, m'efforçant de faire fonctionner mes neurones. L'afflux de sensations grisantes qu'avaient provoqué les baisers de Seth et le poids de son corps sur le mien, en contact étroit à tous les bons endroits, avait rapidement disparu, mais j'avais l'impression d'évoluer dans un rêve.

— Tu… tu venais me voir quand j'étais petite, dis-je, même si ça semblait dingue. Près du lac. Tu m'apportais des bonbons et des poupées.

— Pas du tout glauque, grommela Seth à mi-voix.

Je ne lui prêtai aucune attention.

— Je ne comprends pas.

Ou peut-être que si, mais que je ne voulais pas l'admettre.

— Tu es mon…

— Je suis ton père.

Il se tourna vers Seth avec un sourire moqueur.

— Deuxième fois que je cite *Star Wars*. Tu suis ?

Seth leva les yeux au ciel.

— C'est quoi, ce délire ? murmurai-je.

L'air miroita soudain autour du Bob de mon enfance, et soudain… ce ne fut plus Bob. À sa place se tenait un homme qui lui ressemblait vaguement mais qui était plus grand et plus imposant, arborant une tignasse de boucles blondes et des yeux toujours de la même couleur que les miens.

— Pas possible…

Le cœur battant, je reculai, puis regardai le tableau qui faisait face au mur. Seth tendit une main vers moi, mais je secouai la tête.

— Ça va. C'est juste la première fois que je vois quelqu'un se photoshoper pour de vrai.

L'homme – qui était bien Apollon, de toute évidence – sourit de nouveau et mon ventre se noua.

— Je n'étais pas censé faire ta connaissance. Sauf si on avait besoin de toi. C'était l'accord que nous avions conclu quand nous avons créé les douze demi-dieux, expliqua-t-il. Mais… tu étais mon enfant et je *voulais* te connaître.

En peine de mots, je me contentai de le dévisager, le cœur battant à tout rompre.

— Nous n'avons pas eu l'occasion de passer beaucoup de temps ensemble, et je comprends que tu aies l'impression que je t'ai abandonnée, mais j'ai toujours gardé un œil sur toi, d'une façon ou d'une autre.

Je ne savais toujours pas quoi dire.

Apollon releva le menton et un long silence gênant s'installa.

— Je suis désolé pour tes grands-parents. Ils sont en paix maintenant, au paradis. J'espère que c'est un réconfort pour toi de le savoir.

Ma gorge se serra et je fis un pas de côté pour m'asseoir sur le bord du lit, sans le manquer cette fois. Était-ce un réconfort pour moi ? Oui. Non.

— Ma mère ?

— Elle est en sécurité. Je ne peux pas te dire où elle est, mais elle restera à l'abri jusqu'à ce que la menace ait été éliminée, répondit-il tandis que ses yeux fouillaient mon visage. Je suis fier de toi.

J'ouvris la bouche, mais aucun mot n'en sortit. Mon souffle se bloqua de nouveau et je sentis le nœud dans ma gorge prendre des proportions épiques.

— Tu as fait preuve d'une force remarquable et tu as gardé ton sang-froid dans une situation incroyable, poursuivit-il. Au lieu de subir ce qui t'arrivait, tu as choisi de t'entraîner pour te défendre. Ça me rend fier.

J'avais l'impression que mon cœur passait à la moulinette. Il y eut un silence, puis Apollon jeta un regard noir à Seth.

— Par contre, tes goûts en matière de garçons m'inquiètent un peu.

— Je crois que mes goûts en matière de garçons sont excellents, répliquai-je sans pouvoir me contrôler.

La tête de Seth pivota vers moi, comme s'il était surpris que je le défende, ce qui faisait de lui un idiot puisque ma bouche était collée à la sienne quelques instants plus tôt.

Le sourire d'Apollon revint, adoucissant la beauté froide et inhumaine de son visage.

— Dans ce cas...

Il toisa Seth.

— Je suppose que tout est dit.

Pour une fois, Seth ne trouva rien à répondre. Il se contentait de me regarder, les yeux écarquillés et le visage pâle.

— Je ne peux pas rester longtemps, prévint Apollon. Quand je me trouve en ta présence... Disons que ça m'affaiblit, mais je...

Il fronça les sourcils, se dandinant d'un pied sur l'autre.

— Mais j'ai ressenti ta souffrance tout à l'heure. Il fallait que je vienne.

Et voilà. Encore cette moulinette à l'œuvre dans ma poitrine.

— Je ne sais pas quoi dire.

— Tu n'as rien besoin de dire.

— Si. C'est... Ça fait beaucoup. Tout ce qui se passe. Tu n'as même pas l'air assez vieux pour être mon père.

Je lâchai un rire un peu dément.

— Et je te connais. Tu étais mon ami, mon seul ami, et tu... tu viens de me surprendre avec un garçon, et j'ai l'impression d'être l'adolescente que tu n'as jamais connue.

Seth ravala ce qui ressemblait à un rire.

— Que les choses soient claires, ça ne m'a pas enchanté, commenta sèchement Apollon.

— Mais tu es ici et tu... tu as été là pour moi d'une façon ou d'une autre, bredouillai-je en passant une main tremblante dans mes cheveux. Ça veut forcément dire quelque chose, murmurai-je d'une voix rauque.

Son sourire s'effaça un peu.

— Hélas, je vois maintenant que ce n'était pas suffisant.

Je fermai les yeux pour refouler les larmes qui affluaient et je le sentis se rapprocher une seconde avant qu'il touche mon visage. Je rouvris les yeux et cet homme – ce dieu, *le dieu du Soleil* – était à genoux devant moi. Une onde d'énergie me traversa, comme une décharge électrique.

— Tu dois continuer d'être brave, *to paidímou, i zoíímou.* Tu devras rester forte. Rien de ce qui t'attend ne sera facile, mais je serai toujours là pour toi.

Il se releva et laissa retomber sa main pour s'adresser à Seth.

— Quant à toi... tu as beaucoup de chance.

Et sur ces mots, il disparut.

Juste comme ça. En un battement de cils, il n'était plus là.

— Eh bien, ce n'était pas aussi gênant... ni aussi sanglant que je l'aurais cru en ce qui me concerne, déclara Seth, visiblement habitué aux apparitions et disparitions impromptues d'Apollon.

— Qu'est-ce qu'il a dit ? Dans cette langue étrangère. Tu le sais ?

Il acquiesça et ses traits s'adoucirent.

— Il a dit : « mon enfant, ma vie ».

Mon cœur se serra.

— Je n'aurais jamais cru ça de lui, ajouta Seth.

— Quoi ?

— Je n'aurais jamais cru qu'Apollon se souciait de quelqu'un d'autre que lui-même. Du moins pas comme je crois, et même comme je *sais* qu'il se soucie de toi. Il éprouve de la compassion. Je ne l'avais encore jamais vu comme ça.

Je ne savais pas quoi faire de ce qu'il venait de dire, mais le contrôle ténu que j'exerçais encore sur mes émotions m'échappa et mon cœur se brisa. Un sanglot me traversa, secouant tout mon corps. Je plaquai les mains sur mon visage défait, incapable de retenir mes larmes. Elles mouillèrent mes paumes, coulèrent sur mes joues et des sanglots me secouèrent les épaules.

Je sentis le lit se creuser et deux bras chauds et puissants encerclèrent ma taille. La présence de Seth, savoir qu'il n'était pas parti, rendit encore plus difficile de reprendre mes esprits et de refermer la plaie.

Seth laissa échapper un grognement et m'attira sur ses genoux, me tenant dans ses bras. Sa main se referma sur ma nuque et, sans un mot, il me guida contre lui. N'ayant aucune expérience de ce genre de larmes, je me blottis aussi près que je pus et le serrai très fort.

Et il me rendit mon étreinte.

25

Lorsque j'ouvris les yeux, la télé projetait un halo bleuté au plafond. Le volume était baissé au maximum, réduit à des chuchotements. J'avais dû m'assoupir.

« Tu as beaucoup de chance. »

Je baissai la tête, parcourant du regard la silhouette immobile de Josie. Émotionnellement vidée, elle s'était endormie entre mes bras. Elle ne s'était même pas réveillée quand je nous avais remontés vers la tête de lit. Elle était toujours dans mes bras, en position fœtale, ses hanches entre mes jambes, la tête sur mon torse.

Je ramenai une mèche de cheveux derrière son oreille.

Elle changea de position, mais le murmure qui lui échappa était inintelligible. Mon bras, que j'avais enroulé autour de sa taille, se resserra de lui-même.

Avais-je jamais tenu une fille de cette façon ? Peut-être une fois ou deux avec Alex, mais jamais parce qu'elle avait choisi de sa propre volonté d'être avec moi. C'était davantage un besoin de se trouver près de moi, et ça changeait tout. Honnêtement, Alex et moi… nous avions besoin l'un de l'autre.

Jamais nous n'avions *voulu* l'un de l'autre. Pas de la même façon qu'elle voulait Aiden St. Delphi ou que je voulais… Je m'interrompis, même si c'était vain. Mais j'avais parfois l'impression que si je n'allais pas au bout d'une pensée, la chose n'existait pas. Ce qui était totalement irrationnel.

Josie bougea de nouveau, serrant un petit poing sur ma poitrine. À quoi pouvait-elle rêver ? J'espérais que c'était un songe paisible tout en contemplant les légères ecchymoses qui assombrissaient l'intérieur de ses bras. Avec le temps, sa peau s'endurcirait à l'entraînement, mais elle ? Jusqu'ici, elle avait accepté tout ce que le destin lui avait apporté, mais je savais qu'elle hésiterait toujours au moment de donner la mort. C'était une part de sa mortalité qu'il lui serait presque impossible de laisser derrière elle.

Il y avait peu de choses en ce bas monde qui m'effrayaient, mais la conscience que Josie serait sans doute incapable de tuer… Ça me terrorisait.

Je refermai les yeux, le souffle tremblant. Si elle avait été au courant de tout ce qui me concernait, de tout ce que j'avais fait, elle ne dormirait pas dans mes bras comme elle le faisait à présent. Elle ne voudrait pas être près de moi, encore moins m'embrasser. Alors oui, j'avais de la chance.

Il fallait que je me tire d'ici avant que… Avant que quoi ? Avant que les choses aillent plus loin. Avant que je l'aie tellement dans la peau que je ne puisse plus l'en extirper. Et avant qu'elle découvre ce que j'étais vraiment.

— Seth ?

Mes paupières se relevèrent au son de sa voix empâtée par le sommeil et je la découvris scrutant mon visage de son regard bleu saisissant.

— Salut.

Elle cligna lentement les yeux.

— Je me suis endormie sur toi.

— Pas de souci, répondis-je. Ça ne me dérange pas.

Un petit sourire incurva ses lèvres et mon ventre se contracta. Un sourire… Qui aurait cru qu'un simple sourire puisse me faire autant d'effet ? Comme un coup en plein cœur.

— Merci de… m'avoir laissée pleurer sur toi.

Une tache rose progressait sur ses joues. Fascinant.

— Et d'être resté avec moi.

— Il n'y a pas de quoi.

Je tentai de changer de position, l'air de rien. Maintenant qu'elle était réveillée et qu'elle bougeait, mon sexe aussi.

— Ça va ?

Elle reposa sa joue contre mon torse, apparemment peu désireuse de s'éloigner… Ce qui m'allait parfaitement.

— Je crois que je vais mieux, dit-elle doucement en déplaçant ses hanches.

À ce frottement involontaire, ma main se contracta sur son estomac.

— Il fallait que ça sorte, j'imagine, poursuivit-elle. Je gardais tout à l'intérieur. Mais je… je ne sais vraiment pas quoi penser d'Apollon. Je n'arrive pas à me faire à l'idée qu'il est mon père.

— Qui voudrait d'un père comme Apollon ?

Elle gloussa et je sentis mes lèvres former un sourire.

— Oui, tu marques un point, là.

— Avec tout ce que tu dois affronter, je crois que tu peux te permettre de laisser ça mariner encore un peu. Simplement, ne sois pas surprise s'il se matérialise de nouveau.

— En espérant qu'on ne sera pas en train de se rouler des pelles la prochaine fois, marmonna-t-elle.

Je laissai échapper un rire, parce que sur ce coup-là on était deux, mais ma bonne humeur fondit comme neige au soleil.

— Je devrais sans doute retourner dans ma chambre.

Josie se redressa si vite qu'on aurait dit qu'elle était montée sur ressorts. Plantant ses deux mains sur mes cuisses, elle se retourna face à moi.

— Tu vas encore t'en aller ?

J'ouvris la bouche.

— Réfléchis bien avant de me répondre, Sethie.

Partagé entre l'envie de rire, de l'embrasser et de prendre mes jambes à mon cou, je la considérai pendant ce qui me parut une longue minute.

— Josie, je...

Je m'interrompis tandis qu'elle plissait les yeux.

— Je ne voudrais pas passer pour un enfoiré, mais...

— Ah bon ? Tu m'as embrassée tout à l'heure. Et même plus que ça, et là tu te comportes comme s'il ne s'était rien passé. Moi, j'appelle ça se conduire comme un enfoiré.

— Dis donc, tu es redoutable quand tu veux, murmurai-je, plus ou moins excité par sa flambée de colère.

L'espace d'une seconde, alors que ses lèvres s'amincissaient, je crus qu'elle allait me frapper.

— Par moments, vraiment, je ne t'aime pas.

— Le truc, Josie, c'est que si tu savais qui je suis *réellement*, tu ne m'aimerais pas du tout.

Je rajustai ma position pour mettre de l'espace entre nous.

— Tu ne voudrais même pas te trouver dans la même pièce que moi.

Josie s'assit sur ses talons et je m'apprêtai à être la cible d'un autre accès de colère – très légitime.

— Pourquoi ? demanda-t-elle doucement, ce qui me prit au dépourvu. J'aimerais vraiment le savoir, parce que je crois que je te connais bien. Je te connais mieux que personne. Alors explique-moi.

Glissant les doigts dans mes cheveux, je résistai à l'envie de les empoigner à pleines mains.

— Allez, Seth. Tu as vu le pire de moi et tu n'es pas parti en courant. Pourquoi tu crois que c'est ce que je ferais ?

Je relevai la tête, croisant son regard attentif.

— Tu sais à quoi je consacrais ma vie durant l'année qui vient de s'écouler ? Avant qu'on m'envoie te chercher ? Je traquais les anciens alliés d'Arès. Et pas seulement pour les localiser et bruncher avec eux, Josie.

— Je m'en doute, dit-elle en se reculant, sans me quitter des yeux.

— Ah oui ? Ceux que je traquais étaient des êtres de chair et de sang. Certains étaient des purs. D'autres des sang-mêlé. Et d'autres encore des mortels.

Elle soutenait toujours mon regard, et j'aurais préféré qu'elle détourne les yeux pour me prouver que j'avais raison.

— Aucun d'eux n'a jamais été interpellé et amené devant un tribunal. Ils étaient déclarés coupables avant même que je pose les yeux sur eux. Mes ordres étaient de les éliminer. Et c'est ce que j'ai fait.

Sa poitrine se souleva, mais son regard ne faiblit pas.

— Je ne sais même pas combien de vies j'ai prises de mes mains. Ces mêmes mains avec lesquelles tu veux que je te touche, Josie.

Ses lèvres s'entrouvrirent.

— C'était ton boulot, Seth, c'était…

— C'était ce que j'étais. Un bourreau, la coupai-je d'une voix sourde. Je tuais des gens. Et parfois je prenais tout mon temps. Tu sais ce que ça fait de moi ?

Elle ne répondit pas, alors je le fis pour elle.

— Un monstre. Ça fait de moi un monstre.

— Non.

Elle posa ses mains sur les miennes et, quand je voulus les retirer, elle les retint.

— Tu n'es pas un monstre, Seth. Tu as fait ce que tu devais faire. Ce qu'on t'a ordonné de faire.

— Josie...

— Il existe des gens - chez les mortels - qui en tuent d'autres parce que ce sont leurs ordres. Est-ce que les hommes et les femmes qui sont dans l'armée sont des monstres ? Et dans la police ?

Ses doigts minces serraient les miens.

— Est-ce que tu aurais fait tout ça si on ne te l'avait pas ordonné ?

Bien sûr que non. J'avais repris mes esprits avant de devenir un bourreau, mais cela changeait-il la dernière année de ma vie ? Non. Ni ce que j'avais fait avant.

— Tu l'aurais fait, Seth ? Tu l'aurais fait si on ne t'y avait pas obligé ?

Je fermai les yeux et ma réponse fut à peine plus audible qu'un murmure.

— Non.

Elle m'étreignit les mains.

— C'est terrible. Je ne vais pas te mentir et prétendre que ce n'est pas grave, mais je te *connais*. Tu l'as fait parce que tu devais le faire, pas de ta propre volonté. C'est toute la différence.

Elle s'interrompit et ses mains remontèrent sur mes poignets.

— J'ai écrasé un écureuil un jour.

Clignant les yeux, je reculai aussi loin qu'elle me le permit.

— Quoi ?

— J'ai écrasé un écureuil la deuxième fois que j'ai conduit une voiture, répéta-t-elle. J'ai aussi percuté un daim. Et quand j'avais dix-sept ans, j'ai roulé sur un chat. Avant d'aller à l'université, j'ai reculé sur un chien.

— Par les dieux, marmonnai-je.

Elle hocha la tête, et les coins de sa bouche s'abaissèrent.

— Il s'appelait Buddy et c'était un golden retriever. Genre, le plus adorable de tous les chiens.

Par les dieux de l'Olympe.

— Sous les yeux du fils de son propriétaire, un gamin de cinq ans. Buddy a survécu, mais je suis une sorte de tueuse en série d'animaux quand je suis au volant.

Mes lèvres frémirent. Ce n'était pas drôle. Je ne devais pas l'oublier.

— Bébé, ce n'est pas la même chose.

— Je sais.

Elle haussa les épaules.

— Bref. Ça ne me fait pas plaisir, mais j'ai sérieusement l'impression d'être une tueuse en série d'animaux. Comme si c'était mon destin. De tuer nos amis à fourrure.

Je la regardai fixement. En dépit de sa nature, elle était tellement... humaine.

Elle se mordit la lèvre.

— Et j'ai d'autres secrets plus sombres.

— Vraiment ?

Ma voix était sourde, éraillée. Ma poitrine commençait à se desserrer.

— Tu as coupé la tête de tes Barbie ou un truc du genre ?

Elle laissa échapper un petit rire.

— Non, mais je leur ai coupé les cheveux et essayé de les teindre avec des marqueurs.

— Évidemment, chuchotai-je.

Elle se redressa sur le lit et me prit les mains. J'étais parfaitement incapable de bouger. Immobilisé par une fille qui croyait cacher des secrets plus sombres que les miens.

— J'ai souhaité plusieurs fois changer de mère lorsque j'étais plus jeune. Ça, c'est très moche.

Malgré moi, je me penchai vers elle, mon visage à quelques centimètres du sien.

— Je crois que la plupart des gens ont fait ça au moins une fois dans leur vie.

— Peut-être. Je veux juste te montrer que personne n'est parfait, surtout pas moi.

Josie était pourtant à mes yeux ce qui se rapprochait le plus de la perfection, et elle n'en avait pas conscience. Cette pensée me fit l'effet d'une balle en plein cœur. Quand était-ce arrivé ? Quand étais-je passé de cet être imbu de lui-même, qui allait toujours seul et ne s'attachait à rien, à ce que j'éprouvais pour cette fille devant moi, cette fille que j'avais dans la peau ? Fermant les yeux, je pris une profonde inspiration. Je ne sais même pas d'où venait ce qui sortit ensuite de ma bouche. Mais pour être honnête, j'ignorais pourquoi je disais à Josie tout ce que je lui avais déjà dit.

— Ce n'est pas ce que je ressens.

— Quoi ?

Quand je rouvris les yeux, son regard bleu troublant me scrutait.

— Quand je suis avec toi, je n'ai pas l'impression d'être un monstre. Je l'oublie.

Et c'était la stricte vérité – une vérité très flippante.

— J'oublie tout ce que j'ai fait, toutes les raisons pour lesquelles je ne te mérite pas.

Elle ne répondit rien et ne fit pas un geste pendant un long moment, puis je sentis la douceur de ses lèvres sur mon front. Un effleurement chaste qui me prit par surprise. Mon cœur battait comme un tambour.

Son sourire était hésitant, mais ses doigts me serraient les bras avec force.

— Tu restes avec moi, dit-elle en rougissant. C'est décidé, que ça te plaise ou non.

Elle entreprit alors d'avancer sur le lit, m'obligeant à reculer sur les fesses, puis passa ses bras autour de mes épaules d'un geste maladroit, presque timide. Je me raidis quand elle se positionna sur mes genoux. Une fois installée, elle me saisit les bras pour les refermer sur elle.

J'étais seulement capable de la regarder, et les secondes s'égrenèrent pour former des minutes. Peu à peu, mes muscles se détendirent, et je restai avec elle.

26

— Tu cours comme une fille.

Bombardant le dos de Seth d'un regard noir, je poussai un grognement.

— Peut-être parce que *je suis* une fille.

— Ça ne t'oblige pas à courir comme une fillette, me lança-t-il alors qu'il atteignait l'allée qui longeait les salles de classe.

Cette fois, je lui tirai la langue, mais je n'avais plus de force. J'avais la sensation que j'allais m'évanouir. Luke avait fait l'impasse sur notre séance de running de l'après-midi. Je ne pouvais pas lui en vouloir. La température avait chuté au point de me geler les poumons et je ne sentais même plus mon visage.

Je détestais courir.

Je ne détestais pas, en revanche, le spectacle qui s'offrait à mes yeux.

Des muscles fuselés roulant sous son maillot thermique gris anthracite. Mes yeux descendirent sur ses fesses et je faillis trébucher. Sérieusement, j'aurais pu passer mes journées à admirer son corps. C'était une œuvre d'art.

Mais l'attirance que j'éprouvais pour Seth allait au-delà du physique. Il était pour moi une sorte de puzzle que je commençais tout juste à pouvoir assembler. Disons que j'avais réussi à disposer les contours, mais le cœur du motif m'échappait toujours. Il y avait ces moments où il faisait montre d'une incroyable gentillesse, ou d'une patience à toute épreuve durant nos entraînements, et quand il restait avec moi alors que j'étais hystérique, ou alors qu'il baissait totalement sa garde et que j'avais un aperçu de cette nature taquine et facile à vivre qui le caractérisait – tout ça m'avait prise au piège.

Je voulais entrer dans sa tête. Sans doute ce qui restait de l'étudiante en psycho frustrée. Ou bien parce qu'il me fascinait. Je ne savais pas vraiment.

Cela faisait deux jours que j'avais vu Apollon et fait une mini-crise de nerfs, deux jours depuis que nous nous étions embrassés. Cela ne s'était pas reproduit, mais Seth ne m'avait pas abandonnée ces deux dernières nuits. Il était resté avec moi, ce qui était un progrès – même si j'attendais davantage.

J'avais un peu avancé avec lui cette nuit-là. Je le savais, mais je savais aussi qu'il y avait tellement d'autres choses qu'il n'avait pas partagées avec moi. Je ne pouvais pas m'empêcher de repenser à ce qu'Erin avait dit, à la façon dont Deacon et Luke se comportaient en sa présence.

Il y avait forcément autre chose.

La sensation étrange – mais qui devenait de plus en plus familière – se déploya profondément en moi alors que nous passions devant la bibliothèque. Sans l'avoir décidé, je ralentis l'allure, puis m'arrêtai carrément au milieu de l'allée. Je me fichais pas mal du vent glacial qui soufflait sur les statues et les oliviers.

Mon regard s'attarda sur les larges marches de marbre au fond du péristyle et sur les lourdes portes closes.

— Hé.

Seth avait fait demi-tour, interposant son corps entre le vent et moi.

— Ça va ?

J'acquiesçai.
— Oui, c'est juste…
Secouant la tête, je lui souris.
— Laisse tomber.
Les rayons du soleil caressaient ses larges pommettes et il fronça les sourcils.
— Quoi ?
Lançant un nouveau regard à la bibliothèque, je haussai les épaules.
— Bah… Chaque fois que je vois la bibliothèque, je ne sais pas pourquoi, mais j'ai envie d'y entrer.
— C'est bizarre.
Pressant mes mains glacées l'une contre l'autre, je lâchai un rire.
— Je sais.
— Tu n'y es pas allée avec Deacon et Luke ? demanda-t-il en capturant mes mains. Par les dieux, tes doigts sont des glaçons.
Mes yeux revinrent sur lui. Les mèches plus courtes qui s'étaient échappées de son catogan lui caressaient les joues tandis qu'il frottait mes mains dans les siennes. Un geste très intime, auquel je n'osais pas répondre.
— Non, dis-je doucement. Ni l'un ni l'autre ne sont très fans des bibliothèques.
— Moi non plus.
Il avança encore, toujours concentré sur mes mains.
— Pourquoi ça ne m'étonne pas ?
Il me coula un regard par en dessous entre ses longs cils épais.
— Je te signale que je suis pratiquement un génie.
Je ricanai.
— Ça, tu me le paieras, promit-il d'un ton léger.
Mes doigts étaient maintenant réchauffés.
— Alors, tu veux qu'on y aille ?

— Où ça ? À la bibliothèque ? On n'a pas encore dix kilomètres à courir ?

Seth gloussa.

— Joe, tu n'es pas en état de courir dix kilomètres.

Me libérant les mains, je lui frappai le bras.

— Attends un peu que je sois une demi-déesse. Je courrai des centaines de kilomètres autour de toi. Et arrête de m'appeler Joe.

Son sourire s'élargit alors qu'il avançait la main pour attraper quelques mèches de mes cheveux soulevées par le vent pour les ramener derrière mon oreille. Il s'y attarda.

— Qu'est-ce que tu fais ? lui demandai-je.

Ses cils s'abaissèrent, dissimulant ses yeux à la couleur unique.

— Je ne sais pas. Je te regarde.

J'éclatai de rire tout en piquant un fard.

— D'accord.

Son sourire s'agrandit encore et mon ventre palpita. L'espace d'un instant, je crus qu'il allait m'embrasser, mais son regard se porta derrière moi. Son sourire s'effaça et je me retournai.

Trois étudiants étaient rassemblés au pied d'une statue représentant une femme en toge qui devait être une déesse. Ils nous dévisageaient ouvertement, sans animosité, mais c'était très bizarre. Ce genre de choses arrivait souvent, surtout quand je me trouvais en compagnie de Seth. Partout où nous allions, les gens le regardaient. Comme quand sa mère l'exhibait à ses amis.

Je sentis la colère me picoter la peau.

— Allons à la bibliothèque. Maintenant.

Clignant les yeux, il concentra son attention sur moi et je m'efforçai de lui sourire.

— On fait la course jusqu'à la porte ?

Il haussa un sourcil moqueur.

— Tu vas trébucher sur les marches et te casser une jambe.

— Crétin.

Je le poussai, les mains à plat sur sa poitrine, et il ne bougea pas d'un iota.

— Je te ferai ravaler ça.

Je pivotai sur mes talons pour prendre de l'avance, mais il était déjà près des grandes colonnes de marbre quand j'atteignis le milieu des marches. Je passai devant lui comme une princesse en lui faisant un doigt d'honneur.

Le rire grave de Seth s'égrena dans le vent comme des notes de musique. Il me rattrapa et ouvrit la porte pour moi. Ma première vision de la bibliothèque me fit carrément un choc.

— Par les *dieux*, chuchotai-je, car il n'y avait pas d'autres mots pour ce que j'avais sous les yeux.

Des statues géantes des dieux se dressaient au rez-de-chaussée, entre de profondes allées remplies d'étagères. De leurs mains de marbre, ils supportaient tout le second étage. La bibliothèque était immense, glaciale, et dégageait une odeur de naphtaline comme si des boules étaient cachées derrière les livres.

Loin de s'apaiser, l'étrange tension que j'éprouvais au creux de l'estomac monta encore d'un cran. Je posai une main sur mon ventre, presque nauséeuse. Confuse, je m'écartai de Seth pour déambuler entre les tables de bois sombre. Il n'y avait personne sur les lourdes chaises. L'endroit était aussi silencieux qu'un tombeau.

Je parcourus la première allée, faisant courir mes doigts sur les reliures épaisses des livres dépourvus de poussière. Les rayonnages montaient à plus de cinq mètres de haut. Est-ce que les gens ici pouvaient voler ? Parce que je ne voyais pas d'échelle.

Mais j'avais oublié que bon nombre de purs étaient capables d'invoquer l'air élémentaire. Seth également.

Et j'en serais capable moi aussi une fois que mes pouvoirs seraient débridés.

Plutôt fou.

— Ça ressemble à ce que tu imaginais ? murmura Seth en posant une main sur mes reins.

Je frissonnai et secouai la tête.

— C'est très impressionnant.

— On peut dire ça, oui.

Une intonation dans sa voix me fit tourner la tête et ce que je vis me captiva. Il me détaillait de la tête aux pieds d'une façon… eh bien, d'une façon à laquelle je n'étais pas habituée. La tension nerveuse dans mon ventre descendit plus bas et un nouveau frisson me parcourut.

Ses yeux quittèrent les miens, descendirent sur ma bouche ; tous mes muscles se contractèrent et mes lèvres s'entrouvrirent. Immédiatement, j'oubliai mon envie de visiter la bibliothèque. Un bourdonnement plaisant se répandit dans mes veines et je vacillai dans sa direction, rayonnant d'une chaleur enivrante comme si j'avais passé la journée sous le soleil de l'été.

Seth baissa la tête et ses mains se posèrent sur mes hanches. Il m'effleura à peine, mais je sentis la brûlure de ses doigts à travers le tissu fin de mon pantalon, et ma tête se mit à tourner. Je respirai à fond, m'imprégnant de son odeur : un parfum de grand air et une pointe d'agrumes.

Ses mains remontèrent sur ma taille, puis l'une d'elles jusqu'à ma tempe. Très lentement, il caressa la courbe de ma pommette. Mon pouls battait comme un tambour alors que son regard intense suivait la pulpe de ses doigts, qui descendirent jusqu'à mes lèvres entrouvertes.

— Seth, prononça une voix masculine derrière lui.

Il sursauta et fit volte-face à son nom. Je fermai très fort les yeux, cramponnée au rebord d'un rayonnage. Lorsque je les ouvris, je reconnus Marcus, le Doyen de l'Université, un peu plus loin. Il n'était pas seul. L'homme à la cicatrice était avec lui – Solos – ainsi qu'un autre homme plus âgé, vêtu de noir, que je voyais souvent sur le campus.

— Qu'est-ce qu'il y a ? demanda Seth, les jambes écartées dans ce que j'avais appris à reconnaître comme une posture de combat.

Un sentiment de malaise prit naissance au creux de mon ventre.

Marcus me salua d'un hochement de tête, puis ses yeux lumineux se posèrent sur Seth.

— Il faut qu'on parle.

Il pensait très fort « en privé », même s'il ne le dit pas tout haut. Seth me jeta un regard interrogateur et je haussai les épaules.

— Je reviens tout de suite, me dit-il.

— Et moi, je ne bouge pas de là, promis-je.

Après ce qui s'était passé à la cafétéria, je ne tenais pas du tout à être laissée à moi-même sur le campus. Je n'y avais pas remis les pieds pour mes repas depuis la bagarre générale. Les garçons me rapportaient généralement quelque chose à manger dans la salle d'entraînement ou dans ma chambre.

Seth rejoignit le groupe d'hommes à l'air grave et ils se mirent aussitôt à parler, leurs voix trop sourdes pour que je puisse comprendre ce qu'ils disaient, même si je ne me privai pas d'essayer. Je compris rapidement que j'étais nulle pour lire sur les lèvres. J'avais l'impression que tout ce qu'ils disaient ressemblait à « tomates » ou « je t'aime », et je doutais très fort que telle fût la teneur de leur conversation.

Je poussai un soupir alors que je m'appuyais contre les rayonnages. Heureusement, tout l'échafaudage ne me tomba pas sur la tête. J'aurais eu l'air maligne. Je pouvais presque voir les milliers de livres pleuvoir autour de moi.

Un courant d'air froid s'engouffra alors dans l'allée, soulevant les cheveux sur mes tempes et gonflant ma queue-de-cheval. Les sourcils froncés, je me retournai.

Une femme se tenait derrière moi. Elle devait être à moitié fantôme, car je ne l'avais pas entendue arriver.

Elle était incroyablement grande, autant que Seth, et très mince. Ses mains aux longs doigts élégants étaient croisées devant elle. Des épingles retenaient sur le haut de son crâne la masse de ses cheveux blonds, relevés en un chignon sophistiqué, et d'immenses lunettes de soleil dignes d'une actrice de cinéma dissimulaient ses traits, mais je distinguais ses pommettes aiguës et ses lèvres pleines et colorées.

— Bonjour, Joséphine.

Sa diction était très articulée, son accent cultivé. Ses lèvres s'incurvèrent très légèrement dans un sourire presque timide.

Un nouveau frisson me parcourut.

— Comment… connaissez-vous mon nom ?

La femme se rapprocha. Elle portait des talons – de vrais talons aiguilles – mais ne faisait aucun bruit. Une forte odeur de patchouli et de fleur d'oranger l'accompagnait.

— Je t'attendais.

D'accord. Légèrement flippant. Une partie de moi avait envie de reculer, mais je tins bon.

— Qui êtes-vous ?

— Je suis la Bibliothécaire.

Hum. Ouais. Depuis quand les bibliothécaires portaient des lunettes de soleil à l'intérieur ? Je jetai un coup d'œil derrière moi. Seth, qui était toujours avec le Doyen, Solos et l'autre type, tourna la tête dans ma direction. Nos regards se croisèrent un instant. Prenant une profonde inspiration, je pivotai de nouveau vers la femme.

L'espace devant moi était vide.

— Je rêve ou quoi ?

Je m'avançai jusqu'au fond de l'allée et regardai des deux côtés. Rien – même son odeur avait disparu.

— Josie ?

Reconnaissant la voix de Seth, je fis demi-tour et le rejoignis au milieu de l'allée.

— Qu'est-ce que tu faisais ? demanda-t-il.

— Je... je ne sais pas exactement.

Il me semblait stupide de lui parler de la femme.

— Tout va bien ? lui demandai-je à mon tour.

Ses yeux cherchèrent les miens.

— Je vais te résumer la situation en rentrant au dortoir, d'accord ?

Ce n'était pas bon signe, mais je le suivis. Une fois dehors, il se massa le front.

— Marcus a limité les déplacements des étudiants quand il a su que les Titans s'étaient échappés du Tartare. Mais des groupes de Sentinelles passent le portail du mur extérieur dans les deux sens plusieurs fois par jour. Certains partent en chasse. D'autres font des patrouilles. Il est impossible de maintenir les portes closes durant de longues périodes.

Je croisai les bras sur ma poitrine pour me protéger du froid – et des mauvaises nouvelles que je sentais qu'il allait m'apporter.

— Les Sentinelles font un rapport toutes les heures. Personne ne plaisante avec ça.

Il s'interrompit et plaça une main sur mon épaule pour nous faire contourner un groupe d'étudiants qui s'étaient arrêtés au milieu de l'allée. Il attendit qu'ils soient plusieurs mètres derrière nous pour continuer.

— Une patrouille d'éclaireurs est portée disparue.

Oh non.

— Ce n'est pas la première fois que ça arrive, poursuivit-il d'une voix dure. Ce n'est pas forcément lié à Hypérion et aux Titans. Ils ont pu avoir des problèmes avec des démons. Ou avec tout autre chose.

— Il y a un « mais », n'est-ce pas ?

Un petit sourire apparut sur ses lèvres.

— Mais nous devons nous assurer que cette disparition n'est *pas* en lien avec les Titans.

Une bouffée de peur me glaça.

— Et tu dois aller les chercher, c'est ça ?

— Je suis l'Apollyon. C'est le genre de tâche qui m'incombe.

Mais il n'était aussi… qu'un homme. Oui, il était une sorte de super-héros, mais il ne se résumait pas à ça et j'avais la nette impression d'être la seule personne à voir en lui autre chose, ce qui avait le don de m'énerver.

Nous rejoignîmes le dortoir en silence et il ouvrit la porte de ma chambre. Il n'y pénétra pas, comme je m'y attendais. Je levai la tête vers lui et nos regards s'ancrèrent l'un à l'autre.

Les muscles de ma nuque se tendirent.

— Tu seras prudent ?

Un semblant de sourire se forma sur ses lèvres.

— Je le suis toujours.

Il posa le bout de son doigt sur mon menton et mon cœur se serra.

— À plus tard, d'accord ?

Je n'étais d'accord avec rien de tout ça, mais j'acquiesçai et reculai à contrecœur. Quand la porte se referma, je lâchai un profond soupir. Et si c'était vraiment Hypérion ? Si le Titan avait pénétré dans l'Université, il allait y avoir du grabuge. Pas seulement pour moi, mais pour tout le monde.

Je pris une douche pour m'occuper, puis enfilai un jean et un gros pull. J'étais prête à braver les dangers du Covenant et à désobéir aux ordres quand Deacon arriva, les bras chargés de cheeseburgers.

— Où est Luke ? lui demandai-je en le débarrassant des bouteilles de soda, que je plaçai sur la table basse.

— Il est avec les Sentinelles.

Je haussai les sourcils.

— Je croyais que ce n'était plus son boulot.

— En effet.

Deacon se laissa tomber sur la chauffeuse.

— Mais il est doué et ils... ils ont besoin de lui ce soir.

Je m'assis à côté de lui beaucoup plus lentement.

— Tu es au courant pour la patrouille portée disparue ?

Il opina, posant lourdement une main sur le sandwich, qu'il aplatit.

— Ouais.

Je grignotai du bout des dents, sans beaucoup d'appétit, préoccupée par ce qui pouvait se passer derrière les murs d'enceinte.

— Tout ira bien pour lui, m'assura Deacon, qui avait déjà dévoré son sandwich, à ma grande surprise.

Ses yeux gris plongèrent dans les miens.

— Et tout ira bien aussi pour Luke, reprit-il. Il faut y croire. Sinon on devient fou.

Son regard se porta sur la photo encadrée sur la table basse. Erin l'avait mise dans mes bagages, mais ce n'était que la veille que je l'avais déballée et installée quelque part où je pouvais la voir, après le départ des garçons et avant l'arrivée de Seth.

— C'est ta famille ? demanda Deacon en la prenant. Enfin, sauf ton père ?

— Oui, répondis-je dans un souffle en le regardant soulever le cadre, me demandant si je ne l'avais pas sorti trop tôt. Ce sont mes… grands-parents et ma mère. Elle a été prise il y a environ deux ans.

Il examina la photo pendant un moment avant de la reposer délicatement sur la table.

— Je suis désolé. Luke m'a raconté. Je suppose que c'est Seth qui l'a mis au courant.

Il m'observait à travers le rideau de ses cheveux blonds.

— On s'y habitue. Je sais que ça paraît débile de dire ça, et je n'y croyais pas quand mes parents sont morts. Pourtant, j'avais mon frère, et même si j'étais comme une serpillière pendant très longtemps, je sais que ça finit par aller mieux.

— Comment… comment sont morts tes parents ?

— Une attaque de démons. Aiden et moi avons été les seuls survivants, répondit-il avec un soupir. Des Sentinelles nous ont sauvé la vie. C'est pour ça que mon frère a choisi la voie des Sentinelles. À l'époque, c'était rare qu'un pur fasse ce choix.

— Je suis désolée pour tes parents.

Quand je vis son petit sourire, ma curiosité l'emporta.

— Où est ton frère maintenant ?

— C'est une longue histoire.

— Nous avons du temps à tuer.
Deacon lâcha un petit rire.
— Mais ce n'est pas seulement l'histoire de mon frère.
Je ne comprenais pas où il voulait en venir.
— Très bien, dit-il en se frappant les cuisses. Luke va me tuer, mais tant pis. Il est temps de te déballer la vérité.
Je haussai les sourcils.
— Euh... d'accord. Je t'écoute.
— Seth te plaît. N'essaie même pas de me mentir. J'ai vu comment tu le regardes.
Je sentis le feu envahir mes joues. Ça commençait fort.
— Et je vois aussi comment il te regarde.
De mieux en mieux.
Deacon se pencha en avant et me donna un petit coup d'épaule.
— Ce n'est pas la première fois que je vois ça, tu sais, tout ce truc de « je veux quelqu'un que je ne peux pas ou ne devrais pas avoir ». Tu le regardes comme si tu le voulais. Il te regarde comme s'il ne pouvait pas ou ne devrait pas t'avoir. Et c'est très ironique quand on y pense. Comme si l'histoire se répétait.
Je me tournai vers lui et ne pus retenir ce qui sortit de ma bouche.
— Il peut m'avoir s'il me veut.
Je me sentis idiote lorsque son sourire s'agrandit.
— Je veux dire, je sais qu'il pense qu'il ne me mérite pas.
Ses yeux s'écarquillèrent.
— Il t'a tout raconté ?
— Il m'a parlé de ce qu'il a fait l'année dernière.
Quand Deacon se décomposa, je poussai un soupir.

— Il y a autre chose, pas vrai ?

— Euh… oui.

Il me dévisagea pendant un long moment, puis s'adossa à l'accoudoir de la chauffeuse.

— Seth va sûrement me massacrer, mais tu ignores beaucoup de choses – et je crois qu'il faut que tu saches.

Un frisson descendit le long de ma colonne vertébrale.

— Si je te dis tout ça, soupira Deacon, c'est parce que je crois que ça t'aidera à comprendre ce qui retient Seth, mais tu dois être prête à l'entendre, Josie. Le Seth que tu connais n'est pas celui que nous connaissions tous à l'époque.

Mon ventre se noua.

— Je suis prête à tout entendre.

Deacon fit la moue en laissant retomber sa main.

— Je vais te raconter une histoire, qui est pratiquement une légende pour nous aujourd'hui. C'est l'histoire de Seth et Alex.

27

Ma poitrine se contracta comme si je faisais une mini-crise cardiaque.

— Alex… C'est une fille, n'est-ce pas ?

Il acquiesça.

— C'est le diminutif d'Alexandria. Son prénom lui vient de son père. C'est une Sentinelle ici. Il traîne souvent sur le campus. Il ne parle jamais. Et il me fait flipper grave parce que c'est un sacré dur à cuire, comme sa fille, mais bref. Alex était aussi un autre Apollyon. Une fille géniale. Nous sommes bons amis. Mais il faut d'abord que je te raconte une autre partie de l'histoire pour qu'il n'y ait pas de malentendus.

— OK, murmurai-je.

De tout ce que j'avais imaginé à propos du passé de Seth, je n'avais jamais pensé qu'il y avait une autre fille.

— Alex est amoureuse de mon frère. Et il est amoureux d'elle. Ils vivent une formidable histoire d'amour. Ils se sont toujours aimés et s'aimeront toujours. Tu vois le genre. Ils n'auraient jamais dû finir ensemble, parce que mon frère est un pur et Alex une sang-mêlé, mais ils ont fait en sorte que ce soit possible. Ils ont réussi.

Je me sentais mieux. Un tout petit peu mieux.

— Mais Alex n'était pas destinée à mon frère. Elle était un Apollyon, née dans la même génération qu'un autre Apollyon – Seth. Ils étaient faits pour être ensemble. C'était inscrit dans leur nature. Les deux moitiés d'une même orange.

J'ouvris la bouche, mais rien n'en sortit. D'accord. Je ne me sentais pas mieux du tout.

— Ils se sont rencontrés quand Seth a été appelé sur l'île des Dieux pour devenir le garde du corps de Lucien. C'était le beau-père d'Alex, et aussi le Magistrat du Conseil et un bel enfoiré. Seth ignorait l'existence d'Alex. Tout comme elle ne savait rien de lui. Tu vois, quand ils se sont rencontrés, Alex avait dix-sept ans, et les Apollyons n'entrent en possession de leurs pouvoirs que le jour de leurs dix-huit ans. Seth était déjà l'Apollyon, et pour ce qu'on en savait alors, il n'y en avait qu'un seul, sauf que ce n'était pas le cas. Alex jure que Seth n'était pas non plus au courant et qu'il a été aussi surpris qu'elle. Ils ne s'entendaient pas bien au début.

Il marqua une pause.

— Pour tout dire, la plupart des gens n'accrochent pas avec Seth.

Je me souvenais de notre rencontre. Je comprenais totalement.

— Il pouvait être insupportable. On l'adorait ou on le détestait, mais presque tout le monde le craignait, expliqua-t-il. Quoi qu'il en soit, il s'est avéré que Lucien savait depuis le début qu'Alex était l'Apollyon. Cet enfoiré était de mèche avec Arès et il a fait tout ce qui était en son pouvoir pour réunir Seth et Alex, parce que quand deux Apollyons existent simultanément, un truc totalement dingue peut se produire. L'un d'eux peut siphonner les pouvoirs de l'autre et devenir le Tueur de Dieux. Et quiconque contrôle le Tueur de Dieux est le roi du monde. Parce que le Tueur de Dieux, comme son nom l'indique, est capable de tuer les dieux. C'est un truc énorme.

Tout cela était fascinant, mais une boule de terreur commençait à prendre forme dans mon ventre. Je ramenai les genoux contre ma poitrine et les entourai de mes bras.

— Quand tu dis qu'il voulait les réunir, tu veux dire pour qu'ils soient *ensemble* ?

Il ne répondit pas tout de suite, puis hocha la tête.

— Alex a toujours été amoureuse de mon frère, mais comme je te l'ai dit, ce n'était pas facile pour eux à ce moment-là. Aiden l'a repoussée pour son propre salut, et comme Alex et Seth étaient des Apollyons, ils étaient connectés d'une façon difficile à expliquer. Ils savaient quand l'autre avait des problèmes. Ils ressentaient les émotions de l'autre. Je sais qu'ils ont... un peu fricoté ensemble, mais tu dois comprendre, Josie, que ce qu'ils éprouvaient l'un pour l'autre n'était pas un amour profond et éternel. Oui, ils tenaient l'un à l'autre. Ils se sont même aimés, en quelque sorte, mais pas d'une façon qui pourrait t'inquiéter, d'accord ? Ce qui existait entre eux a toujours été une fabrication du destin. Rien de plus.

C'était... c'était difficile à accepter. Une autre fille était connectée à Seth, elle éprouvait ses émotions ?

— Seth n'aurait jamais dû être l'Apollyon, continua-t-il. Dans l'histoire de notre communauté, à l'exception d'une autre occasion, Apollon a toujours été à l'origine de l'Apollyon, mais Seth est né quelques années avant Alex. Les dieux avaient compris que l'un des leurs était à la manœuvre, et ils redoutaient l'apparition d'un Tueur de Dieux. Ce qui était bien l'intention de l'un d'entre eux. Arès. Et souviens-toi qu'Arès était de mèche avec Lucien. Lucien s'est rapproché de Seth. Personne ne sait comment il s'y est pris, mais il est devenu évident que Lucien exerçait une influence perverse sur l'Apollyon. Comme un père de substitution. Il le chouchoutait, lui faisait croire qu'il était sa famille. Il a manipulé Seth.

Oh non. Cela paraissait peut-être incompréhensible aux yeux de Deacon et des autres, mais je voyais parfaitement comment cela avait pu arriver. Seth avait une mère détestable. Il avait connu une enfance affreuse. Il ne fallait pas chercher bien loin pour imaginer que Seth désirait secrètement, peut-être même désespérément, faire partie d'une famille – il désirait l'amour et l'attention d'un parent de substitution. Je le comprenais très bien. Si je n'avais pas eu mes grands-parents, j'aurais été larguée.

Et Seth… c'est ce qu'il avait été.

— Lucien s'était mis Seth dans la poche, et donc dans la poche d'Arès. À l'insu de tout le monde. Il y avait beaucoup d'autres choses qui allaient mal, mais alors que l'anniversaire d'Alex approchait, la date de son Éveil où elle allait devenir l'Apollyon, tout s'est accéléré.

— Que… Qu'est-ce qui est arrivé ?

Il me regarda dans les yeux.

— C'est la partie que j'espère que tu es prête à entendre.

J'hésitai un instant, puis opinai.

— Seth était à fond avec Lucien et Arès, et il exécutait tous leurs ordres. La première phase du plan d'Arès pour prendre le pouvoir consistait à décimer le Conseil de l'île des Dieux ; cette première étape a été mise à exécution.

Une expression peinée traversa son visage, comme si ces souvenirs étaient encore trop vifs.

— Ils se sont servis de Seth pour les tuer, acheva-t-il.

Je retins mon souffle. Oh, mon Dieu.

— Il a éliminé tous les membres du Conseil. C'était… terrible, et cet événement a déclenché une réaction en chaîne parmi les autres dieux. Poséidon est entré en jeu. Ouais. *Le* Poséidon. Il a détruit l'île des Dieux pour tenter d'arrêter Seth et Lucien, mais cela n'a pas suffi. Beaucoup d'innocents ont péri.

Un souffle tremblant m'échappa. Je me souvenais de ce que j'avais vu à la télé. Bien sûr, ils avaient mis ça sur le compte de catastrophes naturelles. Je fus envahie par l'horreur à l'idée que Seth avait été partie prenante d'une telle… dévastation.

Je n'étais même pas certaine d'être capable de tuer un démon, alors que Seth… Tant de gens étaient morts de ses mains ou de la conséquence de ses actions.

— Quant à Seth, il s'est avéré qu'il avait essayé d'éveiller Alex prématurément. Il pompait son éther… et d'après ce que je sais, il était devenu accro à cette énergie – à ce pouvoir. Ce qui a encore envenimé les choses. Puis Alex s'est éveillée et elle s'est connectée à Seth à cause de ce qu'il avait fait. Ça a été terrible. Les dieux étaient furieux. Des volcans sont entrés en éruption. Il y a eu des tremblements de terre. C'était le chaos. Arès étant descendu sur Terre, son influence a déclenché des guerres et des conflits et nous avons dû enfermer une Alex psychotique pour l'empêcher de s'enfuir et de rejoindre Seth.

J'en demeurai sans voix. Seth était un meurtrier… et un drogué. Il n'y avait pas de mots.

— Oui, je crois même qu'Alex a menacé Aiden de se faire une couronne de ma cage thoracique ou un truc dans le genre. Elle était totalement déjantée à ce moment-là.

Il m'adressa un bref sourire.

— Et ça peut paraître gnangnan, mais l'amour est plus fort que tout, y compris le destin. Alex est parvenue à s'échapper et Aiden l'a poursuivie. Elle aurait pu le tuer, mais son amour pour mon frère lui a fait l'effet d'un électrochoc. Elle s'est déconnectée de Seth et a retrouvé la raison.

— C'est... une bonne chose, murmurai-je, les yeux fixés sur Deacon.

— Pendant ce temps, Seth-le-dingue faisait tout ce que lui ordonnait Arès. C'était une machine à tuer, accro à l'éther, manipulée comme une marionnette. Il était fou à lier et...

— Arrête de dire ça, s'il te plaît, l'interrompis-je. Arrête de le traiter de fou.

Deacon cligna les yeux.

— D'accord. Il cherchait Alex, persuadé qu'il pourrait la ramener sous sa coupe, et donc sous la coupe d'Arès. Quoi que ce dieu ait pu lui raconter, toutes ces conneries ont refaçonné son cerveau, Josie. C'était déjà parfois un beau salaud, mais entre les mains d'Arès...

Il s'arrêta, secouant la tête, et j'avais soudain envie de pleurer, parce que c'était tellement injuste.

— Mais quelque chose est arrivé qui a tout changé. Seth a été touché par une sorte de grâce qui l'a libéré.

Je laissai échapper un gros soupir.

— Qu'est-ce que tu veux dire ? Il s'est retourné contre Arès ?

— Oui, au dernier moment, le plus crucial, il a envoyé bouler Arès, répondit-il avec une grimace. Parfois, les dieux peuvent se montrer cruels. Et j'espère que tu ne feras jamais l'expérience des horreurs dont ils sont capables.

Je commençais à comprendre. Je devinais ce qui était arrivé.

— Arès s'est emparé d'Alex, c'est ça ?

Il acquiesça, le visage grave.

— Arès s'est introduit ici, à l'Université. Alex était avec son oncle – Marcus – et Aiden quand il a tombé le masque. Elle les a fait sortir de la pièce, parce qu'elle savait qu'Arès les tuerait. Et elle a combattu Arès, mais… c'était le dieu de la guerre, Josie. Il l'a massacrée à tel point que pas une partie de son corps n'a été épargnée. Elle était tellement amochée qu'Apollon a dû l'emmener sur l'Olympe pour la soigner.

— Oh, mon Dieu.

Les larmes me montèrent aux yeux, des larmes pour une fille que je ne connaissais pas et qui avait été chère au cœur de Seth.

— C'était affreux.

La voix de Deacon se brisa et je tendis la main pour lui étreindre le bras. Il m'adressa un faible sourire.

— Mon frère… Aiden entendait tout, mais il ne pouvait pas entrer dans la pièce pour l'aider. Et ça… ça l'a détruit. La seule bonne chose dans cette histoire, c'est que Seth était connecté aux émotions d'Alex pendant qu'elle combattait Arès. Il a ressenti tout ce qu'elle a subi.

Une autre vague d'horreur déferla en moi. Que pouvait-il encore y avoir de pire ?

— Seth ignorait qu'Arès s'en prendrait à Alex avec une telle cruauté, et il ne l'a pas accepté. C'est ce choc qui lui a permis de briser son emprise. Il a ensuite réussi à convaincre Arès qu'il était capable de rallier Alex à sa cause, et il est parti pour le Covenant en emmenant Lucien avec lui.

Il prit une longue inspiration, qu'il relâcha très lentement.

— Quand il est arrivé au mur d'enceinte, on a tous cru que c'était la fin, mais il s'est contenté de livrer Lucien à Alex et… de se rendre. Je crois que c'était trop pour lui, tu vois ? Son intention n'avait jamais été de faire du mal à Alex. Je pense qu'au fond de lui, il n'avait jamais voulu faire de mal à personne.

Je sentis une larme couler sur ma joue et l'essuyai à la hâte. Toute cette histoire était terrible et tellement triste.

— À ce moment-là, Seth n'était plus celui que nous avions connu au début. Il était renfermé. Retiré en lui-même. Un peu ce qu'il est aujourd'hui. Toute cette merde… a dû le traumatiser.

Je fermai les yeux très fort. Oui, cela l'avait changé. Oui, cela l'avait traumatisé.

— Mais ce n'est pas la fin de l'histoire, Josie.

Quand je rouvris les yeux, Deacon souriait.

— À la fin, Seth était dans notre camp. Il nous a aidés. Et ils ont fini par libérer un Titan pour combattre Arès. Aiden a été obligé de passer un marché avec Hadès. Parce que oui, Hadès est un beau gosse, mais c'est aussi un enfoiré. Aiden a accepté de devenir l'un des gardes d'Hadès pour l'éternité après sa mort en échange de la libération de Persès – Persès le Titan. Un immense enfoiré, lui aussi.

J'écarquillai les yeux.

— Oui, c'était apparemment une très mauvaise idée, poursuivit Deacon, mais ce n'était pas l'idée de Seth et… pour te la faire courte, à la fin… Seth a fait quelque chose de vraiment incroyable.

— Ah oui ?

Comment, après tout ça, Deacon pouvait supporter la présence de Seth ? Puis je me souvins que lors de mon arrivée au Covenant, il avait même *remercié* Seth.

Le sourire de Deacon se raffermit, et ses yeux s'éclaircirent. Son frère avait-il les mêmes yeux argentés ?

— Oui. Tu vois, une prophétie avait décrété qu'il ne pourrait en rester qu'un – entre Seth et Alex. Une connerie du genre *Highlander*.

— Quoi ?

— Un truc de mortels, répondit-il en roulant des yeux. Laisse tomber. Au cours de la bataille finale, Alex a absorbé les pouvoirs de Seth pour devenir le Tueur de Dieux. C'était l'idée de Seth. Il savait qu'à cause de ses problèmes avec l'éther, c'était trop risqué que ce soit lui. Ils ont combattu Arès ensemble. Ils ont gagné. Le dieu de la guerre n'est plus. Mais cette foutue prophétie ne pouvait pas être changée. Les onze dieux restants sont apparus. Ils ne pouvaient pas laisser vivre le Tueur de Dieux. Alex... elle le savait, tu vois. Elle avait fait son choix en toute connaissance de cause. Cette fille... avait vraiment du cran.

Je me raidis, aussi immobile que l'une des statues du campus.

— Seth était avec elle. Il l'a tenue dans ses bras quand les dieux l'ont tuée.

— Oh, mon Dieu ! m'écriai-je, bondissant de mon siège. Après tout ce qu'elle avait fait, ils l'ont...

— Du calme, ma toute belle. Apollon avait tout prévu.

Il attendit que je me rasseye, mais mon cœur battait toujours la chamade et j'étais incapable de me sortir de la tête l'image de cette fille sans visage mourant entre les bras de Seth.

— Quand Apollon a emmené Alex sur l'Olympe, il lui a donné de l'ambroisie, le nectar des dieux. Elle est morte en tant que mortelle, mais l'ambroisie a fait d'elle une *immortelle*. Elle est devenue une demi-déesse. Pas comme toi, qui as ces pouvoirs par la naissance, ce qui est encore plus cool, mais Apollon l'a sauvée.

— Oh.

C'était un peu difficile à suivre, mais j'étais bien contente de savoir que cette fille n'était pas *vraiment* morte.

— Et c'est là que Seth nous a tous étonnés. Il connaissait le marché qu'Aiden avait passé avec Hadès, et il savait aussi qu'il ne pouvait plus être avec Alex, qui doit vivre aux enfers la moitié de l'année – en mode total Perséphone – et qui ne vieillira plus jamais. Alors, il a fait un marché avec Hadès et Apollon.

Je retins mon souffle.

— Il a promis sa vie aux dieux et son âme à Hadès, devenant ainsi leur larbin, en échange d'une dose d'ambroisie pour Aiden.

— Waouh, murmurai-je.

— Je ne suis pas sûr que tu aies bien compris. Seth a sacrifié son avenir, sa vie après sa mort, tout ce qu'il possédait pour Aiden et Alex, pour qu'ils puissent être ensemble, précisa Deacon, ce que j'avais très bien saisi, mais que j'avais du mal à croire. Dans le temps qu'il lui reste à vivre sur Terre – qui est à la discrétion des dieux –, il leur appartient, et après sa mort il sera l'esclave d'Hadès. Il a renoncé à tout.

Basculant en arrière, je contemplai Deacon, l'esprit totalement chamboulé.

— Mon Dieu, Deacon, je ne…

— Tu ne sais pas quoi dire ni quoi penser ? Je comprends. On a tous réagi pareil. Aucun de nous ne s'attendait à ça de la part de Seth, mais ce qu'il a fait est énorme. Il a tout donné à mon frère. Il a tout donné à Alex et n'a rien gagné à la fin.

Deacon se pencha en avant, tirant sur une mèche de mes cheveux.

— Jusqu'à aujourd'hui.

Je clignai les yeux.

— Aujourd'hui, il t'a toi, pas vrai ? ajouta-t-il en lâchant mes cheveux. Ne réponds pas tout de suite. Je viens de te raconter que le garçon que tu convoites aurait pu être qualifié de tueur de masse selon les règles humaines et qu'il s'est pratiquement transformé en saint à la fin de l'histoire. Comment peut-on réunir ces deux facettes ?

Il haussa les épaules.

— Honnêtement, je n'en sais rien. Alors on va regarder un épisode de *Supernatural*. La nouvelle saison est dans les vidéos à la demande.

Je restai assise sans rien dire pendant que Deacon attrapait la télécommande, naviguait dans les menus et sélectionnait *Supernatural*, balançant à l'écran les deux frères Winchester, ce qui était une distraction bienvenue.

— Tu te rappelles la saison où ils se préparent pour le combat au cimetière de Stull parce que c'est un portail de l'enfer ? demanda-t-il en gloussant. Le cimetière de Stull est réellement un portail des enfers. Il y a de quoi se poser des questions sur les scénaristes de cette série, non ?

Je me tournai vers lui, les yeux écarquillés, mais Deacon était concentré sur les images à l'écran.

Relâchant le souffle que j'avais retenu sans en avoir conscience, je me laissai retomber dans les coussins moelleux, m'efforçant de rassembler les pièces du puzzle qu'il venait de me fournir. Toutes ces choses que Seth ne m'avait jamais dites… Maintenant… je comprenais pourquoi.

28

Il était tard.

Deacon était parti une heure plus tôt et je n'avais aucune nouvelle de Seth. J'étais incapable de dormir. Les pensées se bousculaient dans ma tête. Je ne savais pas quoi faire de tout ce que je venais d'apprendre et je faisais les cent pas dans ma chambre.

Que devais-je penser de lui à présent ? Il avait commis des horreurs, mais à la fin il avait fait le bon choix. Est-ce que ça annulait le reste ?

Passant pour la centième fois devant la table basse, je songeai au conflit que je lisais si souvent dans ses yeux, à la tristesse qui semblait sourdre sous la surface. Il se sentait coupable de traquer les traîtres.

Et il avait été l'un des plus grands traîtres de tous.

Deacon avait raison. Comment réunir ces deux facettes ? Et c'était sans compter qu'il y avait une autre fille dans l'histoire. OK, ce n'était pas le point le plus important, mais quand même. Il avait tout sacrifié pour elle.

Tout.

Je passai une nouvelle fois devant la table basse.

Rien de tout ça n'était juste. Moi qui me plaignais de ma vie, alors que d'autres avaient vécu bien pire. Alex. Aiden. Seth.

Seth était passé de l'emprise d'Arès, qui lui avait fait exécuter tous ces ordres terribles, à l'emprise d'Apollon. C'était injuste. Révoltant. Et surtout c'était triste.

Mais ça ne changeait pas ce qu'il avait fait.

Étais-je trop attachée à l'éthique des mortels ? Je m'entraînais pour me défendre, pour combattre. Il y avait de fortes chances que je sois confrontée un jour à des gens qui pour une raison ou pour une autre seraient persuadés d'être dans le bon camp et que je devrais peut-être tuer pour me protéger. Les humains affrontaient les mêmes dilemmes.

Alors que je passais à côté de la porte, j'en entendis une autre se refermer dans le couloir et mon cœur fit un bond dans ma poitrine. Nous étions les seuls à être logés dans cette partie du dortoir. C'était forcément Seth. Sans réfléchir, je me précipitai dans le couloir telle que j'étais, pieds nus, et frappai à sa porte.

Quelques instants s'écoulèrent avant qu'elle s'ouvre. Seth apparut, ses cheveux défaits caressant ses épaules dénudées, son maillot thermique à la main.

Je n'étais pas préparée à le voir, ce qui signifiait que j'aurais dû réfléchir avant d'agir.

— Salut, dit-il en s'effaçant. Je m'apprêtais à venir chez toi.

Pénétrant dans sa chambre pour la première fois, je me rendis compte que c'était l'exacte réplique de la mienne. Un salon. Une porte étroite donnant sur la chambre à coucher et une kitchenette sur ma droite.

Mon cœur tambourinait dans ma poitrine.

Ses beaux yeux d'ambre renfermaient tellement de secrets.

— Est-ce que… vous avez trouvé ce que vous cherchiez ? lui demandai-je en joignant les mains.

— Non.

Ses abdos roulèrent sur son ventre tandis qu'il lançait son maillot sur l'accoudoir du fauteuil. Il leva ensuite une main, plongeant les doigts dans ses cheveux.

— On n'a pas trouvé trace d'eux. Rien. Marcus a affecté davantage de personnel au mur d'enceinte, au cas où. Avec un peu de chance, il n'y a pas de quoi s'inquiéter.

— Espérons, murmurai-je.

Il était… il était tellement beau, mais tant de noirceur devait exister en lui.

Il fronça les sourcils en avançant vers moi.

— Tout va bien ? Il s'est passé quelque chose en mon absence ?

— Je suis au courant, répondis-je immédiatement, avant de me figer, tous les muscles tétanisés.

— Tu es au courant… de quoi ?

— Je… je suis au courant pour Alex, dis-je en me tordant les mains tandis qu'il ouvrait de grands yeux. Je suis au courant pour Arès.

Seth recula d'un pas, les yeux fixés sur moi.

— Tu es au courant ?

J'acquiesçai. Mon pouls battait si vite que je craignais de vomir.

— Je sais tout.

Il me considéra pendant un long moment, puis son visage se vida de toute expression, comme une porte qui se ferme.

— Si tu sais tout, qu'est-ce que tu fais ici, Josie ?

Je secouai la tête, à court de mots.

— Tu devrais être n'importe où sauf avec moi, insista-t-il.

Avait-il raison ? Je croisai les bras sur ma poitrine.

— Je ne sais pas quoi dire, Seth.

— Alors je vais le dire pour toi, décréta-t-il, la mâchoire crispée. Je te dégoûte. Je suis un assassin.

Sa voix n'exprimait aucune émotion, mais je sursautai quand même.

— Tu pensais que mes agissements de l'année passée étaient pardonnables ? C'est parce que tu ne savais pas tout. Quand je t'ai dit que j'étais un monstre, je ne plaisantais pas, Josie. C'est exactement ce que je suis.

— Non, répliquai-je, puis je montai d'un ton. Tu as tout sacrifié pour Alex et Aiden. Tu as sacrifié ta vie.

— Est-ce qu'on t'a dit aussi que j'étais un drogué ?

Quand je hochai la tête, il éclata d'un rire amer.

— Et pourtant… tu es là.

— Seth…

Il haussa les épaules tout en tirant sur le ruban de cuir qu'il portait au poignet, puis leva ses bras puissants, ramenant ses cheveux en arrière.

— Quelle vie est-ce que j'ai sacrifiée ? Je n'ai pas perdu grand-chose. Tu peux me croire. C'est tout ce que je mérite. Et je mérite aussi ce qui va m'arriver.

— Tu n'as rien mérité de tout ça.

Et au moment où ces paroles franchirent mes lèvres, je sus que c'était ce que j'éprouvais au plus profond de moi. À tort ou à raison, c'étaient les sentiments qu'il m'inspirait.

— Tu n'as pas mérité d'être né d'une mère indigne ou d'avoir connu une enfance sans amour. Et tu n'as sûrement pas mérité que quelqu'un se serve de ça contre toi.

Sa poitrine se souleva.

— Tu ne sais pas de quoi tu parles.

— Je sais qu'Alex ne méritait pas ce que la vie lui a apporté. Et toi non plus. Ce qui ne veut pas dire que tu n'as pas fait de mauvais choix.

— « De mauvais choix » ne suffit pas à décrire ce que j'ai fait, répliqua-t-il sèchement.

— OK.

La frustration eut raison de moi et je me ruai sur lui, m'arrêtant juste avant de le pousser en arrière.

— Tu as fait des choses horribles, Seth. Terribles. C'est ce que tu veux m'entendre dire ?

Il détourna les yeux.

— Non. C'est bien ça que tu veux ? Tu veux que je répète ce que tu veux croire de toi-même ? Que tu ne mérites pas le bonheur ? Que tu es un monstre ?

— Parce que c'est exactement ce que je suis ! hurla-t-il, ramenant ses yeux sur moi, deux lacs d'ocre en fusion.

Un miroitement d'ambre descendit sur ses bras, disparaissant si vite que je n'étais pas sûre qu'il ait existé.

— Pourquoi tu ne le vois pas ? Tous les autres le voient. Oh, attends. Tu vas encore me raconter d'autres histoires où tu as écrasé des animaux ?

Je le foudroyai du regard.

— Tais-toi.

Un sourire narquois dansa sur ses lèvres.

— Personne ne te voit comme un monstre. Si c'était le cas, crois-tu qu'ils t'auraient laissé entrer au Covenant ? Que Deacon t'aurait *remercié* ? Et que quelqu'un n'aurait pas fini par te coincer quelque part pour au moins *essayer* de te faire payer tout ça ?

Il s'apprêtait à répondre, mais je ne voulais rien entendre.

— Ou qu'Apollon t'aurait chargé de me protéger ? Qu'il ne t'aurait pas écorché vif quand il nous a trouvés en train de nous embrasser ? Pourquoi, toi, tu ne vois pas ça ?

Un moment s'écoula, saturé de tension, puis il baissa la tête.

— Tu peux oublier et pardonner toutes ces choses horribles que j'ai faites ? C'est ce que tu es en train de dire ?

Je secouai la tête.

— Non. Ce n'est pas ce que je suis en train de dire. Ce que je dis, c'est que tu n'es pas la somme de seulement la moitié de ce que tu as fait. Tu ne peux pas écarter tout le reste.

Il me regarda fixement et je sentis que j'avais visé juste. Carrément fière de moi, je poursuivis sur ma lancée.

— Je sais qu'il y avait des gens qui comptaient pour toi. Je sais qu'Alex comptait pour toi. Et je sais – je le *sais* au fond de moi – que tu n'aurais pas commis toutes ces horreurs si tu n'avais pas été manipulé. Je ne suis pas en train de dire que ça te dédouane de toute responsabilité, mais tu ne te résumes pas à ça. Tu n'es pas que l'Apollyon. Tu n'es pas que ce type qui a pris le parti d'Arès. Tu es… tu es aussi celui qui a fait un grand pas en avant en tâchant de réparer le mal qu'il avait fait. Tu es celui qui regrette ses actions passées. Tu es celui qui ne s'est pas moqué de moi quand je lui ai dit que je n'avais pas d'amis à l'école. Tu es aussi celui qui me laisse me servir de lui comme d'un oreiller, et tu te soucies…

Il bondit en avant, prenant mes joues entre ses mains.

— Dis-le encore.

— Quoi ? répondis-je en lui agrippant les poignets. J'ai dit beaucoup de choses. Il faut que tu m'aides un peu.

— Dis que je ne suis pas que l'Apollyon, murmura-t-il d'une voix rauque.

Ma gorge se noua.

— Tu n'es pas que l'Apollyon, Seth.

Ses paupières se fermèrent et ses traits se tendirent tandis qu'il écartait ses doigts sur mes joues.

— Je ne sais même plus qui je suis. Ni même ce que j'ai jamais été.

Bonté divine, il me déchirait le cœur.

— Tu es juste... tu es juste Seth.

Un frisson descendit le long de ses bras.

— Et toi... tu es mon salut.

Je poussai un petit cri quand il me lâcha et me tourna le dos. Il se dirigea d'un pas vacillant vers l'entrée de sa chambre, sans sa grâce habituelle. Son salut ? C'était... puissant. Important. Repliant les mains sous mon menton, je le suivis. Il s'était arrêté devant son lit, mains sur les hanches, la tête baissée, les épaules courbées. Chaque muscle de son dos, jusqu'à la ceinture de son pantalon accroché très bas sur ses hanches, était contracté.

— Seth ?

Il releva la tête et je l'entendis prendre une inspiration avant de se retourner. Je vis le changement en lui. Les murs qu'il avait savamment dressés autour de lui venaient de s'effondrer. Il y avait dans ses yeux quelque chose que je n'avais encore jamais vu.

— Si tu ne pars pas maintenant, je ne réponds pas de mes actes, dit-il d'une voix sourde et éraillée. Je suis sérieux.

Je me figeai et une série de frissons parcoururent ma peau tandis que mes yeux s'écarquillaient. Une partie de moi pensait comprendre ce qu'il entendait par là. Mais en toute franchise, je n'étais plus sûre de rien si ce n'est que, si dingue que cela puisse être, j'avais confiance en lui. Qu'est-ce que cela disait de moi ?

— Josie.

Sa voix se fêla tandis que ses bras retombaient le long de son corps.

En cet instant, je sus qu'il avait besoin que je reste. Et même davantage encore. Mon départ signifierait le contraire de tout ce que je lui avais affirmé. Et puis je n'avais pas envie de m'en aller. Mon estomac palpita de nervosité quand j'avançai d'un pas vers lui.

Je n'eus pas l'occasion d'aller plus loin.

En une fraction de seconde, Seth était devant moi. M'entourant la taille d'un bras, il m'attira contre son torse nu. Son autre main me saisit par la nuque, inclinant ma bouche vers la sienne.

Ce baiser…

C'était la caresse la plus douce et la plus délicate que j'aie jamais ressentie. À peine perceptible, un murmure sur mes lèvres, mais tellement puissant, tellement émouvant que je dus retenir les larmes qui me montaient aux yeux. Et son corps musculeux tremblait contre le mien tandis qu'il dessinait le contour de ma bouche. Il y avait dans cet instant une tendresse infinie.

Ce baiser…

Il atteignit mon âme, prit possession de moi d'une façon que je ne savais pas possible. Il s'insinua profondément en moi, enflammant toutes mes cellules. C'était un baiser plein d'espoir. Une promesse d'autre chose, de rédemption.

Une promesse de salut.

Mes lèvres s'ouvrirent sous les siennes et je l'accueillis. Il approfondit le baiser, mais sans urgence. Comme une lente exploration hésitante, il m'embrassa comme s'il n'avait jamais embrassé personne jusqu'à ce jour, et je savais que c'était loin d'être le cas. Mais il y avait quelque chose de nouveau, quelque chose de timide dans la rencontre de nos langues et je me mis à trembler.

Seth se recula, les yeux rivés aux miens.

— C'est ce que tu veux ?

Je retrouvai ma voix.

— Oui.

— Tu es insensée.

Puis sa bouche reprit possession de la mienne et je me sentis emportée dans un tourbillon. Je m'agrippai à ses épaules. Il s'empara du bas de mon pull, ne rompant le contact entre nous que pour le faire passer au-dessus de ma tête. Il le jeta par terre et ses lèvres retrouvèrent les miennes.

Bientôt ses mains vinrent jouer avec les bretelles de mon soutien-gorge. Je n'étais jamais allée aussi loin et quand il recula et que son regard parcourut mon visage enflammé et ma bouche entrouverte, puis descendit sur ma gorge, je dus me retenir de me couvrir.

Je n'avais pas un corps parfait comme le sien. Même après tous mes entraînements et mes séances de running, je n'avais pas le ventre plat et mes hanches étaient toujours larges. Je doutais que cela change un jour, et j'avais beaucoup de mal à m'exposer à sa vue.

Ses doigts descendirent le long des bretelles et sur la dentelle de mon soutien-gorge, et je cessai de respirer tandis qu'un flot de sensations m'envahissaient. Je ne pouvais pas lui cacher les réactions de mon corps. Quand ses doigts atteignirent la vallée de mon décolleté, il écarta les mains, effleurant mes tétons.

Je déglutis, la gorge nouée. Il pressa son bassin sur mon ventre tout en prenant mes seins en coupe. Ses pouces se mirent en mouvement, tracèrent des cercles paresseux se rapprochant de plus en plus de l'endroit où je désirais qu'il me touche.

Ses cils épais se relevèrent et son regard brûlant plongea dans le mien quand ses pouces entrèrent en contact avec les bourgeons dressés, m'arrachant un cri. Seth les captura avec ses lèvres tandis que ses doigts continuaient leur danse. Il me titilla, m'agaça, me pinça et me tortura de la plus divine façon à travers le satin léger jusqu'à ce que je halète sous ses baisers et enfonce mes ongles dans ses épaules. Il glissa une main dans mon dos et dégrafa enfin mon soutien-gorge, prouvant ses talents indécents. Le fin tissu se relâcha et je baissai la tête sur son torse, embrassant sa peau lisse alors qu'il faisait descendre les bretelles le long de mes bras. Il attendit que je les ramène le long de mon corps pour laisser le soutien-gorge tomber au sol entre nous.

Seth déposa un baiser sur le haut de mon crâne, puis sur le bout de mon nez. D'autres baisers suivirent, sur mes joues, sur la ligne de ma mâchoire, puis dans mon cou, où sa langue chercha mon pouls qui s'emballait alors que ses mains retrouvaient le chemin de mes seins. Sans rien entre ma peau nue et ses paumes, j'eus l'impression de recevoir une décharge électrique.

Un son que je n'aurais jamais cru possible s'éleva de ma gorge et je sentis ses lèvres s'incurver contre la peau sensible dans le creux de mon cou. Je m'accrochai à lui quand il enroula un bras autour de ma taille pour me soulever. Puis je me retrouvai sur son lit, allongée sur le dos, son corps au-dessus du mien, et captive sous son regard qui faisait battre mon cœur aussi dangereusement que ses doigts.

— Tu es parfaite, murmura-t-il. Tu le sais ? Absolument parfaite.

J'étais incapable de prononcer un mot. Lorsqu'il baissa la tête, des mèches de cheveux blonds caressèrent ma poitrine, me coupant le souffle. Semant un sillon de baisers brûlants tout le long de ma gorge, il transféra son poids sur un bras. Sa main libre explora mon corps tandis que ses lèvres et sa langue goûtaient chaque centimètre de mes seins, toujours plus près de mes mamelons turgescents.

Il défit le bouton de mon jean, puis descendit la fermeture à glissière et mes orteils se recroquevillèrent à ce son profondément érotique. Sa main caressa mon bassin, puis il glissa les doigts sous la ceinture de mon jean. Il tira et je soulevai les hanches d'instinct. Mon jean glissa le long de mes jambes, de mes pieds, puis tomba sur le sol. Alors qu'il posait une main sur mon ventre, sa bouche atteignit sa destination et se referma autour d'un téton.

Je poussai un cri et mon dos se cambra. Bonté divine. Sa bouche n'avait rien à envier à ses mains. Mes doigts se crispèrent sur la couette et un geignement m'échappa quand il prit le téton entre ses dents.

— Seth !

Je tentai de respirer en prononçant son nom, et son rire rauque me chatouilla. Aussitôt sa langue remplaça ses dents pour adoucir la douleur légère. Il s'occupa ensuite de mon autre sein, qui eut droit au même traitement – baiser mouillé, morsure et coup de langue, et par *les dieux*, j'étais tellement assaillie de sensations que ce n'était même plus drôle.

J'étais totalement submergée par ce qu'il me faisait et quand sa main remonta sur mes côtes et se referma sur mon autre sein, je crus que j'allais décéder sur-le-champ. J'espérais bien que non, parce que je le sentais pressé contre mon ventre, dur et épais, et que mon cœur battait de désir pour lui et pour un millier d'autres raisons.

Seth prit tout son temps, sollicitant mes seins jusqu'à ce que j'ondule des hanches, les cuisses serrées l'une contre l'autre, et que mes mains retrouvent son corps, caressant ses muscles saillants et percevant le frémissement qui courait sous sa peau.

Bizarrement, en cet instant, je me demandai si ses tatouages se manifestaient et de quoi ils avaient l'air.

Puis je cessai complètement de penser, parce que sa main se déplaça alors qu'il se soulevait pour ramener sa bouche sur la mienne. Ses baisers s'étaient faits plus lents et langoureux, presque interrogateurs, tendres et étourdissants. Seth tout entier était étourdissant, chaque aspect de sa personnalité. Des étincelles crépitaient sur ma peau, exacerbant toutes mes sensations, jusqu'à ce que j'aie l'impression de prendre feu lorsque sa main descendit sur mon ventre, puis encore plus bas.

— Je peux ? demanda-t-il contre mes lèvres.

J'écartai les cuisses et sa main se referma sur ma petite culotte. Tous mes muscles se tétanisèrent, parce que personne ne m'avait jamais touchée là, et aussi à cause de la tension qui s'était constituée au plus profond de moi.

Il murmura des mots dans une langue inconnue contre ma bouche tandis que sa main allait et venait entre mes cuisses.

— Tu aimes ça ?

Pour toute réponse, je soulevai mon bassin et il laissa échapper un nouveau rire sourd en appuyant son front contre le mien. Je sentais les mouvements de son torse tandis que sa main poursuivait ses lents va-et-vient.

— Je vais prendre ça pour un oui.

— Je…

Je me cramponnai à son bras. Ses muscles roulaient sous mes doigts à chaque passage de sa main.

— Seth…

— Je crois que je ne me lasserai jamais de t'entendre prononcer mon nom.

Il m'embrassa avant de se reculer, sa main et tout le reste abandonnant mon corps. Je faillis le retenir, mais il glissa ses doigts sous l'élastique de ma culotte, qu'il fit bientôt descendre tout le long de mes jambes.

— Mon Dieu, murmurai-je.

Un coin de ses lèvres se retroussa alors qu'il relevait les yeux, et je fus soudain offerte, entièrement nue, à ses regards.

— Tu es merveilleusement belle, Josie.

Je balbutiai un « merci » que je ne suis même pas sûre qu'il entendit. Les mains plantées de chaque côté de ma taille, il me contemplait comme s'il ne m'avait jamais vue, mais il portait toujours son pantalon. Cela me semblait malvenu, alors je me redressai, enfouissant mon visage rougissant dans le creux de son cou. Je fis courir maladroitement mes doigts le long de l'élastique de sa ceinture et il se redressa pour me permettre d'y accéder.

Je tirai sur le tissu et il se pencha en avant pour m'aider à le faire descendre sur ses cuisses. Il prit ensuite le relais, ce qui était une bonne chose, car je ne voyais pas comment j'aurais pu continuer tout le long de ses jambes interminables sans me retrouver les fesses en l'air.

Quand il ne porta plus rien qu'un caleçon noir, j'eus l'impression que ma langue allait sortir de ma bouche. Son érection tendait le tissu sur toute sa longueur.

Plaçant ses doigts sous mon menton, il guida mon regard vers le sien. Ses yeux recelaient une douceur que sans doute peu de gens avaient eu l'occasion de voir.

Me mordant la lèvre, je tendis la main vers son caleçon, mais il captura mon poignet avant que je puisse l'atteindre. Surprise, je levai la tête.

Il me regardait toujours avec la même tendresse.

— À moins que je ne sois totalement à côté de la plaque, je crois que tu devrais me dire quelque chose.

— Quoi ?

Que j'étais à deux doigts de perdre la tête ?

Seth m'embrassa l'épaule tout en pressant ma paume sur son sexe. Je poussai un petit cri en sentant sa chaleur à travers le tissu et il grogna.

— Josie, as-tu déjà caressé un garçon comme ça ?

Mes doigts se refermèrent autour de lui et il se tendit en avant. Il fit coulisser ma main tout le long de son membre et m'embrassa le coin des lèvres.

— Josie…

— Non, chuchotai-je en l'étreignant plus fort à travers le tissu. Je n'ai jamais… couché avec personne.

Il frissonna et planta son regard dans le mien.

— Et c'est à moi que tu vas offrir ça ?

— Oui.

Et je hochai la tête pour faire bonne mesure au cas où ce ne serait pas clair.

Alors il me donna un baiser profond et me renversa sur le lit. Tout le poids de son corps pesait sur moi.

— Je n'ai jamais rien eu à moi, dit-il contre ma bouche. Rien qui ait été à moi et à personne d'autre. Je n'ai jamais été le premier de personne.

Il m'embrassa encore puis releva la tête. Je le regardai dans les yeux.

— Je n'ai jamais été le bon pour personne, avoua-t-il.

Mon cœur se serra pour lui et je pressai ma paume sur sa joue.

— Tu es le premier pour moi, murmurai-je. Tu es… tu es le bon.

Ses lèvres s'entrouvrirent.

— Tu ne peux pas dire ça sans être sincère.

Je soutins son regard alors que mon cœur se dilatait.

— Je suis sincère.

Il fit courir son pouce sur ma lèvre inférieure.

— Alors je suis vraiment un sacré chanceux.

Avant que mon cerveau ait le temps d'analyser ces mots, sa bouche prit la place de son pouce. C'était comme si ces mots avaient formé un lien indestructible que ce baiser venait sceller. Comme si nous écrivions notre propre prophétie, notre propre destin que rien ne pourrait défaire.

— On ne va pas faire ça, soupira-t-il.

J'ouvris les yeux d'un coup.

— Quoi ?

Il rit doucement avant de pousser un grognement.

— Oui, je n'arrive pas moi-même à y croire, mais il y a d'autres premières fois que je veux obtenir de toi. D'autres choses que je veux miennes avant d'en venir à ça.

— Mais…

— C'est ce que je veux, assura-t-il en immisçant sa main entre mes cuisses. C'est *ça* que je veux.

Sa main se referma sur moi et mon bassin se souleva.

— Et je veux l'obtenir de nombreuses façons. Je veux te faire mienne de toutes les façons.

Mon Dieu.

Il fit glisser son doigt sur ma fente mouillée avant de l'introduire à l'intérieur. Tout mon corps se tendit et il commença à bouger lentement son doigt sans me quitter des yeux.

— C'est une des façons.

— *Seth*.

Ses yeux étincelèrent et il fit quelque chose avec sa main qui eut pour conséquence que je rejette la tête en arrière, la respiration haletante.

— Tu es si belle comme ça, dit-il en se contorsionnant pour porter son regard là où était sa main. Tu n'en as aucune idée.

Mes hanches ondulaient au rythme de sa main, et les bruits qui sortaient de ma bouche me gêneraient sans doute plus tard, mais dans l'immédiat, je m'en fichais complètement. J'enfouis les doigts dans ses cheveux.

— Il y a une autre première fois que je veux obtenir de toi.

Le sourire qui apparut sur son visage était presque immoral. J'en eus un aperçu juste avant qu'il me donne un baiser, puis que sa bouche descende tout le long de mon corps en prenant soin de s'attarder à certains endroits. Il m'embrassa tout autour du nombril, puis il glissa sa langue à l'intérieur et je me frottai carrément contre sa main. J'étais si proche de l'orgasme que je poussai un cri lorsqu'il la retira. Sa bouche remplaça alors ses doigts.

— Seth, sifflai-je entre mes dents, serrant le poing dans ses cheveux. Je… je n'ai jamais fait ça non plus.

— Je m'en doutais, Josie.

— Je suis sérieuse, je n'ai jamais…

— Je sais. Et tu es toute à moi. Détends-toi.

Ça, c'était impossible pour un millier de raisons. Il se trouvait entre mes jambes, son souffle chaud contre mes cuisses tandis qu'il traçait un chemin brûlant jusqu'à mon centre névralgique. Quand ses lèvres se refermèrent sur moi, une vague de chaleur déferla dans mes veines et il produisit un bruit qui me rappela le cri d'un homme affamé.

— Si délicieuse…

Mon cœur s'emballa quand il m'embrassa là de la même façon qu'il avait embrassé ma bouche. Un baiser lent et doux, puis plus profond et passionné jusqu'à ce que je me trémousse fiévreusement, au point qu'il dut poser une main sur mon ventre pour guider mes hanches au rythme de sa langue. Les sensations s'accélérèrent, intenses et magnifiques. Je ne pensais même pas à l'intimité de ce geste, seulement à quel point c'était parfait avec *lui*.

— Seth, haletai-je.

Sa langue s'enfonça plus loin, bougea plus vite et je me rendis compte que son bassin ondulait aussi, comme s'il ne pouvait pas se contrôler, et c'était totalement érotique. Quelque part, je savais qu'il montait avec moi vers la jouissance et c'était ce que je désirais. Je pris une inspiration, mais la tension à l'intérieur de moi céda d'un coup. Je poussai un cri et je l'entendis exhaler un râle contre mon sexe. L'orgasme me foudroya, me coupant la respiration, et je me liquéfiai dans un déluge de pulsations irrésistibles qui m'emportèrent.

Seth était toujours là, ralentissant le rythme et accompagnant ma descente jusqu'à ce que je reprenne mon souffle. Ma main glissa de ses cheveux pour retomber mollement sur mon estomac. Il m'embrassa une dernière fois, puis chacune de mes cuisses avant de se relever.

Dans un brouillard, j'eus l'impression de lire la surprise sur son visage, comme s'il était un peu désaxé. Je pouvais comprendre. Il m'avait lui-même fait quitter mon orbite.

Il remonta doucement le long de mon corps et, lorsqu'il m'embrassa, sa bouche avait le goût de nous deux.

— Ça va ? demanda-t-il.

— Parfaitement bien, murmurai-je. J'ai l'impression de ne plus avoir de squelette.

Il rit.

— Je reviens tout de suite.

— Mmm.

Son visage s'adoucit alors qu'il descendait du lit. Il attrapa une courtepointe qu'il étendit sur moi. J'eus l'impression qu'il mettait un temps fou à me couvrir complètement, mais quand ses yeux s'attardèrent sur mes seins, je compris que c'était volontaire.

Les paupières mi-closes, je le regardai s'arrêter près de la commode pour en sortir un nouveau caleçon. Il me fit un clin d'œil par-dessus son épaule.

— Ça, c'était une première pour moi.

Il n'éprouvait aucune gêne.

J'adorais ça.

Je répondis par un petit sourire alors qu'il s'éclipsait dans la salle de bains. J'entendis l'eau couler et je supposai qu'il se nettoyait. Il revint au bout de quelques secondes, et je n'avais pas bougé d'un iota.

Il grimpa dans le lit et me fit rouler sur le flanc avant de me tirer vers lui, calant mes fesses entre ses jambes, un bras passé autour de ma taille pour sceller nos deux corps.

— Tu es toujours avec moi ?

— Je…

Il me fallut un moment pour rassembler mes esprits.

— Je ne savais pas qu'on pouvait éprouver ça.

Seth déposa un baiser sur mon épaule nue, puis me brisa un peu plus le cœur.

— Moi non plus.

29

Le cœur toujours battant, je ne savais pas combien de temps s'était écoulé depuis que nous étions allongés. Josie tenait ma main droite, ma main d'arme, et du bout du doigt, elle traçait des dessins paresseux au creux de ma paume.

Elle ne savait pas que l'on pouvait éprouver ça ?

Par les enfers, moi non plus. Jamais de toute ma vie je n'avais eu un orgasme sans enlever mon caleçon, et bien que celui-ci ait été puissant, j'avais encore envie d'elle. Tel un homme des cavernes, le mot *mienne, mienne, mienne* résonnait incessamment dans ma tête, et ça aussi, c'était une première pour moi. Éprouver des sentiments aussi forts me mettait en quelque sorte la tête à l'envers. Et ça ne m'était pas arrivé du jour au lendemain. Ces sentiments s'étaient construits progressivement.

Elle savait tout – absolument tout de moi, et elle restait là, dans mes bras, divinement chaude et douce. Chanceux ? Ce n'était rien de le dire. Josie était... un don du ciel. Elle était mon salut.

Mais cet attachement était dangereux, parce qu'il me donnait envie de penser à ce que je ne pouvais pas avoir. Un avenir, pour commencer, et puis je ne devais pas oublier qu'elle était une arme potentielle. Un jour, elle devrait affronter Hypérion. Mon bras se resserra autour de sa taille.

Je ne voulais pas réfléchir à toutes ces choses maintenant.

— Quand j'étais petite..., dit-elle.

Depuis que nous étions installés l'un contre l'autre, elle avait commencé à parler de tout et n'importe quoi, et je ne voulais pas qu'elle s'arrête. J'aimais le son de sa voix.

— ... j'étais vraiment potelée. Mon grand-père m'appelait Bouboule.

Je souris contre sa gorge.

— J'aime beaucoup ton bouboule.

— Oh, mon Dieu, gloussa-t-elle. C'est n'importe quoi.

— Peut-être, mais c'est vrai.

— Je parie que toi, tu n'étais pas potelé. Tu es sûrement né avec des plaquettes de chocolat.

Je déposai un baiser sur la cicatrice en forme de croissant dans son cou, repoussant la colère que j'éprouvais chaque fois que je voyais cette marque.

— J'étais le bébé le plus musclé de la région. Capable de soulever deux biberons d'une seule main.

Son corps fut agité d'un rire silencieux.

— Tu es ridicule.

Sans pouvoir m'en empêcher, j'enfouis mon nez dans son cou, ce qui lui tira un frisson. J'étais prêt pour le deuxième round, mais je pouvais attendre, heureux de la tenir contre moi. Elle ne tarda pas à s'assoupir entre mes bras. Et même si j'étais fatigué, je fus incapable de m'endormir, toutes mes pensées concentrées sur elle, sur le mouvement lent de sa poitrine qui se soulevait et s'abaissait, sur ses lèvres entrouvertes et ses longs cils.

Allongé là pendant ce qui me paraissait des secondes mais pouvait bien être des heures, je sentis la boule de plomb dans mon estomac refaire surface, un peu plus lourde encore. Le doute s'insinuait en moi, remplaçant peu à peu la torpeur de la satiété. Ce n'était pas des regrets. Certainement pas. Je ne regretterais jamais ces moments passés avec Josie. C'était une peur plus profonde, enracinée dans tout ce que j'avais vécu. C'était la sensation glacée et obsédante que j'avais beau la tenir dans mes bras en cet instant, elle finirait par me glisser entre les doigts et que je ne pouvais rien y faire.

Je n'avais dormi que quelques heures, mais si fleur bleue que ça puisse paraître, j'avais l'impression d'avoir profité d'une semaine entière de sommeil lorsque j'émergeai et retrouvai Josie là où je l'avais vue pour la dernière fois, entre mes bras.

Elle était réveillée, tournée vers moi, un petit sourire sur les lèvres.

— Bonjour, chuchota-t-elle.

J'effaçai la distance entre nos bouches pour l'embrasser doucement, écartant de mon esprit la résurgence abrupte de ce qui l'avait occupé avant que je m'endorme. Ses lèvres étaient douces et chaudes sous les miennes et, par les enfers, je n'avais aucune envie de quitter ce lit.

— Entraînement, murmura-t-elle quand je relevai la tête. Nous avons...

Sa respiration se coupa quand je passai ma langue sur sa lèvre inférieure.

— Je dois m'entraîner aujourd'hui.

— Je suis ton instructeur.

Je roulai sur le ventre, la positionnant exactement là où je la voulais – sous moi – tandis que je plantais mes coudes de chaque côté de sa tête. Elle ouvrit les jambes et je m'installai entre ses cuisses. Je m'en serais donné à cœur joie si mon caleçon avait pu disparaître comme par magie pour qu'il n'y ait plus rien qui nous sépare, mais le contact de ses seins moelleux était déjà une sensation merveilleuse.

— Je t'autorise à être en retard.

Elle me sourit en plaçant ses mains sur mon torse, un peu hésitante.

— Eh bien, je te remercie.

— Il n'y a pas de quoi. Je suis un instructeur très cool.

— J'ai le sentiment que si on ne se lève pas tout de suite, on ne se lèvera jamais.

— Je ne vois pas où est le problème.

Je déposai un baiser sur sa tempe, puis sur sa joue.

— Et puis d'ailleurs, je te promets que tu auras ton cardio si on reste ici.

— Oh, mon Dieu, gloussa-t-elle en me passant les bras autour du cou, ses doigts mêlés à mes cheveux.

Je trouvais ça très agréable. Comme tout ce matin.

Mes lèvres retrouvèrent les siennes et ce baiser… C'était fou comment un acte que j'avais fait des centaines de fois pouvait me paraître si différent, si nouveau. Je ne savais pas trop quoi en penser, mais elle avait raison. Il ne fallait surtout pas que nous laissions… *ça*… empiéter sur son entraînement.

Quelquefois, ma maturité me surprenait moi-même. C'était l'un de ces moments où j'aurais préféré redevenir le Seth plus égoïste qui se fichait de tout.

Avec un soupir, je l'embrassai une dernière fois, profondément, pour que ça compte. Puis je basculai sur le dos et balançai mes jambes hors du lit.

— Tu as raison. Nous serons sages aujourd'hui.

Josie resta allongée un moment, le visage rougi et le regard flou. Le drap avait glissé, révélant un téton rosé. Bon sang, la maturité, c'était vraiment nul.

Elle regagna sa chambre avant que je change d'avis, le temps de prendre une douche et de revêtir nos tenues d'entraînement.

Il s'était peut-être écoulé quarante minutes lorsqu'on se retrouva dans le couloir. Quand nos regards se croisèrent alors qu'elle enfilait son gilet à capuche par-dessus son débardeur, ses joues s'enflammèrent.

Pendant un long moment, on resta plantés là, les yeux dans les yeux, sans prononcer un mot. Je ne savais vraiment pas quoi dire. Je n'avais pas l'expérience de ce genre de situation. Passer la nuit avec une fille sans coucher avec elle. La revoir le lendemain et ne pas changer de direction.

Josie ramena une mèche folle derrière son oreille et se tourna vers l'extrémité du couloir.

— Tu es prêt ?

J'acquiesçai et on se mit en route. Nous étions arrivés au milieu du couloir quand je fis un truc totalement niais. J'avançai une main, trouvai la sienne sans regarder et entremêlai nos doigts.

Elle releva la tête, une expression surprise sur le visage, puis me sourit. Oui, ça en valait la peine.

Les choses étaient… un peu bizarres.

Nous nous efforcions tous les deux de faire comme si de rien n'était, comme si nous n'avions pas été dans le même lit quelques heures plus tôt. Disons que j'essayais d'oublier que j'avais été nue, et je faisais tout mon possible pour ne pas penser à ce que ses doigts et sa bouche m'avaient fait. Je tentais sérieusement de ne songer à rien de tout ça et d'attendre un meilleur moment pour laisser libre cours à cette obsession.

Peine perdue.

Même si c'était moi qui avais voulu m'entraîner, ce n'était pas une idée de génie. Mes pensées étaient éparpillées, bloquées sur tout ce qui s'était passé la veille.

Seth tournait autour de moi. Il avait la tête baissée, les lèvres incurvées en un demi-sourire qui n'avait rien à voir avec ce que nous faisions. Idem pour ses yeux d'ambre. Ils étaient emplis de secrets pervers qui m'empêchaient de me concentrer. Je ne cessais d'imaginer ce qui se produirait dès que nous serions derrière des portes closes.

Il se projeta en avant avec un balayage du bras.

Prise au dépourvu, je bondis sur le côté au lieu de parer son attaque.

— Sois attentive, murmura-t-il.

Levant les bras en position de combat, je plissai les yeux.

— Je suis à fond.

— Non, tu ne l'es pas.

Il tournoya sur lui-même et son bras se détendit. Au lieu de fuir, je fis un pas vers lui, me servant de mon avant-bras pour bloquer le coup. Je ressentis l'impact jusqu'à l'épaule, mais je commençais à m'y habituer. La première fois que j'avais réussi à bloquer une attaque, j'avais caracolé autour du tatami comme un lapin fou en poussant des cris.

— Bien.

Seth descendit sur ses appuis et j'anticipai un coup de pied. Je détestais ça. Je reculai et abaissai mon bras dans une trajectoire en arc de cercle comme il me l'avait appris, interceptant le coup avant qu'il atteigne mon estomac.

— Tu pourrais être un peu plus rapide.

Il se redressa alors que je reprenais ma garde. Il se déplaça derrière moi et je sursautai en lâchant un petit cri quand sa main se plaqua sur mes fesses. Je pivotai vers lui, sidérée. Il me fit un clin d'œil.

— Qu'est-ce que je disais ? Tu aurais dû me voir venir.

Mes yeux s'étrécirent, mais avant que je puisse faire un truc vraiment stupide, genre essayer de lui balancer un coup de pied, les portes de la salle s'ouvrirent et Luke entra.

— Yo, le salua Seth en se baissant pour ramasser une bouteille d'eau qu'il porta à ses lèvres. Tu es en avance.

Luke hocha la tête alors qu'il déposait son sac à dos près de la porte.

— Oui, il y a eu du grabuge et le cours a fini plus tôt.

— Qu'est-ce qu'il s'est passé ?

Luke se débarrassa de son gilet, révélant des biceps impressionnants tandis que Seth me tendait la bouteille d'eau.

— Une altercation, heureusement pas aussi grave que celle de la cafétéria.

— Oh non.

Je bus une gorgée, l'estomac noué.

— Un pur et un sang-mêlé se sont battus, soupira Luke. Il y a eu de la casse.

Il se tourna vers Seth, l'air préoccupé.

— Je ne crois pas que ça va s'arrêter.

— Moi non plus.

Seth tapota la bouteille.

— Tu n'as pas assez bu, me signala-t-il.

S'adressant de nouveau à Luke, il ne me vit pas lui tirer la langue.

— Que va faire Marcus, à ton avis ?

Luke haussa les épaules.

— Que veux-tu qu'il fasse ? Nous séparer ne servira à rien. J'ai dit à Deacon de ne pas traîner dans le campus. Je sais que c'est un grand garçon, mais il a tendance à se montrer… un peu trop optimiste.

— Exact, murmura Seth.

Ce commentaire à propos de Deacon me parut bizarre, mais les garçons étaient visiblement prêts à reprendre l'entraînement. Avec l'aide de Luke, on travailla d'autres techniques de blocage jusqu'à ce que je ne puisse plus lever les bras. Puis on enchaîna sur les prises dont je devais me défaire.

Encore un truc pour lequel je n'étais pas très douée.

Je commençai avec Luke, qui se plaça derrière moi et m'immobilisa les bras le long du corps. Il y avait plusieurs façons de se libérer de cette prise. Je pouvais transférer le poids de mon corps en arrière en levant les jambes, dans l'espoir de déséquilibrer mon agresseur. Ou je pouvais au contraire le transférer vers l'avant pour entraîner l'assaillant avec moi, mais cela impliquait de positionner mes jambes correctement, et Luke n'allait pas attendre sans bouger.

— Tu dois cesser de penser que c'est Luke, dit Seth depuis le bord du tatami, les bras croisés sur la poitrine. Tu ne donnes pas tout ce que tu as.

— Bien sûr que si.

Derrière moi, Luke ricana.

— Bien sûr que non.

Je lui lançai un regard noir par-dessus mon épaule et il haussa un sourcil.

— Tu aurais déjà dû essayer plusieurs trucs. M'écraser le pied. Ou me donner un coup de boule.

Ouais, il n'avait pas tort, mais…

Seth inclina la tête sur le côté et attendit.

— Merde, grommelai-je avec humeur.

Ils avaient raison. Je n'osais pas faire mal à Luke.

— Il faut que tu changes d'attitude, Joe, prévint Seth en avançant d'un pas alors qu'il décroisait les bras. Si tu en es incapable, tout ça ne sert à rien.

Je rencontrai son regard et y lus ce qu'il ne disait pas. Une immense part de lui pensait que je n'étais pas capable de combattre. Je posai les yeux derrière lui sur le mur des armes blanches avec la même répugnance que la première fois que j'avais vu toutes ces lames. Pour être honnête, une grande part de moi n'y croyait pas non plus.

Bon sang.

Je pouvais le faire. Je *devais* le faire.

Les bras de Luke m'immobilisaient toujours et je… Et puis zut. Fermant les yeux, je rejetai la tête en arrière. Le haut de mon crâne percuta le menton de Luke. La douleur fusa dans mon cuir chevelu, mais Luke me lâcha immédiatement.

— Punaise.

Il recula en titubant.

— Tu as vraiment la tête dure.

Tout en me massant l'arrière du crâne, je me retournai vers lui en souriant. Il décrivait des cercles avec sa mâchoire inférieure.

— Je vais prendre ça pour un compliment que…

Le bras de Seth s'enroula autour de mon cou, étouffant la fin de ma phrase.

— Et maintenant, comment tu vas te sortir de là ? chuchota-t-il à mon oreille.

Je me figeai pendant quelques secondes. Son corps était plaqué contre le mien et nous n'avions pas été aussi proches depuis le matin, quand il était sur moi, carrément allongé sur moi, et que j'étais entièrement nue.

Mon Dieu.

Les images défilèrent. Immédiatement, je sentis mes joues s'enflammer. Quand mon cerveau prenait ce chemin-là, il ne faisait pas semblant.

— Tu vas rester là sans bouger ? demanda Seth, la voix plus rauque.

Sa provocation me sortit de ma torpeur. De l'autre côté du tapis, Luke cessa de se frotter la mâchoire pour nous regarder. Je changeai de position en agrippant les bras de Seth, les jambes écartées, l'une entre celles de Seth. Cette posture me fournissait des appuis qui me permettraient de le faire basculer, mais elle me plaçait aussi en contact direct avec... ses bijoux de famille.

Et il n'y était *tellement* pas indifférent.

Prenant conscience de sa réaction, je me sentis gênée pendant une seconde avant de comprendre que je tenais là une occasion en or. Il était distrait, ce qui était rare. Je n'avais encore jamais réussi à me libérer de l'une de ses prises, et c'était ma chance. Cramponnée à ses bras, je fis basculer tout mon poids en me penchant en avant.

Mauvaise idée.

Mes fesses reculèrent contre son bassin et le grognement sourd qui lui échappa me déstabilisa. Je me déhanchai vivement et perdis l'équilibre, l'entraînant avec moi tandis que sa clé autour de mon cou se desserrait. Il changea de position et tout le poids bascula sur ma jambe droite, qui céda.

Et ce fut la chute.

Tombant tête la première, je tendis les bras en avant pour amortir le choc avant que ma joue entre en contact avec le tatami. Seth s'écroula sur moi et ses bras heurtèrent le tatami juste à côté des miens. Ses jambes étaient mêlées aux miennes et notre position me fit monter le feu aux oreilles.

— Bien joué, commenta Luke.

Seth se souleva pour me permettre de rouler sur le dos. Ses yeux étaient en feu – deux lacs d'ambre liquide étincelants. À l'instant où nos regards se croisèrent, je me figeai. Un sourire se forma lentement sur ses lèvres.

— Ça va, vous deux ? s'inquiéta Luke.

Seth ne répondit pas tandis que ses yeux parcouraient tout mon visage, s'attardant sur ma bouche. Les palpitations dans mon ventre descendirent plus bas.

— Vous avez besoin d'un coup de main ?

L'expression de Seth était transparente, posant une question essentielle. Si nous ne répondions pas à Luke suffisamment longtemps, finirait-il par nous laisser ?

— D'accord, soupira-t-il. Ça devient gênant. Je devrais peut-être aller... euh, voir ailleurs. Je vais fermer la porte en partant.

Je commençais à me noyer dans les yeux de Seth et mon cœur s'emballa quand il baissa la tête. J'étais sûre qu'il allait m'embrasser, ici, sur le tatami, sous les yeux de Luke, et je...

Un ululement strident explosa dans la salle d'entraînement, faisant sursauter Seth. En une seconde, il bondit sur ses pieds, et je l'avais imité sans réfléchir. Luke nous tournait déjà le dos, courant vers la sortie.

— C'est quoi, ça ?

Je grimaçai tandis que le son montait en volume.

— La sirène d'alarme – le signal qui nous avertit que le Covenant subit une attaque.

30

Le devoir m'appelait au mur d'enceinte, mais il était hors de question que j'abandonne Josie ici toute seule.

— Je vais te ramener au dortoir.

Son visage avait pâli.

— Mais…

— Ce n'est peut-être rien, mais s'il y a quelque chose, tu n'es pas prête.

Elle allait protester, mais je la devançai :

— Ne le prends pas mal. C'est juste la vérité. Tu n'es pas prête et j'ai besoin de te savoir en sécurité. D'accord ?

Après une seconde d'hésitation, elle acquiesça. Je la pris par la main et nous nous hâtâmes vers les dortoirs, croisant des Sentinelles qui couraient et des étudiants paniqués qui étaient poussés dans les bâtiments. Je conduisis Josie dans ma chambre, pensant pour une raison stupide qu'elle y serait plus à l'abri.

— Si c'est quelque chose, est-ce que ça peut vouloir dire… ?

Je la regardai par-dessus mon épaule, soudain déchiré entre deux instincts. Le premier m'incitait à rester avec elle, pour m'assurer de sa sécurité. L'autre me poussait à faire ce pour quoi j'étais entraîné depuis l'âge de huit ans, ce que l'on attendait de moi à cause de ce que j'étais.

« Tu n'es pas que l'Apollyon. »

Josie s'assit au bord du lit, serrant la courtepointe autour d'elle, et je secouai la tête tout en attrapant un maillot thermique sur un cintre, que j'enfilai par-dessus mon tee-shirt.

— Ça peut vouloir dire que quelqu'un a franchi le mur d'enceinte.

— Oh, mon Dieu, souffla-t-elle, et je l'entendis s'agiter. Tu… tu dois y aller.

Me dirigeant vers la commode, je pris mes pistolets et les chargeai. Quand je me retournai vers elle, elle était debout, les yeux écarquillés.

Mon cœur me fracassait les côtes quand je la rejoignis.

— Je dois y aller, oui. C'est mon…

— Je comprends, murmura-t-elle.

Un semblant de sourire se forma sur mes lèvres. Ce que j'avais vraiment envie de faire, c'était de partir loin d'ici avec elle. De disparaître. Rien que tous les deux. Mais c'était totalement débile, car il n'y avait aucun endroit où nous pouvions aller, elle ou moi, sans qu'on nous retrouve.

— Tout ira bien. Je veux juste que tu ne bouges pas d'ici.

Mes yeux cherchèrent les siens et elle hocha la tête.

— Personne ne devrait atteindre les dortoirs, mais au cas où, prends ça.

Je détachai l'une de mes dagues et la lui plaçai dans la main en refermant ses doigts sur la poignée.

— Je sais que tu n'as pas appris à te servir d'une dague, mais ce n'est pas compliqué. Si quelqu'un en qui tu n'as pas confiance franchit cette porte, tu le poignardes. Et tu ne t'arrêtes pas avant qu'il soit mort.

Elle baissa les yeux sur l'arme dans sa main et une vague de panique déferla dans ma poitrine.

— Tu comprends, Josie ? Je dois être sûr que tu le feras.

Ses cils se relevèrent et elle prit une inspiration.

— Je comprends.

Le malaise ne m'avait pas quitté, mais les sirènes repartaient pour un nouveau cycle et je manquais de temps. Ce n'était pas un exercice d'entraînement.

— Ne bouge pas d'ici avant que je revienne te chercher.

— Je serai là. Promis.

J'opinai, mais je n'avais toujours pas bougé. Je n'avais plus de temps à perdre. Il fallait que je file, mais elle était…

Merde.

L'attirant contre moi, je l'embrassai. Rien de doux et de délicat dans ce baiser. Je plongeai ma langue entre ses lèvres et l'embrassai à perdre haleine. Je mis… tout ce que je lui avais dit et tout ce que je n'avais pas dit dans ce baiser. Quand je me reculai, elle avait l'air un peu sonnée.

Si je ne partais pas maintenant, je ne partirais jamais.

— Ne bouge pas d'ici, lui répétai-je en la lâchant. Verrouille la porte derrière moi.

Elle hocha lentement la tête et je sortis à contrecœur. Par les enfers, c'était l'une des choses les plus difficiles que j'aie jamais dû faire, ce qui n'était pas de bon augure.

Les couloirs étaient vides. Accélérant l'allure, j'arrivai dans le hall juste au moment où les portes de l'ascenseur s'ouvraient sur Luke, qui en sortit, chargeant un pistolet.

— Encore toi, lui fis-je remarquer.

— Je voulais m'assurer que Deacon était là où il est censé être.

Il n'essayait même pas de cacher qu'il avait fait exactement ce que son entraînement lui interdisait.

Tout comme moi.

Des Sentinelles se rassemblaient déjà dans le hall tandis que je haussais un sourcil.

— On dirait que ta retraite n'est pas pour demain.

Il renifla.

— Sans blague.

Fourrant le pistolet dans son étui, il poussa la porte d'entrée.

— D'ailleurs, j'ai dit à Deacon d'aller retrouver Josie.

— Elle n'est pas dans sa chambre.

Luke me lança un regard perçant, mais eut la sagesse de s'abstenir de tout commentaire.

— Je vais lui envoyer un texto, soupira-t-il en sortant son portable.

— Dis-lui de s'annoncer et de déclarer qu'il vient en paix ou un truc dans le genre, parce que j'ai laissé à Josie l'une de mes dagues avec l'ordre de poignarder quiconque franchirait la porte.

Il ouvrit des yeux ronds mais ses doigts volèrent sur l'écran de son téléphone, puis nous descendîmes l'allée au pas de course, laissant les bâtiments académiques derrière nous, comme au bon vieux temps. Super.

Les lampadaires éclairaient le campus en dépit des nuages épais qui s'amoncelaient dans le ciel et occultaient le soleil. En croisant plusieurs groupes de sentinelles qui se dirigeaient vers les dortoirs, j'éprouvai un léger soulagement. Les étudiants seraient bien gardés. Et donc Josie aussi.

Alors que nous approchions du bâtiment principal du Conseil, je reconnus Solos.

— Qu'est-ce qu'il se passe ?

Clignant les yeux dans le vent glacial, il indiqua du menton la direction des murs d'enceinte.

— On nous a rapporté une intrusion. Je n'en sais pas plus.

— Tu parles d'une information, commenta Luke.

Solos lui lança un coup d'œil.

— Je croyais que tu avais quitté le corps des Sentinelles.

— Je croyais que tu avais été élu au Conseil, rétorqua Luke.

Poussant un soupir, je passai devant eux.

— On ne se barre jamais vraiment. Être une Sentinelle, c'est comme appartenir à la mafia.

Je dégainai ma dague, soupesant son poids léger dans ma paume.

— On n'en sort pas comme ça.

— Super comparaison, répliqua Solos. Espérons qu'aucun de nous ne finira au fond d'un lac, les pieds dans le ciment.

Je ricanai et nous tournâmes au coin du bâtiment principal du campus. D'ici, nous avions une vue dégagée au-delà de la cour sur le premier mur d'enceinte. Le vent se leva, apportant une odeur de terre et de pourriture.

— Merde, grommela Luke.

Mon sang se glaça dans mes veines alors que j'embrassais du regard la scène vers laquelle nous nous hâtions.

— Des spectres…

Nous échangeâmes un regard tous les trois. Inutile de préciser que ça n'était pas de bon augure.

— On sait maintenant ce qui est arrivé à la patrouille des éclaireurs, soupira Solos. On va avoir du boulot.

S'il y avait des spectres sur le campus, ce ne pouvait être que pour une seule raison. Ils étaient ici pour Josie. Je m'arrêtai.

— Je dois…

Une ombre surgit entre les statues, bondissant sur Luke qui fut plaqué au sol. C'était une Sentinelle, une femme, imprégnée de l'odeur de la mort. Je pivotai sur mes talons pour la saisir par son maillot souillé. Je l'arrachai à Luke et la rejetai sur le côté.

Elle roula dans l'allée sur quelques mètres, puis fixa sur moi ses yeux d'un noir sans fond. Quel dommage, songeai-je alors qu'elle se relevait pour me charger. Une fois possédées, on ne pouvait plus rien faire pour les victimes. Je l'évitai facilement, me déplaçant derrière elle. Je posai les mains de chaque côté de son crâne et imprimai un mouvement de torsion. Le craquement des os résonna comme le tonnerre et elle s'effondra tel un sac en papier alors qu'une fumée noire s'échappait de ses lèvres et montait vers le ciel, filant au-dessus de nos têtes.

Et c'était un sacré problème, parce qu'il ne fallait pas être un génie pour deviner qu'elle investirait bientôt une autre personne qui ne se doutait de rien.

— On a de la compagnie, dit Solos.

Je me retournai et lâchai un soupir en découvrant cinq Sentinelles qui empestaient la mort.

— Combien étaient-ils dans cette foutue patrouille ? grogna Luke en se relevant.

— Vingt-trois, répondit Solos, qui se remit en marche.

Cela pouvait paraître peu, mais vingt-trois Sentinelles entraînées possédées par des spectres étaient une très mauvaise nouvelle. Non seulement les spectres étaient des esprits du mal très anciens, mais ils étaient aussi capables de s'approprier tous les talents *et* toutes les connaissances des êtres qu'ils investissaient. Nous pouvions passer la journée à dézinguer des Sentinelles. Les spectres n'auraient qu'à posséder de nouvelles victimes.

Les Sentinelles se rapprochaient.

Je me dirigeai vers la première – un homme affichant un large sourire. Plongeant sous son bras tendu, je me relevai derrière lui et plantai mon pied dans son dos, le propulsant à plusieurs mètres. Il se releva et se rua sur moi. Je rengainai ma dague et levai un bras, invoquant le cinquième élément. Une lumière ambrée descendit le long de mon bras. Il fallait être un dieu pour survivre à une décharge d'*akasha* à bout portant.

L'homme s'arrêta dans son élan et rejeta la tête en arrière avec un rire dément. Il ouvrit la bouche et le spectre s'en éjecta sous la forme d'une épaisse substance semblable à du pétrole qui se répandit dans le ciel au-dessus de nous. La Sentinelle s'effondra, inconsciente et peut-être toujours en vie. Il semblait que les purs et les sang-mêlé supportaient mieux la possession que les mortels. L'éther divin qui courait dans nos veines était un avantage certain.

— Ce n'est pas drôle, grognai-je en laissant retomber mon bras.

Lorsque je me retournai, je découvris un poing qui se détendait vers mon visage.

Je fis un pas de côté pour l'éviter et saisis par le bras la Sentinelle, un homme que j'avais croisé quelques jours plus tôt, aux traits déformés par la rage. Reprenant ma dague, je plantai la lame dans son épaule, profondément. La Sentinelle poussa un rugissement de douleur et, comme je l'espérais, le spectre abandonna son corps, se dispersant dans l'air. Quand je lui lâchai le bras, la Sentinelle s'effondra, sans connaissance.

— Pas besoin de les tuer, criai-je à Luke et à Solos. Il suffit de les mettre hors de combat.

Luke me lança un regard surpris, comme s'il avait du mal à croire que je me soucie de les épargner, mais il pouvait bien penser ce qu'il voulait. Solos se rapprochait du bosquet devant le mur, où des cadavres jonchaient le sol.

Les Sentinelles possédées continuaient d'affluer. Lorsque l'une tombait, deux autres prenaient sa place. L'adrénaline pulsait dans mes veines tandis que je m'imprégnais de l'énergie du combat. Je frappai l'arrière du crâne de l'un de mes assaillants avec la poignée de ma dague avant de pivoter sur moi-même pour envoyer un coup de pied puissant dans l'estomac de celui qui arrivait par-derrière. Il chuta au sol sur le dos et je le poignardai lui aussi dans l'épaule, espérant lui faire assez mal pour faire déguerpir le spectre. Avec un peu de chance, je ne me salirais pas davantage les mains.

Un nouvel assaillant plongea sur moi.

Je me baissai au dernier moment et le cueillis à l'estomac d'un coup d'épaule, le faisant basculer par-dessus mon dos. Je pivotai sur mes talons et plongeai ma lame dans son épaule. L'air commençait vraiment à empester. Je me redressai tandis que Luke tournoyait sur lui-même, sa bouche pincée marquant d'un trait son visage. Il pensait la même chose que moi.

Ce massacre ne finirait jamais et je me trouvais beaucoup trop loin de l'endroit où j'aurais dû être, à savoir au dortoir pour protéger Josie de ces saloperies. Je n'avais rien à faire ici.

Alerté par un bruit de course, je me retournai et balançai mon poing dans la mâchoire de la Sentinelle qui se précipitait sur moi, la projetant en arrière au moment même où les glyphes sur ma peau s'affolaient.

Avant que la Sentinelle touche le sol, sa poitrine explosa sous l'impact d'un objet acéré et brillant qui venait de la transpercer. Je fis un bond sur le côté, regardant filer à côté de moi un second projectile qui s'enfonça dans l'œil d'une autre Sentinelle possédée.

Je fis volte-face. Tandis que la première Sentinelle s'effondrait face contre terre, mon champ de vision s'emplit de... par les dieux, d'une paire de nichons et d'un tas d'autres choses que je ne m'attendais pas à voir. Surpris, je reculai.

Artémis était plantée devant moi, vêtue d'une tunique de gaze blanche. J'avais déjà vu des strings couvrir davantage de chair que sa tenue. Un arc était pointé vers moi, armé de l'une de ses flèches d'argent.

— Salut, Apollyon, lança-t-elle alors que ses lèvres pleines s'incurvaient. Dis-moi, vous n'en avez pas marre, toi et tous les autres, que je vienne vous sauver les fesses ?

— Je vois tes seins, répondis-je.

Son rire cristallin s'éleva.

— La belle affaire, tu en as vu d'autres récemment, pas vrai ?

Elle déplaça son bras, libérant une nouvelle flèche. Le son mat qui s'ensuivit m'apprit que son projectile avait trouvé sa cible. J'espérais juste qu'il ne s'agissait pas de Solos ou Luke.

— Et moi qui venais de dire qu'il n'était pas nécessaire de les tuer, soupirai-je.

Elle haussa les épaules en agitant son arc.

— Mais tu ne vois pas de spectre qui s'échappe. Avec mes flèches, ils n'ont aucune chance. Le sacrifice de quelques-uns pour le salut du plus grand nombre.

Les yeux blancs d'Artémis étincelèrent tandis que l'air autour d'elle miroitait. Sa toge transparente disparut, remplacée par une tenue militaire rose Malabar.

— Je suis sûre que tu connais ça.

Je ne relevai pas sa pique, surtout parce que les marques de l'Apollyon progressaient sur ma peau comme un avertissement. Un autre dieu était en approche.

À croire qu'ils tombaient du ciel.

Je fouillai l'allée du regard et poussai un grognement.

— Et merde.

Le chemin pavé de marbre avait roussi et des marques noires apparurent alors que les pierres éclataient sous deux larges empreintes de bottes se formant l'une après l'autre. Le feuillage des arbres et des buissons se flétrit tandis que deux jambes habillées de cuir se matérialisaient, surmontées d'un torse massif et d'une tête auréolée de boucles noires.

Une sorte de rottweiler mutant surgit de nulle part à côté du dieu – un rottweiler à trois têtes et qui empestait le soufre et la mort.

Hadès m'adressa un sourire vicieux.

— Mon garçon.

— Je crois que je ne suis plus le garçon de personne depuis bien longtemps, répliquai-je en gardant un œil sur le chien.

Le dieu fit craquer son cou avant de reprendre la parole. Pour une raison qui m'avait toujours échappé, il parlait avec un accent britannique.

— Tu ne peux pas imaginer comme je vais bien m'amuser avec toi plus tard.

— Et je doute fort que ça m'amuse autant.

Artémis s'éclaircit la voix.

— Sérieux, tu peux garder tes petites phrases pour une autre fois ? On a des spectres à gérer. Tu as…

Elle s'interrompit alors que le rejeton de Cerbère trottinait jusqu'à moi pour renifler ma jambe.

Par les dieux, s'il me pissait dessus, il allait perdre l'une de ses caboches.

— Gentil toutou, murmurai-je.

Le chien releva ses trois têtes et me montra les dents, aussi tranchantes que celles d'un requin, avant de s'éloigner.

C'est alors que Solos déboula, s'arrêtant d'un seul coup quand il vit les deux dieux et le « toutou » d'Hadès qui longeait le bord de la cour.

— Que je sois damné...

Le dieu des enfers sourit.

— C'est drôle que tu dises ça, commenta-t-il en me lançant un regard entendu.

Je plissai les yeux.

Secouant la tête, Solos reprit ses esprits et l'expression grave de son visage me noua les tripes.

— Un groupe de Sentinelles en charge de la protection des dortoirs a quitté le campus. Nous pensons qu'ils sont possédés.

Mon sang ne fit qu'un tour.

Je tournai les talons et m'élançai vers les dortoirs, dépassant des corps immobiles ou gémissants de douleur. Mon cœur battait trop vite et je pris vaguement conscience de la présence de Luke derrière moi, mais je le distançai rapidement.

Je grimpai les marches quatre à quatre, et mon ventre se noua quand je vis les vitres explosées. Dans le hall, plus aucune Sentinelle. L'endroit était désert. Bifurquant sur la droite, je gagnai le couloir en courant comme un dératé.

À l'instant où je vis la porte ouverte, je compris.

Je me ruai dans la pièce, le souffle court alors que ça ne m'arrivait jamais. La table basse était renversée. Une foutue toile représentant un dieu gisait sur le sol, en miettes.

Un faible gémissement venait de la chambre.

J'y pénétrai, cramponné au chambranle. La courtepointe gisait sur le sol. Les draps étaient tachés de rouge. Les oreillers étaient crevés et les plumes éparpillées sur le tapis. Puis je vis la dague que j'avais donnée à Josie.

La panique explosa dans ma poitrine tandis que je contournais le lit. Deacon essayait de s'asseoir, les cheveux d'un côté de son crâne maculés de sang.

Je m'accroupis à côté de lui et lui agrippai les épaules. Deux yeux gris hébétés balayèrent mon visage tandis que je le relevais.

— Où est-elle ? Deacon, où est-elle ?

— C'étaient des Sentinelles, répondit-il en saisissant mon bras. Nous pensions être en sécurité. J'ai essayé... de les arrêter.

Une terreur incommensurable me pénétra.

— Par les enfers, Deacon, où est-elle ?

Son regard peiné croisa le mien.

— Ils l'ont emmenée.

31

La douleur pulsait dans mes tempes et dans ma mâchoire quand je revins à moi. Ce n'était pas les seuls endroits de mon corps qui m'élançaient. Mon estomac se ressentait encore du coup de pied brutal qu'il avait reçu. Je fis mine de me redresser, mais une main appuya dans mon dos, écrasant mon visage contre une surface qui avait la consistance du vinyle.

— Reste allongée, ou je te bute.

Je hoquetai en entendant la voix masculine. C'étaient des Sentinelles. Ils étaient censés être les gentils. Deacon avait ouvert la porte et... Tout s'était passé très vite, dans un déchaînement de violence. Mon entraînement minimal ne m'avait sûrement pas préparée à ça. Ils avaient d'abord neutralisé Deacon en lui cognant la tête contre le mur avec assez de force pour lézarder le plâtre.

Mon Dieu.

Ils empestaient la mort, comme ce type à Radford. Mon cerveau carburait. C'étaient sûrement des spectres, et cela signifiait...

Le véhicule s'arrêta brutalement et mon cœur fit un bond dans ma poitrine. Je ne savais pas combien de temps j'étais restée inconsciente, mais il faisait plus sombre que tout à l'heure. Comment s'y étaient-ils pris pour me faire quitter l'Université en voiture ? Je l'ignorais, mais j'étais là.

Et je savais déjà qui m'attendait.

Je sentis des mains se poser sur mes épaules alors que j'entendais plusieurs portières s'ouvrir. On me tira hors du véhicule et mes genoux heurtèrent un sol dur et froid quand je tombai en avant, les mains tremblantes.

Le pantalon de nylon fin que je portais ne me protégeait pas de l'air glacé de la nuit. On me remit debout sur mes pieds nus – où étaient passées mes chaussures ? – et on me fit avancer d'une poussée brutale dans le dos.

— Allez, dit l'homme.

Dans l'obscurité, je distinguai une série de marches conduisant à un porche. Des arbres entouraient ce qui ressemblait à un chalet. J'avais le sentiment que nous étions toujours dans les Black Hills, du moins je l'espérais.

Pas question que j'entre dans ce chalet.

C'était ma seule chance de pouvoir fuir et je n'y réfléchis pas à deux fois. Je me déportai sur le côté et détalai de toute la vitesse de mes jambes, les yeux rivés sur les arbres. Je ne savais pas où j'allais. Il y avait de la neige sur le sol par endroits. Je n'étais manifestement pas vêtue pour ça, mais tout valait mieux qu'affronter ce qui m'attendait à l'intérieur.

Je parcourus plusieurs mètres avant d'être ceinturée par-derrière et soulevée du sol, puis ramenée devant les marches.

Un rire fusa et l'air se figea dans mes poumons.

La plante des pieds brûlée par le froid, je gravis les marches. Je fis mine de me retourner, mais on me poussa de nouveau. La colère m'envahit et je m'obstinai, mais la pointe d'une lame fut pressée sur ma gorge.

— Ne nous cherche pas, murmura une voix mielleuse à mon oreille. Entre.

Comme je demeurais immobile devant la porte close, l'homme – ou plutôt la créature – poussa un juron et tourna la poignée. Les gonds grincèrent quand la porte s'ouvrit et une odeur de renfermé aux relents métalliques m'accueillit tandis qu'on me poussait dans ce qui semblait être un vestibule.

La porte claqua derrière moi, me faisant sursauter dans un hoquet tremblant. Mon Dieu, j'étais faite comme un rat. Avançant lentement, je grimaçai quand le parquet craqua sous mes pieds.

Une unique bougie posée sur le plancher éclairait la pièce suivante. La flamme ténue vacillait, sans pénétrer les épaisses ténèbres qui l'entouraient.

Je croisai les bras sur ma poitrine en frissonnant tandis que j'avançais encore d'un pas. Ma respiration se condensait devant moi, formant une vapeur blanche. J'aperçus un couloir étroit qui donnait sur une autre pièce, faiblement éclairée.

Quelque chose y bougea, je perçus le frottement d'un tissu. Mon cœur cessa de battre quand j'entendis un gémissement et je m'immobilisai. Je me tournai dans la direction du bruit, fouillant la pénombre. Une ombre semblait plus dense. Une silhouette recroquevillée était appuyée contre le mur.

Consciente que c'était sans doute un piège, mais incapable de passer mon chemin, je me penchai pour ramasser l'épaisse bougie, que je brandis devant moi en me dirigeant vers la forme.

Le halo lumineux de la flamme éclaira le mur et, quand je baissai la bougie, je cessai de respirer.

Oh, mon Dieu.

Manquant lâcher la chandelle, je me précipitai et m'agenouillai sur le sol poussiéreux. Hésitante, j'avançai ma main libre. C'était…

— Erin ?

Le corps brisé qui était prostré sur le sol s'agita faiblement. Aucune partie de ce que je voyais d'elle n'était exempte d'ecchymoses ou de plaies. Son visage était boursouflé, la chair à vif, et elle semblait suspendue entre sa forme humaine et celle d'une Furie. Sa peau était marbrée de plaques grises et brunes. L'une de ses ailes tordues au-dessus d'elle dissimulait sa nudité. Mon cœur se contracta d'horreur quand je vis la chaîne autour de son cou attachée au mur.

La bile me monta à la gorge alors que je posais la chandelle par terre devant moi.

— Erin.

Elle tourna la tête vers moi, mais elle ne pouvait pas ouvrir les yeux. Ses lèvres fendues remuèrent et deux mots en sortirent.

— J'ai... échoué.

La flamme s'éteignit et mon cœur s'arrêta.

Tous les poils de mon corps se hérissèrent et j'ouvris la bouche pour hurler, mais une main se referma autour de ma gorge et me remit debout. Je fis aussitôt appel à mes nouveaux réflexes défensifs. Levant une main derrière moi, je saisis un poignet épais et tentai de me libérer de la prise.

Un rire sombre et caverneux résonna dans toute la pièce, tel un nuage menaçant.

Erin laissa échapper un gémissement.

— Je crois que tu devrais laisser ton amie se reposer. Je me suis bien défoulé sur elle.

Je sentis l'horreur m'envahir, suivie de près par une colère brûlante qui imprégna chacune de mes cellules.

— Espèce de salopard ! criai-je. Sale enfoi...

Soudain, il ne me tenait plus. Je n'étais même plus sur mes pieds. Je fus projetée en vol plané dans le couloir. Je battis désespérément des bras, sans rien trouver pour me retenir.

J'atterris violemment sur le dos et le choc me coupa la respiration. Sonnée, je restai là un moment, incapable de bouger et même de penser.

Deux pieds bottés apparurent de chaque côté de mes jambes et Hypérion se pencha sur moi. Je reconnus avec effroi ses yeux noirs et sans âme et son visage qui semblait sculpté dans la glace.

— Tu sais ce que je déteste par-dessus tout ?

J'ouvris la bouche, mais sa main se plaqua aussitôt sur mes lèvres.

— Non. Je ne veux pas que tu me répondes.

Son sourire était encore plus effrayant que ses yeux.

— Je déteste attendre. Et j'ai déjà attendu trop longtemps pour te mettre la main dessus.

La seconde suivante, j'étais sur mes pieds et il marchait sur moi, m'obligeant à reculer.

— Est-ce que tu savais aussi que les dieux surveillaient les Covenants ? Ils ont dû voir que mes amis ont semé le chaos.

Il continuait d'avancer et je dus me résoudre à bouger.

— Figure-toi que nous ne sommes pas très loin du campus, m'apprit-il.

Je fis un pas de côté pour rester face à lui tandis que j'essayais de me rappeler les entraînements de Seth.

— Ils nous trouveront, assura-t-il. Et ils viendront.

Il se tourna lentement vers moi.

— Ton *père* viendra.

Je ravalai un rire tout en fouillant la pièce du regard à la recherche d'une arme. Il y avait des chaises couvertes de poussière et une vieille table, sur laquelle une lampe était posée. Je me dirigeai vers la lampe, incertaine de pouvoir m'en servir contre lui, mais il fallait que je sorte d'ici. Il fallait que je sorte Erin d'ici.

— Non, il ne viendra pas.

Hypérion baissa le menton.

— Oh si, il viendra.

Je tendis la main vers la lampe. Mes doigts effleurèrent la base de métal, mais le Titan me tira en arrière et me poussa contre le mur, une main plaquée sur ma poitrine. Avant que je puisse réagir, il parla dans une langue qui me brûla les oreilles et la chose se produisit. Un feu me transperça. Pas juste une étincelle, ni même des braises. C'était un incendie. Ma dernière pensée, avant que la douleur ait raison de moi, fut ma promesse à Seth d'être là quand il reviendrait. Je le lui avais *promis*.

Je ne parvenais pas à me défaire du sentiment que l'histoire se répétait de la pire des façons.

Marcus se tenait devant moi, s'efforçant de me raisonner, en appelant à ma patience, exactement comme il l'avait fait lorsque Alex avait disparu il y avait bien longtemps, le jour où elle avait quitté le Covenant pour retrouver sa mère, sauf qu'il s'adressait alors à *Aiden*.

Autre différence, de taille celle-là : j'étais capable de sentir Alex. J'avais pu retrouver sa trace, mais avec Josie, je ne sentais rien.

— Sois patient, dit Marcus avec précaution en jetant un coup d'œil à Artémis qui était postée à la fenêtre, aussi immobile qu'une statue. Inutile de partir au hasard, tu n'as aucune idée de l'endroit où commencer à la chercher. Laisse Artémis faire ce qu'elle doit.

Quand nous avions su que Josie avait été enlevée, Artémis avait appelé un grand faucon doré qui fouillait maintenant la montagne.

Et moi, j'étais coincé ici, à tourner en rond, impuissant. La nuit était tombée et Josie...

Tournant le dos à Marcus, j'enfouis une main dans mes cheveux. Luke était au fond de la pièce, tamponnant le crâne de Deacon avec un produit quelconque. Le pur n'avait pratiquement pas ouvert la bouche depuis les derniers événements.

La porte du bureau de Marcus s'ouvrit. Deux Sentinelles s'écartèrent tandis que Solos entrait dans la pièce.

— Tous les spectres ont été expurgés du campus. Hadès et son... euh, chien s'en sont occupés et je crois... que je vais aller vomir.

Marcus poussa un soupir et se mit à faire les cent pas. Je savais qu'il voulait faire un discours sur la gravité de la situation, sur la nécessité de protéger le périmètre, mais il m'avait regardé en face et avait dû décider qu'il tenait à la vie.

À la fenêtre, Artémis tourna soudain vers nous deux yeux qui ressemblaient à ceux d'un oiseau de proie – d'un jaune lumineux avec des pupilles immenses.

— Je les ai trouvés.

— Où ?

— Ils sont à une cinquantaine de kilomètres d'ici, toujours dans les Black Hills. Dans un chalet. Cinq Sentinelles montent la garde.

Elle cligna les paupières et ses yeux étaient maintenant entièrement blancs, ce qui était déjà mieux.

— C'est forcément un piège. Ils ne sont pas allés loin.

— Je m'en fous. Est-ce que tu peux me téléporter là-bas comme Apollon quand il est désœuvré ?

Artémis haussa un sourcil.

— Seth, intervint Marcus en se dirigeant vers moi sans s'approcher trop près. Si c'est un piège, tu devrais...

— Rien à foutre.

Je me concentrai sur la déesse.

— Est-ce que tu peux faire ça ?

— Seth..., tenta de nouveau le Doyen.

— J'étais censé la protéger ! l'interrompis-je sèchement en pivotant vers lui.

Les glyphes réagissaient à ma colère, tournoyant sur ma peau. Les tableaux accrochés au mur se mirent à trembler et la pièce entière se teinta d'ambre.

— Je devais veiller à sa sécurité.

Il leva les mains d'un air impuissant.

— Je sais que c'était ton travail, mais...

— Ce n'était pas juste un travail pour moi, sifflai-je, et les yeux de Marcus s'arrondirent de surprise. Me rendre au mur pour défendre le Covenant, ça, c'était un boulot – auquel j'aurais mieux fait de tourner le dos, mais parce que j'ai fait mon devoir, je lui ai fait défaut à *elle*, et elle est *tout* ce qui compte pour moi.

— Je vais t'emmener, dit calmement Artémis.

Alors que je m'apprêtais à la remercier, elle se dématérialisa de l'endroit où elle se tenait devant la fenêtre pour apparaître devant moi et me posa une main sur l'épaule. Une fraction de seconde plus tard, nous nous trouvions dans la forêt sous un ciel étoilé, cinglés par un vent glacé.

— Par les dieux, murmurai-je, tâchant de reprendre mes esprits.

Artémis recula.

— Je ne peux pas aller plus loin. Tu dois affronter un Titan et... je ne ferai pas le poids face à lui.

Eh bien, pouvait-on faire plus rassurant ?

— À la lisière de la forêt, il est là.

Sa silhouette miroita, perdant consistance.

— Bonne chance, Apollyon.

Et sur ces mots, la déesse de la chasse et des tenues transparentes avait disparu.

J'ignorais pour quelle raison Artémis avait choisi de m'aider. Certes, Josie était importante pour les dieux, mais ils intervenaient rarement quand on avait besoin d'eux, et le plus souvent trop tard. Mais à cheval donné on ne regarde pas les dents. J'avais aussi conscience que j'étais sur le point de combattre un Titan.

Mais j'étais décidé à sortir Josie de là, quitte à y perdre la vie.

Je traversai le bosquet au pas de course, sautant par-dessus les rochers. En quelques secondes, j'avais passé le dernier. Je ne m'étais pas soucié d'être discret. Je distinguai bientôt le chalet qui se dressait dans l'obscurité et les cinq Sentinelles qui m'attendaient.

Le choix que j'avais fait de les épargner était de l'histoire ancienne. J'invoquai l'*akasha* et sentis mes cellules se charger d'énergie tandis que je puisais dans le cinquième et ultime élément.

La charge descendit le long de mon bras, jaillissant de ma main sous la forme d'un trait d'ambre, qui frappa la première Sentinelle. Il s'effondra et aucune fumée noire ne sortit de sa bouche. Voyez-vous ça.

Pas étonnant qu'ils aient déguerpi la dernière fois.

Continuant d'avancer, j'éliminai la deuxième Sentinelle, puis la troisième et la quatrième. La cinquième se jeta sur moi, pratiquement sur ma main. Je le cueillis à bout portant d'une giclée d'*akasha* en pleine poitrine. Le choc l'illumina de l'intérieur, colorant d'ambre les veines sous sa peau avant de faire exploser ses globes oculaires.

J'avais déjà atteint les marches quand il s'effondra sur le sol.

Je n'étais pas assez stupide pour imaginer qu'Hypérion n'était pas au courant de ma présence et je ne pris aucune précaution pour pénétrer dans le chalet.

Je perçus en premier l'odeur du sang et déboulai dans une large pièce tandis que ma vision s'accommodait à la pénombre.

Je la repérai immédiatement et mon estomac se retourna. Je m'accroupis auprès d'elle et serrai les dents quand elle recula avec un gémissement craintif. Une chaîne autour de son cou la retenait prisonnière. Je constatai les dégâts, incapable d'éprouver la moindre étincelle d'animosité que je portais normalement à son espèce.

Ce qu'elle avait subi était monstrueux, cruel, et au-delà de ma compréhension. Même dans mes moments les plus sombres, il y avait une frontière que je n'avais jamais franchie. Le Titan s'y était vautré.

Glissant mes doigts sous la chaîne, j'invoquai le feu élémentaire pour fondre le métal qu'elle avait été visiblement trop faible pour briser elle-même. Je libérai la Furie et me penchai vers elle pour lui murmurer :

— Quitte cet endroit, Erin.

Je n'attendis pas sa réaction. Si elle avait un brin de jugeote, elle partirait. Je suivis le couloir en direction d'une pièce faiblement éclairée, incapable de me préparer mentalement à ce que je pouvais trouver.

Si Josie… S'il lui avait fait du mal…

Quand j'entrai dans la pièce, mon regard se porta immédiatement en direction du siège contre le mur. Mon cœur manqua un battement et mon esprit fut soudain transporté vers ces instants après le combat contre Arès, quand je tenais Alex dans mes bras jusqu'à ce qu'elle sombre dans le néant.

Assis dans un fauteuil ancien, face à la porte, Hypérion attendait. Josie était allongée en travers de ses genoux, le visage blême. Sous son maillot thermique, sa poitrine se soulevait à peine.

— J'avais faim, dit-il en posant une main énorme sur l'estomac de Josie. Je suis certain que tu sais, Apollyon, que les demi-dieux sont d'un grand intérêt pour nous. Celle-ci en particulier.

Une colère formidable, dévorante, telle que je n'en avais encore jamais éprouvé, explosa en moi.

— Relâche-la.

— Sinon quoi ? répliqua Hypérion, baissant les yeux sur elle alors qu'elle commençait à bouger.

Ses cils papillonnèrent, puis sa poitrine se souleva tandis que ses yeux se fixaient sur moi. Elle tenta de s'asseoir.

— Seth, murmura-t-elle d'une voix éraillée.

L'*akasha* crépitait sur ma peau, faisant danser les ombres. Je dus prendre sur moi pour ne pas me jeter sur lui et mettre Josie en plus grand danger.

— Que veux-tu en échange de sa sécurité ?

Josie hoqueta de surprise, mais Hypérion, lui, me considéra avec curiosité.

— Qu'est-ce que tu pourrais me donner qui soit pour moi d'un quelconque intérêt ?

— Tout ce que tu veux, jurai-je.

Hypérion m'observa quelques instants, puis se leva, laissant tomber Josie à ses pieds. Je me précipitai vers elle, mais il se dématérialisa et réapparut devant moi.

— Ce que je désire, c'est me venger de ces milliers d'années passées au tombeau. Comment pourrais-tu me donner ça ?

Je ne le pouvais pas.

Rapide comme l'éclair, je plongeai la dague du Covenant dans sa poitrine, là où devait se trouver son cœur si cette ordure en avait un, puis je me détendis dans un coup de pied circulaire qui enfonça la garde encore plus profondément.

Hypérion ne broncha même pas. Baissant les yeux sur la dague, il me regarda de nouveau en haussant un sourcil.

— Tu es sérieux ?

Et merde.

Avec un crochet, il me projeta dans un autre fauteuil, qui s'effondra sous mon poids. Je roulai sur le flanc et tentai de me relever.

Il fut sur moi en une seconde, me saisit par la peau du cou et m'expédia son poing dans la mâchoire. Ma tête partit en arrière. Il me lâcha et je tombai à genoux. Je levai les bras pour bloquer son coup de pied, mais j'étais trop lent. Il me cueillit à l'estomac, me retournant sur le dos.

J'interceptai son pied botté juste avant qu'il entre en contact avec ma gorge, à quelques millimètres de ma trachée.

— Je vais te dire un secret, gronda Hypérion.

Bandant mes muscles pour repousser son pied, je grognai entre mes dents :

— Tu es jaloux de mes cheveux ?

Il lâcha un rire froid.

— Sais-tu que les Titans peuvent tuer un Apollyon, petit imbécile ?

Ah… *merde*.

— Apollon ! hurla immédiatement Josie, la voix brisée. Apollon ! Au secours !

Hypérion se retourna vers elle, éclatant de rire.

— C'est ça. Appelle-le. Appelle…

Écartant son pied de ma gorge, je me relevai d'un bond et plaquai les deux mains sur ses épaules massives pour déverser un flot d'*akasha* directement en lui. Son grand corps tressauta tandis que l'arrière de son crâne s'illuminait. Il poussa un rugissement qui fit trembler les murs. Profitant de sa distraction, je lui agrippai la tête et y imprimai un mouvement de torsion.

Son cou craqua comme du bois sec.

Seulement, quand je retirai mes mains, Hypérion était toujours debout. Il pivota sur lui-même, la tête plantée de travers.

— C'est pas vrai, grommelai-je.

Le bras d'Hypérion se détendit et son poing s'écrasa sur mon sternum, me repoussant contre le mur. Le plâtre se fendit et un nuage de poussière s'éleva dans les airs tandis que je m'effondrais en avant. Sonné, j'eus tout juste le temps d'amortir ma chute avec mes avant-bras.

Il m'empoigna par les cheveux et les hurlements stridents de Josie me percèrent les tympans.

— Tu as du courage, mais je suis las…

Une lumière éblouissante emplit alors la pièce, comme un éclat de soleil dans la nuit. Hypérion me lâcha aussitôt et fit volte-face. Alors que la lumière se dissipait, j'avais du mal à croire ce que je voyais.

Apollon se dressait au milieu de la pièce, aussi grand et puissant que le Titan. La tête rejetée en arrière, ses yeux blancs crépitant, il n'était pas en tenue de combat mais vêtu de son habituel pantalon de lin blanc. Tout ce qui comptait, c'est qu'il était là, même si j'avais du mal à y croire.

Hypérion se téléporta à côté de Josie, qu'il saisit par la gorge, l'empêchant de respirer.

— Tu me voulais, dit Apollon, mains sur les hanches. Me voilà, mais tu ne me tiens pas encore.

Le Titan observa le dieu, les lèvres retroussées dans un ricanement cruel.

— C'est ce que tu crois.

— Paidí apó to aíma mou kai sárka mou. I apelefthérosi dýnamí sas.

La voix d'Apollon grondait comme le tonnerre à travers la pièce.

Toi qui es ma chair et mon sang, je libère ta puissance.

Je tournai les yeux vers Josie et… rien ne se produisit. Ses yeux écarquillés passaient de moi à son père.

— C'est tout ? dit Hypérion, éclatant d'un rire sombre. Je m'attendais à mieux, Apollon. Je suis presque gêné pour toi.

Apollon se fendit d'un sourire glacial.

— Allons, Hypérion, tu me connais mieux que ça. Tu sais que j'ai de la ressource.

Ensuite, Apollon passa à l'action, brandissant une dague acérée. Tout se passa si vite que j'eus moi-même du mal à suivre ses mouvements. Apollon arma son bras et relâcha la dague.

La lame fila dans les airs, tournoyant sur elle-même.

Hypérion lâcha Josie et fit un pas de côté, mais… la dague ne lui était pas destinée. Je ne le compris que trop tard.

Bondissant sur mes pieds, je sentis une terreur pure me tordre les tripes. Elle fondit sur moi comme un monstre qui claquait des mâchoires.

— Non ! hurlai-je en me précipitant en avant tandis que j'invoquais l'*akasha*.

Mais il était trop tard.

La dague trouva la cible qu'Apollon lui avait assignée.

Elle se planta au milieu de la poitrine de Josie, la projetant contre mur, et je vacillai sous le choc, comme si j'avais reçu le coup mortel. La douleur me transperça la poitrine, tellement réelle. Par les dieux, j'étais déjà passé par là. Avec une autre fille, dans une autre situation, mais j'avais déjà vécu ça.

L'histoire se répétait vraiment.

Tout se passa si vite.

J'avais vu la dague dans la main d'Apollon. Je l'avais vu armer son bras et relâcher la lame, mais je ne compris pas quand une douleur brûlante chassa tout l'air de mes poumons et me repoussa contre le mur. Hypérion m'avait-il frappée ?

Baissant les yeux, je laissai échapper un son étranglé. La dague d'Apollon était plantée dans ma poitrine, jusqu'à la garde. Un liquide rouge tachait le devant de mon maillot. Du sang ?

Ce ne pouvait pas être vrai.

Je levai les deux mains, ne sachant quoi en faire. Je tentai de respirer, mais j'avais l'impression que l'air ne passait plus dans ma gorge.

— Qu'est-ce que c'est que ce bordel ? rugit Hypérion, irradiant de fureur.

Mon pouls palpitait de façon erratique dans mes tympans et je relevai le menton. Mon regard plongea dans celui de Seth. Il titubait vers moi, le visage pâle et ses yeux d'ambre emplis d'horreur. Mon Dieu, je songeai à ce qui était arrivé par le passé. Ce n'était pas juste. Comment Apollon avait-il pu lui faire ça une nouvelle fois ? Comment avait-il pu *me* faire ça ?

Quelques brèves secondes s'écoulèrent entre le moment de l'impact et celui où mes doigts tremblants se refermèrent sur la poignée de la dague. Je devais la retirer de mon corps. Dans un coin de ma tête, je savais que c'était sans doute une mauvaise idée, mais je ne pouvais plus respirer et il fallait que je l'enlève.

Je ne sentais plus mes jambes quand je m'emparai de la poignée. Quelqu'un – Seth ? – poussa un cri quand je me pliai en deux, mes cheveux formant un voile devant mes yeux. Je tirai de toutes mes forces. Mon corps fut secoué d'un soubresaut tandis qu'un hurlement me déchirait. La dague cliqueta sur le plancher de bois. Un bourdonnement sourd m'emplit le cerveau comme une armée d'abeilles en colère. Quelque chose… quelque chose se produisait.

Je pris une inspiration hachée en dépit de la souffrance et le feu emplit mes poumons. *J'étais* en feu. Pire que la sensation de la morsure des démons, le brasier courait dans mes veines, infiltrait chaque molécule de mon corps. Une douleur pulsante me traversa, oblitérant ma faculté de penser, mais je savais que ce n'était pas la mort.

La mort ne pouvait pas faire aussi mal.

Une force immense et effrayante s'éveilla à l'extrémité de mes orteils, monta rapidement dans mes jambes, dans le haut de mon corps, jusqu'à mon crâne. Tout mon corps se raidit, tendu comme un arc, et je renversai la tête en arrière. Je sentis ma bouche s'ouvrir mais aucun son n'en sortit. L'air semblait me porter et je pris vaguement conscience que mes pieds ne touchaient plus le sol. J'étais en lévitation et mes bras flottaient le long de mes flancs.

Alors je la sentis.

Une source de puissance qui sommeillait en moi depuis toujours, enfouie au fond de mes cellules, et que je sentais s'animer. Elle s'était éveillée et, déferlait en moi, m'emplissait, et elle avait le goût du soleil et de la force. C'était si chaud, si incroyablement ardent. J'entendais un millier de voix – un millier de prières prononcées depuis la nuit des temps dans toutes les langues du monde.

Mes paupières se relevèrent et je vis Hypérion.

Une étrangère dans mon corps sourit.

— Merde, grogna-t-il en reculant.

Le brasier qui montait en moi se libéra, jaillit telle une vague géante de la blessure dans ma poitrine. Elle déferla hors de mon corps à une vitesse phénoménale, produisant une onde de choc. Les meubles volèrent dans les airs et se renversèrent. Une odeur d'ozone brûlé emplit mes narines. La vague devint torrent. Elle irradia comme une éruption solaire quand elle atteignit Hypérion. Il y eut une explosion de lumière qui avala son cri guttural, puis la vague reflua violemment vers moi.

Je retombai lourdement sur le sol à quatre pattes et le choc m'ébranla les os. Toute cette force magnifique, la glorieuse lumière qui me réchauffait, était partie. J'eus toutes les peines du monde à relever la tête.

La pièce était entièrement détruite. Les vitres avaient explosé, les fenêtres brûlaient. Le plancher était déformé, disparu à certains endroits. Les rideaux s'étaient consumés. Les fauteuils étaient en miettes.

Hypérion avait disparu.

Et Apollon aussi.

Incrédule, je fouillai le chaos des yeux. Je poussai un cri quand je vis Seth, étendu sur le dos au milieu de la pièce. Il ne bougeait plus. Qu'avais-je fait ?

Je rampai sur le sol, les bras flageolants, jusqu'à ce que j'arrive près de lui, le corps secoué de tremblements, ma vision obscurcie par des points noirs dansant devant mes yeux.

— Seth ?

Je posai une main sur sa poitrine.

Ses paupières étaient fermées, ses cils épais caressaient ses pommettes. Pas de réponse. Je m'approchai encore. Il fallait que je nous sorte de là, mais ma tête me paraissait trop lourde et bientôt je m'affaissai sur lui, la joue écrasée contre sa poitrine. La dernière chose que j'entendis fut le battement puissant et régulier de son cœur.

32

Lorsque j'ouvris les yeux, je vis des néons. Pendant quelques instants, je demeurai figée sous les lumières. Je comprenais que j'étais dans une chambre d'hôpital, mais je n'entendais pas le goutte-à-goutte d'une poche de perfusion, ni les bips d'un tensiomètre ou d'un moniteur cardiaque. J'avais la bouche sèche et ma poitrine était encore un peu douloureuse, mais à part ça, je me sentais bien. Non. Je me sentais mieux que bien. J'étais en super forme, prête à quitter ce lit étroit et à corriger n'importe qui, ce qui était bizarre…

Oh, bon sang.

Ma poitrine.

Me redressant en position assise, je rejetai la mince couverture et découvris que j'étais vêtue d'une affreuse blouse d'hôpital rose vif. Je tirai sur le col et restai bouche bée.

Apollon – mon père – m'avait lancé une dague. La lame s'était plantée dans ma poitrine, pile entre mes seins. C'était une blessure mortelle ou je ne m'y connaissais pas, mais ça ne m'avait pas tuée. Ça m'avait fait tout autre chose, et j'avais maintenant de légères marques blanches sur la poitrine, et ces marques dessinaient une forme.

Une ligne droite d'environ dix centimètres et deux lignes courbes enroulées autour de son extrémité supérieure – formant presque des ailes minuscules.

Rabattant ma blouse, je fermai les yeux. OK.

— Ce n'est pas une cicatrice normale.

— En effet.

Je poussai un cri en reconnaissant la voix d'Apollon. Je tournai la tête dans sa direction. Il était assis sur une chaise à côté de mon lit, une jambe croisée sur l'autre, et il n'y était certainement pas quelques secondes plus tôt.

J'espérais au moins qu'il n'était pas là quand j'avais regardé mes seins.

— C'est mon symbole. L'un d'entre eux, dit-il en souriant légèrement. Une sorte de rite de passage.

Je le dévisageai quelques instants, puis j'explosai.

— Tu m'as lancé une dague !

— C'est vrai, répondit-il avec calme.

— Tu m'as planté un couteau dans le cœur !

— Oui.

Il se pencha en avant et laissa retomber son pied sur le sol.

— Comme je l'avais dit à Seth, ce n'est pas une chose aisée de libérer moi-même tes pouvoirs. Je regrette d'avoir dû le faire de cette façon. La dernière chose que je désirais, c'était te faire du mal. Je n'ai pas du tout aimé faire ça – sauf pour l'expression d'Hypérion –, mais le seul moyen pour moi d'achever ta libération était d'anéantir ton essence mortelle.

J'avais du mal à comprendre, mais il y avait une autre chose importante dans ce qu'il avait dit.

— Seth. Où est Seth ?

Apollon me contemplait de ses yeux semblables aux miens et, n'obtenant pas de réponse, je rejetai ma couverture.

— Où est-il ? répétai-je alors que mon cœur s'emballait.

Je me rappelais avoir vu Seth étendu sur le sol. Je me rappelais avoir rampé jusqu'à lui. Mon ventre se noua et je sentis le goût de la peur une fois de plus au fond de ma gorge.

— Apollon.

Ma voix se brisa.

Il ferma brièvement les yeux.

— Il est dans la chambre voisine, en train de dormir. Il va bien, ma fille.

Quand je fis pivoter mes jambes hors du lit, il leva une main.

— Je sais que tu es impatiente de le vérifier par toi-même, mais fais-moi confiance, il n'a rien. C'est l'Apollyon. Tu n'es pas capable de le tuer.

Mes épaules s'affaissèrent de soulagement.

— Dieu merci.

À voir l'expression d'Apollon, il ne partageait pas ce sentiment.

— J'espère que ton soulagement ne se transformera jamais en effroi.

À ces mots, j'eus l'impression que quelqu'un me serrait le cou, comme l'avait fait Hypérion. Je déglutis – avec difficulté – mais je me repris et repoussai cette désagréable sensation. Je connaissais tout de Seth. Rien d'étonnant qu'Apollon puisse avoir des… inquiétudes. Plusieurs secondes passèrent.

— Et Erin ? Elle était blessée sévèrement. Il…

— Seth l'a libérée. Elle est sur l'Olympe. Elle soigne ses blessures.

Je fermai les yeux, sans pouvoir m'ôter de l'esprit l'image d'Erin et des dommages qu'Hypérion lui avait fait subir.

— Est-ce que je la reverrai bientôt ?

— Oui.

C'était un soulagement – plus ou moins. J'avais mal pour elle et besoin de la voir de mes propres yeux pour croire qu'elle allait bien.

— Ma fille…

Je rouvris les yeux, revenant au présent.

— Je suis… une demi-déesse maintenant ?

— Tu connais la réponse.

Oui, je la connaissais. Les mortels ne lévitaient pas et ne provoquaient pas d'éruptions solaires.

— Tes pouvoirs demeurent incomplets, poursuivit-il. Hypérion n'est pas au tombeau. Tu l'as seulement mis hors service pour un temps. Quand il reviendra, il ne sera pas content du tout.

Sans trop savoir pourquoi, je restais bloquée sur le point le moins important.

— Je ne vais plus vieillir, n'est-ce pas ?

Il fronça ses sourcils dorés.

— Désolée, soupirai-je. Mais c'est quand même… énorme.

— En effet.

— Anéantir mon essence mortelle, tu as dit. Alors, je… je suis morte ?

Ma voix monta dans les aigus sur le dernier mot.

— Oui. Et non. Ton essence mortelle n'est plus. Tu es une demi-déesse et tu es devenue pratiquement immortelle. Tu peux encore perdre la vie, mais ce ne sera pas facile. Les maladies humaines ne t'atteindront plus. Les blessures mortelles ne te tueront pas.

Je secouai lentement la tête, sans trouver mes mots. Je ne me sentais pas différente, ou juste un peu, et j'avais du mal à saisir ce qui m'était arrivé. J'avais presque envie de sauter par la fenêtre pour voir si j'arriverais en bas en un seul morceau.

Apollon frotta sa paume sur son sternum avec lassitude.

— Mais ce n'est pas fini, annonça-t-il. Il y a un emblème qui m'appartient que tu dois trouver, et tous les autres demi-dieux devront aussi trouver le leur. Ce n'est que lorsque vous serez tous libérés et en possession des emblèmes que vous serez capables d'affronter les Titans.

— Un emblème ? Qu'est-ce que ça signifie ?

— Je crois que tu dois parler avec une certaine Bibliothécaire, dit-il mystérieusement, avant de se lever en soupirant.

De fines lignes blanches apparurent au coin de ses yeux. Il semblait inquiet et… fatigué. Ce que je n'aurais pas cru possible de la part d'un dieu.

Apollon se pencha sur moi et pressa le bout de ses doigts contre ma joue, comme il l'avait fait dans le dortoir, mais cette fois, ses doigts étaient froids. Libérer mes pouvoirs l'avait affaibli. Il avait donné une part de lui. Pourtant, s'il n'avait pas fait ce choix, je serais morte, ou pire. Avec Hypérion – et tous les Titans – il y avait des choses bien pires que la mort.

— Merci, lui dis-je en m'éclaircissant la voix, qui demeura pourtant éraillée. Merci de m'avoir sauvé la vie.

Il plongea ses yeux dans les miens, puis laissa retomber sa main et se redressa. Un halo bleuté miroita autour de lui et il se dématérialisa.

Je contemplai l'endroit où il s'était tenu et portai une main à la joue qu'il avait effleurée. J'avais les larmes aux yeux, sans trop savoir pourquoi. Sans doute parce que j'avais de nombreuses raisons de pleurer.

Respirant un grand coup, je ravalai mes larmes et quittai mon lit. Le carrelage était froid sous mes pieds. Je remuai les orteils, puis je fis un pas, et encore un autre. Dès que j'eus ouvert la porte, je sus immédiatement que je devais me diriger sur la droite, comme mue par un étrange instinct.

La porte voisine n'était pas vitrée. Je tournai la poignée et l'ouvris doucement. Malgré l'énergie inhabituelle qui m'habitait, j'eus soudain le souffle court et les jambes en coton.

J'avais l'impression de le voir pour la première fois. Comme si une fine pellicule avait été retirée de mes yeux.

Seth était allongé sur le lit. Sa couverture avait glissé sur sa taille comme s'il s'était tourné et retourné. Il ne portait pas de blouse d'hôpital. Il était vêtu du même maillot avec lequel je l'avais vu pour la dernière fois.

La porte se referma derrière moi alors que j'avançais vers lui. Une légère ecchymose assombrissait le côté de son front, juste au-dessus du sourcil. Ses cheveux étaient détachés et tombaient parfaitement autour de son visage, alors que je savais que les miens n'étaient qu'une tignasse emmêlée. Une coupure marquait sa lèvre inférieure, et une contusion rougissait sa joue droite.

Malgré ça, c'était toujours le plus bel homme que j'aie jamais contemplé.

Je restai là, à le regarder, le cœur serré. Il était venu me chercher. Il s'était battu pour moi, il avait pris des coups pour moi. Et je l'avais entendu hurler pour moi quand la dague d'Apollon m'avait transpercée.

Les émotions tourbillonnaient dans ma poitrine, puissantes et dévastatrices. J'ignorais ce qu'elles signifiaient, ou peut-être que je le savais sans vouloir leur donner un nom. Mais peu importait. Tout ce qui comptait, c'est que j'étais là et lui aussi.

Quand bien même j'avais conscience qu'il avait besoin de repos, je ne pus m'empêcher de lui toucher le bras.

Une onde d'énergie passa de lui à moi, crépitant dans mon corps. Avant que je puisse retirer ma main, il ouvrit les yeux d'un seul coup, deux yeux d'ambre étincelants, et son autre main agrippa mon poignet. La même énergie crépita de nouveau et se répandit dans mes veines.

Et c'est alors que je les vis.

À l'endroit où sa main tenait la mienne, des dessins se formaient sur sa peau, que je suivis des yeux tandis qu'ils tournoyaient et progressaient le long de son bras, puis de son cou et sur le côté de son visage. Des tatouages mouvants qui changeaient constamment de forme.

Étrangement, mon cerveau commença à déchiffrer les glyphes – je comprenais ce qu'ils signifiaient, alors que je ne savais pas lire le grec, mais je savais que ces symboles étaient du grec.

Force.

Invincibilité.

Je posai les yeux sur son torse, qui se soulevait et s'abaissait plus vite.

— Je les vois, dis-je, émerveillée. Les marques de l'Apollyon... Je peux les voir.

Seth bougea à la vitesse de l'éclair.

Il s'assit dans le lit et me tira en avant, me faisant perdre l'équilibre. Un bras passé autour de ma taille, il banda ses muscles et me souleva.

L'air quitta mes poumons et je me retrouvai soudain allongée sur le dos. Il était couché sur le flanc, à moitié sur moi. Le cœur battant la chamade, je voulus me redresser sur les coudes, mais il saisit mon menton et guida ma tête sur l'oreiller.

— Seth...

Il prit possession de ma bouche. Aucun questionnement, aucune hésitation dans ce baiser exigeant. Mes lèvres s'ouvrirent sous les siennes et je poussai un gémissement alors que sa langue s'enroulait autour de la mienne. Je retrouvais son goût, et ma peau, devenue hypersensible, s'enflammait à chaque endroit où nous étions en contact. Des picotements me parcoururent et mon corps brûlait de s'imprégner davantage de lui, de ne plus rien sentir qui nous séparait.

Nos relations étaient déjà follement intenses jusqu'ici, mais ça… c'était totalement différent, plus fort et plus sauvage. J'enfouis une main dans ses cheveux et glissai l'autre sous sa manche, relevée jusqu'au coude. Je pouvais à peine respirer sous ses baisers, sous la puissance de son étreinte. Je lui empoignai les cheveux et nos baisers s'approfondirent encore – je voulais que cela ne s'arrête jamais.

Puis il recula sa bouche, juste assez pour poser son front sur le mien, son souffle tremblant sur mes lèvres.

— Seth.

Cette fois, je chuchotai son nom.

Il roula sur le flanc et la main qui tenait mon menton descendit vers l'encolure de ma blouse. Sans un mot, il tira et un courant d'air froid assaillit ma poitrine.

Je compris très vite que son intention était de voir ce qu'il était advenu de ma blessure, mais mon corps l'entendait d'une autre oreille, plus sensuelle. Une vague de chaleur parcourut ma peau et la pointe de mes seins se contracta.

Je me mordis la lèvre tandis que son doigt courait sur la cicatrice à la forme étrange – la marque d'Apollon. Mes orteils se recroquevillèrent et mon bassin se souleva. J'avais du mal à respirer alors que son doigt poursuivait son chemin au-delà de la cicatrice et que sa tête plongeait vers moi. Ses cheveux me caressèrent les seins, provoquant un tourbillon de sensations démentes.

Seth appliqua ses lèvres au milieu de la marque, et mon cœur explosa en une masse gélatineuse. Puis il releva la tête et remit ma blouse en place, presque avec révérence.

— Tu es une demi-déesse, dit-il d'une voix rauque.

Ce furent ses premiers mots.

— Oui, répondis-je, haletante. Est-ce que… c'est un souci pour toi ?

Ses yeux plongèrent dans les miens et il arqua un sourcil.

— Ce baiser ne t'a pas suffi ?

Mes lèvres frémirent.

— Peut-être pas.

Il posa une main sur ma joue, les doigts écartés.

— Comment tu te sens ?

— Très bien. Mieux qu'avant. Et toi ? Je n'avais pas l'intention de… eh bien, de faire ce que j'ai fait, mais quand je t'ai vu sur le sol, j'ai cru que je…

— Non. Je vais bien.

Il porta un doigt à ma bouche, puis le fit glisser sur ma lèvre inférieure. Une minute passa, pleine de tension.

— Est-ce qu'il t'a fait du mal d'une façon que… je ne vois pas ?

Mon ventre se serra et un frisson me parcourut l'échine. Je ne voulais pas penser au temps que j'avais passé avec Hypérion, à ce qu'il m'avait dit.

— Non.

Ma réponse n'apporta aucun soulagement dans ses yeux d'or.

— Tu n'aurais jamais dû tomber entre ses mains. Apollon t'a confiée à moi et je t'ai laissée sans protection. Il t'a fait du mal. Il t'aurait…

— Chut.

À mon tour, je posai un doigt sur ses lèvres.

— Nous sommes indemnes. Tous les deux. Tu n'es pas en tort.

L'expression qui traversa son visage signifiait clairement qu'il n'en était pas convaincu, alors je fis la seule chose qui me vint à l'esprit. Je retirai ma main, me tendis vers sa bouche et pressai mes lèvres sur les siennes.

Je l'embrassai doucement.

Ce baiser n'était pas, et de loin, aussi expérimenté que le sien, ni aussi agréable, mais un grognement sourd s'éleva de sa gorge en signe d'approbation et il glissa une main derrière ma tête pour me maintenir contre lui.

Cette fois, lorsque nous nous séparâmes, Seth m'installa face à lui et remonta la couverture sur nos hanches. Nous tenions parfaitement sur le lit, nos joues sur le même oreiller, absorbés dans la contemplation l'un de l'autre.

Puis Seth se rapprocha, effleurant de ses lèvres la courbe de ma joue, puis mes paupières, et finalement mon front.

Nous restâmes silencieux un long moment, quand bien même nous avions tant de choses à nous dire, tant de choses auxquelles penser. J'étais maintenant une demi-déesse. Je ne savais même pas par où commencer, ni tout ce qui allait changer en raison de ce que j'étais devenue. Risquais-je par exemple d'exploser de nouveau comme un soleil et de tuer des purs et des sang-mêlé innocents ? Maîtriserais-je les éléments ? Allais-je devenir un ninja, comme Seth ? Et puis, Hypérion était toujours dans la course et reviendrait tôt ou tard. Et il y avait les autres Titans. J'avais un emblème à chercher. Et nous devions absolument localiser les autres demi-dieux avant les Titans.

Nous avions tant de choses à faire, et je voyais dans les yeux de Seth qu'il en était conscient, mais il demeurait silencieux, faisant courir ses doigts tout le long de mon bras. À chaque passage, cette sensation étrange d'un choc électrique diminuait, sans disparaître totalement. S'il la sentait aussi, il n'en avait rien dit.

Je relâchai le souffle que je n'avais pas eu conscience de retenir.

— Tu sais quoi ?

— Quoi ?

Plongeant mon regard dans ses yeux d'ambre, je lui avouai ce qui n'était sans doute plus un secret pour personne, mais j'éprouvai le besoin de le formuler à haute voix.

— Je t'aime beaucoup, Seth.

Sa main s'immobilisa sur la mienne et resta là tandis qu'un sourire en coin retroussait ses lèvres.

— Tu sais quoi ?

— Quoi ? chuchotai-je.

Seth avança la tête et ses lèvres effleurèrent les miennes.

— Je t'aime beaucoup aussi, Josie.

Remerciements

Rien de cette aventure n'aurait été possible sans Kate Kaynak et toute la merveilleuse équipe de Spencer Hill Press : Rachel Rothman Cohen, Kellie Sheridan, Rich Storrs, Cindy Thomas et Damaris Cardinali. Un immense merci à Kevan Lyon, mon agente extraordinaire, gardienne de ma santé mentale. Merci à Stacey Morgan, Lesa Rodrigues, Dawn Ransom, Laura Kaye, Sophie Jordan, Jen Fisher, Molly McAdams et Wendy Higgins pour leur soutien sans faille envers Seth et *Confusion*, pour avoir écouté toutes mes bêtises et lu la première version avec tous ses défauts. Et bien évidemment, je remercie mes lectrices. Chaque fois que vous ouvrez l'un de mes livres, un bébé Pégase vient au monde. Bon, d'accord. Ce n'est pas vrai. Mais c'est pour vous que je fais tout ça et grâce à vous que je peux le faire, et je vous dois sérieusement un immense merci.

À propos de Jennifer L. Armentrout

Jennifer L. Armentrout habite en Virginie-Occidentale. Toutes les rumeurs que vous avez entendues à propos de cet État ne sont pas véridiques. Enfin, pour la plupart. Lorsqu'elle n'est pas plongée dans l'écriture de ses romans, Jennifer partage son temps entre la lecture, l'exercice physique, les films de zombies, ou fait semblant d'écrire. Elle vit avec son mari, le compagnon canin de ce dernier – Diesel! – et son super Jack Russel à elle, Loki.

Son rêve de devenir écrivaine a commencé en cours d'algèbre, où elle passait son temps à écrire des nouvelles, ce qui explique ses notes minables en maths. Jennifer écrit des romances de fantasy urbaine pour adultes et jeunes adultes.

Venez découvrir sa production sur www.jenniferlarmentrout.com

Composition
NORD COMPO

Achevé d'imprimer à Barcelone
par CPI Black Print
le 21 mars 2023

Dépôt légal : février 2023
EAN 9782290236062
L21EDDN001150-611422/R1

ÉDITIONS J'AI LU
82, rue Saint-Lazare, 75009 Paris

Diffusion France et étranger : Flammarion